U0963034

魅丽文化 花火工作室

晚一点见

Wan Yidian Jian

Su Qianqian
works

苏钱钱
// 著

百花洲文艺出版社
BAIHUAZHOU LITERATURE AND ART PRESS

图书在版编目（CIP）数据

晚一点见 / 苏钱钱著. -- 南昌 : 百花洲文艺出版社, 2019.11
ISBN 978-7-5500-3419-8

Ⅰ. ①晚… Ⅱ. ①苏… Ⅲ. ①长篇小说－中国－当代
Ⅳ. ① I247.5

中国版本图书馆 CIP 数据核字 (2019) 第 230551 号

晚一点见
苏钱钱 著

责任编辑	蔡央扬　程慧敏
选题策划	黄　欢
特约编辑	蒋晗婧
封面设计	苏　茶
出版发行	百花洲文艺出版社
社　　址	南昌市红谷滩新区世贸路 898 号博能中心 A 座 20 楼
邮　　编	330038
经　　销	全国新华书店
印　　刷	湖南新华精品印务有限公司
开　　本	880mm×1230mm　1/32　印张 10.5
版　　次	2019 年 11 月第 1 版第 1 次印刷
字　　数	307 千字
书　　号	ISBN 978-7-5500-3419-8
定　　价	38.60 元

赣版权登字　05-2019-286
版权所有，侵权必究

网址 http://www.bhzwy.com
图书若有印装错误，影响阅读，可向承印厂联系调换。

目录

第 一 章	苍天有眼啊	001
第 二 章	她说我裤子上毛挺多的	019
第 三 章	一姐扫厕所	037
第 四 章	若如初见的见	054
第 五 章	喜欢你和自作多情	073
第 六 章	超大杯的“喜欢你”	086
第 七 章	是谁传的小字条?	097
第 八 章	这种舞以后只能跳给我看	112
第 九 章	你做什么都是对的	127
第 十 章	是公主，也是女王	144
第十一章	难道是有贼?	162
第十二章	你去哪我就去哪	177

第十三章	属于我们的灯火	192
第十四章	放心，我就在这，哪也不去	209
第十五章	你好，我是孟见	221
第十六章	我有女朋友了	236
第十七章	我无条件相信你	253
第十八章	能永远永远在一起	272
第十九章	嫁给我	290
番 外 一	校园篇	308
番 外 二	都市篇	313
番 外 三	包子篇	320
番 外 四	特别篇	327

Contents 02

第一章
苍天有眼啊

九月，蝉声渐退，一并带走夏季的沉闷，迎来初秋凉爽的风。校园里飘着淡淡的桂花香，清新怡人。

中午下课后，宁晚去校外的快餐店点了一份排骨盖浇饭，才吃了一半，门外就有人嚷嚷着冲进来：“宁晚，快！牛肉面店门口，皎皎好像遇到了麻烦！”

郑允风风火火地进来，看到宁晚不慌不忙、细嚼慢咽的样子，着急道：“喂，皎皎是你妹，你不去看看？”

其实这家快餐店的排骨并不新鲜，没去除干净的腥味有时会让人难以下咽。可现在在校外吃饭的人实在太多了，味道好的店都挤满了人，宁晚不喜欢热闹，只好将就来了这里。

她把排骨一块块挑出去，米饭搅拌着酱汁勉强吃完。放下筷子，拿纸擦干净嘴，宁晚才轻飘飘地吐出一句话：“我没空管她。”一副事不关己的样子。

“是——吗？”郑允故意拉长音调，“上次皎皎被一个猥琐男调戏时你也是这么说的，结果呢？”

结果猥琐男差点没被宁晚捶死。

被秒打脸，宁晚老实闭上嘴，起身朝收银台走去：“老板，结账。”

树成中学的正门道路两边遍布各类小吃店，跟过去比，如今路边显得格外热闹。

前阵子教育局一纸文件下来，宣布将树成私立中学和专攻艺体教育的艺联私立中学合并，统称为树成高级中学。所以这学期开学后，树成的学生数量暴增，除了原来的文、理十个班，每个年级还多了六个艺体班。

等找钱的工夫，外面有几个女生进来。擦肩而过时，宁晚从她们口中听到“面馆”“打架”的字眼。她淡定地拧开手里的矿泉水瓶，大口大口地喝水，看似不为所动，目光却幽幽地望向店外的马路对面。

面馆就在快餐店对面，宁晚稍微侧了侧头就能看到裴皎皎。裴皎皎周围站了五六个男生，为首的那个男生正拦着她，不让她走。

裴皎皎刚上高一，长得娇俏可爱，走在路上经常有男生上前搭讪要微信。宁晚猜测这次也许又是不怀好意的搭讪，只不过以前是一个，这次是一群。

她快速结完账，准备过去帮裴皎皎解围。她刚走出门，那边裴皎皎成功地甩开了男生的阻拦，一头冲进了隔壁的小水吧。

男生身边的同伴笑了，吹着口哨一阵阵起哄。

男生个子很高，在人堆里很显眼。他背脊微弯，身上覆着张扬耀目的逆光，一双好看的桃花眼微微扬着，似乎也在笑，却笑得轻佻随意，毫不走心。

他挥了身边的人一拳，而后回过头，视线刚好撞上迎面走来的宁晚。

四目相对，男生忽然顿住。笑意来不及收回，微微滞在脸上，他眼里快速闪过一丝诧异和恍然，又似乎有些难以置信。但很快，所有交错涌出的情绪在宁晚走到他面前的时候，又迅速隐入眼底，消失不见。

面对面站到一起，宁晚抬头，目光犀利地审视着男生。他穿着干净的白衬衫，袖子卷到手臂中间，露出小麦色的皮肤。领口敞开一个扣子，锁骨若隐若现，左手拿着树成的校服外套，眼里还有未褪去的笑意，眼角微微扬着，漫不经心地回应着宁晚的打量。

这双眼睛让宁晚忽然走了神，脑中快速蹿出一些记忆的碎片，画面很模糊，却让她有种与面前的人在哪见过的错觉。

见宁晚久不说话，郑允在旁边掐她的腰。

宁晚这才醒过神，清了清嗓问：“你是哪个班的？”

男生微眯起眼，似笑非笑：“我为什么要告诉你？”

宁晚懒得跟他扯皮，直接下了警告：“你最好离刚才那个女生远一些。”

男生轻轻地“哦”了声，眉宇舒展开，饶有兴趣地盯着宁晚。

他不说话，只是看，脸上情绪不明，若有若无地牵牵嘴角，皮笑肉不笑的，很诡异。

宁晚莫名觉得对方看她的眼神像是在看一个找了八百年的仇人，明明心花怒放，却要忍住不打草惊蛇，只能在心中暗喜：“我终于找到你了。”

两人无声地对视了一会儿，男生才收回视线。

他转身跟身后的人说：“走。”

好像什么都没有发生过似的，一伙人跟在他后面说走就走，干净利落。只是刚走出几步，男生忽然站住，回头看着宁晚，意味深长地笑了笑：“苍天有眼哪！”

宁晚听得一头雾水，眨了眨眼，这人有病吧！

一行人走远了，郑允才软绵绵地趴到宁晚肩头，像是全身被掏空了似的：“快扶我起来。”

“怎么了？”宁晚赶紧伸手。

“被刚才那个哥哥帅晕了。”

两人正说着，裴皎皎抱着一杯抹茶奶盖从水吧里跑出来，看到宁晚和郑允后她怔了怔，但很快她更着急了，四处寻找：“人呢？！”

郑允跟着看了一圈：“谁？”

“刚才那个男生，个子很高，帅帅的那个！”

宁晚皱眉看她，问：“你找他干什么？刚才他不是还堵着你，骚扰你吗？”

“堵我？”裴皎皎认真地想了几秒，忽然顿悟过来，“啊，姐，不是你想的那样！是我想给他买杯水，他拦着说不要，所以我们拉扯了一会儿。”

宁晚愣住，半天才反应过来：“你为什么要给一个陌生人买水？”

确定周围没有那个男生的身影，裴皎皎遗憾地叹了口气，惆怅地看向远方，幽怨地说：“不，他不是陌生人，他是我的恩公小哥哥。”

裴皎皎一煽情宁晚就头疼，她忙挥手：“行了，你别说了，算我多事。”

“不，我要说！”

裴皎皎抱住她的肩：“刚才我和艺体班一个女生发生了争执，她说不过我想动手，幸好恩公小哥哥路过阻止了她的‘兽行’。所以你说，我要不要请小哥哥喝水？”

宁晚十分无语，裴皎皎的造句用词真的是一言难尽。

裴皎皎仍沉浸在悲伤里，唉声叹气道：“可人家就是不要啊，呜，世上为什么会有这样英俊善良、不求回报的小哥哥？”

宁晚听完一声不吭，心情有点复杂。她原以为那人是个撩妹的流氓，没想到忽然成了帮人解围的好心小哥哥。

她郁闷地吹了口气，额头的刘海被吹起，又软软地塌下。有那么一瞬间，宁晚心里闪过一丝歉意，可在想起男生轻佻的笑容后，她又火速冷静下来。不对，这个痞里痞气的家伙肯定是在玩欲擒故纵的戏码，只有裴皎皎这种天真的小女生会相信，她才不会上当！

夏末早秋的天气说变就变，忽然几声雷响，天色变暗，灰黑色的乌云远远地压过来，像是要下雨。

宁晚说了皎皎几句后，拉她一起朝教室走去。刚走了几步，她发觉脚底有什么东西硌着，后退，垂眸，发现地上静静躺了一张学生证。

宁晚没有多想，弯腰捡起学生证，看到里面贴着一张一寸照片。巧了，竟然是裴皎皎的恩公。照片上的他鼻梁高挺，一双狭长的桃花眼，深色的瞳仁明澈锐利，薄唇微抿着，嘴角勾起的三分浅笑恰好削弱了五官里的清冷桀骜，里里外外都透着一副玩世不恭的散漫样子。

宁晚想起刚才他手里拿着校服，或许就是那时候不经意掉出来的。

“孟见？”她看着名字，嘴角轻轻扬了扬。帅是真的帅，但长着那双迷惑人的桃花眼，多半也是个花心的风流少爷。

郑允见宁晚盯着学生证出神，凑过来看，忽然惊呼：“妈妈呀，他就是孟见？”

宁晚转头：“你认识？”

“艺中的大佬啊！”

郑允语气激动起来：“我听别人说他模考接近满分，满分啊！他是个魔鬼吧？而且我还听说每天都有数不清的情书送到他的教室，他成绩好，又有大把人追……”

郑允激动的语调猛地刹车，好像想起了什么似的，她认真地看向宁晚：“你别说，你俩还真有点像。”

“啥？”

“都是平时看不到你们读书，考试时随便写写就年级第一名的变态。”

“呃……”

“而且我们教室的后门槛也快被你的爱慕者踏烂了。”

宁晚有些不以为然，想起刚才孟见离开时说的莫名其妙的话，不屑道：“我看他神神道道的，看书看傻了吧。”

她回头把学生证递给裴皎皎：“拿这个去跟你的恩公报恩吧。”

裴皎皎直摆手：“我不去。”

“为什么？”

“听说艺体班的学生都很凶，我刚才领教过了，的确很‘社会’，我可不敢再去，万一又遇到那个女生……”裴皎皎心有戚戚地说，“姐，你江湖地位高，还是你帮我去吧！”

宁晚还没来得及拒绝，裴皎皎已经一溜烟跑远了。

宁晚想到了什么，转过身。

郑允似乎早就预料到了，先发制人地堵住她的话：“我没空。谁捡的谁送呗，指不定你俩能靠这学生证缘定三生呢，毕竟都挺变态的。”

“滚！”

宁晚拿着手里的学生证，考虑了三秒后，将其扔了。

下午六点，最后一节课快要结束时，宁晚以上厕所为由提前十分钟离开了教室。

树成没有和艺中合并前，有栋楼里是跟师范大学合作的教师进修班。合并后，这栋楼就安排给了艺中的学生，改名——艺体楼。

宁晚也不知道后来自己为什么又捡回了那张学生证，用了整节课的时间思考后做出了总结：大概是因为良心不安。没错，她是一个有良心的人，无论如何，孟见的确在当时帮皎皎解了围。

还有三分钟下课。

艺体楼周围是大片的绿化带，环境很好，穿过楼前的榕树有个很大的人造湖，栈道连接湖中央的小亭子。学生下课要去食堂或校门口，必须经过这条栈道。宁晚决定就在这等孟见。

傍晚的风清凉舒爽，带着桂花的香气，沁人心脾。下课铃声终于响起，艺体楼里不断走出打扮时髦的学生。

宁晚靠着栏杆，努力地在经过的人里等孟见出现。可十几分钟过去，人走了一拨又一拨，直到热闹的栈道冷清下来，她都没有等到那个风流少爷。

这人不吃晚饭的吗？

为了自己的良心，宁晚快饿死了。她趴在栏杆上抓了抓头发，忽然闻到一股奇怪的气味。她直起身，循着味道很快发现，不远处的木头栅栏角落有一个精致的烟盒，烟盒被点燃了，正散发出一缕缕白色烟雾。

宁晚朝左右看了看，猜测是刚才经过这里的人随手丢下的。她走过去，把烟盒捡起来，看到里面有一根才燃了三分之一的烟。最近的垃圾桶在栈道尽头，宁晚怕正在燃着的烟点燃烟盒，只能把烟盒拿在手里，烟夹在指间，朝垃圾桶走去。

她不打算继续等孟见了。天色渐暗，她一边走一边打郑允的手机，等待电话接通时，她扭头瞟了眼湖里游过的小锦鲤。

郑允很快接通电话："喂？"

宁晚的指间燃着白烟："你吃完没？我——"

话说一半，忽然她眼前一蒙，来不及躲避和反应，她的上半身闷实地撞上了迎面走来的人。

那人的胸膛一点都不柔软，甚至撞得宁晚有点痛，她忘了手里夹的烟，下意识地用手去揉额头，说话的语气微怒："见了鬼，你看不到有人站在这吗？"

"哟——"面前的人顿了一会儿，发出轻而玩味的笑，"是你啊。"

宁晚一愣，感觉有点不对劲，怎么有点像那个风流少爷的声音？

她马上拿开手，看到果然是孟见后更加不悦，声调也跟着拔高三分："你是不是瞎？路这么宽，为什么故意朝我身上撞？！"

孟见也不生气，嘴角轻轻勾着，视线悠然地落到宁晚手上，懒洋洋地蹦出几个字："万宝路蓝莓双爆。"

他不紧不慢地倾身探向她耳侧，眼里噙一抹坏笑："你挺横啊，公然在学校里抽烟。"

孟见声音低低的，带着一点沙哑，像夏夜微风吹过的海，透着莫名的蛊惑和吸引。

光是这个声音，宁晚就理解了那些传闻里前仆后继给他送情书的女生。就算是她这样对帅哥无感的人，刚才有那么一瞬间，头皮都控制不住地酥了一大片。

暮色下湖面波光潋滟，一层一层，轻缓地扬起一圈又一圈涟漪。

孟见这么说是有原因的，最近树成在严抓抽烟的学生，还鼓励大家互相举报，一旦落实，不仅要被罚扫一周厕所，情况严重的还要记过。

不过宁晚懒得跟他解释，挑眉，淡淡地反问他："所以呢？你想怎么样？"

白色的烟在两人之间张牙舞爪地蔓延开，孟见双眼微眯，嘴角勾起不正经的笑："你猜。"

对视几秒，宁晚好像读懂了他话语中威胁的意味，低低地嗤了声，也懒得与他多解释，笑道："同学，不知道你有没有听说过'做人留一线，日后好相见'？"

"什么？"孟见好像没听清楚似的。

宁晚没过脑子，刚准备重复，突然反应过来这是一个文字陷阱，立刻收了回去。缓了缓，她抿抿唇，脸上虽保持着微笑，但声音冷冷的，没什么温度："不妨告诉你，我这个人脾气不怎么样，你最好别惹我，否则我不敢保证会不会对你做出什么丧心病狂的事。"

"是吗？"

男生似有似无地轻笑了声，目光远眺湖水之上，自言自语道："你又不是没做过。"

宁晚皱了皱眉，不确定自己是不是听错了："你说什么？"

"没，"孟见收回视线，无所谓地耸了耸肩，"我说，我同意你的观点。"

"什么观点？"

孟见的桃花眼里满是兴味："日后好相见啊。"

宁晚克制住打人的冲动，开始后悔自己学什么雷锋，尤其是对这种轻佻的纨绔子弟玩什么感恩？到最后自己还不是成了他无聊生活里的又一勺调味剂，供他逗弄取乐。

宁晚最终没把学生证还给孟见，揣在兜里去校门口找郑允。郑允在牛肉面店吃面，知道她要过来，算着时间也帮她点了一碗。

几分钟后，宁晚敞着校服走进店里。她脸上的表情一贯让人看不穿，她的气场极强，路过的地方站着的学生都下意识地离她远了些。那些让开的人，有些是怕她，但更多还是服她。

宁晚有一张美到过分的脸，笑时灿烂如花，细长眼尾扬着，说不出地迷人娇俏。但不笑时，那对眸子里的冷漠生疏也让人背后生寒，不敢轻易靠近她。

严格意义上来说，她不是标准的好学生。宁晚叛逆、倔强，在树成出了名地我行我素，但无论她怎么离经叛道，她的成绩始终位列年级第一。

郑允朝她招手："这里！"

牛肉面刚好送到，宁晚在郑允对面坐下来，还在考虑要不要告诉她学生证的事，面馆里忽然进来两个女生，不知在说些什么，笑个不停，非常聒噪。

郑允不爽地看过去，看清人后眼神立变，靠过来跟宁晚说："刚才，我听店老板说了今天中午在门口发生的事。"

宁晚漫不经心地问："什么事？"

"皎皎啊！"

郑允看着前台那两个正在点餐的女生，压低声音说："高三艺体班有个叫安鹿的，中午在面馆门口不小心撞了他们班的班花吴丽莎，吴丽莎就把人扣下来一顿骂，皎皎刚巧在这吃面，听不下去就帮安鹿说了两句话，结果吴丽莎，喏——"

郑允说着，眼神朝前方示意："就刚刚进来，扎高马尾那个。我朋友看到她使劲推了皎皎，啧啧，那个嚣张劲没谁了，还好孟见路过给拦了下来。唉，皎皎也是，瞎凑什么热闹，艺体班的那帮人特别'社会'，她招惹她们干什么？"

宁晚轻飘飘地朝吴丽莎看了一眼，又若无其事地收回视线："哦。"

吴丽莎和同伴点完餐发现店里的位置已经坐满，看了一圈，只有宁晚和郑允那桌还能拼两个人。她走到宁晚旁边招呼都不打一声就坐了下来，口中还不停抱怨：“哪来的这么多人，挤死了。”

她的同伴坐到了郑允旁边，郑允满脸不乐意，张嘴想说什么，宁晚迅速在桌下踢了她一脚，郑允微愣，马上会意地埋下头，老实吃面。

旁边，吴丽莎的同伴与她旁若无人地聊着天：“不知道老师怎么想的，竟然选安鹿上艺术节。”

吴丽莎手撑着头，神情厌烦：“别提了，谁知道她哪只眼睛瞎了。”

“这下安鹿可要出风头了，”同伴煽风点火，“其实我觉得你跳得比她好……”

两人正说着，伙计端来两碗牛肉面。

吴丽莎从筷筒里拿了一双筷子，挑了一口面到嘴里，边吃边说：“她就是装柔弱哄老师心疼呗，我看到她那副怯怯的样子就来气，装给谁看呢？中午要不是那个事精惹来了孟见，这事我跟她没完！”

郑允听到这，彻底明白了吴丽莎口中的“事精”指的是裴皎皎。她偷瞄宁晚一眼，发觉宁晚竟异常淡定，好像什么都没听到似的，认认真真地在吃面。但郑允直觉不太妙，以她对宁晚的了解，这种情况下宁晚情绪越是平静，就越是危险。

吴丽莎吃了两口，端起面汤朝碗里吹了吹，忽然动作一顿，问同伴：“那个事精哪个班的？回头打听打听，她可能不知道多管闲事的代价是什么。”

同伴竖起三个指头：“没问题。”

吴丽莎抿抿唇，这才解了气似的端起碗。

这时，旁边一直安静沉默的宁晚放下筷子，微微挺直腰坐正。她拿纸擦了擦嘴，紧接着身体猛地离座，毫无预兆地站起身。几乎是她起来的一瞬间，板凳翘起，吴丽莎捧着碗偏向一侧倒在了地上。

巨大的声响引来店里所有学生的侧目。店里虽然是长板凳，但宽而结实，不至于其中一个站起来，旁边的人就会失去平衡倒下去。

吴丽莎手里的碗连带着被打翻，面和着汤撒满她整个胸前，她半躺着，下巴上还吊着几根面条，样子狼狈又滑稽。

同伴不知道发生了什么，忙来扶她：“没事吧？”

吴丽莎挣脱开她的手，踉跄着站起来，气急败坏地指着宁晚：“你是故意的吧？！”

“故意的怎么了？”

郑允终于找到了插话的机会，讥讽地翻了个白眼：“不懂礼貌就算了，嘴还这么欠。”

“你！”

吴丽莎从前在艺中被众星捧月惯了，眼下当众被嘲讽，顿时恼羞成怒：“你说什么呢，有种你再说一次？”

郑允忙惊呼道：“哇，好怕，你是谁？”

周围看热闹的学生一个个都捂嘴笑了起来，或许隐隐偷笑比放声大笑更让人难堪，吴丽莎转过身涨红了脸，大吼：“你们笑什么？！”

宁晚从纸盒里抽了张纸巾，慢慢走到吴丽莎面前，擦了擦吴丽莎胸前脏了的地方。吴丽莎愣住了，还没反应过来她这个举动的用意，就听到宁晚用毫无波澜的语气说：“他们笑你蠢啊。”

宁晚扫过吴丽莎的脸，神情淡淡地说：“你不用费心找了，我妹读高一（7）班，叫裴皎皎。”

吴丽莎有点急火攻心：“谁要找你妹，你是不是有——”有病的“病”字还没说出口，吴丽莎忽然反应过来，猛地打住。

她动了动唇，愣愣地看着宁晚：“你……”

“别把你们艺中的那一套习气带到树成来，当然了，”宁晚不慌不忙地把脏了的纸巾揉成一团，丢到垃圾桶，然后顿了顿，语气冷漠而尖锐，“你要是敢乱来，这儿也没人会怕你。”

吴丽莎气得脸都绿了。

戏散场，看戏的人也各自离去，六点半，高三进入晚自习时间。

宁晚找了张试卷刷题，郑允跑去后排跟人聊天，过了一会儿神神道道地回来。

“晚，你今天在面馆整吴丽莎的事年级都传遍了。”

郑允欲言又止，犹豫半天还是靠到宁晚身边：“刚才有人在传，说吴丽莎那边放话了，让你今晚小心点。”

宁晚正在想一个公式，敷衍地“哦”了声。

郑允的父母在国外做生意，所以她住校，下了自习就得回宿舍。而宁晚是走读，郑允担心万一吴丽莎来真的，宁晚一个人会有麻烦。她想了想：“要不你今晚跟我回宿舍住？”

宁晚这才抬起头，无所谓地拨了拨头发：“让她来啊，我包里多的是辣椒水。”

宁晚的家在学校对面不远的一条街上，虽然近，但没有大路可走，只能从一条小巷穿过去。她每天放学都是一个人回家，所以包里常备各种防身利器。

郑允知道她的这套行事风格，没有多劝，只是放学前再次告诫她：“一定要小心。”

晚上九点半，学校正门陆续拥出大批放学回家的人。

北宁巷是树成门前一条偏僻的小巷子，周围几栋陈旧的居民楼正在拆迁，几盏破旧的路灯发着昏黄的光，狭窄的小道阴冷潮湿，几乎无人经过。巷子幽静，暗得看不见尽头。

宁晚已经习惯这条路，跟往常一样，走到一盏较亮的路灯下蹲下来，四处寻找片刻，轻声唤道：“咪咪，出来吃饭了。”

她刚从包里掏出准备好的食物，几个黑影幽然地挡到了她面前。宁晚心里“咯噔”一跳，第一反应是遇到了猥琐男，她暗中蹲低了些，忽地发现地面出现齐整的一排运动鞋。

想到什么，宁晚抬头一看——果然，面前趾高气扬站着的正是吴丽莎。她还带了三四个人，有男有女，手里都举着手机，似乎打算拍视频。

看清是吴丽莎后，宁晚反倒一点都不慌了，她站起来，往后退了两步，淡定地把猫粮收回包里，问：“找我？”

宁晚的后退被吴丽莎理解为恐惧的潜意识反应，她很满意这样的反应，眉尖轻挑：“你在面馆时不是挺嚣张的嘛，现在知道怕了？”

“我怕？”宁晚感到好笑，嗤了声，又无谓跟她争辩，“行吧，你开心就好。”

“你——”宁晚不痛不痒、慢条斯理的样子激怒了吴丽莎。

听到宁晚的话，吴丽莎身后有人劝她：“莎姐你跟她啰唆什么呀，给她一点颜色还开起染坊来了！”

“就是！”

两个学校刚合并，两边的学生都是陌生的。面馆的事传遍整个年级，很多人在暗地里笑吴丽莎也有今天。所以，即便她还没有摸透宁晚的底，但挽回颜面的事，她已经一分钟都不想等。

可哪怕她带了人，宁晚也没有自己想象中那么好对付。宁晚跟安鹿那样的女生太不一样了，宁晚眼里仿佛有什么东西，平和却无比坚韧，让吴丽莎看着莫名发怵。尤其是像现在两人对视时，宁晚的眼神就像一种无底的漩涡，不动声色地吞噬、碾压着她的骄傲和尊严。

吴丽莎被盯到心发慌，可背后站着视自己为偶像的人，她不得不强撑着颜面举起手：“你看什么看？！”

就在巴掌即将落到宁晚的脸颊上时，宁晚手心一拧，正准备回击，忽然，一双从暗处伸出的手紧紧地攥住了吴丽莎的手腕。

吴丽莎被弄痛了，气急地吼：“谁？！”

宁晚没被吴丽莎吓到，却着实被面前这只修长的手臂吓了一跳。那只手纤细瘦长，骨节饱满分明，重重地将吴丽莎的手打开后，顺势横向朝后一甩，懒懒地垂在宁晚的肩头。

宁晚还没反应过来发生了什么，手臂的主人就把她钩到身边，面朝吴丽莎他们，冷冷地问：“都给我看清楚了吗？”

宁晚听到声音汗毛都竖起来了。这家伙从哪儿冒出来的？！等等，他在叫吴丽莎他们看清楚什么？

宁晚正在脑子里快速思考这些问题的答案时，忽然发现吴丽莎和她带来的人不见了。宁晚有些蒙，转身去看，刚好看到巷口吴丽莎拐过转角的背影，路灯下她微佝偻着身体，一只手在脸上擦着什么，不知道是不是在哭。

“不用谢我，”旁边传来漫不经心却又满是邀功的声音，“我路过罢了。”

宁晚皱眉，这才想起自己肩膀上还挂了个大活人。

“你是不是欠收拾？”她用力甩开孟见的手，嫌弃地擦了擦肩头，“我跟你很熟吗，靠这么近？”

这话听得孟见一愣，他的脸顿时黑了下来。

“你这个女人有没有良心？”

宁晚很干脆地回答：“没有。”

昏黄的灯光映在孟见眼里，明暗交错，遮住了他眼底的情绪。他沉着脸，不知想到什么，忽然大步朝宁晚面前走，逼得宁晚往后退。两人你进我退，直到宁晚贴着墙壁无处可退时，孟见伸手按在了墙上。

从前看电视宁晚只觉得这样的画面尴尬好笑，可真的当自己被按住了——周围一片安静，触到孟见忽然靠近的目光和呼吸，宁晚心里微妙地慌了一拍。

她也不知道自己为什么会突然紧张，大脑竟然短路了几秒，一片空白。她迅速强制自己咳了几声后，抬起头，眼神冷清：“你干什么？”

孟见没有什么逾矩的行为，只是把她按在墙角，有点不爽地说：“我帮了你，你不打算谢谢我吗？”

宁晚有点想打人。

“如果我没听错的话，刚才似乎是你先说的不用谢。”

“有吗？”孟见面无表情道，“你听错了。”

时间已晚，回去还有几张卷子要刷，宁晚懒得跟他耍嘴皮。她选择退让，随意扯了扯嘴角。

“谢了。”

宁晚敷衍到连眼都没舍得抬一下。

孟见深吸一口气，算了，不跟女人计较这些细枝末节。

“行，”他懒散地把手抄进裤兜，“空口不言谢，你总得有点表示吧。”

宁晚微微蹙起眉头，显然有了几分不悦。

她正要警告孟见别得寸进尺，孟见却抢先一步开口：“给我你的微信。”

宁晚的眼神慢慢暗下来，话停在了嘴边。她没有马上回答孟见，而是目不转睛地看着他，盘算思考，究竟是谁给了他勇气，他居然敢提这个要求？

要知道，在树成几乎没有男生敢主动撩宁晚，更别说是强行“尬撩”、要微信这种天打“晚”劈的事。

考虑了几秒，宁晚得出结论——这个孟见一定是在艺中风流得意惯了，到了新环境还自以为是地认为，这里所有的女生见了他都会疯狂，都会甘之如饴地交上自己的微信。

呵呵。

宁晚心里想着，唇边慢慢漾出一丝让人琢磨不透的笑：“好啊。”

她从兜里拿出手机，打开微信名片对着孟见象征性地晃了晃：“这是我的微信号。”

孟见的视线跟着转到屏幕上，才停留了半秒，宁晚就倏地收回了手机，若无其事地说：“记住了吗？”

孟见微愣，随即仿佛明白了什么似的冷笑一声：“你玩我？”

“哪有？”宁晚无辜地眨眨眼，“号我给了，记没记住那就是你的事了，明白？”

宁晚的微信号是十多位数字加字母组成的乱码，她自知就刚才那么一晃，鬼都记不住，更别说是人。针对下午在湖边时孟见的轻佻，现在她的回击可谓解恨又解气。

孟见臭着脸沉默了一会儿，正准备告诉她一件事，巷子里忽然传来一阵超强动力的引擎声。他抬眼看过去，只见前面路口一辆汽车驶进了巷子，同时还有人在喊：“晚儿！”

宁晚的鸡皮疙瘩竖了起来。他怎么来了？

沈池开着一辆白色的Polo，开近后从车里探出头喊她：“还好赶上了，走，哥带你去吃消夜！”

拉好手刹，沈池才看到站在宁晚旁边的孟见，他打量了孟见一会儿：“呃，这位是？”

晚间的温度要比白天低些，巷子幽暗冷清，一阵穿堂风吹来，宁晚去拉校服拉链，口中漫不经心道：“他啊……”

她低着头，神情严肃，看上去似乎在很认真地想这个问题。只是半秒钟后，宁晚嘴唇一动：“路过的。”

宁晚拉好拉链，一头钻进了车里，沈池的手搭在车窗上，他觉得场面有点尴尬，只好试着问孟见：“同学，要不要一起？”

孟见阴沉着脸看向汽车里的两人：“不用了。”

“哦……”沈池觉得背后莫名一凉，手缩回去飞速关上窗，“好的。”

又是一阵强劲的轰鸣声后，汽车绝尘而去。

看着车子离开的背影，孟见觉得自己今晚一定是被鬼迷了心窍，竟然在听说了吴丽莎放出的传言后，提前下课跟着宁晚，又出手帮她赶走了不怀好意的人。可她不仅没有一丝感激，现在还快活地跟其他男人去吃消夜？

孟见吃了满嘴的汽车尾气，扯了扯校服领口，微凉的晚风很快灌到脖子里，再蹿至胸口，激起一片凉意。他烦躁得想骂人，那个没心没肺，好像一点都不记得他的坏女人。

上车后，宁晚系好安全带，放低椅背躺了下去。

沈池见她闭目养神，凑过来问：“妹妹，你想吃啥？”

宁晚闭着眼睛，凭感觉伸手掐住沈池凑近的脖子：“沈池。”

“停停停！”沈池被勒直了眼，忙抱住脖子，“有话好好说，别锁我喉！”

宁晚懒洋洋地掐紧：“叫我什么？再叫一次。”

沈池咽了咽口水，坚持几秒，终于还是不情愿地从嗓子里挤出两个字：“姑姑。”

“嗯——”宁晚这才松手，一本正经地念叨，“虽然我比你小两岁，但你要时刻记得我是你姑姑这个不容置喙的事实。”

宁晚的母亲是沈家的老幺，和自己的哥哥，也就是沈池的爷爷相差二十多岁，所以按辈分算，二十岁的沈池得叫十八岁的宁晚一声“姑姑”。

沈池很受伤：“我很忙的！好不容易今天公司放我一天假，我什么都没干就来接你放学，你能不能对我这个善良的侄子温柔一点？”

“忙？”宁晚掀开眼皮，似乎想起了什么，“对哦，你上个月不是说要出道了吗？”

沈池在一家娱乐公司做了三年的练习生，走在出道的路上，道上却迟迟不闻他的大名。

说到这个话题沈池不免心虚，闭了嘴，默默地踩下油门把车开出主道，恰好这时宁晚的手机铃声响了，分散了她对沈池的注意力。

宁晚看到来电号码，响了许久才接起来。她全程沉默，电话那边不知说了什么，宁晚用手揉着太阳穴，许久才淡淡地回了个“再说”。

挂了电话，沈池见她神色有异，问：“谁啊？”

“还能有谁？”宁晚手指漫无目的地沿着车窗玻璃滑动，“他要过生日了，准备隆重地庆祝，叫我去，呵呵……”

宁晚冷笑，画圈的手突然停住，眼神变得空洞深长：“他们一家三口其乐融融，我去多煞风景。”

沈池瞬间听懂了她的话，安慰道：“那就别去，别给自己找不痛快。”

宁晚扯了扯嘴角，别开脸打开车窗，把头转过去看窗外。快十点的夜空像一张巨大的黑色幕布笼罩着整座城市，显得压抑而沉重，正如她此刻的心情，忽然就一落千丈，沉到谷底。

这晚之后，吴丽莎再没找过宁晚的麻烦，裴皎皎那边也风平浪静。似乎所有人都安分地进入了开学的状态。

时间一晃而过，转眼到了周五，虽然高三课程繁重，但树成向来规定周末不设晚自习。在上最后一节课时，郑允早早地就在安排去哪过周末，可无论是提议吃火锅还是看电影，宁晚都没什么反应。

郑允见她恹恹地坐在位置上，心情似乎不好，便叹了口气说：“那算了，我也不出去玩了，我去游泳松松腰，每天这么坐着，腰都要断了。”

她说完朝教室外走，宁晚却抬头叫住她：“你去哪儿游？”

“明豪酒店啊，”郑允莫名其妙地看着她，“我舅舅在那，你不是知道吗？”

宁晚犹豫了几秒，跟着站起来：“我也去。”

半小时后，两人出现在离学校只有两条街的奢华六星级酒店——明豪酒店。

明豪酒店顶层有全城最壮观的天际镜面泳池，每每夜晚降临，趴在泳池边可以俯瞰整个城市美景，微风拂面，光影世界繁华如昼，十分惬意。

郑允的舅舅是明豪酒店的市场部经理，早就给了她一张内部的无限次 VIP（贵宾）卡，酒店离学校很近，郑允有空就会来游两圈锻炼身体。

进电梯后，郑允按了三十楼。宁晚看着亮起的数字，目光慢慢向下，不知不觉地盯着“6”看了许久，直到“叮”的一声电梯门打开才拉回思绪。城市已见暮色，顶层泳池水面波光潋滟，澄澈宜人。

站在更衣室里，宁晚心不在焉地拿出郑允从宿舍翻出来的新泳衣，正换着衣服，隔壁郑允忽然叫疼：“哎，我肚子疼，不行——”

紧接着是风一般急促的关门声。

“我去下厕所，马上回来，你先游吧！”

宁晚换好衣服，打开门。

已经过了夏季，来游泳的人少了许多，尤其是现在临近饭点，泳池更是空无一人，水面寂静无声。

郑允的连体系带泳衣露背露腰，设计十分前卫。宁晚虽然身高体重跟郑允差不多，但两个人的胸围却相差一大截，现在泳衣穿在她身上，胸前被勒得紧紧的。

她走到池边坐下，双腿伸进池子里，水迅速包裹住皮肤，袭来阵阵清凉。

盯着静谧的水面，宁晚还在想刚才电梯里的“6”，有点走神。

她太久没有游过泳了，记忆里最后一次在水中嬉闹的时光已经过去许多年，从母亲离开后，宁晚的生活除了学习，就是等她回来。

她幽幽地叹了口气，闭上眼，整个人滑进了泳池，手臂划开水面，双腿规律地摆动。宁晚的身体柔软而灵活，池面不时浮现她的纤细身影，她的动作很大，起起伏伏都像带着某种发泄的情绪。

热身一圈，宁晚浮出水面，趴在泳池尽头。她抹掉脸上的水，把湿漉漉的头发拨到耳后，偏头时余光隐约看到更衣室有一扇门被打开了。

估摸是郑允上完厕所回来，宁晚没有多想，调整呼吸后再次扎入水里朝池边游过去，打算接应郑允。

水底的光冷清昏暗，宁晚缓缓游动，像一条灵动的水蛇。快到池边时，她依稀看到岸边人的碎影，正准备浮出水面，她右边的小腿肚忽然一阵抽疼，紧接着身体迅速失去控制和平衡。

宁晚马上反应过来自己的腿在抽筋，她深吸一口气，潜进水里按揉小腿并拉高脚掌，疼痛却越发厉害，她开始在水里扑腾，偶尔冒出水面又很快沉下去。

幸好刚才她看到“郑允”准备下水，冷静过后宁晚马上挥手向她求救。几乎是她挥手的同时，岸边的人跳进了泳池，溅起巨大的浪花。

宁晚已经呛了好几口水，朦胧中看到“郑允”离自己越来越近，她也奋力游过去，刚刚与其会合，她便使劲抱住了“郑允”。对方似乎愣了下，但还是快速架住了她的肩，托着她。

好不容易被拉出水面，宁晚大口喘着气，满脸都是水，抱紧“郑允”：“你再不来就要失去我了！”

说完，宁晚伸手抹掉脸上的水，被水模糊的视线顿时变得清晰，也是这一刻，她忽然看到不远处刚从更衣室换好衣服，正慢吞吞朝泳池走来的郑允。

郑允竟然还没下水？！那自己抱着的人是？

宁晚的神志被轰然炸醒，她僵硬地动了动身体，视线慢慢下移，看到对方湿润的男士泳裤后，嘴唇微张，大脑里劈过一片白光。

那是什么？宁晚猛地回过神，心一惊，男的？！

她触电似的松开手，可骤然离开支撑，她的身体又开始下沉。

对方反应很快，迅速在水里环住她的腰，手臂用力回拉，在泳池里划开一道水痕。下一秒，两人几乎贴着靠在一起。

“别动。”

男人的声音慵懒中带着丝丝湿润的水汽，沙哑而低沉。他顿了一会儿，才慢慢在空气中发出一声若有似无的笑。

“刚才不是抱得挺开心吗？”

第二章
她说我裤子上毛挺多的

宁晚被抱到岸边坐下。

郑允闻声也赶了过来，八卦地盯着孟见。

“呀，见哥，你怎么会在这？”问完，她又反应过来，“对哦，明豪是 MW 集团旗下的酒店，你又是 MW 的太子爷，嘿嘿，真巧真巧，幸会幸会。”

郑允的一通废话，烦得宁晚眼眸一沉：“闭嘴。”

从听到声音察觉不对劲，到发现救她的男人是孟见，再到被他不由分说地托到岸上，宁晚一直都没有机会说话。

此刻，她坐在池边又气又急，气自己瞎了眼认错人，急自己腿抽筋，现在疼得站都站不起来。

她一声不吭，缓缓平复着呼吸，余光看到孟见欲言又止，马上恶狠狠地瞪了他一眼：“你也给我闭嘴！”

孟见眼神复杂地看着宁晚，过了会儿，他手撑着泳池边跳出泳池，去到不远处的躺椅上拿了块白色浴巾，再走回宁晚面前，别开脸，把浴巾甩到她身上。

宁晚被他的举动搞得一愣，忽地明白了什么，低头看过去。

郑允的泳衣尺寸不合适她，她本就穿得紧巴巴的，再加上刚才在泳池里一阵折腾，脖子上的系带早已散开，露出雪白的肩。她黑亮的长发湿漉漉地贴在皮肤上，衬得身上肌肤白皙胜雪。

大幅度走光，宁晚莫名地恼羞和愤怒，她把自己裹紧，狠狠地瞪着孟见："变！态！"

孟见：关我什么事？

宁晚被郑允扶进更衣室，匆匆地换好衣服，给沈池打电话。

电话响了很久那边才接起，宁晚还没出声，沈池就抢先道："姑姑，我现在忙，回头再给你打！"接着他就跟阵风似的挂断电话。

宁晚原本是想要沈池来接她这个伤员，但显然对方现在没空。她只好打开手机通讯录，上上下下地看了一遍，却没有找到适合的人。

郑允见她犯难，积极地弯下腰拍腿："上来，我背你。"

宁晚瞟她一眼："谢了，你敢我也不敢了。"

高二那年宁晚生理期疼到冒冷汗，下课后郑允自告奋勇背她去医务室，结果脚一滑，两人抱成团从楼上滚到楼下。

"那次是个意外，"郑允不好意思地挠挠头，"再说，现在除了我，也没人能背你了呀。"

宁晚试着抻了抻腿，依然在痉挛抽疼。

"无所谓，"她淡定地把湿滑的长发扎起来，"大不了我单脚跳回去。"

郑允以为她在开玩笑，没想到宁晚来真的。她让抽筋的右腿悬空，只用左脚支撑身体，倔强地一步步跳到门口，打开门，正准备继续跳去坐电梯，忽然看到孟见也换好了衣服站在更衣室门外。

男生穿着淡蓝色的长袖T恤，湿润的头发一缕一缕地垂着，散漫而随意。他看到宁晚出来，眼神自上而下地打量着她："你就准备这样跳回家？"

宁晚不想理他："有什么问题？"

郑允拎着她和宁晚的包从后面跟上，看见孟见后拍了拍脑门："对对对，不是还有他嘛！"

宁晚眼皮一跳，立刻扭头暗示郑允闭嘴，郑允却像完全没看到似的上前热情求助："孟见，麻烦你帮我背下宁晚呀，她——"

宁晚急忙喝道："郑大允！"

郑允无辜地眨了眨眼："怎么了？男生力气大啊。"

宁晚服气，不想跟她解释那么多，自己朝电梯门口跳去。

她的样子滑稽又笨拙，像四肢不协调的青蛙，东倒西歪。蹦出几步后，不知是哪里出了问题，她踉跄了两下，身边又没有扶手，整个人便歪着朝旁边倒下。

郑允见状赶紧伸手去扶，就在她快要碰到宁晚的一瞬间，孟见速度更快地接住了人。

宁晚侧身倒在他怀里，还没回过神，孟见已经顺手将她拦腰抱起，接着翻了个转，扛上肩头。

宁晚蒙了一下，心跟着剧烈地跳起来，有些不敢相信自己的眼睛。

在树成高中，敢跟宁晚搭讪的男生几乎没有，更别说像现在这样，问都不问就上手了，还把自己跟条鱼似的挂在肩上，这算什么？

孟见把她架得很紧，宁晚心里憋着一口气，挣扎了几下想要下来都没能得逞。她自知对付这种男人靠的不是蛮力，而是一击即中的智慧。冷静片刻后，忽然察觉到自己正处在某个相当有优势的位置。

宁晚的腿被孟见悬在身前，跟随孟见走路的动作，与他的身体轻轻碰撞。她默默判断了下方向，在快到电梯口时，心下一狠，冷不丁用脚朝孟见的要害之处踢过去！

她原以为孟见会“嗷”的一声倒下并痛苦地蜷缩起来，令她意外的是，那人完全无动于衷，甚至眼皮都没掀一下，依然牢牢地架着她。

宁晚都能听到他从鼻子里轻声哼出的嘲讽。

她活了十八年，从没被哪个男生这样藐视过。

孟见伸手去按电梯，身体相对来说不怎么平衡。宁晚仔细分析第一次失手的原因，觉得一定是她只使了三分力气，所以他才不痛不痒，眼下又是一个好机会，她将膝盖屈起，憋足全力撞向孟见。

如她所愿，孟见这次终于停了下来。

“撞够了没有？”

他声音中带了些莫名的玩味，宁晚正想开口回敬他一句“没有”，忽地眼前一阵天旋地转，她的后背猛然撞上了电梯墙。

当她再睁开眼睛——孟见把她禁锢在墙上，他的桃花眼隐隐勾着，声音低沉撩人：“你到底想怎么样？”

两人靠得很近，逼仄的电梯里空气很稀薄，孟见身上有淡淡的青草香，呼出的热气与宁晚的呼吸混合在一起。

宁晚讨厌这种无法控制的感觉。她扭开头，呼出一口深长的气后，嘴角勾起一个讽刺的笑："这么撞都没反应，不会是坏的吧？"

郑允快听窒息了。她搞不懂身后的两人在玩什么游戏，孟见粗暴地把宁晚按在电梯上，宁晚问孟见一些奇奇怪怪的话。

这是一个很伤自尊的问题。孟见没有回答。

郑允的心脏怦怦跳，她咳了两声，正酝酿着要不要说点什么缓和一下气氛，抬了抬头，忽然张大嘴巴，眼睛直勾勾地看向前方。

电梯门是镜面的，郑允非常清楚地看到孟见俯身在宁晚耳边，不知他说了什么，宁晚的神情变得有些不自然，她伸手去打他，却反被孟见捉在了手里。

太棒了，这两人完全当自己不存在呢。这一局Battle（对决）似乎是孟见赢了，他笑了笑，懒懒地松开宁晚后靠在她旁边，刚好电梯行至六楼停下，从外面进来两个人。

其中一个刚踏进来就温柔地喊道："小晚？"

宁晚原本还在考虑待会儿出去怎么收拾孟见，听到声音后身体微微挺直，垂在腰侧的手也下意识地收紧。

孟见敏锐地察觉到她的不对劲，侧眸看过去。刚才还跟他气势汹汹对峙的眼神现在黯淡下来，变得冷漠锋利，充满着疏离感。宁晚整个人好像就在这一瞬间装备了盔甲和武器，身上全是警惕戒备。

"姐，你不是说要上课，没空来吗？"

裴皎皎面带惊喜地过来拉宁晚的手："你刚才是不是走错楼层啦？我们在六楼呀！"

宁晚冷淡地看了她身后的尤容一眼，甩开手。

尤容穿着一身看不出牌子的素色套裙，身上也没有任何首饰装点，看起来平和简朴，丝毫不像一个集团夫人的打扮。

她亲切地笑道："小晚，你来怎么不提前告诉我一声呢？我好下去接你。"

宁晚眼底交织着晦暗不清的情绪，她像是在努力压抑着什么，与尤容对视几秒钟后，她的嘴角才极淡地勾了个弧度，笑得清清冷冷，毫无感情："这么多年了，尤女士什么时候才肯露出狐狸尾巴？"

裴皎皎脸色微变，去拉宁晚的袖子："姐，你别这样，我妈是真心想对你好。"

紧张的对话还未结束，电梯"叮"的一声到达一楼。

门一开，外面的人看到尤容，纷纷奉承着上前。

"裴夫人怎么亲自下来了？太客气了。"

"就是就是，这是您家小姐吧，真漂亮！"

"嗯，有裴董的影子！"

一群西装革履的人面带谄媚地拥进来，把宁晚他们挤出了电梯。

隔着人群，宁晚看到尤容应酬时脸上温和得体的笑容，沉默地看了会儿，凉凉地扯了扯嘴角，也跟着笑了。只从外表上看，她真的很难相信这样一个优雅端庄的女人会是破坏父母婚姻的第三者。

三人走出酒店，郑允拦了辆出租车准备送宁晚回家。

从电梯里出来后宁晚就一直没说话，郑允知道一点她家的事，就没有多问，把她扶进车里后，叮嘱她："你等我一会儿。"

关上车门，郑允快速追上已经走出十多米远的孟见，气喘吁吁地说："见哥，好人做到底，你帮我送宁晚回家吧。"

"不好吧，"孟见看了看表，"我还有事。"

郑允忙拖住他的胳膊："别啊，她家不远，就在南岛花园，开车几分钟就到了。"

孟见身体一顿，蹙着眉转过身来："你说哪里？"

"南岛花园啊。"

宁晚坐在车里等了很久郑允都没上来，她坐直了朝窗外看去，刚好看到郑允走进酒店的背影。再下一秒，一个黑影趴到了窗前。

宁晚吓了一跳，发觉黑影是孟见后，冷冷地问："郑允呢？"

孟见吊儿郎当地拉开车门："她把你卖给我了。"

宁晚还没反应过来他这话是什么意思，孟见已经若无其事地坐了进来。

这人嚣张到让宁晚都有些震惊了，她愣了愣，马上回过神来厉声威胁道："警告你，三秒钟，马上给我——"

“下车”两个字还在嘴边，宁晚猛地被汽车发动的推力带得往后一仰，她定睛一看，前排的中年大叔竟然一声不吭就开车了！

一边开车，大叔还一边发出语重心长的劝告：“小情侣嘛，有话好好说，不要动不动就打打杀杀、闹分手，伤和气的呀，不好的呀。”

这位叔叔，您能不能别给自己加戏？

车都开了，宁晚没再吭声。十分钟后，车进了南岛花园。

裴晋诚二十世纪九十年代下海赚得盆满钵满，结婚后在城里的第一个别墅小区安了家，虽然现在看来年代久远，楼栋设计也不那么时髦，却独有着那个年代的复古特色。

大叔讲了一路自己年轻时的爱情故事，孟见无声地笑了一路，也被宁晚瞪了一路。

车停稳后，宁晚在大叔慈祥的目光下打开门，倔强地走下车。她的腿还疼着，一瘸一拐地走得很吃力，背着书包的那侧肩头不对称地塌着，像一块巨石，分分钟就要压垮她瘦小的身体。

孟见跟在后面看了会儿后，还是没忍住，追上去扯下她的书包，走了两步后放在楼房门前平滑的青花石上，才皱了皱眉问：“你这里面都装了些什么？砖头吗？”

宁晚慢慢走过来，却没有要感谢他的样子，面无表情地掏出钥匙，开了门后，垂着眸说：“你可以走了。”

然后她不等孟见再说话，“砰”的一声关上了门。

这个女人还能不能再冷酷一点？

宁晚这厢才关了门倚在玄关处换鞋，门铃响了。

“喂——”孟见在外面叫她，“你的东西掉了。”

这种骗小女生开门的伎俩也太低级了。宁晚不齿地嗤了声，充耳不闻地趿着拖鞋去了二楼卧室。

躺到床上刚眯上眼，她就接到郑允打来的关怀电话：“晚晚，你安全到家了吗？”

“你还有空找我？我以为你忙着在数卖我的钱呢。”

“对不起嘛，我舅舅刚刚找我有事。嘻嘻，”郑允嬉皮笑脸地道歉，“你上次不是说高考结束想做家庭教师吗？刚才我舅舅让我介绍一个学霸给他儿子做家教，你要是愿意的话，我让他加你微信聊。”

宁晚摸着额头，心不在焉地回道：“好啊。”

挂了电话，她盯着屋顶的复古水晶灯发呆，许久后才闭上酸涩的眼睛，轻声叹了口气。

今天是她爸爸裴晋诚的生日。

九岁那年，裴晋诚意外地带回尤容和只比自己小两岁的裴皎皎。母亲在争吵无望后选择离婚、出国，之后裴晋诚带着宁晚离开，去了一个有尤容和裴皎皎的新家庭。

这些年来，无论裴皎皎怎么讨好自己，宁晚一直对这个妹妹很冷淡，直到去年裴皎皎帮忙劝说父母同意让宁晚一个人回南岛花园住，姐妹间才解开心结，关系得到一丝缓和。

她花了很长时间才接受裴皎皎，但对于那个伤害她母亲的女人，宁晚始终无法原谅。

回忆并不好受，宁晚揉了揉眼角，拿出手机想转移一下沮丧的思绪。

打开微信，她便看到一个叫“M”的发来好友请求，猜想应该是郑允的舅舅，宁晚没有多想就点了通过。

毕竟是长辈，成为好友后，宁晚客气地发过去一句：“您好，叔叔。”

一秒后，M发来一个问号。

宁晚手里握着手机，正思考是不是哪里用词不当，眼里忽然跳进一句话：“你好，大侄女，你一直不开门，我只好把你的书包先背回家了。”

宁晚：“嗯？！”

宁晚躺在床上时就觉得自己好像忘了什么东西，只是那会儿脑子里被尤容占据，她没心思去细想其他的东西。现在反应过来，她从床上起来，快速跑下楼打开了大门。

原本她还抱着一丝希望，认为孟见只是开个玩笑，他应该还在楼下。可是她开门后，门前的小草坪上空荡荡的，远处的暮色里也只剩寂静的水泥地和昏黄的路灯。

孟见竟然真的拿着她的书包走人了！

宁晚咬牙切齿，顾不上考虑他是怎么得到自己的微信的，匆匆跑回去拿起手机回复他：“你家住哪？

“书包还我！”

收到宁晚的微信，孟见懒懒地扯了扯嘴角，随后往外拨了个电话：“妈，我想回老房子住段时间。

“没有为什么。对，清净，想看书。”

挂了电话，他在包里仔细找了一圈，才终于找到那把表面斑驳不清的老钥匙。

开了门，屋里一片漆黑，孟见在进门前顿了顿，身体往后稍仰，隔着一座楼房的距离，他能看到宁晚家二楼亮着的灯。

他嘴角微勾，眼里噙着淡淡的笑意。

九岁那年，孟见一个人在家洗澡时因煤气中毒而昏倒在地，是宁晚从二楼窗户爬进来救了他。从医院休养回来后，家人原本想带着他上宁晚家致谢，可提了一大堆礼物上门才发现宁晚家大门紧闭，一家人都不见踪影，他们原以为对方是卖了房子，可后来又很久不见有新主入住。

那几年孟见回家时经常会在宁晚家门前看看，直到后来，他们也搬去了更好的地方。

他找了她那么多年，她竟然已经搬回南岛花园住了。

孟见开了灯，走到二楼自己的卧室。当年九岁的他就是在这里洗澡昏倒，宁晚进来后把他看了个精光不说，后来还因为英勇救人被记者采访。

孟见在重遇宁晚的第一天就在想，他怎么能那么清楚地记得她的样子？大概就是因为九岁那年，他在家把宁晚受访的新闻看了成千上万遍，听她描述救人的过程，还听她描述自己赤裸的身体是如何在她一进来时就吸引住了她的注意。

孟见躺在床上回忆当时宁晚用的那些词——呵呵，多会形容的一张嘴啊。

房里很安静，他的手机一直在响，都是宁晚发来索要书包的微信。

“你住哪？

“算了，书包可以先不要，你能不能把文件夹里的卷子拍下来发给我？我明天要交作业。”

孟见的艺体班对文化分要求不那么高，所以平时留的作业相对普通班来说要少得多。他皱眉看了看宁晚的书包，忘了还有作业这一出。

走过去，孟见正准备拉开拉链找宁晚说的文件夹，忽地手一顿，人又折回手机旁。

“包里没有不能见人的东西吧？”

宁晚：“我没你那么不正经。”

他出于尊重问一问，怎么就成不正经了？

宁晚的书包很沉，拎在手里很有分量，虽然说高三课程多，作业多，但是宁晚的书包重得有点过分了。

孟见拉开拉链，先被一个黑长条的东西吓了一跳。他缓缓地抽出那根玩意儿，仔细观察了才发现，原来是根小电棍。

宁晚好像故意把这些防身的东西放在上面，孟见一层层地掏出辣椒水、警报器、瑞士刀……

这些也就罢了，最让人不可思议的是里面还有一根双节棍。

她是练家子吗？孟见连连摇头，叹为观止。

他们班女生的包里都是唇膏，再不济也是辣条和薯片，宁晚倒好，装了一书包的武器装备。真是个思路迥异的女人。

防身用品都拿出来后，下面才是课本、作业，孟见一眼就看到了文件夹，他把夹子拿出来，不小心钩到了什么，掉出一张信封。

他垂眸，看到信封上写的是——给宁晚。

孟见意识到了什么，视线又转到书包深处，果然，里面还躺了一堆花里胡哨的信封。

“给宁晚。

“给晚晚。

“给晚美女。

“给 dear wan（亲爱的晚）。”

孟见抓着信封一个个读过去，读到最后这封带英文昵称的，来了兴趣。

他看了看落款——你的罗子文（小文文）等你回信。这个名字有点耳熟，孟见认真地想了会儿，终于记起来了。

高三（7）班的罗小胖，之前被老师要求减肥，还特地来观摩他们体育生训练。

想到这里，孟见忍不住嗤笑道：“凶成这样，还有人写情书。”

他眯着眼凝视手里的一大把信，发出一声特别不屑的“嘁”后，将信封原封不动地全部丢回了包里。之后他打开文件夹，夹子里有厚厚的一沓待写的卷子，各科的都有，少说有八九张。

就算孟见闭着眼睛刷这堆卷子，起码也要刷到半夜，他看愣了眼，心道：“这老师疯了吧？”

他在书桌旁的转椅上坐下来，随手拿了宁晚的一支圆珠笔在手里转，转了不知道多少圈后，他拿起手机给宁晚发信息。

“卷子找到了。

“叫一声哥哥，我就拍给你。”发完这句话，孟见神清气爽。

他发誓只要宁晚肯乖乖地叫他一声哥哥，以前她说过的那些话，他可以全部忘记，从今往后宁晚要他的命都可以。毕竟他这条命原本就是宁晚给的。

然而，宁晚直截了当地甩来四个字：“臭！不！要！脸！”

宁晚疯狂地想钻进手机到对面暴打孟见一顿，她丢开手机，烦躁地下楼，准备煮袋泡面果腹。才撕开包装袋，外面门铃又在响，宁晚第一反应会不会是孟见良心发现给她送书包回来，于是端着泡面就飞奔过去开门。

可门一开，裴皎皎站在门口：“姐！”

裴皎皎像是刚从风里跑过来，脸蛋红扑扑的，嘴角洋溢着笑容。她欢喜地朝宁晚晃了晃手里提着的几个纸袋子：“姐，我给你打包了好多好吃的，还有爸爸的生日蛋糕。”

裴皎皎从小到大都爱粘着宁晚，哪怕宁晚对她总是冷冰冰的，她依然乐此不疲地做宁晚的小跟班。这些年来，宁晚的每个生日她都精心地准备礼物。前年宁晚执意想一个人回南岛花园住，全家反对时，只有裴皎皎帮她说话。

她说：“姐姐想有自己的空间，你们应该尊重她。”

因为她的尊重，宁晚也给了她尊重。宁晚伸手拧了拧裴皎皎的脸蛋，把她拉进门：“我又不是没饭吃，你大老远跑过来干什么？”

裴皎皎眼尖地发现了她手里的泡面，马上就抢过来丢进垃圾桶：“又是泡面。”

她有点生气："你还要不要身体了？我十次来这里，有九次你都在吃泡面！"

宁晚："哪有那么多……"

两姐妹亲密地坐到一起。趁着宁晚吃晚饭，裴皎皎把揣了许久的八卦小心思摆到她面前："姐，今天在电梯里太仓促，我还没来得及问，你怎么会跟我的恩公在一起？"

宁晚低着头，目光一顿："碰巧遇到罢了。"

"碰巧？"裴皎皎兴奋地眨眨眼，"可你当时的脸有点猩红啊。"

宁晚口中的饭差点没喷出来："皎皎，我跟你说了很多次，不要总是用一些奇怪的词语造句，为什么你作文总是不及格，嗯？脸红就脸红，为什么要用猩红？你懂猩红什么意思吗？猩红是用来形容——"

"行行行，"裴皎皎打断她的话，一本正经地盯着她，"那你为什么会脸红？"

她为什么脸红？呵呵，还不是因为孟见那个臭不要脸的跟她说了句不正经的话。

想起那个王八蛋，宁晚的心又痛了，她还不知道明天怎么跟老师交代作业的事。

裴皎皎见宁晚迟迟不回答，忽然冒出一句："姐，你不会也对他一见钟情了吧？"

"当然没有！"宁晚马上坚决否认。

虽然否认了，但"一见钟情"这四个字慢慢在宁晚脑中蔓延开，让她想起了另一个人。

如果说她曾经经历过所谓的一见钟情，那一定是小时候看到的那双眼睛吧。迷蒙的浴室里，那个人倒在地上，看到宁晚后，用尽力气睁开眼睛，一双清澈深黑的瞳仁隔着层层水汽与她的目光紧紧对视。

那一眼对望，曾经令宁晚惊艳了太久。只是后来家庭变故，物是人非，她匆促离开，再回来的时候，他也不在了。

宁晚不知道那个人现在在哪，身体还好吗，有没有留下后遗症……

走神想到这里，宁晚好想笑自己，一个样子都已经记不清的人，她真是想太多了。

房里的立式古钟敲了九声后，裴皎皎依依不舍地站起来告别：“我得走了。”

她像个大人似的抚了抚宁晚的头发：“姐，你要照顾好自己。”

宁晚抿唇拨开她的手：“很晚了，我打车送你。”

“不用了，”裴皎皎走到门口，顿了顿，指着不远处停着的一辆车，“我妈送我来的，她知道你不想见她，所以一直在车里等我。”

宁晚顺着她的视线看出去，果然在二十米外，静静地停了一辆小巧的雨燕。尤容很节约，作为上市公司的老板夫人，开的车才十万出头。

宁晚收回视线，同时收回的还有上一秒脸上挂着的笑。她又变得冷淡起来，面无表情地“嗯”了声：“那你慢点。”

裴皎皎捕捉到她神情间微妙的变化，顿了下，还是笑着摆了摆手：“嗯，姐姐拜拜。”

“拜。”

汽车缓缓开远，宁晚的内心五味杂陈，她靠在门边，心里很纠结。

尤容虽然结束了父母的婚姻，可扪心自问，这么多年她一直用心地照顾裴家大小，默默地付出，一点一滴地融化着宁晚。

宁晚看不透尤容的目的，不知道她到底想要什么，更不想就这样慢慢被她打动。所以她搬了出来，回到曾经和母亲共住的地方，似乎只有这样才可以让自己心安一点，坚守对母亲最后的忠诚。尽管她一离开就是九年，至今除了每月一次的电邮问候，从未回来过。

洗完澡躺上床，宁晚的心里空荡荡的。他们（1）班是年级的重点班，作业向来多，尤其是不用上晚自习的周五，各科老师都会跟疯了似的狂甩卷子。

想到自己明天早上要全部交白卷，宁晚就心烦得睡不着，她爬起来，把外套披在身上去了阳台。

夜晚的空气很新鲜，带着泥土的芳香，沁人心脾，晚风一缕一缕地吹在宁晚身上，让她整个人渐渐平静下来。

唉，虽然那个王八蛋摆明就是想占自己的便宜，可不过是个称呼，她何必要那么较劲，等书包拿回来了，新账旧账一起算，自己有的是办法教他做人。

说服自己暂时低头，宁晚释然地松了口气，解锁手里的手机，打开与孟见的对话框。

手指在屏幕上来回摩挲了许久，犹豫再犹豫地打出“哥哥”两个字后，宁晚闭上眼睛，缓了缓，狠下心按了发送。

收到消息时，孟见还没睡。他指间夹着笔，噙着笑意看宁晚发来的话，随后把手机放到一旁，收起刚刚做好的卷子，继续展开下一张。

笔尖刚落下，孟见似乎又想起什么，拿回手机，在转椅上懒懒地转了个圈后，敲了个字回过去。

“乖。”

第二天，天才蒙蒙亮，宁晚就醒了。她睡眠一直浅，加上昨晚被书包的事搅得心神不宁，更是无法安睡。

虽然她奇耻大辱地叫了孟见一声“哥哥”，但那家伙一点也不守信用，戏谑地回了一个“乖”字给她后，就再无音信。

宁晚从没这么憋屈过，又对他束手无策，早早醒了后也没什么心思再赖在床上，稍微洗漱了下就去了学校。

她虽然一直我行我素，某些行为上也有些出格，但在学习上从没犯过错。如果今天的作业是白卷，她很难解释，也无从解释。

从北宁巷一路小跑到学校门口刚好七点，离早自习还有半个小时的时间，宁晚正想去老师的办公室看看桌上有没有多余的卷子让自己补做，兜里的手机忽然响了。

她拿起来瞄了眼。

M：“到学校后来操场拿书包。”

按照宁晚的性格，被骗过一次，她不会也不可能再给对方第二次骗自己的机会，可眼下情况特殊，她所有的文具资料都在书包里，不拿回来的话会很不方便。

受制于人，宁晚只能忍字当头，掉转方向去操场。

早上七点的天空是淡青色的，空气中飘着朦朦胧胧的薄雾，迎面而来的风里有凉意，吹得宁晚格外清醒和冷静。

操场的跑道上站着一群男生，似乎才跑完步，宁晚边走边想起来一件事——孟见是体育生，听说每天早上六点半就要在操场集合训练。

看他们的样子似乎刚刚训练结束，几个男生勾肩站在一起不知在聊些什么，孟见站在中间，手里拿了一瓶水，正朝嘴里倒。

他站在人群里，偶尔嘴角散漫地挑一下，跟宁晚第一次在面馆门口看到他时一样张扬轻佻，朝霞余光笼罩着他的侧脸，中和了他眉眼里的几分乖张，整个人站在那很好地演绎了什么叫无声无息，却锋芒毕露。

有人提醒了孟见，他扭过头，围着他的一帮男生也跟着回了头，看到宁晚往这边走来后，马上别有深意地起哄。

男生们似乎很喜欢看到女生被起哄后害羞的表情，宁晚却十分反感这种似是而非的起哄，好像莫名之中已经定义了她和孟见的关系。

她走到起哄起得最起劲的那位男生面前，冷冷地打量了他一会儿，似笑非笑地说："你叫唤什么呢？"

靳宸嘴角一僵。

宁晚脸上似乎在笑，眼神却格外疏离、清冷，隐隐带着能穿透四方的杀气，震得靳宸一阵发蒙，他忽然间就不会说话了，愣了好一会儿才回神。

他清了清嗓子，有些不满地拉下脸："你怎么说话的？说谁叫唤呢？"

宁晚还没开口，孟见就带些情绪地睨了靳宸一眼："废话多，还说不得你了？"

靳宸：什么情况？

孟见赶人似的把他推到旁边："去那边等我。"

靳宸无言以对，食指指着他，一副看清了塑料兄弟情后痛心疾首的模样，带着剩下的人先走一步。

操场上的人散了，孟见才对宁晚招手："过来。"

宁晚跟着他走到看台上，看他从座位上打开一个黑色的背包，跟俄罗斯套娃似的，又从里面拿出宁晚的书包。

宁晚没什么表情地"哼"了声："把包往这儿随便一放，你就不怕被人偷了吗？"

"偷？"孟见尾音上扬，然后转身，把书包提到她面前，脸上带了一丝坏笑，"这里没人敢动我的东西。"

这样的话向来都是她在说，显然面前的这个人比她还要自信。

宁晚把书包接过来，边检查里面的东西，边回他："太自信不是什么好事。"

"是吗？"孟见饶有兴趣地看着她，"比如呢？"

"比如？"

宁晚对上他热切求问的目光，忽然诡异地笑了笑，嘴角微微弯起，靠近孟见："你昨晚微信上回我什么还记得吗？"

孟见微怔，顿了顿说："乖？"

宁晚目光微闪，语调变得迷离："那，你想见见我更乖的样子吗？"

见孟见没说话，宁晚又问了一遍："嗯？想吗？"

女孩追问的声音细细软软的，像风吹到脸颊上的羽毛，若有似无的，痒痒的，让人心潮起伏。

孟见的喉结动了动，他忙干咳两声控制住内心的波动。不知怎么的，他竟恬不知耻地回了个"行吧"。

话音刚落，他就听到一阵噼里啪啦的声音，紧接着臀部快速闪过丝丝麻痛，像电流穿过，让人措手不及。

孟见闷哼了两声，垂眼看过去，一道黑色的影子干净利落地从他腰间收回。他一愣，好像明白了什么，抬起头，对上宁晚的目光。

女孩挑着眉尖，正好整以暇地看着他，目光悠然："看清楚了吗？我乖起来自己都害怕。"

这个女人竟然拿电棍电他？！昨晚自己熬夜帮她刷卷子到两点，她就是这么报答自己的？

孟见气得一时之间不知道该说什么："你——"

宁晚却懒得理他，淡定地背着书包大步走远。

孟见在原地气到快昏厥，这时，耳边突然冒出一个幽幽的声音："说完了？"

他吓了一跳，这才发现靳宸不知道什么时候站到了他旁边，视线盯着走远的宁晚，边看边自言自语："见鬼，她刚才手里拿的是什么东西？"

"哦，"孟见马上平复情绪，不自然地用手拍了拍裤子，轻飘飘地回，“粘毛的。”

靳宸：“啊？”

“她说我裤子上毛挺多，帮我粘一粘。”

靳宸还准备就宁晚为什么会在学校带粘毛器这个话题展开讨论，孟见就话锋一转，掐断他的疑问。

“对了，”孟见问，“你家也没找到我的学生证？”

靳宸的思绪果然被带了过来：“没有啊，我回去到处都翻过了。”

“是吗？”孟见故作深沉地朝教室走去，“那到底掉哪儿了？”

“你再想想啊……”

回到教室，离早自习只剩十分钟，宁晚赶紧打开书包，想趁交作业前能做多少是多少。

她刚从文件夹里抽出卷子，身后忽然冒出一个声音：“我看看。”

宁晚对这个沉稳的声音再熟悉不过，是班主任老田。老田今年刚满五十，虽然不算年轻，但好在心态年轻，总能跟学生打成一片，与他们没什么代沟。

宁晚心里一个“咯噔”响，僵硬地转头朝老田问了声早，却意外发现他的脸色不太好。

老田很少生气，今天身上却散发着沉沉的低气压，好像谁一点，他下一秒就要炸了似的。

他又重复：“作业我看看。”

宁晚还没来得及想好措辞，老田就从她手里拿走了卷子。她心跳加快，开始组织语言准备解释自己的白卷。

可几秒钟后，不仅没有出现想象中的责怪，老田还缓缓地“嗯”了声，一副很满意的样子。他把试卷还给宁晚：“不错，就是字潦草了些，都有点认不出来是你写的了，是不是昨天作业太多了？”

宁晚愣了下，讷讷地应了声：“啊？”

她不知道老田是什么意思，微张着嘴，视线马上转到手里的卷子上，七八张试卷密密麻麻，全部写满了答案。

宁晚的大脑一片空白，聪明如她，马上想到了某种可能，可很快她又否决了自己想到的这个可能。

孟见怎么可能会帮她写完所有的作业？

然而宁晚马上又想起一个事实，昨晚她给孟见发信息的时候已经是夜里十二点多，他也很快地回复了自己，说明那时候他还没睡。

难道……

虽然不确定是怎么回事，宁晚心里已然迅速生出一股歉意，她脑袋里一团乱麻，正胡思乱想时，老田又唤她的名字："你跟我出来一趟，我有话问你。"

宁晚匆忙地回过神："好。"

两人一前一后地走出去，站在走廊通道上，老田看着她，顿了一会儿，眼里是无奈和惋惜，他摇摇头，重重地叹了口气："你啊，怎么就是爱往枪口上撞呢？"

宁晚茫然地抬起头："什么？"

上午最后一节课结束，宁晚收拾好桌上的文具和书本，从书包里掏了样东西装进裤子口袋里，郑允恰好看到她藏进去的东西，愣愣地眨眨眼："我晕，你要干什么？"

宁晚神色泰然地说："打狗。"

"狗？什么狗？"

宁晚站起来，眼神犀利地看向窗外，视线拉长，一字一顿地蹦出三个字："告！密！狗！"

两人并肩走出教室，刚出楼梯转角，一个女生似乎等了很久的样子，看到宁晚就快步迎了上来。

"等……等一下，"面前的女生低着头，双手绞着校服衣摆，怯怯地问，"你就是宁晚吗？"

郑允拿了把梳子正在梳刘海，好奇地看着女生："你谁啊？"

"我……我……我叫安鹿，"女生的脸有点红，顿了顿她又小心补充道，"小鹿的鹿。"

"哦，"郑允俨然是宁晚的发言人，打量了安鹿两眼，"你找宁晚干什么？"

安鹿的皮肤很白，五官很小，却是小而精致的那种。她看上去有点紧张，时不时偷瞟一眼宁晚，观察宁晚的神情，像怕宁晚似的，挤了半天一个字都没挤出来。

宁晚耐着性子回她：“有事吗？没事让让。”

“有有有，”安鹿见她要走的样子，忙伸手拦住宁晚，“我是特地来谢谢你的。”

宁晚皱着眉：“谢我？”

旁边的郑允梳完了刘海，把小镜子收起来，忽然想起了什么似的，瞪大眼睛：“啊，你叫安鹿？”

安鹿小心翼翼地点头。

郑允了然，随后附到宁晚耳边：“上次吴丽莎在面店门口欺负的那个，艺体一班的。”

安鹿还在说：“谢谢你，因为你，吴丽莎现在收敛了很多，也不找我麻烦了。”

宁晚搞懂了来龙去脉，应了声，淡淡地说：“我没做什么，不用谢。”

她急着有事要去做，没再停留。安鹿见她下楼，涨红了脸，鼓起勇气追上她：“宁晚，我能不能跟你做朋友？”

宁晚在原地一顿，回头看她。

她看了很久却不说话，郑允以为她是不知道怎么拒绝，便帮她开口：“不要了吧，你们——”

宁晚却伸出手打断郑允，顿了一会儿，脸上漾开一抹意味深长的笑：“要跟我做朋友可以，只是在这之前你得先告诉我……”

她目光里带着一丝危险的味道，安鹿被吓得往后缩了缩，小声问：“什……什么？”

宁晚走近了些，嘴角轻轻勾起：“你们班的孟见，中午一般都在哪儿吃饭，在哪儿活动？”

第三章

一姐扫厕所

安鹿愣怔地看着宁晚："你要干什么？"

郑允对宁晚的同意好像有些吃醋似的，不耐烦地瞥安鹿："让你说你就说呗，不愿意说就走开。"

安鹿低头思考了几秒钟，然后颤颤地抬起头："见哥在哪儿吃饭我不知道，不过……"

她咬了咬下唇："我听说他和朋友们中午有时会去打篮球。"

宁晚听完直奔篮球场而去。

树成的篮球场去年重新翻修过，如今分好几个区域，能同时容纳五六组人一起打球，此刻场上就有好几拨人在打。

宁晚走在前面四处张望，郑允跟在她身旁，安鹿则小心地走在最后，时不时抬头看看，寻找孟见的身影。两分钟后，某处角落不知是谁进了一个漂亮的球，人群里爆发出阵阵喝彩声。

宁晚停下脚步，循着声音看过去。果然，篮球场最里侧的位置站着的人正是孟见，他个子很高，只穿着一件薄薄的灰色圆领T恤，脖子下的锁骨被若隐若现的光罩着，折射出不同的光影。

宁晚的手抄在校服兜里，她马上朝那边走过去，敞着校服拉链，走路仿佛带着风。

别组正在打球的男生顿住动作，直勾勾地盯着她看，手里的球掉了都不知道。有个男生趁机耍起了帅，在宁晚走到面前的时候表演起了三分球，结果球一歪，砸在了框上，球受到巨大的反弹力，直直地朝宁晚的方向飞过来。

眼看球快要砸到宁晚的身上，众人还未反应过来，一个圆润的身影一跃而起，挡在了宁晚面前，也挡住了加速飞来的球。

球被撞开，场里的人一片哗然。

耍帅的人马上紧张地跑过来："胖子，没事吧？"

"没，没，没，"罗子文先扶了下眼镜，又揉着后脑勺，不好意思地看着宁晚，"宁晚你没事吧？"

宁晚乍一听罗子文这个名字有点耳熟，可一时间也想不起是在哪听过，便淡淡地点了点头："没事，刚才谢了。"

罗子文顿时表现出一副受宠若惊的模样，摇手："别客气，这是我应该做的。"

宁晚皱眉："什么？"

罗子文脸圆圆的，长得虎头虎脑，他见宁晚好像听不懂的样子，有些疑惑："你没有看我给你——"

"干什么呢？"一个慢条斯理的声音突然插进来打断了罗子文的话。

宁晚转身，看到孟见手臂下夹了个篮球，懒懒地走到刚才投篮的人面前，垂眸打量了那人一会儿，眼神有点冷："你会不会玩球？"

在场人多，加上又在一姐女神面前，男生被孟见这么一质问，脸上有些挂不住，忍不住回道："我不会你会，你投个我看看？"

孟见背对着篮球架，凝眸朝男生看了一会儿，忽然嘴角冷笑着勾了勾，把手下夹着的篮球拿出来。他一言不发，眼睛甚至都没有从男生的脸上移开过，修长的手臂朝身后一挥，手里的篮球被抛掷出去。

众人的视线跟着球在空中划出的弧度看过去，直到最后打破沉默的一声响，球稳稳地落在孟见身后篮球架的网里。

男生眼睛瞪得直直的。

宁晚也看呆了，这样都能中，他后脑勺是长眼睛了吗？

孟见这么一秀，直接让刚才隔壁组的男生无地自容、扫兴离场。罗子文眼看着同伴离开，犹豫了下，还是大着胆子走到宁晚面前："晚晚，我刚才的话还没说完，你——"

“你叫我什么？”

“你叫她什么？”

两个声音不约而同地响起，惊得罗子文一愣，他看看宁晚，再看看孟见，有些不知所措。他扶了扶圆框眼镜，才小心地重复了一遍：“宁晚，我是叫宁晚。

郑允这时开始清场，先把罗子文推到旁边：“行了行了，让让，你晚姐有事要办。”

罗子文：“啊？”

他还没来得及问宁晚有没有看到自己写给她的情书，有没有看到他写的那句“无论何时何地，我都会守护着你”，就被郑允拉到了几米开外。

同样，孟见身后的人也被安鹿催促着离开。她脸红红的，小声跟那些男生说：“你们先让开一下啊，宁晚有事要找见哥。”

刚才过来的路上郑允就跟她说了，想跟宁晚做朋友就要拿出点诚意，而第一份诚意，就是帮宁晚找到孟见，并屏退左右，只留他一个人。虽然不知道宁晚要干什么，但安鹿觉得宁晚是个善良的人，她可以正义地去教训嚣张跋扈的吴丽莎，单独找孟见也一定有她的道理。所以安鹿没有犹豫，成功劝退了孟见身后的所有男生。

篮球场的一角顿时空了下来，只剩宁晚和孟见，其他人全部退到了百米之外，安安静静地做起了“吃瓜群众”。毕竟像这样公开的树成一姐和新空降的魔鬼一哥正面对峙的机会不多，两人认不认识、要干什么、有什么爱恨情仇……以上的每一样，大家都很想知道。

孟见看着宁晚敞着的外套，顿了会儿，问：“你这样不冷？”

宁晚没理，冷淡地直接问他：“昨晚的作业是你帮我写的？”

孟见一愣，随即笑开：“不然呢，还有其他人？”

宁晚没有太惊讶，这个结果她猜到了，深吸一口气，眼角弯起淡淡的笑：“行。”

她从裤子口袋里拿出小电棍，耐人寻味地在手上掂了掂。

孟见看她一言不合又掏出早上的武器，下意识臀部一颤：“你要干什么？”

“打我一下，再给我一颗糖？”宁晚抬起头，眼神危险而冷漠，“我不吃这一套。”

孟见听得一头雾水：“等会儿，什么打——”

他又是话未说完，屁股就抢先尝到了一阵酸爽的滋味。

孟见倒吸一口冷气，顾不上别的，赶紧微微闪开身体躲过宁晚的下一棍。可围观的人太多，他总不能表现成被一个女孩子追着打，无奈只能动作很轻地避让，每当宁晚见缝插针地朝他屁股上抽时，他就面带微笑地移形换影。

百米之外的众人看得很迷，纷纷陷入思考：“他们在干什么？”

安鹿也看得很茫然，转身问身旁的郑允：“宁晚在干什么啊？”

郑允甩了甩头发，瞟她一眼：“不该你问的别问。”

见大家一脸蒙，靳宸很得意地站了出来：“你们不知道了吧？宁晚在帮见哥粘毛呢。”

众人：“粘毛？”

说着说着，靳宸皱起了眉，嘀咕道：“啧，粘毛就粘毛，看给你扭的，都要上天了。”

宁晚这个小型电棍是沈池给她的片场道具，平时她都是做手电筒用。电棍的电压极小，碰到人身上，人只有像被针轻轻扎了一下一样轻微的感觉，可即便如此，孟见被“扎”了十多下屁股后还是炸了。

他一把抓住宁晚的手，压低声音问：“够了吧小姐，我哪得罪你了？”

宁晚甩开他，眼神清冷：“你做了什么，自己心里没点数吗？”

孟见：“我做了什么？”

他实在不知道宁晚在说什么，原想继续追问个明白，宁晚却转身大步离开，留给他一个冷酷的背影和一句让他屁股发麻的话。

“以后别让我再看到你，否则看你一次，电你一次。”

宁晚带着自己的人走远，靳宸才热心地围上来，歪头看孟见的校服裤子，一边看一边嘟囔：“有那么多毛吗？我没看出来啊。”

孟见黑着脸：“闭嘴。”

宁晚的脸从头到尾都阴沉着，一点情绪都没有，看上去是真的生气了。

孟见想破头也不知道自己到底哪里得罪了她，他原本还以为会等来宁晚发现作业后的感谢，可没想到才一个上午，她的态度直接大反转。

然而很快，孟见就知道了这其中的原因。

下午刚上完第二节课，年级突然通知开大会。不仅事出突然，还在广播里通知全校学生都去操场列队，阵势特别大。

树成操场上，各个班级按顺序进场，从高一到高三，全部加起来上千名学生站在一起，列成方队，安安静静地等着台上的领导发言。

台上站着的是树成的教导处主任，顶着一头标准的“地中海”发型，戴了眼镜，看着下面黑压压一片的学生，神色严肃而凝重。

等所有班的人都到齐了，台上的音箱刺耳地响了几声后，主任才板着脸走到台中央。

这次开会跟往常不同，过去在说重点之前，总要先说上一堆过场话，可今天一开口，主任就直戳重点：“这学期开学典礼上我就讲过，树成的学生，除了读书，任何方面都要严于律己，尤其是在言行举止上，绝对要做高素质的学生，我当时是怎么说的——”

主任的话顿了顿，下面的学生不明白发生了什么，一阵交头接耳。

孟见的艺体（1）班正好跟宁晚的高三（1）班排在一起，他个子高，站在男生队伍的最后，正朝左边寻找宁晚的身影时，忽然听到旁边女生队伍里有人在小声议论。

“知道吗？莎姐去举报时，主任办公室刚好来了视察的领导，所以才把事情闹得这么大。”

“对啊，听说主任当时气得头发都竖起来了。”

“有没有那么夸张啊？”

“当然了，那个女生可是最令他得意的高才生呢。”

孟见有一句没一句地听着，也没怎么上心，这时刚好瞥到两排外宁晚的身影。

台上的主任接着训斥道：“我说了很多次，学校是不允许学生抽烟的，尤其是开学的时候我就讲过，要严抓私下抽烟的学生。但你们有些人，根本听不进去是吧？”

主任咳了两声，有些恨铁不成钢地指着高三（1）班的队伍里某个方向：“尤其是这里面还有个别成绩优秀的学生带头学坏，你们要干什么？造反吗？”

话筒因为主任拔高的音调而炸开阵阵噪声，场下顿时议论纷纷，主任用力拍了拍话筒：“接下来念到名字的，全部给我去扫一周的厕所。一周还不行，那就一个月、一学期！”

教导主任把话筒递给了一名老师，老师也神色沉重，对着名单开始念。一个一个名字读过去，操场上的反应很平静，因为这些名字以前开大会的时候没少听说，大家都耳熟能详了，所以没什么意外。只是当念名字的老师停了下，有些遗憾地念出“宁晚”两个字后，全场愣了半秒，然后炸了。

一姐竟然要去扫厕所？

台下，宁晚站得笔直，完全没有被来自四面八方围观的目光影响到，她就那么站着，目光淡淡地平视前方，大大方方的，一副无所谓的样子。

孟见愣愣地看着宁晚的背影，不知道她为什么会出现在名单上，他想着想着，忽然脑子里闪过一个画面——他和宁晚在人工湖碰到的那次，她手里是夹着一根烟的。

那天他们在人工湖边说话，周围一个人都没有，只有自己目睹了全过程。现在宁晚肯定是因为被人举报才受到通报批评，所以她中午才那么生气地来找他。

孟见好像明白了什么，胸腔蹿过一阵凉飕飕的冷气。他抬起头，下意识地再去看宁晚的背影，却发现不知什么时候宁晚也回了头，正在看他。

两人的视线远远对接，宁晚的脸上看不出一丝情绪，神情很淡，清亮的眼眸看着他，像染了墨的曼陀罗。

她越是这样面无表情，孟见就越觉得吓人，他马上摇头且真诚地朝宁晚比口型：“不——是——我！”

宁晚尖锐的目光里充满了敌意，她似笑非笑地动了动唇，好像也在回应他。

隔着两排队伍，孟见看得不是很清楚，但又觉得她的口型很熟悉，在口中琢磨了一会儿，他才怔怔地反应过来，宁晚回过来的三个字是“王八蛋”。

——小姐，真的不是我！

孟见内心十分委屈。

周日放了一天假，周一上课的时候，宁晚被老田罚中午去扫食堂的厕所。

来食堂吃饭的学生很多，加上这学期又合并了原先艺中的人，所以现在一到中午，树成的食堂就跟明星见面会似的挤满了人。相应的，用厕所的人也就特别多。

最后一节课打了下课铃，靳宸和几个朋友跟往常一样过来喊孟见：“走啊，今天轮到我请了，吃川菜还是粤菜？”

旁边的人还在商量吃哪家馆子，孟见自顾自地环视教室一圈后，淡淡地对后座的于修说：“你去把吴丽莎找出来，就说我请她吃饭。”

于修是个话特别少的人，性子冷，跟孟见却难得地有默契。孟见没有说地点，他也没有问，点了点头就起身离开了教室。

靳宸好奇地凑上来：“你找吴丽莎干什么？”

孟见没答他，却莫名其妙地问：“你有没有食堂的饭卡？”

靳宸一愣：“啥？”

“今天我想去食堂吃。”

“哦……”

开学以来孟见和几个朋友都是轮流在校门口的餐馆里请客吃饭，连环境稍微差点的普通小店他们都不会进门，更别说是人山人海、能挤到人昏厥的食堂。

靳宸也不知道孟见今天是抽了什么风，带着他们来到食堂，还像模像样地充值办卡。

打好菜，一行人端着盘子找位置，明明有更宽敞的地方可以坐，孟见却不声不响地朝角落靠近厕所的地方挤。

靳宸跟在他后面，也是醉了：“大哥，你今天哪根筋不对？”

他坐下来，用筷子挑起盘子里的一根菜叶子对着孟见：“这玩意儿能吃吗？”

孟见挥开他的手：“别挡着我。”

靳宸微怔，下意识转过身来往自己身后看，看到不远处的厕所后才好像明白了什么，长长地“哦”了一声：“我当是怎么回事，原来是来偷窥人家。”

孟见收回目光，夹起一块红烧肉塞到靳宸嘴里：“你的嘴要我给你缝上吗？”

旁边几个朋友听了靳宸的话，也都意味深长地看向厕所。

食堂一角，几个面容帅气的男生打了满桌的菜，却没一个人动筷子，集体跟被点了穴似的盯着厕所门口看。

没两分钟，靳宸忽然激动地压低声音道：“来了来了！”

另一个男生忙问：“哪里哪里？”

“那边啊！正走过来呢。”靳宸用手指过去。

孟见的眼神闪了闪，故意低头拿起筷子假装吃饭，可装不过三秒，他又控制不住地抬起头。

宁晚左手提着一个黄色提示牌，右手拿了一个大拖把，背挺得直直的，刚好与他擦身而过。

她没看到他。

宁晚这次被当作典型来教育，别人被罚扫一个厕所，她接到的通知却是食堂的男女厕所，她都要负责清理干净。

因为怕耽误时间，宁晚一下课就拿着工具过来，打算先把厕所清理好了，然后顺便在食堂解决午饭。

站在厕所门口，她看了看两边的人，决定先扫女厕。

女厕所里的人不多，加上又是同性，打扫起来除了累点，没什么不方便的，尽管进进出出的人都在背后向她投来异样的目光。不过，宁晚把注意力都集中在打扫上，也就没那么在意别人的眼光了，更何况她对外界的看法从来都是无所谓的。

孟见看她进去了半天都没出来，朝靳宸仰了仰下巴：“你去看看她要不要人帮忙。”

靳宸很迷地看着他：“大哥，你进个女厕所给我看看？”

孟见：“废话，我能进去还要你干什么？”

靳宸：我哪里长得就是能进女厕的样子了？

两人正说着，宁晚从女厕所里走出来，站在公共水池前面冲洗拖把。她裹在校服下的身体比较娇小，似乎一根拖把都能把她压垮似的，她的背影看起来就跟那天腿抽筋、背着书包走路一样，可怜兮兮的，让孟见总是忍不住想要上去帮帮她。

可他很清楚，如果他现在过去，宁晚手里的拖把马上会变成第二个“电棍”。在于修没有把吴丽莎找来前，孟见告诉自己无论如何都要沉住气，不要自寻死路。

可他好不容易保持的沉稳，在宁晚开始扫男厕后就全部崩了。

宁晚把拖把洗好，在门外等了一会儿，直到最后一个男生出来告诉她里面没人了，她才把提示牌支开，放在门口。上面写着：检修中，请勿进入。

把牌子放下后，宁晚提着拖把，平静地推开了男厕所的门。

不远处的孟见彻底炸了，腾地就站起来要过去。

“什么玩意儿？怎么还要扫男厕所？他们班老师是不是有病？！”

靳宸忙把他按下来：“你小点声，别人在看我们呢。”

虽然孟见从一坐下来就感受到周围有许多悄悄打量他的目光，但刚才他那么一站起来，所有的偷窥像有了理由一般，变成了公然围观。

女生们纷纷围观起这个传说中MW集团的大少爷，有钱有颜，还是个模考接近满分的魔鬼。孟见这样的人设几乎是完美的，足以让每一个树成的少女芳心暗动。

孟见来食堂已经是罕见的事，更何况他身边还带了一群相貌出挑的体育生，宛如“男模队”来了热闹的市场，吸引了众人的注意。

孟见不想太高调，被靳宸按下来后，老实了两秒钟。他眼皮轻轻一抬，余光看到朝着男厕所门口走过来一个男生，那男生长得斯斯文文的，走到厕所门口停下来看了眼地上的牌子，身体又朝里探了探，然后面带微笑、从容淡定地推开了门。

孟见眼睁睁地看着他一脸猥琐地走进去，怔了半秒后，再次站了起来。他这次什么都没说，拉开椅子就直接朝男厕所走过去。

靳宸被他拉椅子发出的巨大响声吓了一跳，抬头看到孟见已经快到厕所门口了，忙喊：“你去哪？”

他赶紧追上去，走出两步又觉得不妥，顿了顿，拿出手机给于修打电话。

男厕所里，宁晚正弯腰拖着地上的水渍，忽然门被打开，有人进来了。

她抬头一看，是班里的纪律委员陈方明。

“宁晚，”陈方明笑眯眯地走近，去接宁晚手里的拖把，“我过来就是告诉你一声，男厕所不用你扫了，田老师说——啊！”

陈方明平平的语调忽地就跟被人捏住了嗓子似的，整整扬高了八个度，回荡在空旷的厕所里。

他被孟见一只手拎住脖子转了个圈，紧接着阴冷的声音落入耳里：“滚出去。”

陈方明晕头转向的，好不容易站稳，人已经被孟见提到了门口。他拼命想看清楚是怎么回事，孟见却动作麻利地打开了厕所门，下一秒，陈方明已经一脸茫然地站在门外。

发生了什么？

陈方明低头揉了揉眼睛，还想再回去看看厕所里的人是谁时，面前一排黑影齐刷刷地压了过来。

他愣愣地抬起头。

于修面无表情地看着他：“让让。”

陈方明虽然不认识面前的人是谁，但面前几个人高马大的男生让他的背后莫名生出一丝寒意，他咽了咽口水，哆嗦了一下：“哦，好的。”

陈方明很识时务地离开了。等他走远了，于修才侧开身，把身后的吴丽莎推到男厕所门前。他动作不怎么绅士，甚至有点粗暴，吴丽莎被推得撞在门上，踉跄了两下才站稳。

于修冷着眼看她，然后走上去敲门：“阿见，人带过来了。”

而厕所里，宁晚看着进来二话不说就把纪律委员丢出去的孟见，情绪跃上眉梢：“我扫厕所你也要来捣乱？”

女孩的刘海被薄汗浸湿了几缕，紧紧地贴在额前，眉头不悦地蹙在一起，手里的拖把好像马上就要挥起来似的。

孟见张了张嘴，这一瞬间他在脑子里想了很多，显然自己刚才进来得太冲动，对陌生的陈方明更是丢得莫名其妙。他没有任何理由，也没有任何立场可以解释自己刚才的行为。

宁晚还在等他开口。孟见余光看见左边的一排小便池，顿时心中一亮，理所当然地走过去，强行解释：“我进来上厕所不行吗？”

“是吗？”宁晚眼尾扬了扬，冷笑道，“那你是看不到外面的牌子，还是不认识上面的字？”

孟见心虚地背过身，故作镇定道：“人有三急，你不懂？”

他站在小便池前，煞有介事地把手伸到裤子拉链处，一副马上就要脱裤子的架势，并自信地以为这个动作能在某种程度上暂时让宁晚退一退，哪怕只有几秒钟。

他侧耳倾听，果然，身后没了动静。孟见微微闭眼，暗暗松了口气，心想宁晚到底是个女的，就算平时再乖张，这种尴尬的时候还是知道害羞和避嫌的。

他正奇怪她出门怎么没有声音，忽地一个影子映着灯光向他走来，在他面前的白色瓷砖上越放越大，直到占据他的全部视野。

孟见愣了愣，一个激灵，转过头，刚好对上宁晚毫不避讳的目光。宁晚双手抱胸，正明目张胆地垂着眼看他。

孟见瞬间蒙了，他舔了舔唇，不可思议地看着宁晚：“你……”

“你不是很急吗？”宁晚低着头，语气冷然，“我倒是要看看你有多急。”

宁晚把放在怀里的拖把放正，一只胳膊架到上面，云淡风轻地发出危险的警告：“如果敢骗我，后果你知道的。”

冷调的白炽灯、滴着水渍的拖把、宁晚杀气腾腾的眼神，都将厕所的气氛渲染得更加紧张和诡异。

孟见暗暗平复着微乱的呼吸。

所以现在就是比谁胆子更大，更镇得住场面，对吧？宁晚就是笃定了自己不会真的脱裤子，笃定了这局又是她赢，一切都在她的掌握之中。

孟见什么都明白，可他真要是不要脸地去拼胆子，堂而皇之地在女生面前脱裤子，他怕是会横着出食堂了。

他脱也不是，不脱也不是。正在局面僵持不下时，于修的声音终于在门外响起：“阿见，人带过来了。”

还没等里面的人反应，门就被“吱呀”一声推开，宁晚微抬起头，看到几个闯入的陌生面孔，以及很久没见的吴丽莎。

她皱皱眉，转头看向孟见：“怎么？你这是带人来砸我的场子？”

于修的及时出现总算解了孟见的死局，他松了口气，走过去把吴丽莎拉到宁晚面前。

宁晚莫名其妙地看着他，有点明白，又好像不是那么明白，问孟见："你到底要干什么？"

孟见从背后推了吴丽莎一把："你自己说。"

吴丽莎一个趔趄，差点没趴到宁晚面前。

"说……说什么啊？"

她被呛了口口水，眼神躲闪着站好，伸手把凌乱的刘海捋平："于修说你请我吃饭我才来的，见哥，你现在是什么意思？"

"我什么意思？"孟见逼近她，"要跟我装无辜是吗？"

于修也在后面冷声提醒："吴丽莎，你那些陈芝麻烂谷子的龌龊事是不是欠人给你张大字报？"

吴丽莎后背一僵，眼里快速闪过一丝慌张之色，嘴唇犹豫地动了动后，又仿佛坚定了什么似的，死死咬住唇。

孟见冷冷地看着她这几秒钟的微表情，不耐烦地扬高声音："还是不说？"

吴丽莎强装镇定："我都不知道你在说什么，我怎么说？"

"不知道？"

孟见的脸色暗下来，他睨了吴丽莎两秒，意味不明地笑了笑，朝旁边的于修说："行，吴小姐失忆了，你给她提个醒。"

于修瞥了吴丽莎一眼，清冷的声音响起："你找人划班主任的车，给你们舞蹈老师的老公发短信说她有外遇，在学校贴吧造谣校长是同性恋，给同学的书包里放避孕套，还……"

吴丽莎着急地打断他："别说了！"

她心惊肉跳的，这些她曾经在艺中做过、有些连自己都忘了的阴暗事，孟见他们竟然全部知道。

孟见慢慢走到她面前，眼神里灌满了阴冷："你现在知道我在说什么了吗？"

吴丽莎两手握紧，慌张地看着地面，过了一会儿，身体才朝宁晚微倾过来，声如蚊蚋："对不起。"

宁晚被她突如其来的道歉搞得莫名其妙，半晌，她好像明白过来什么，皱起眉："难道是你？"

"是我，"吴丽莎不甘地咬着唇，却还是要承认，"那天我在人工湖对面，看到你捡烟头，就偷偷拍了照片向主任举报。"

这个结果绝对是她意料之外的，宁晚顿了顿，没忍住笑了。

按刚才于修列举出来吴丽莎劣迹斑斑的所作所为，她这种下三烂的做法倒是符合她一贯的作风。吴丽莎可能自己都没想到事情的发展会这么顺利，宁晚为自己辩解她只是捡了掉在地上的烟时，学校调了监控，可那块地方竟然是监控盲区。视频里唯一能看到的，就是她明目张胆地夹着烟从亭子里走到了栈道上。

严打时期，宁枉毋纵。想到是这样的前因后果，宁晚有些啼笑皆非，也怪自己，总是多事。

孟见从宁晚手里拿过拖把，塞到吴丽莎手里，虽然他什么都没说，但这个指令的意味十分明显。

吴丽莎怔了半秒，委屈巴巴地接过拖把，把袖子朝上卷了卷，正准备弯腰扫地上的水渍，手里的拖把又骤然被人抢走。

宁晚无趣地朝所有人说："你们都出去吧。"

孟见诧异地看着她："你——"

"出去。"她又强调一遍。

吴丽莎不敢相信自己的耳朵似的瞪大眼睛，而后如逢大赦，转身便跑得不见踪影。

事情的走向和预想的不一样，于修和剩下的人面面相觑了几秒，也都悄悄退了出去。

厕所里只剩孟见和宁晚。

孟见也是搞不懂："你就这么让她走了？"

"不然呢？打一架吗？"

宁晚面无表情地继续拖地："这事是教导主任拍的板，学校最近有领导视察，我不想再闹什么幺蛾子出来。"

"不过我倒是冤枉你了，"宁晚忽然停住动作，淡淡地看着孟见，"回头我把小电棍拿来，你电我几下就当扯平吧。"

孟见一脸问号："不是，我们之间的交流全凭你那根棍子吗？"

地上有一摊很大的黑色污迹，宁晚倒了点清洁剂，把腰弯得更低了，漫不经心地回："那你想怎么样？"

孟见看着女孩俯下的身体，皱了皱眉头，立刻又挪开视线，走过去拿宁晚手里的拖把，把她推到一旁说："我来。"

刚倒的清洁剂让地面变得湿滑，宁晚被孟见推了下，脚后跟惯性地朝前一滑，整个人没控制住平衡，直直地往后仰去。

"啊——"

孟见是体育生，反应非常敏捷，迅速去拉宁晚的手。就在拉住她的一瞬间，孟见忽然意识到一个问题——如果按这个姿势倒下去，自己一定会压在宁晚的身上。

一旦他在脑子里想象出这个画面，好像就自带了什么不可忽略的滤镜似的。于是电光石火间，他用力把宁晚往回拉，自己却因为回拉的惯性先倒在了地上。

几乎是同一刻，两人的位置互换，宁晚的身体压到了他身上。女孩身上带着淡淡的香气，身体软软的，好像一捏就会碎。

这一切发生得太快，几乎就在一秒钟之间。两人都有点蒙，加速度让彼此的脸几乎贴到一起，四目相对。

孟见的桃花眼微微弯着，眼里映着白炽灯光，像一个圆形的点。宁晚越看，那个点就越小，直到最后深陷进去，她才猛地一惊，从孟见身上倏地坐了起来。

她的动作像是受了惊吓，孟见疑惑地看着她："怎么了？"他什么都没干啊。

宁晚有些愣神："你——"

刚才某个瞬间，孟见的眼睛让她想到了一个人，一个埋藏在心底很久很久，几乎已经想要忘记的人。

她的心脏有力地怦怦跳着，唇微张，记忆的阀门一下子被打开，心里澎湃起伏，却又不知所措。

孟见看着面前一动不动、好像灵魂出窍的宁晚，觉得有点难受。他下颌绷直成一条线，双手撑在地面上，暗暗深呼吸，握拳的手收紧。

所以这女人到底在发什么呆？

忽然，厕所外面传来女生叫喊的声音。

“宁晚你在里面吗？”

“我们来帮——”

宁晚沉浸在自己的思绪里还没回神，门被推开，厕所里又闯进来两个女生。

郑允扛着一个黄色大拖把，帮你的“你”字才到嘴边，就被眼前看到的一幕惊到傻眼。她还保持着“你”字的发音，眼睛直愣愣地看着面前的两个人。

宁晚坐在孟见的身上，两人……

郑允第一时间反应过来：“打扰了。”

然后她转过身，把身后的安鹿一起推出门：“走走，出去。”

两人退出来后，安鹿脸上的神情还是呆呆的，郑允告诫她：“你刚才看到的不能说出去，知道吗？”

安鹿“哦”了声，缓了一会儿，又回头看厕所：“见哥和宁晚……”

郑允不耐烦地拉她走：“关你什么事。”

“呃……”

厕所里，宁晚从郑允的表情里看出了两人刚才的不妥，她只顾着想自己的事，全然忘了她正以一种难以言喻的姿势坐在孟见身上。

她匆匆站起来，拍了拍裤子上脏了的地方，转身拿起拖把就要走，孟见从后面叫住她：“喂。”

宁晚犹豫地站住。她不知道这是一种怎样的复杂情绪，或许是他的眼睛太像某个人，让她心底的柔软莫名其妙地蔓延了全身，也或者是她之前对他存了太多偏见，总之——

宁晚叹了口气，还是回了头，凶凶地问：“干什么？”

懒懒散散地躺在地上的孟见用手撑着头：“我好像闪到腰了，起不来。”

过了一会儿，他又理直气壮地说：“扶我。”

下午第一节课后，整个学校都疯传着一个消息：树成一姐宁晚和艺体一班的大佬孟见，两人搭着肩膀神神秘秘地从厕所出来，一姐还把孟见送回了教室！

一时间，众说纷纭。

郑允把总结来的流言告诉宁晚时，顺便小心翼翼地求证："那什么，你跟孟见到底是什么关系？"

宁晚脑子里不受控制地闪过孟见那双勾人的桃花眼，她定了定心绪，没有感情地吐出两个字："不熟。"

郑允半信半疑地看着她，脱口而出："不熟，你坐他身上？"

宁晚只觉得头疼，那只是个意外好不好？！

她心里烦乱，也懒得去解释。语文课代表正在发上周五批改下来的卷子，发到宁晚手里时，她刚好找到理由打发了郑允。

宁晚心不在焉地看着手里的卷子，这张是周五晚上孟见帮她做的，总分一百五十分，她得了一百四十五分。

平心而论，这个水平可以说是顶尖的了。

她慢慢打开卷子，想看看被扣的五分在哪里。可找了半天，翻到最后一题，她才看到老师在作文旁的红色标注：低调一点。

老师这话什么意思？

她第一次得到这样的扣分理由，心里奇怪，便赶紧检查起作文内容。

这次作文的题目是"最近大火的男明星姜濯你喜欢吗？请列举他身上值得你学习的优点和正能量。"

姜濯是今年火遍全国的流量男明星，有实力、有颜值，还是热心的公益大使，今年艺中合并时，学校特地请他来做了一次演讲。

这题目没什么问题，她赶紧仔细地把孟见的作文看了一遍。孟见的字很漂亮，但不太工整，跟他的人一样，带着某种随意的潦草。

文章一开始还好，可宁晚看到中间，神情逐渐变得僵硬，本就没什么笑容的脸更是乌云密布。

孟见笔下除了用少许笔墨赞赏了姜濯对公益的热心，通篇都是表达自己不一样的审美。

例如，"我觉得姜濯长相平淡无奇""身材也就还好"……

这是“平淡无奇”被黑得最惨的一次。

如果只是这样，宁晚倒不至于动那么大气，后面孟见总结的时候恬不知耻地写：“我更喜欢类似艺体（1）班孟见那样的男生。他就像清晨的第一缕阳光，每次他微微一笑，我的整个世界都化了。”

最后他还以“是真的”这样三个言之凿凿的字结尾。

宁晚看得血直往脑门上涌，卷子边角不知不觉被揉成一团。

“我的电棍呢？”

第四章 若如初见的见

下午最后一节课结束，老田却没有马上下课。他从文件夹里抽出一份资料，清了清嗓，宣布了一件让全班学生兴奋不已的事。

“著名的综艺节目《追梦者》这一期的主题是回到十八岁，节目组将会来学校录制，届时需要三十名学生参加节目跟嘉宾一起互动，经过学校商议决定，我们高三（1）班被选中的人是……”

老田顿了顿，拿出一份名单。虽然他还没有念，但下面的学生早就按捺不住激动雀跃的心情。大家都知道《追梦者》的常驻嘉宾是顶尖偶像姜濯，而且传闻这一期的特邀嘉宾是他的正牌女友，两人第一次同框上综艺，影迷们早就激动疯了。现在这样近距离接触他们的机会竟然落在了树成高中，学生们更是疯狂。

“以下念到名字的，今天可以不上晚自习，回去早点休息，明天用最佳的状态代表学校参与节目录制。”

老田开始读名字：“王佳琳、陈方明、杨超、郭倩玮、宁晚。”

没被选上的同学一片哀号。

郑允失望地抱头：“呜，为什么没有我？！”

她的同桌西米同样失望地咬着笔：“歇歇吧，你难道没看出来老田选的是班里的前五名？”

郑允仔细一品，还真是，倒数的她顿时心如死灰。

西米把头转过来悄悄问宁晚：“晚晚，我有几张姜濯的明信片，明天你能不能帮我找他签个名？”

“什么？”宁晚抬起头，她一直在看手机，没注意听前桌两个女生的对话。

西米又重复了一遍，说完好像怕宁晚不肯似的，小心翼翼地从书桌里掏出一根不二家的棒棒糖，乖巧地递过去：“拜托啦，晚晚。”

宁晚其实不爱吃糖，但现在接了过来，还难得地露出一丝笑容。

“好，有机会我就帮你要。”说完，她又看向自己的手机。

两分钟前，她收到了母亲沈宁写给她的邮件。多年前沈宁孤身去了国外，直到宁晚十二岁那年用电脑申请了一个 QQ，沈宁才给女儿写了第一封电邮，之后便是每月一次，从不间断。

今天的电邮内容除了关心她的日常起居和饮食，还问了些开学的事，嘱咐她不要有太大压力，保持轻松的心情。这些文字是宁晚九年来精神上最大的慰藉，每个月收到沈宁的信，成了宁晚最期待和开心的事。

宁晚的心情莫名就好了起来，好到明明之前还想把孟见大卸八块，这一刻却觉得冤冤相报何时了，她懒得再去跟他计较。不仅如此，她想起孟见的学生证还在自己手里，当时生气故意没还，但经过这么多事，宁晚决定还是找个机会拿给他，然后，彼此划清界限吧。

下课后，宁晚提前放学，收拾好便离开。刚走到校门口，她就看到孟见和几个朋友沿着人工湖朝她走过来。宁晚想着要把学生证还他，就在原地等了会儿。

孟见肩上的黑色背包松松垮垮的，里面好像没什么东西，整个包看上去更像是彰显他性格的装饰品。

他走近，似笑非笑地看着宁晚：“等我？”

“哟，”宁晚垂眸看他行动自如的腿，“这么快就能走了？”

孟见不置可否地耸了耸肩，眯着眼，忽然回味过来什么似的，惊讶道：“不会吧，明天你也要参加节目？”

他这副口气听得宁晚格外不爽，她问：“我不能参加吗？”

孟见若有所思地打量着宁晚纤瘦的小身板，不知道在想些什么，几秒后莫名其妙地笑了。

他这一笑，直接把两人的恩怨又笑多了一笔。宁晚干脆不打算做好人还学生证了，撇开孟见朝校门口走去，他却紧跟上来：“喂，一起吃饭？”

宁晚目视前方不看他：“不想。”

孟见不气馁地继续追问：“不想吃饭？”

一直当他是空气的宁晚忽然面露笑容地跑了起来，还边跑边喊：“喂，池池！”

孟见顺着宁晚跑去的方向看过去，马路对面有一个长相白净、韩式打扮的男生正坐在汽车里跟宁晚招手。

那张脸……

孟见马上就想起来了，之前在巷子里见过。上次也是这人截和，这次又来？！

那男生对着宁晚亲密地笑，宁晚上去就是一个摸头杀，还捏了捏他的脸蛋，好一阵亲密接触后才坐进车里。

孟见眼神沉了下来，他心里骤然生出一团火，一团名叫嫉妒的火。刚才的问题显然已经有了答案——宁晚不是不想吃饭，是不想跟他吃饭。

第二天一大早，学校挂出了欢迎节目组到来的横幅。《追梦者》是国内现在最火爆的综艺节目，每周都会邀请当红流量明星来参加录制，这一期的主题是校园，所以选择了城中最负盛名的百年老校树成中学。

电视台队伍很壮观，来了上百号人，录制地点被安排在操场上。宁晚和剩下二十九个被选中的品学兼优的学生坐在单独辟出的一处地方，操场中间被栏杆围起一个观众区，坐满了高一、高二来围观的学生。

嘉宾很快到来，人气偶像姜濯和他同是演员的女友冉亿一出现就引起了轰动，学生们控制不住地开始尖叫、呐喊和比心，维持秩序的老师好几次都没压下来，不得不求助于保安。

宁晚内心毫无波动地坐在第一排座位上，冷漠地看着追星女孩们的疯狂。她身边坐着的陈方明这时忽然站起来，不到一秒又有人重新在那个位置坐下。

宁晚随意地转头看去，被吓了一跳，杏目圆睁地看着身边的人：“你为什么坐这？！”

“我不能坐？”孟见懒洋洋地把手搭在椅子上，“这又没写名字。”

宁晚说不过这个人，便不去理他，视线继续看向已经搭好的游戏区。

那边，主持人已经开始热情开场了。代表合作学校，树成的校长也上去讲了一番话，大抵是鼓励学生今天好好表现，展现出青春的样子等。

宁晚认真听着发言，耳旁又传来孟见悠悠的声音：“昨天那个小白脸是你男朋友？”

宁晚眉头一皱：“哪个小白脸？”

“坐 Polo 里的那个。”

要不是主持人说了一声“录制开始”，宁晚真的想马上捶死这个满嘴不知所谓的男人。

“我们今天的第一个游戏，叫‘大象鼻子转’！”

主持人风风火火地介绍着游戏规则，艺人嘉宾和学生嘉宾各出列三名，在指定的道具旁绕十圈，然后看谁经得住转圈带来的眩晕，第一个跑到终点。

第一回合，为了让气氛能迅速热起来，主持人让明星姜濯先上场，又在学生区看了看，指着陈方明说：“那位戴眼镜的同学来吧。”

陈方明从第二排座位站起来，不好意思地鞠了一躬，走到跑道上。

这个游戏没有太大的难度，笑点就是各人经历转圈后那一刻的“晕头”百态，例如像陈方明这样的，一开场就惹得大家哄堂大笑。

他半蹲下，按照游戏规则一只手捏着鼻子，一只手垂直放下，慢吞吞地围着道具转圈。姜濯虽然是明星，但没什么架子，一直在暗中放慢速度等陈方明，结果好不容易转完十圈，陈方明一站起来——妈，我在哪里？

姜濯径直跑了出去，陈方明却歪歪扭扭像喝醉了似的，直朝着学生嘉宾座位处跑去。

他虽然睁着眼睛，但已然不知道东南西北了，甚至连跑起来的动作都是下意识所为，自己在干什么、跑向哪里，他一概不知。

几秒钟后，操场上一群学生笑出猪叫声。陈方明以一种脱了缰的野马姿态，冲到学生嘉宾座位的第一排，一脸茫然地倒在宁晚身上。

宁晚感觉自己像抱了个傻儿子似的。

孟见的脸则瞬间黑了。

陈方明浑浑噩噩地扶着宁晚的腿抬起头，缓了一会儿后，他眼前的景色终于成了形，可刚缓过来没半秒，他立即打了个哆嗦。

他失误了，宁晚倒没有什么表情，坐在她旁边的孟见此刻却拉着一张黑脸，眼神阴沉，仿佛要将他刚才碰到宁晚的地方全部削了似的。

陈方明一惊，忙颤巍巍地站起来，明明撞的是宁晚，他却很心虚地对着孟见道歉："对不起，我不是故意的。"

宁晚："对不起谁？"

陈方明老老实实地躲去后排，主持人又开始了第二轮游戏。这次是姜濯的女朋友冉亿上场，所以相应地要选一个女生跟她比赛。

因为刚才陈方明的失误，宁晚已经吸引了主持人的注意，自然也就成了这轮和冉亿比赛的学生代表。

站在道具面前，主持人一声令下，两个人都开始了转圈。

孟见原本还淡定地看着，可忽然不知想起了什么，转过身，把坐在第一排的几个男生都赶去了后排。于是在宁晚转到第九圈的时候，整个学生嘉宾座位区的第一排就剩孟见一个人大摇大摆地坐着。

陈方明是个男的，十圈下来都找不到北了，更别说宁晚这样软软的女孩子，万一待会儿也跟陈方明似的往人堆里瞎撞，撞到别的男生怀里怎么办？当然，如果那个人是他，就没什么关系了！

把一切都准备妥当后，就在孟见准备迎接失去方向的宁晚时，两个身影跌跌撞撞地从自己面前晃了过去。他一愣，定睛一看，宁晚和明星冉亿手拉着手，虽然都有点晕，但仍相互扶持着一起跑到了终点。

怎么回事，他的手臂都快要控制不住地张开了，居然连屁都没抱到一个？！

最后一回合也结束了，明星队暂时领先。节目录制得如火如荼，第一个热身游戏后，大家的兴致都被调动起来了。

这时主持人宣布进行第二个游戏，也是《追梦者》的经典游戏——"背背跑"。这个游戏需要两个人合力完成，由一人背着另外一人，踩在指压板上跑过一段接近二百米的障碍区，然后在终点吹好一个气球。

游戏的难点在于踩在指压板上已经很酸爽了，还要背着人越过各种设定的障碍。之前的嘉宾很多都卡在了半途，坚持不到终点。这是一个考验体力和身体灵活能力的游戏。

明星嘉宾那边，姜濯主动和他的女朋友冉亿一组，其他的人也都分好了组，学生嘉宾这边出列六个人，三男三女，包括宁晚和孟见。

主持人让他们自己分好组，宁晚还在想是搭档(3)班的班长还是(6)班的班长时，两位班长已经以迅雷不及掩耳之势组好了队走去游戏区。

她愣了愣，还未回过神，站在逆光下的孟见慢慢朝她走过来，勾着嘴角笑道："合作愉快。"

所有人就位，主持人照例先讲解游戏规则，宁晚不情不愿地跟孟见小声嘀咕："待会儿我不要你背。"

孟见来了兴致："我不背你，难道你背我？"

宁晚挑起眼角睨他："不可以？"

孟见一动不动地看着宁晚，半晌，玩味地笑着点头："行，你背我。"

裁判吹响口哨，孟见懒洋洋地趴到了宁晚背上，这个操作让现场的人都看呆了，摄影机一排照过去都是各种蒙的脸。

导演非常敏锐地让人把一部分镜头转到宁晚这里，主持人也迅速看到了亮点，激情地解说道："让我们来看看这组不走寻常路的同学！这位女生太棒了，我们一起来为她鼓掌加油吧！"

"加油！"

"冲呀！"

尽管场内掌声如潮，宁晚的油却迟迟加不上。她以前也经常背裴皎皎玩，原以为孟见不过是比自己的妹妹稍微重点，多用点力应该能应付。可没想到孟见刚上身，要不是她憋着一口气，差点跌个狗吃屎。

比赛的六组队伍里，其他人或快或慢，都已经离开甚远。宁晚吭哧吭哧地背着孟见，背上像压了块石头不说，脚下还受着指压板的折磨。

她像只蜗牛，在跑道上慢吞吞地挪着。眼看着二百米的距离其他几组都已经完成过半，甚至姜濯和他女朋友已经快接近终点，宁晚郁闷地吹了口气，额前的刘海被轻轻掀起。

她实在是背不动这家伙了，现在就算是飞也追不上其他人了。

宁晚有点后悔自己的逞强，在原地停下来，平复着自己急促的呼吸。

见她已经筋疲力尽，孟见趴在她瘦弱的肩上，懒懒地问："不背了？"

宁晚有点沮丧地"嗯"了声："谁知道你这么重？！"

"抓紧，"孟见忽然意味不明地低笑了声，"换我来了。"

宁晚艰难地转过头，正想问他来什么，肩上骤然一轻，紧接着身体腾空被人抱起。全场沸腾澎湃的尖叫声灌入宁晚耳里，她微张着嘴，瞪大了眼睛。

孟见打横抱起她，身轻如燕地飞快穿过各种障碍物，只用五六秒的时间就超越了刚才还遥遥领先的人。

宁晚的心跳仿佛定格了一般，她愣愣地看着孟见的下巴，直到主持人在旁边大声说："哇，我们这组同学真是神反转，快，快吹气球！"

宁晚这才回过神，看到旁边第一个到达的姜濯组气球已经吹了一小半，她赶紧拿起面前的气球。

或许是刚才大起大落来得太突然，也或许是在场同学的尖叫声太疯狂，宁晚觉得自己怎么都用不上力，吹了半天，气球还是瘪的。

她定了定心，铆足劲，正准备吹一大口气的时候，手里的气球忽然被人夺走。孟见低声说她："笨蛋。"

他神情自然地把有些湿润的气球嘴放到自己嘴里，认真地吹起了气。

宁晚站在他旁边，发蒙地眨眨眼，视线落在孟见贴在气球上的薄唇上后，心中莫名一动。

那是她刚刚碰过的地方。

宁晚低下头，舔了舔自己干燥的唇，不知怎么的，耳后泛起一片红晕。

节目录制出现了最大的意外和惊喜，人气明星竟然以一秒之差输给了两个高三的学生。准确来说，是输给了孟见一个人。

孟见的速度和体力实在太惊人了，以至于连导演都很欣赏地给了他几个镜头。现场围观的女生们更是尖叫连连，一片崇拜的表情。

录制顺利结束后，因为表现优秀，导演组特地给孟见和宁晚发了活动参与奖——冠名节目的著名西餐品牌两千元的就餐代金券。

从拍摄现场走回来，宁晚有些心不在焉，一想到被她的口水打湿的气球被孟见毫不在意地拿去吹，她就止不住心跳加快。

她正走着神，有人给她递来一瓶农夫山泉：“宁晚，你太棒了！辛苦了，累了吧？”

宁晚抬头一看，是上次在篮球场遇到的小胖子，听说好像是叫罗子文。罗子文积极地把水往宁晚手里塞：“快喝点水，补充一下体力！”

宁晚折腾了一通的确有些渴了，正犹豫要不要接过罗子文的水，旁边突然伸来一只手霸道地截走了水。

孟见懒懒地站在宁晚旁边，拧开瓶盖，“咕咚咕咚”地把整瓶水都喝完后才弯下腰，朝矮胖矮胖的罗子文扬了扬手里的空瓶：“谢了。”

自篮球场事件后，罗子文多多少少听了一些关于孟见的事，也知道这位爷各方面都很厉害，不能轻易招惹。所以，就算是孟见抢走了他为宁晚准备的爱心水，罗子文也没敢吱声，更何况孟见现在还对他说“谢谢”。

罗子文坚信，孟见一定也是太渴了。太好了，幸好他早有准备。

罗子文扶了扶眼镜，从硕大的校服口袋里又掏出一瓶农夫山泉，递给宁晚：“没关系，我这还有，宁晚你快喝吧！”

宁晚正要伸手，孟见又霸道地伸手过来抢走水，然后若无其事地拉开校服拉链，自言自语般看着天：“今天好热啊！”

罗子文眼睁睁地看着孟见一分钟内灌了两瓶农夫山泉，咽了咽口水，莫名觉得撑得慌。

孟见一鼓作气喝完，的确有点撑，他垂眼盯着不知趣的罗子文，有暗示，也有警告，不相信这个胖子还能变出第三瓶水。

罗子文沉默了一会儿，把自己随身背的包放下，然后拉开拉链，淡定地从里面搬出一桶两升的农夫山泉，拧开瓶盖。这次他也不给宁晚了，直接对着孟见，目光真诚：“见……见哥，这个给你，你别抢宁晚的。如果你还是不够的话，我教室里还有一桶。”

呵呵，真是个淘气的小胖子呢。

宁晚一直没吭声，看到孟见被气到快昏厥的脸后，嘴角微不可察地抿了抿，她憋住笑，趁孟见捉住罗小胖说要看看他脑子里都装了些什么时，悄悄回了教室。

她刚到教室坐下来，手机就振动了。她滑开主屏，是孟见发来的微信：“就餐券怎么办？”

宁晚：“我不要，给你了。”

很快孟见发来回复：“要不这周五晚上一起去餐厅吃饭用掉？”

宁晚原本快速按出一个“不”字，可临发送前又停住了。犹豫了会儿，她把“不”字删了，改成了“好”。

孟见还记得收到宁晚回复说“好”的那一刻，就像他作文里写的一样，他仿佛看到了清晨的第一缕阳光，觉得整个世界都明朗了。

虽然一个“好”字不代表什么，但至少说明他和宁晚之间终于脱离了一言不合就上电棍的状态，逐渐趋于正常，甚至有机会更近一步。这着实是件可喜可贺的事。

周五下午放学后，孟见飞快地先回了趟家。自从他偷偷搬回南岛花园，家里特地安排了管家刘妈来照顾他。今天出门前孟见特地嘱咐刘妈把他那件范思哲的衬衫熨好，回来后认认真真地换上了一套休闲的高定系列服装。

不管是尊重餐厅，还是尊重“约会”的对象，孟见都是谨慎认真的。

和宁晚约好的时间是晚上七点半，孟见提前十五分钟到达了餐厅。

这家西餐厅的装修十分奢华，浪漫而有情调，是很多上流人士约会的首选地点。他坐下后给宁晚发了条微信，得知她也到了楼下，正在等电梯。

孟见先看了看菜单，耐心地等了十来分钟后，宁晚还没有出现。这时餐厅门口发出一阵嘈杂的吵闹声，像是有人起了争执。他朝那边看过去，餐厅入口处围了好几个人，不知在说些什么，气氛有点紧张。

不一会儿，一个熟悉的身影从孟见眼前闪过，他愣了下，马上站起来走过去。宁晚被几个人围着，他们似乎不让她进来。

孟见赶过去拨开人群，第一反应是护到宁晚面前，朝对面的人不满地问：“你干什么？”

一个穿着讲究的侍应生站出来，礼貌地欠了欠身，说：“不好意思，先生，我们这里是高级餐厅，须要穿正装才能进入。”

孟见回头看了眼宁晚，她虽然穿的不是名牌，但也穿了一套淡灰色的针织裙。他觉得这就有点狗眼看人低了，不悦地质问侍应生：“非要名牌才能进？”

侍应生连连否认：“不不不，当然不，可穿校服就……”

孟见听着一愣，又转身看身后的人，这才发现宁晚旁边竟然还站着她的闺密郑允，以及他班上的安鹿。侍应生说的就是穿着校服的安鹿。

安鹿不知所措地低着头，用手把宁晚往餐厅里推：“算了，宁晚，我不吃了，你们快进去吧。”

宁晚的兴致也被扫得七七八八，她扫了侍应生一眼，转过身拉着安鹿就走：“那我也不吃了。”

无辜的郑允一脸蒙，“哎”了两声后，咽咽口水，也只好跟了上去，留下一个茫然站在门口的孤独鬼。

不是说好两个人吗？怎么宁晚还拖家带口地来了？来也就算了，怎么一言不合她又走了？

女人真是善变的动物，更何况现在还是三个女人，真是让人头大。

孟见扯了扯衬衫的领口，无奈地暗骂一声，迅速朝宁晚追过去。

从电梯出来，安鹿一直在道歉：“对不起，我不知道来这种高级餐厅吃饭有这些讲究，真对不起。”

宁晚宽慰着拍她的肩，从心底来说，她更想向安鹿说一声抱歉。毕竟像刚才那样被拒在门外的样子真的是太难堪了，一群人赤裸裸地嘲笑着她的不配和贫穷。宁晚叹了口气，朝郑允使眼色。

没吃到大餐，郑允虽然有些失望，但安鹿可怜巴巴的眼神又让她生气不起来。

“哎呀，”她没心没肺地摆了摆手，“不让进就不让进吧，我们总得找个地方吃饭。”

这时孟见也从电梯里追了出来，看到围在一起还没走的三个姑娘，他又缓下步子，努力让自己表现得不那么在意，慢吞吞地走过去，问：“时间也不早了，你们打算去哪？”

郑允嘴快：“正商量去哪吃饭呢。”

“哦。”

孟见盘算着把女孩们带去自家的酒店吃一顿，安鹿忽然抬起头，长长的睫毛上还有未擦去的水光，她小心翼翼地开口：“宁晚、见哥，要不我请你们吃大排档吧。”

一行人到了才发现，原来安鹿说的大排档是她父母开的流动小吃摊。

这是某夜市的美食街，汇聚烤串、煎饼和八宝粥等普通街头小吃。美食街在夜幕降临后热闹非凡，现在才八点不到，人还不算多。

安鹿把他们带到一个叫“老安大排档”的摊前，朝正在忙碌的一对中年人喊道：“爸、妈，我带同学来吃东西。”

安鹿的父母一听是女儿的同学很是热情，给宁晚他们找来一张干净的桌子，又炒了很多美味的小菜。

“来，试试这道炒蛤蜊，我爸的拿手菜！”

安鹿把菜端来，在宁晚的旁边坐下，脸上挂着被炉火热出的汗珠：“你们快尝尝！”

“好。”

虽然吃过的美食很多，但孟见不得不承认，安鹿家这个炒蛤蜊的确火候到位，又香又辣，蒜蓉和辣椒的搭配让人回味无穷。他吃完觉得有点辣，吸了口冷气问安鹿：“有喝的吗？”

安鹿的爸爸正好送菜上来，听到孟见的话，马上应道：“有有有，鹿妈，快拿梅子酿来！”

“梅子酿？”宁晚好奇地问道。

安鹿笑着解释：“这可是我妈家祖传的手艺，用八分熟的青梅和我老家长白山的蜂蜜一起做的，特别好喝！”

鹿妈送饮品来的时候刚好听到安鹿的话，宠溺地嗔了女儿一句：“瞧你，王婆卖瓜，自卖自夸。”

“可妈妈做的就是好喝呀。”

宁晚看着面前有说有笑的母女俩，还有在不远处忙得满头大汗却幸福满满的鹿爸，嘴角牵起苦涩的笑。

宁晚一杯接一杯地喝着梅子酿，安鹿拦住她：“别贪杯啊，这梅子酿虽然甜，但发酵的饮料多少含有酒精，喝多了也会醉的。”

宁晚摇摇头，笑着说：“没事，这梅子酿太好喝了。”

孟见在一旁看着，没出声。

九点钟，小吃街的人渐渐多了起来，大排档来了很多客人，位置不够坐，宁晚他们便起身准备离开。

她有些头晕，刚起来便因一阵眩晕而没站稳，孟见和安鹿坐在她两侧，都下意识地伸出了手，最后还是孟见速度更快些，稳稳地扶住了宁晚。

安鹿默不作声地看了眼两人交缠在一起的胳膊，顿了顿后，抿唇说：“要不我和郑允送她回家吧？”

孟见还没表态，宁晚却摆了摆手：“我自己可以回家。”说着，她便挣扎着走出马路。

郑允赶紧放下筷子准备追上去，却被孟见拦下：“我送她回家，你们自己注意安全。”

宁晚走到马路中间，正好开过来一辆出租车，她挥手拦住，车停下后，有人帮她开了门，然后仔细地把手放在车门上方：“别撞到头。”

宁晚有点晕，蒙蒙眬眬地看到是孟见后，也懒得多说什么，便弯腰坐进车里。

车一路疾驰到南岛花园，夜晚的小区特别安静，月色静静地洒在法国梧桐上，映着皎白无瑕的光，让人感到平静，却又莫名伤感。

下车后宁晚不要人扶，闷着头往前走，孟见提着她的包跟在后面，小心翼翼地看着她脚下的路，有石子什么的便提前帮她踢开。

好不容易拧了钥匙打开门，宁晚像是完成了最后的坚持似的，“咚”的一声往下倒。眼看着要倒在地上，孟见赶紧接住了人。他把宁晚扶到沙发上坐好，刚放好她的包，一转身，宁晚已经躺了下来。

宁晚侧身躺在沙发上，脸颊绯红，长发微乱而温柔地垂下来，卷翘的睫毛像一把小扇子，在眼底投下一片阴影。因为她闭着眼睛，眉眼里没了平日里的冷傲乖张，看上去平和，却又明显地蹙满了心结，让孟见看着莫名觉得心疼。

他走过去，刚想抚平宁晚紧蹙的眉头，一个成熟的女声在背后响起：“你在干什么？”

孟见虽然心里没存什么坏念头，但孤男寡女的，忽然冒出第三个人，还是把他吓了一跳。他转过头，看到大门口站着一个打扮低调的中年女人，正厉色看着他。

孟见认出这是裴皎皎的妈妈，便规矩地站起来解释：“您好，我是宁晚的同学，她有些不舒服，我送她回来。

尤容手里提着一个很大的塑料袋，里面装了各种日用品和食材，她半信半疑地看着孟见。过了一会儿，慢慢走过来，放下手里的东西，然后蹲到沙发旁轻轻喊："小晚？"

宁晚哼了哼，翻了个身，眉头拧起一个结，有些分不清梦境和现实，对着空气软软地叫了声："妈……"

尤容凝眸看着宁晚，摸了摸她的脸，之后似有似无地叹了口气，站起来朝孟见说："你在这帮我看着她，我去熬点粥。"

孟见："好。"

印象中，他好像听说过宁晚和这个后妈关系恶劣，可现在看来，又好像不是那么一回事。

孟见拿了条毯子盖在宁晚身上，坐在她对面一动不动地守着，生怕她一个不注意从沙发上滚下来。

一刻钟后尤容从厨房里出来，到沙发面前又看了眼宁晚，对孟见交代："厨房里有我熬好的粥，明天小晚醒了，你就说是你做的。"

孟见："啊？"

"我做的她不会喝。"

交代完这些后，尤容才起身问孟见："对了，你叫什么名字？"

"孟见，"孟见顿了顿，说，"若如初见的见。"

尤容在嘴里重复了一遍"孟见"，然后点头："那就辛苦你了，好好照顾小晚。"

说完，她趁着夜色离开别墅，走到门口时又转过头意味深长地笑着说："孟见，你喜欢小晚对吧？"

孟见："啊？"

毫不设防地被问到这个问题，一时间他也不知道要怎么回答，更不知道该不该答。

尤容并没有逼他回答的意思，而是微笑着说："喜欢可以，但你们还小，有些不该做的事就不要去想。"

尤容语重心长地说完后，又暗含警告地丢下一句："老实一点，家里有全方位监控。"

孟见顿时哑口无言，他压根什么都没有想啊……

就算他有过那么一点点犯错的思想，可也绝对不会上升到行动上来的好不好？他看起来有那么禽兽吗？

尤容离开时是夜里十点半，而当宁晚再睁开眼睛时，第二天的太阳已经升起。

她的头还昏着，昨晚做了一夜的梦，她梦到沈宁从国外回来了，远远地就张开双手要抱自己。沉浸在这样的梦里，宁晚一点都不想醒来。可清晨的阳光射进房里，逼得她不得不面对现实，她只能昏昏沉沉地睁开眼睛，却意外发现有个身影倚靠在沙发旁。

宁晚心里一喜，难道不是梦？真的是沈宁回来了？

抵不过埋藏在心里太久的渴望，宁晚像九岁那年抱着要离开的母亲一样，急忙抱住眼前的人。

“妈！”

孟见正半梦半醒地眯着眼，猛地被一双柔软的手牢牢抱住，还被喊了声“妈”。他措手不及地看着扑在怀里的宁晚，缓了缓，鬼使神差般轻轻摸着她的头，低低应道：“嗯，宝宝，想喝点粥吗？”

因通宵未睡而略带沙哑的低沉男声把宁晚惊得睡意全无，她顿了半秒，马上狠狠地推开抱住自己的人。

孟见毫无防备地被这么一推，直接踉跄跌坐在羊毛地毯上。他屁股撞在了茶几的四方角上，差点没被戳出个洞来。小姐你能不能换个地方伤害我？你跟我的屁股有仇吗？

宁晚还沉浸在家里闯进陌生人的高度警戒里，她把身后的软垫齐刷刷地朝孟见身上砸过去，然后快速从书包里掏出辣椒水，正要对准他喷时，孟见把头一抬，那张帅气的脸黑得快挂不住了。

宁晚看清是孟见后一愣，马上敏捷地把已经按下的喷头转了三十度，气体顿时喷在了旁边的地上，她皱眉：“怎么是你？”

“嗯，终于舍得看我了？”

被不由分说先打了一顿的孟见黑着脸：“醒了就打算把你包里那些武器都给我轮着使一遍是吗？”

宁晚微愣了下，不一会儿，昨晚在安鹿家吃饭的画面悉数浮现在脑海里。她没想到自己这么容易醉，喝了几杯发酵的饮料也能让她昏头。她还记得送她回来的人是孟见没错，他没撒谎。

宁晚揉了揉头发：“那，你一直没走？”

孟见扶着腰，手指着茶几上盅里的热粥说：“我走了，谁给大小姐你做这些？”

他把勺子拿来，舀了一碗粥递给宁晚：“谁知道你这个女人这么忘恩负义！”

宁晚迟钝地接过来，有些抱歉地看着孟见。刚才她下手有点重，茶几又是玻璃做的，硬度很高，上次她不小心碰到胳膊都青了一块，孟见的屁股不紫，肯定也青了。

她动了动嘴，不知道该说什么。沉默了一会儿，她忽然想起家里有一支祛瘀膏，马上去柜子里翻出来，然后走到孟见旁边，推他的肩膀：“喂，擦点吧。”

孟见看她靠过来的样子像是要亲自给自己上药似的，马上往后退了退：“别，我自己来就是了。”

不要脸，搞得她很想看他的屁股似的。宁晚突然想起九岁那年自己救人时的画面，不屑地嗤了句：“谁还没看到过个屁股啊……”

孟见脸色一变：“你说什么？”

“什么什么？”宁晚闭嘴，瞥他一眼，“我什么时候说话了？”

行吧，没说就没说。

上课已经迟到了半个小时，两人一起吃完粥，宁晚匆匆忙忙地收拾了下，就准备去上学。

孟见却不慌不忙地拉住她：“别去了，我让郑允帮你请假了。”

“那你呢？”

“你不上，我当然也不上。”

孟见慢条斯理地打了个哈欠：“我一夜没睡，现在先去洗个澡，然后下来把昨晚的作业写了。”

说完，他看向宁晚：“方便吗？”

宁晚有些犹豫，虽然男女有别，但说到底孟见也是因为自己才一夜没回家，现在借用下卫生间也不是什么过分的事。

顿了会儿，她指了指楼梯："二楼是我的卧室，柜子里有新毛巾。"

孟见抿了抿薄唇："那我去了。"

孟见去洗澡时，宁晚发现了摆在门角的一堆生活用品和食材。往常这些东西是裴皎皎一个月送一次，可昨天如果皎皎来了看到那样的自己，以她的性格肯定不会走，所以……

宁晚猜到了什么，动身去了二楼的书房，在电脑面前坐下来，调出了昨晚客厅的监控。果然，在九点多的时候，尤容提着一袋重重的东西来过家里，她还跟孟见说了话，并且去过厨房。从画面内容来看，宁晚不难猜出今早的那盅粥其实是尤容做的。

她再调厨房的监控，清楚地看到尤容微弯着腰，细心地淘米，切姜蒜、肉末。

一切过程都被记录了下来。宁晚沉默地看着，心情很复杂，这一切原本不该尤容做，她也没必要对一个一直朝自己冷嘲热讽的人这么好。

画面以倍速播放着，尤容走后就只剩孟见在客厅，他先是在宁晚对面的沙发上坐着，可中间宁晚从沙发上掉下来两次后，孟见就搬了把椅子坐到她旁边。一会儿帮她拉下毯子，一会儿帮她把四处乱放的手脚放正，他一夜几乎没怎么睡。

宁晚的手指无意识地在桌上叩着，眼睛虽然在看电脑，但心思不知道飞去了哪里。厕所里不小心抱在一起，做游戏时吹同一个气球，以及现在发生的一切，都让她的心海无法控制地泛起细微波澜，时不时荡漾三两下，扰乱她的思绪。

她关了电脑离开书房，打算去隔壁的卧室看看孟见。推开门，房里已经没有了水声，空气中飘浮着湿润的水蒸气。

宁晚轻轻喊了声："孟见？"

没人应答。

她又往里面走了些，正想着孟见是不是已经下楼，忽然看到她的床上横躺着一个身影。

孟见被子都没拉，就那么随意地倒在床上，头偏着靠在背垫上，闭着眼睛，已经发出了均匀的呼吸声。

宁晚在床边站了会儿，考虑是用连环飞腿把他踹下床，还是……

算了，就让他睡吧。

连第二种可能都没有想好就做出了决定，宁晚也不知道自己为什么轻而易举地就妥协了。她叹了口气，轻轻走过去帮孟见盖好被子，再拉好窗帘。

孟见在洗澡的时候就困得不行，洗好出来原本只是想靠在宁晚的床上眯一会儿，没想到这一睡就到了中午十一点。他坐起身，看着盖在身上的被子后愣了愣，随后疑惑地皱眉。他躺下的时候明明什么都没盖啊，所以……

孟见唇边蓦地漾出一丝满足的笑，心道："算你还有点良心。"

宁晚的被子里有清新的香味，淡淡的，像夏天的甜橙，闻一口清爽诱人，吃一口甜到犯罪。

孟见内心挣扎着，不舍地起了床，然后把被子捋平后再折好。就在一切都整理完毕时，他眼角余光一闪，似乎看到了什么不得了的东西。

他在床边蹲下来，认真地打量了会儿，然后抽了床头的一张纸巾，小心而神圣地把那东西捡起来，再用纸巾包住收进口袋里。

做完这一切后，他才关上卧室门离开。

他从楼上下来，客厅里很安静，宁晚似乎不在。孟见把每个房间找了一遍都没看到她的身影，正想拿手机出来问问她去了哪儿，就看到宁晚给他的微信留言。

"我出去买点东西，你走的时候帮我关上门。

"作业已经帮你做好了。"

孟见的视线从手机上挪开，转向茶几上的几张试卷。他随手拿起一张，昨天是周末，英语老师留了三张卷子，宁晚全部帮他做完了。看着宁晚流畅的英文字迹，孟见勾了勾嘴角，笑而不语。

上次他帮她做，这次她帮他做，所以这样算不算不分彼此？从宁晚家出来，孟见多走几步就回了自己的家。

南岛花园的户型都是一样的，二楼都有个大卧室，卧室外面是一个宽敞的阳台。

孟见心情很好，回来后就直接去了二楼，想在阳台上等宁晚回家。

他们两栋楼中间还有一户人家，彼此处在一个不算远，却也不是能轻易被发现的微妙距离中。

孟见懒懒地趴在阳台上，目光直直地看向宁晚家。等了一会儿，他又从口袋里拿出刚才的纸巾，小心翼翼地打开——一根黑色纤细的头发静静地躺在纸上。

孟见眯着眼把头发拿到阳光下，嘴角不经意地慢慢弯起弧度，好像哪怕只是宁晚的一根头发，他都能自带滤镜地感受到它与众不同的迷人之处。

十分钟后，宁晚骑着一辆单车出现在别墅门前的小路上。阳光暖暖地照着，风拂在她的脸上，长发被轻轻带起，她整个人温柔得像是迷失在人间的仙女。

虽然仙女有时沾染了人间烟火，有点诸如使用电棍之类的暴力小爱好，但依旧阻止不了孟见看到出神。以至于孟父孟起昭悄悄站在他身后，他都不知道。

“看什么呢？”孟父好奇地跟着儿子的视线朝外看，宁晚刚好转弯回了家，他什么都没看到。

慈祥的老父亲不死心地又朝更远的地方看了看，确定儿子真的在对着一片风景傻笑后，担忧地问：“儿子，你没事吧？”

孟见被他吓了一跳，回过神来，把纸巾握在手里，镇定地咳了咳，“没事，我晒太阳。”

“真的？”

“当然，不然你以为我在干什么？”

孟父上下打量他，忽然说：“别骗我了，我年轻那会儿躲在你妈家门口等她下班时就是你这个表情。”

孟父认真地想了一个成语来表达：“这叫望穿秋水。”

“不对，应该叫望眼欲穿。”孟父说完，又很快改口。

“行了行了，”孟见心虚地坐到阳台的秋千上，“我可没您那么骚。”

他说着，悄悄把纸巾在手心里捏紧了些。几乎是同时，孟父忽然身体一抖，打了一个喷嚏。

“这天一会儿冷一会儿热的，我都被折腾感冒了。”

他四处找了找，刚好看到孟见手里的纸巾，二话不说就夺了过来，然后往鼻子上糊过去。

“纸给我用用。”

孟见目瞪口呆。

第五章
喜欢你和自作多情

因为孟父的一个喷嚏，孟见纸巾里的“相思发”就这样随风飘到了空中，眨眼便没了踪影。

孟父擤完鼻涕，把纸揉成一团，正准备丢到垃圾桶，忽然看到亲儿子用一种要杀人的眼神盯着自己，愣了愣，无辜地问：“你这是怎么了？”

说完他还在孟见面前挥舞着手：“嘿，儿子？”

孟见不断告诉自己，这是亲爹，亲的。他深呼吸，努力平复想打人的情绪，随后挪开视线，皮笑肉不笑地回了句：“没什么，就是好奇您怎么突然来了？”

“噢，”孟父完全没发觉任何不对劲，上前摸他的额头，“上午你们班主任给我打电话说你请了半天假，我过来看看你是不是也感冒了。”

孟见朝宁晚家看，漫不经心地说：“没有，就是睡过头了。”

“啊？”孟父先是惊讶了下，随后又平静地“哦”了声。

他儿子的这个理由真是合理得让人没有一丝反驳的余地呢，礼貌又不失个性，很有他当年的风范。

他放心了，又告诫孟见：“最近感冒的人特别多，你注意别跟我一样重感冒。烦人，你妈都不让我亲她。”

孟见无奈地把脸埋进手里，不知该回什么。

每次两父子在一起，孟起昭都要明里暗里地疯狂对自己秀恩爱，果然没两分钟，孟父看了手机后忽然告别：“我得回去吃饭了，你妈说今天特地给我炖了雪蛤。”

孟见：“您当心流鼻血。”

孟起昭虽然快要五十了，但眉眼中依然存留着少年时的英气，因为一直坚持健身，所以身材紧致不说，人也完全没有这个年龄的油腻，再加上在商界叱咤有名，是不少年轻女孩迷恋追逐的魅力大叔款。

不过跟别的有钱人不一样，孟起昭这么多年独独稀罕孟见妈妈一个人，经常肆无忌惮地当着孟见的面和老婆早安吻、晚安吻，想吻就吻，搞得孟见时常觉得自己像个一千瓦的电灯泡，碍着他们恩爱。

所以当他提出回南岛花园住时，两口子嘴上说不放心、不舍得，结果第二天天还没亮就让管家刘妈抱着两箱行李来报到了。

送别老父亲，孟见在家简单吃了午饭就去了学校。

他没有想到的是，只是半天没来上学，学校里已经处处弥漫着人心惶惶的气氛。他刚到班里，靳宸就神秘地过来告诉他：“你早上没来，学校出事了！”

孟见在座位上坐下来，皱眉道：“什么事？”

“昨晚有个女生放学后被人抢了包，今天早上在北宁巷一处待拆的危房里找到了尸体，听说被虐待得很惨，身上到处是伤口，还没穿衣服！”

于修听不下去了，斜眼睨他：“没穿衣服是你亲眼看到的吗？”

靳宸老实回答：“哦，那倒没有。”

“那就别乱传，免得别人听了害怕，本来现在就——”

孟见突然从这堆信息里捕捉到一个重要的信息，打断于修的话，问靳宸：“你说哪？北宁巷？”

靳宸一愣：“是啊，就学校门口左拐那条破巷子。”

见孟见表情有异久久不说话，于修忽然明白了，建议道：“上午老师说有可能是团伙作案，让我们最近都要小心，要不你避一避？先回市区的家住？”

孟见若有所思地看向窗外，手里快速转着一支笔，过了会儿停住动作，问于修：“那她怎么办？”

下午的课结束，宁晚在校门口吃完饭，路过奶茶店时觉得口渴，便进门打算买杯饮料。

这是一家新开的创意奶茶店，以饮料的名字新奇而受到学生们的追捧。宁晚走进去，正打算点单，孟见发来一条微信信息问她："你在哪？"

宁晚盯着这三个字看了一会，淡定地敲回去："老师办公室。"

这大概是唯一一个让人看了不会说"那我去找你"的地点。她不想和孟见再有太多的接触，除了现在不想谈学习之外的事，还有最重要的一点是——她发现，这个人已经让她有点不能掌控自己的内心了。

她不喜欢这样的不确定感，也不想把哪怕只是百分之一的感情用在别人身上，这个世界有太多事和人不值得信任。她不想像沈宁一样失望受伤，所以干脆也没想要尝试。

只是很快，孟见便回来消息，语气很随意："哟，你们老师还会做茶？"

宁晚看着屏幕一怔，随后抬头，却没有看到孟见的身影。她正觉得奇怪，背后忽然传来低声的笑："你就不会往后看一下？"

宁晚马上回过头，这才清楚看到了倚在她身后的孟见。她扯了扯嘴角："你怎么在这？"

气氛有些尴尬，宁晚原本做好准备孟见会戳穿她蹩脚的谎言，没想到孟见只是看了眼菜单，对服务员说："我要一杯'喜欢你'。"

服务员手指麻利地在机器上打出单子："好的同学，'喜欢你'十八块，请问现金还是微信？"

孟见不紧不慢地用胳膊捅宁晚，跟一家人似的："问你呢，现金还是微信？"

宁晚："啊？"

"哦，"孟见看出她的诧异，耸了耸肩，解释道，"我没钱。"

没钱点个屁啊！宁晚狠狠地瞪了他一眼，却又不好当众拂他的面子，只好转过来看菜单。

她原本也想点一杯"喜欢你"，这是这家奶茶店新出的招牌茶，用各种水果调制的，口感甜蜜清爽，冰镇过的更是透心凉。可现在孟见点了，她就不想点了，免得不知道的还以为他们在互相表达情意。

宁晚把菜单从上到下浏览了一遍，忽然看到一个名字，眼睛一亮，马上指着朝服务员说：“我要这个。”

孟见瞄了一眼她指的，身体慢慢站直，语气带了不爽：“你要‘自作多情’？”

服务员也提醒宁晚：“同学，‘自作多情’有点酸喔，你确定要一杯吗？”

“确定得不能再确定，”宁晚淡淡地瞥向孟见，眼中的意味呼之欲出，她掏出手机，“扫微信。”

两杯饮料做好，杯身上分别写着“喜欢你”“自作多情”。服务员把饮料放到台上，插好吸管后，递给宁晚：“二位的水果茶做好啦，欢迎再来。”

宁晚说了声“谢谢”，然后抱着“自作多情”先走一步。孟见把“喜欢你”用袋子装起来才追上去。刚走到门口，他就看到宁晚小跑到街边的垃圾桶旁，吐出口中的饮料。

这款饮料宁晚从前没喝过，今天也是故意跟孟见对着干才点的，没想到口感倒是十分符合它的名字——入口酸涩无比，让人肝肠寸断，她当真是发自肺腑地尝到了自作多情的滋味。

孟见见她这个自作孽的小可怜模样，嘴角一抿，慢慢朝她走过去。

离宁晚还有两三步时，一个女生的身影忽然横插进两人之间。那女生好像没看到孟见提着的饮料似的，把手里打包好的一杯“喜欢你”递给孟见，头低下三分，面色娇羞：“孟见，我……我请你喝的。”

孟见拎起手里的口袋，冷淡地回道：“不用了，我有。”说完，他直接越过女生离开。

女生像是有备而来，见饮料没送出去，咬了咬唇，在与孟见擦肩而过时，鼓起勇气问：“那我能要你的微信号吗？”

孟见走到宁晚旁边，听到女生的话后抬头一笑：“我的微信？”

女生不好意思地点头：“嗯，我们加个好友吧。”

“自作多情”勾得宁晚胃里的酸水都泛出来了，她趴在垃圾桶旁吐着，不可避免地听到了他们两人的对话。

她早就听说孟见的粉丝很多，尤其是上次录完节目后，更是多了很多低年级的拥护者。意识到女生的意图，宁晚觉得她该识趣地给两人让地方。所以她吐完也顾不上找纸巾，直接用手背擦了擦嘴角的水渍，余光瞥了一眼孟见后，准备悄悄离开。

只是她才转过身，还没来得及跨出半步，身体就被人从后面拉住，随后一条修长的胳膊顺势挂在了她的肩上，将她直直地钩了回来。

宁晚："你……"

不等她开口说完，孟见动作自然地接过她手里那杯忘了扔掉的"自作多情"，吸了一口后皱了皱眉，自言自语："这是什么垃圾玩意儿？！"

女生也被他的举动弄蒙了，孟见又喝了两口才装作想起两人刚才的对话，故作思考道："其实我的微信号，我自己也记不住啊。"

他环着宁晚的肩，忽然低头，语气亲密地问她："是多少来的？"做到这个份上，孟见已经暗示得很明显了。

女生咬了咬唇，眼神复杂地看着宁晚，沮丧地叹了口气，笑自己天真幼稚，一个是全树成公认的一姐，冷艳不可方物的学霸美人，一个是身份地位让人仰望的贵族学霸少爷。

果然只有大姐才配得上大哥，优秀的人更容易相互吸引吧。女生彻底死心了："我懂了，再见。"

等会儿，不是你想的那样好不好？宁晚甩开孟见的手，对那女生脱口而出："孟见的微信号是×××××××，你可以加他。"

女生惊慌地捂住耳朵，跑开："晚姐你别生气，我什么都没听到，真的，打扰了。"

她哪里生气了？这些人是怎么回事，脑补得太过了吧？

"宁晚，"宁晚正对这些戏多的小女生觉得无语，孟见的声音冷不防传进耳里。他似笑非笑地看着她，"你还真记得住我的微信号了？"

察觉自己中了套，宁晚微张着嘴，耳根莫名蹿上一阵热。她想解释自己只是多看了一眼，纯粹是记性好，完全没有别的意思，可话到嘴边又觉得这些解释很苍白。

万一孟见再问她"那你为什么要多看一眼"，她就更说不清楚了。因为她也不知道自己为什么会多看一眼，不对，是很多眼。

宁晚抿了抿嘴，不知道是骂自己还是骂孟见：“神经！”

她转身闷头进了校门，孟见跟在她后面，走到两人教室的分岔路口时，他才把冷着脸朝前走的宁晚拦住，耐心地哄道：“我开个玩笑，你怎么还生气了？”

宁晚冷哼了一声，嗤笑道：“我才懒得跟你生气。”

孟见也不恼，把那杯没喝的“喜欢你”塞到她手里：“既然没生气，那把这个喝了。”

“还有，”他靠到宁晚耳边，突然收起之前所有的散漫和随意，语气认真地叮嘱她，“下自习后在这等我，不准一个人先走。”

上晚自习的时候，老田特地来班上强调了一遍安全问题，并且告知所有人，近期出行最好找小伙伴一起同行。

由于恶劣事件发生在宁晚每天回家必过的北宁巷，下课后郑允特别担心她：“要不你跟你爸说说，最近几天别回南岛花园了？”

宁晚想了想，说：“再说吧。”

她回家只有北宁巷一条路可以走，穿过巷子再过条马路就能到。一个人走了这么久，宁晚很清楚这条路的环境，因为年代久远，里面又都是待拆的老房子，晚上的巷子的确是寂静冷清，只有几只流浪猫散发着生气。

宁晚从教室出来，正犹豫着要不要给爸爸裴晋诚打个电话，裴皎皎就从对面跑过来喊她：“姐！”

她应该也是被老师告知了昨天的事，所以才特地跑来宁晚的教室门口等她下课。

宁晚看到妹妹就笑了，想起包里还有一块上次西米给的牛奶糖，翻出来拿给裴皎皎：“你怎么来了？”

裴皎皎喜欢吃甜的，马上接过糖拆开糖纸：“姐，你今天就别回南岛花园了，没人陪你一起走，多危险啊。”

两姐妹并排走在学校里，宁晚低头看着地面，低声说：“我不回南岛回哪里？”

“回我家啊！”

话音刚落，裴皎皎便撞上宁晚抬头望过来的冷然目光，她顿时反应过来自己用词不当，表情僵住，慌忙拉住宁晚：“姐，我不是那个意思，我是说我们，我和你的家……”

裴皎皎情急之下打了一下自己的嘴：“让你乱说，让你嘴笨！”

“好了，”宁晚拽住她的手，淡淡地笑了笑，“我知道你没有那个意思。”

虽然裴皎皎心直口快，没有恶意，但她的话反而让宁晚犹豫不定的心释然了。那儿的确不是她的家，就算勉强去了，她也会觉得浑身不自在吧。

裴皎皎见宁晚不说话，心里懊恼极了。她耷拉着头跟在宁晚身后，正想着应该说些什么话题来缓和她刚才的口误，忽然听到前面有男生的声音：“怎么才来？”

裴皎皎好奇地抬头看去，发现前面的樟树下靠着一个男生。他身材高挑，左肩上背了一个黑色的背包，脸映在明暗交错的光线下，看不清楚表情。直到宁晚走近后，他才懒洋洋地直起身，从斑驳树影下走出来，露出痞帅的脸。

“我等你半天了。”

裴皎皎愣了下，孟见？

很快更让她惊奇的是，宁晚居然走上去跟孟见搭话，语气亲昵：“不是说好了谁先到就等对方吗？”

裴皎皎：“啊？”

宁晚这才想起跟在身后的裴皎皎，回头指着孟见，对裴皎皎说：“有他陪我呢，你不用担心。”

裴皎皎呆呆地看着两人：“你们……”

“你早点回家，注意安全，我先走了。”不等裴皎皎再多问，宁晚拉着孟见的胳膊快速离开。

正是放学的时间，学校里黑压压一片，或许是因为小巷的事，所有人脸上的表情都很紧张。大家低着头，胆小的女生互相挽着手，谁都不敢多停留。

宁晚和孟见就这样走在人流中。孟见走得不快，手插在裤兜里，时不时用眼睛瞥一眼宁晚，见她一直垂着头好像在想事情，也不去打扰她。

两人就这样沉默着走到北宁巷巷口，校门的大马路上热闹而熙攘，一拐弯到了这就明显感受到阵阵阴冷，偶尔才有一两个学生或家长匆匆跑过。

宁晚停了下来，终于抬头，解释：“抱歉利用了你，我刚才是为了让我妹放心才那么说的。”

孟见淡淡地“哦”了声：“然后呢？”

“没有然后，”宁晚没什么表情地从书包里拿出一瓶辣椒水握在手里，“我现在要回家了，再见。”

说完她便孤身进了巷子。孟见看到她偷藏在手里的东西，嘴角轻轻勾了勾，也没再强求，淡定地跟了上去。

宁晚知道孟见一直跟在她后面，开始她不想理睬，可走到半路还是沉不住气回头：“你别跟着我。”

“谁跟着你了？”孟见走自己的路，“我回家不行吗？”

宁晚马上追问：“那你家住哪？”

孟见顿了顿，漫不经心地说：“南岛花园啊。”

宁晚愣住。

MW 集团旗下开发了许多楼盘，城里最出名的全智能设计高端楼盘也是他们的作品。宁晚之前听郑允说过，孟见家就住在那个楼盘，进门刷脸，自动停车，每户都有生活机器人服务。

现在他竟然胡诌自己住南岛花园这种老房子？宁晚不傻，清楚地知道孟见在想些什么、做些什么。

少女的心思是敏感的，也是脆弱的。这些年来明里暗里对她表明心意的人不是没有。有些是真的喜欢，礼物、小字条一堆堆地送，人却不敢上前跟她说两句话；有些只是抱着打赌挑战的心思，卖弄两天发现没戏后，便觉得无趣而离开。

宁晚一直认为，十七八岁那些所谓的喜欢，幼稚又讽刺。她不想跟孟见纠缠，也不想指出他住南岛花园这么荒谬的谎话。夜深露重，还有未知的危险，为了自己，也为了身后跟着她的人，宁晚只能低头，加快脚步。

第一天，孟见把她护送到家门口。等宁晚进门转身再想看他时，他已经不声不响地消失在夜色里，好像不曾来过一样。

第二天、第三天、第四天……

就这样持续了半个月，恶意事件带给学生们的恐慌慢慢退去，大家最终把它当成偶然事件，一切恢复正常。

可孟见还是坚持每天晚自习后，提前在北宁巷巷口等宁晚。不知从哪一天开始，宁晚似乎也默认了他这样的跟随。

开始那几天孟见会在等到她之后随意说些有的没的，宁晚不搭腔，也不理他。再后来，两人就一前一后地沉默同行。

宁晚原以为他们会一直保持这样相安无事的状态。但昨天，孟见跟在她身后，咳了两声，宁晚觉得自己的心也跟着狠狠地跳了两下。

她马上转身，看着一米之外的孟见，犹豫地皱眉问："你感冒了？"

孟见无所谓地摇头："没。"

"哦……"

今天是孟见送宁晚回家的第十六天。

打了晚自习的下课铃，老师拖堂了十五分钟，宁晚赶到巷口时，没有看到孟见的身影。意外的是，孟见的朋友——靳宸背着包站在那儿。

靳宸见她一脸疑虑，走上前解释道："宁晚，见哥病了，重感冒，下午被他爸妈接走送去医院了，他让我和于修今晚送你。"

宁晚想起昨天他的咳嗽，心猛地收缩了一下，忙问："他没事吧？"

"不清楚，但下午走的时候在医务室那边量体温都快四十度了，所以学校才赶紧通知了他的家长。"

靳宸摸了摸后脑勺："本来于修也来了，可等了半天你都没出现，他家里催得紧，只好先走了。"

宁晚很抱歉："不好意思，刚才老师拖堂了。"

"没事，那我们快走吧。"

"其实不用了，"宁晚觉得有些不自在，"我一个人可以的。"

"不行，见哥说必须送。"

宁晚和靳宸不熟，路上她没怎么开口。倒是靳宸围绕着孟见说个不停，一会儿说他曾经把送情书来的女生气哭，一会儿说他特别喜欢吃大白兔奶糖，后面又夸孟见全身上下样样厉害。

宁晚脸颊一热，假装无事地拨了拨头发，轻轻“嗯”了声。

离出口还有一百米，已经能看到马路上的灯光，靳宸的手机忽然响了，电话那头似乎是他的家人在催促着什么。

见他挂断电话，宁晚说：“你快回家吧，我快到了，没事。”

靳宸犹豫了下，但他也看到了不到一百米处的灯，问宁晚：“你一个人可以吗？”

宁晚点头：“放心，我一个人走这条路走了快两年了。”

“好吧。”靳宸跟她道别，转头往回走。

宁晚在原地看了一会儿他的背影，没多久，她又摇了摇头，让自己不去乱想。

她转过身，独自走了几步，快要出巷子时，昏暗中一个身影不知从哪里冒了出来，慢慢与她的影子重叠在一起。

宁晚很快发现不对劲，察觉到身后有人，却不敢贸然回头。心跳慢慢加快，她暗中伸手去口袋里拿辣椒水，可摸到空空的口袋才想起今天下课后因为怕孟见等，她没像往常一样把辣椒水从书包里拿一瓶到外衣口袋，就匆匆跑了出来。

辣椒水还在身后的书包里，她现在去拿，说不定会惊动身后的人。宁晚咽了咽口水，冷静下来。现在最多还有五十米就可以出巷子到大路，那边来往的人多，就算有什么情况她也可以向路人求助。

她也不敢跑得太明显，只能暗暗加快脚步。就在差几步到达马路边时，一道黑影闪过，迅速捂住了她的鼻子和嘴，拖着她往暗处走。

宁晚瞪大眼睛，下意识地挣脱，可她使不上一点力气。那是一个年轻男子的力量，她毫无抵抗的可能。

她被捂着嘴，只能发出“呜呜”的声音。被拖往一处危房时，她看到门口有一截拆了一半的柱子，便死死地抱住柱子，同时把书包甩下肩，打算趁机拿防身工具。

歹徒不知道宁晚要掏什么，加上她一直反抗，他也慌了神，更加用力去摁宁晚的口鼻。宁晚渐渐开始呼吸困难，失去氧气，她的意识开始变得模糊，抱着柱子的手也软了下来，直到最后彻底松开，书包也无力地掉在地上。

宁晚感觉身体很重很重，眼前全是白色的光。她绝望地在心里向沈宁求救：救我，妈……

暗夜黑沉而阴森，像是罪恶的帮凶，宁晚被捂得死死的，呼吸不到一丝空气，极度缺氧让她的大脑一片空白，听不见也看不见，甚至几秒钟后还出现了幻觉。

她竟然看到孟见出现在自己面前。她还看到他从地上捡了一块砖，双眼通红地冲自己飞奔而来，紧接着不知发生了什么，自己沉沉地倒在了地上。

本能的求生欲让宁晚在获得自由后大口地呼吸着，窒息带来的无力感也开始减退，由远而近逐渐清晰的声音传进耳里。

“哥，饶了我！

“求你了！”

宁晚缓缓坐起身，模糊地看到不远处，一个陌生男子额角全是血地蹲在地上求饶：“我只是想抢点钱用一下，我错了！我磕头！”

只是短短的几分钟，宁晚却好像丧失了记忆，男子的求饶声让她彻底清醒过来。她想起刚才经历的惊心动魄，虽然眼前这个歹徒好像被人控制住了，但这样的破巷危房里，谁又说得准另一个正在打他的男人是好是坏？说不定是分赃不均呢？

宁晚悄悄把书包拿回来，从里面找到辣椒水握在手里，随后跌跌撞撞地站起来，正想趁两人不注意时离开，黑暗中一个熟悉的声音传来。

“你去哪？”

那声音虽然带着沙哑与疲惫，却让宁晚心跳一顿。她愣住，不敢相信地回头，迎上了孟见那双夜色下清明冷峻的眸子。

此刻因为空气中飘浮着淡淡的血腥味，那双眼睛染上了几分让人畏惧的狠戾。孟见慢慢走到她面前，因为愤怒，他的胸口仍然急促地起伏着。

宁晚看着他，巨大的震撼和惊愕让她说不出话，她不禁开始怀疑眼前的一切是否只是自己生死关头潜意识引发的幻觉，直到一双有温度的手抚上她的头发，他低声说：“没事了，别怕。”

她才猛然惊觉——是真的。那个在她就快要窒息，朦胧中朝她走来、给她希望的人，真的是孟见。

报了警，录了口供，宁晚忙完这一切回到家，已经是夜里十一点。她洗了个澡，躺在床上却睡不着，一闭上眼，脑子里全是孟见的脸。

他看上去总是轻佻散漫，甚至有些霸道无赖，可宁晚不得不承认他也有温暖体贴的时候。陪她扫厕所，守着昏睡中的她，怕她有危险，一直默默送她回家……这些宁晚都可以理解。

但她不能理解的是，即便是动了青涩的情愫，今天他自己都发着高烧，并且拜托了朋友的情况下，他竟还是不放心地过来陪她，甚至在发现她有危险后，发了疯似的从歹徒手上救回她。

他们不过才认识几个月而已，他这样不顾一切的感情真的太重了。宁晚想不通，心里很乱，既有劫后余生的庆幸，也有对孟见感情的不知所措。

夜很深了，周围能听到风吹过的声音，宁晚趴在阳台上发呆，眼前飘过几片树叶，她漫无目的地跟着叶子飘舞的方向看，视线最后停留在某处。宁晚愣了愣，忽然发现了什么，惊讶地直起身。

隔壁的隔壁，当年那个小男孩的家，那栋已经很久没人居住的房子，竟然亮起了灯。宁晚认真看了很多次，的确是男孩的家！

她莫名有些激动，九岁那年发生了太多事。如果说能有一件让她开心的事情，便是自己救了那个男孩，她原本以为可以和他成为朋友，后来却在种种原因下和他失去了联系。

宁晚抑制不住内心的雀跃，匆匆跑下楼朝男孩家走过去。她走到他家门口，看到一楼、二楼都亮着暖黄的灯光。

她的心跳不可自抑地变快。

是他搬回来了？如果是，他还记得自己吗？

宁晚的内心澎湃起伏，好像时间瞬间回到了那一年，她站在门口看了许久，最终说服自己，缓缓走上去。

她按下门铃，“叮咚”声响了两次后，里面的人开了门。

短暂的两声门铃响，却让宁晚觉得似乎等了有一个世纪那么长。她紧张又忐忑，心“怦怦怦”地跳到了嗓子眼里，脑子里不断闪现着各种可能。

如果等会儿开门的是一个和自己差不多的男生，那她是自然地问一声“你好吗”，还是先做个自我介绍……

宁晚还在心里演练时，门忽然打开了。一瞬间，她几乎屏住了呼吸。

暖黄色的灯光沿着推开的门缝慢慢倾泻出来，照亮了宁晚的脸，也让她看清了站在门后的人。一个穿着围裙的中年妇人上下打量着她：“你找谁？”

“呃，”宁晚愣了愣，“我……”

她一时语塞，不知道怎么回答妇人的问题。时间过去太久了，小男孩的名字她当时也没来得及问一句，更何况现在这个房子是不是已经转卖给别人，这些她都不知道。宁晚好像被现实当头浇了一盆水，顷刻间便冷静下来。

房里放着不知名的爵士乐，宁晚的目光越过妇人看向客厅，客厅里挂着一盏金色的法式水晶吊灯。虽然这种款式在现在看来有些浮夸，但在十多年前很受欢迎，透着浓浓的奢华“土豪”气息，特别受富人喜爱。

吊灯下是一套棕色的真皮沙发，中间摆着一方茶几，宁晚隐约看到沙发上坐着一个人，但他背对着自己，身体一大半被沙发挡住，看不清样子。

“小姐，你到底找谁啊？”妇人又问，她发现宁晚一直朝房里看，不由得提高了警惕，把门又关严了几分。

宁晚被她的动作弄得怔了下，意识到自己的唐突后，抿了抿唇：“请问，住在这里的——”

“姐！”话说一半被打断，宁晚身后忽然传来裴皎皎的声音，她转过头，怔怔地睁大眼睛。

裴晋诚和尤容带着裴皎皎同时出现在她面前，可能是来的路上看到她站在这里，便下车过来看个究竟。

第六章

超大杯的“喜欢你”

“姐，你在这干什么，你没事吧？你们班主任给爸爸打电话说你遇到了歹徒，我们快吓死了！”裴皎皎一上来就带着哭腔，连环发问，还四处摸宁晚，检查她有没有少一块肉。

宁晚看着忽然到齐的家人，尴尬地回头朝妇人说：“不好意思打扰了，我可能……”

她想说，她可能找错人了。突然，房里的音乐声停了，安静不到一秒钟后，传来一个类似从手机里播放的视频声音。

宁晚只听到开头整个人便僵住了，循着声音，她难以置信地看向房内。

记者：“小姑娘，你是怎么爬上二楼的呀？”

女孩：“用脚爬的啊。”

记者：“哦……”

记者：“那当你到了二楼，是怎么机智地发现卫生间有小朋友昏倒的呢？”

女孩：“叔叔，我爬的就是卫生间的窗户呀。”

记者：“呃……”

女孩一副怀疑对方是不是智障的口吻，让正在看视频的人笑了起来。宁晚站在门口能听到他低低的笑声，她一瞬间有些恍神，莫名将这个声音与某个人重叠在了一起。她难以置信地迈开腿，朝沙发上那个正在看视频的人走过去。

妇人正准备拦宁晚，忽然看到东家孟起昭和老婆也来到门外，惊讶地迎上去："先生、夫人，你们怎么突然来了？"

孟起昭摆摆手，冲她做了一个噤声的动作，然后浩浩荡荡地带着一群人进了门，静悄悄的，完全没影响到沙发上看视频的人。

手机上的视频还在播放。

记者估计是没办法和这个小丫头交流了，就把话语权交给了女孩，直接问她："小姑娘，那不如你给我们详细说说当时的情况吧。"

"好呀。"

女孩认真地咳了声，清清嗓子，紧接着奶声奶气却饱含感情，像朗诵作文般说："我当时一进去，先看到了一个屁股，那屁股好圆呀，好白呀，我从没看到那么对称好看的屁股。"

记者："呃……"

"我又仔细地看了一眼，咦，屁股上还有一个红色的小胎记呢，就像冬天掉落在雪地上的一朵梅花，鲜红鲜红的，真漂亮呀！"

记者："您真幽默……"

女孩针对屁股展开了一系列绘声绘色的描述，记者在旁边也不知道该不该打断她的陶醉。

不知道戳中了什么点，坐在沙发上的人又看笑了，还自言自语地说："傻样。"

宁晚慢慢绕到沙发左侧，看着那个坐在沙发上，手上的伤口还没来得及包扎的人。那只手一小时前才因为救她而受了伤。宁晚捂住嘴，身体不受控制地轻轻颤抖起来。

孟起昭和老婆吴沛走到沙发右侧，不声不响地靠到孟见旁边，幽幽地冒出一句："看什么呢？"

孟见被吓了一跳，发现是来自老父亲突然的关心后，有些怕了。这段视频从电视上录下来再存进手机里，这么多年保存下来不容易，他可不想最后跟那根头发一样失踪。

他马上把手机收起来放到口袋里，若无其事地摸了摸眉角："没看什么，就是那个死丫头的采访。"

孟妈妈很疑惑："都这么久了，估计见了面你也认不出她吧？"

“她化成灰我都认得，”为了让父母相信自己的真情实感，孟见还不忘补充一句，“等我找到她，一定削她的皮。”

宁晚不禁瑟缩了一下。

她在旁边已经听明白一切，也终于知道为什么从一开始孟见就主动招惹她，哪怕自己总是冷脸对他，他还是坚持不懈地靠近自己。就像今晚，她根本想不通孟见不顾一切的感情从何而来，但是现在她懂了。

宁晚忽然觉得，上天还是宠爱她的。当那个少年时如同白月光的影子和现实中令她微妙心动的人重叠在一起时，她不敢相信自己可以收获这样美好的事。

宁晚压抑住复杂的心情，轻轻地在孟见身边坐下，用手去戳他：“嗯，打算削我哪儿的皮？”

孟见正跟老父亲周旋，耳旁冷不丁落下的这道犀利女声让他的汗毛都立起来了，他四肢僵住，压根没胆子回头去看。

恐怖片都不敢这么演……

一定……一定是他刚才看视频太入神的幻觉！

“呵，”孟见努力保持微笑，淡定地问孟起昭，“老孟，我旁边没坐人吧？”

孟起昭这才想起什么，拍了拍脑袋：“瞧，我都忘了，你同学来了。”

孟见整个人透心凉。

孟起昭絮絮叨叨地说：“你们班主任连夜给我打电话，说片区警察通知他，你和一个叫宁晚的女学生出事了，我一听马上就跟你妈开车过来。我一着急，进大门的时候跟宁晚爸爸的车剐蹭了，下车聊了两句才发现原来都是来看孩子的，你快说说到底是怎么回事。”

孟见哪里还有工夫跟老父亲说话，僵硬地转过头，看到坐在旁边、正好整以暇盯着自己的宁晚，动了动唇：“我……”

宁晚的眼里有各种情绪，他一时间分不清到底是生气、意外，还是……

孟见不确定是不是错觉，他好像看到了宁晚的眼底有笑容，虽然只是一瞬间。

双方家长都在场，原本是因为晚上小巷子里的事而齐齐赶来，却不想发现了两家这么深厚的渊源。

裴晋诚对今晚孟见救了宁晚的事特别感激，一直在和孟父交流，不知聊到什么地方刺激了裴晋诚，他忽然站起来，激动地握着孟起昭的手说：“今天令公子不惜一切救了我女儿，我也没什么好表达谢意的，要不就这样吧——”

裴晋诚转头对尤容交代：“上个星期我定的那辆玛莎拉蒂就送给小孟了，手续你去帮我办一下。”

尤容浅笑着点头：“好。”

孟起昭一听裴家竟然一言不合就送了辆车给自己的儿子，马上愧疚地摆摆手：“别别别老哥，要说救，如果不是当年令千金先救了我儿子，就没有后来这么多事了。本来我就该感谢的，现在您倒先客气起来了，这样吧——”

孟起昭仔细一想，有了决定：“我们也没什么拿得出手的，臻海湾的房子我送小晚一套，就住我们对面，以后两个孩子有空还能串串门。”

宁晚一阵无语。

臻海湾就是之前宁晚听说过的MW集团开发的全智能高端楼盘，听说市价已经炒到了三十万一平方米。

裴皎皎在旁边捂着嘴偷笑：“叔叔，您跟我爸怎么像是在给聘金和嫁妆啊，听说现在结婚都是男方给楼，女方给车呢。”

她这话说得两边家长一愣，好像的确像这么回事。

孟起昭大笑着把这个话题掩饰了过去。他端起一杯茶给裴晋诚：“来来来，喝茶。”

几个大人聚在一起说话品茶，孟见趁机挪到宁晚旁边，低声问她：“你饿不饿？”

宁晚扭头：“干什么？”

孟见的求生欲很强：“我家有面，我去下给你吃。”

宁晚乐了：“你刚才不是还说要削我吗？”

孟见继续挣扎：“刚才是刚才，现在不想了。”

“等会儿再跟你算账。”

宁晚随手从面前的茶几上拿了块吃的，拿到手里后又看到盘子里有一块大白兔奶糖，她想起靳宸告诉自己孟见喜欢吃这个，便把手里的东西丢回去，换了大白兔奶糖。宁晚很少吃奶糖，但她现在想尝尝。

十二点的钟声敲响，裴晋诚这才发现时间不早了。他站起身告别，顺便跟宁晚说："从今天开始你跟我回家住，一个人住在这像什么话。"

"不，"宁晚委婉地看了尤容一眼，"我要在这等我妈。"

"你——"

裴晋诚的脸色变得很难看，嘴里似乎有话思量着要不要说。几秒过后，他沉沉地叹了口气，似乎收回了原本想说的话，换成一句无奈的劝告："尤阿姨也很关心你，她昨天扭了脚，今天听说你出事，你看，我让她别来，她偏要来。"

宁晚低头看尤容的脚，她穿着平底鞋，脚踝处的确有些红肿。她深吸了一口气，收回视线不再看，心里波澜四起。

尤容总是用这样润物细无声的方式一点一滴地表达自己，上次在家里偷偷煮粥的事一定也是交代了孟见保密，她总是这样不争不抢，默默付出，让宁晚难以拒绝，无法面对。宁晚宁愿尤容是剧本里的狠毒后妈，那她也可以恨个痛快。

两方陷入僵持，孟起昭好像看出了宁晚的为难，打哈哈地笑道："我家孟见也是说图清净才搬回来，这里离学校近，孩子确实也方便。要不这样，干脆让小晚搬过来一起住，我再拨个用人过来，好好照顾这两个孩子的起居。"

孟见以为自己听错了，睁大眼睛看自己的老父亲："让她跟我住？"

老父亲对他眨了眨眼："儿子，你要好好照顾小晚哦。"果然，姜还是老的辣。

正当大家考虑这个方案的可行性时，尤容迟疑地开口："两个孩子终归男女有别，住在一起就怕……"

"不会的啦，"孟妈妈吴沛似乎很了解她的忧虑，安抚尤容，"你是担心他们一起玩影响成绩吗？别担心，我会嘱咐孟见，没事不要骚扰小晚学习的。"

看来这两口子完全没意识到，孟见回南岛花园就已经是主动为宁晚迈出的第一步，更没意识到十八九岁的少年，早就不是过家家的小孩子了。

虽然尤容的担忧不是孟妈妈理解的那回事，但她没再说什么，淡淡地笑："那就好。"

家长们都放心离去，事情就这样定了下来。

宁晚搬过来跟孟见住，由刘妈和刘叔一起照顾，每半个月裴晋诚会过来检查她的生活和学习。

在只能选择跟后妈住或跟孟见住之间，宁晚当然选择后者。

刘妈去给宁晚收拾房间，偌大的别墅终于清净下来。孟见正要好好跟宁晚解释几句，宁晚却头也不回地开门走人了。

孟见愣怔着看她离开，猜测一定是因为他那几句话记仇了，于是认真做了自我检讨后，决定煮碗面送过去赔罪。

他刚从柜子里拿出拉面，大门又被推开，宁晚拎着一个药箱进来。她走过来，面无表情地对孟见说："把手给我。"

孟见虽然有些蒙，但不忘听话地把手伸过去。宁晚先拿碘酒将他手上受伤的创面清理了下，再抹上一个不知道是什么名字的药膏，最后才拿一块纱布牢牢贴住。

处理好后，她收拾药箱时，忽然笑了。

"你就不怕我给你用什么毒药？"

"好啊，"孟见牵起嘴角，"那你再毒我一次。"

"什么？"

孟见懒洋洋地把长衫的衣摆撩起，指了指腰侧的一个小红点："我这里也受伤了，需要宁医生治疗。"

宁晚斜眼瞟过去，虽然她对着孟见的侧面，但依然不妨碍她看到孟见精壮结实的腰部线条和隐约可见的几块腹肌。

她的脸颊隐隐燥热起来，别开脸，宁晚不自然地看向药箱："明明就是秋蚊子叮的包。"

孟见不依不饶地说："那我也需要治疗。"

宁晚："啊？"

"痒。"

"呃……"

没办法，宁晚只好随便应付了句："你用自己的口水擦一下就是了，止痒去肿最有效。"

“可我这个是母蚊子咬的。”

孟见言之凿凿，听得宁晚一愣一愣的：“什么意思？”

“母蚊子得用女性的口水。”

“这样啊。”

宁晚马上就识破了孟见的这点心思，故作配合地想了会儿，忽然站起来冲二楼喊：“刘妈，你家少爷问你借点口水！”

孟见：“呃……”

刘妈帮宁晚收拾的房间在二楼孟见卧室的隔壁，一间小客房。

折腾到现在已经是深夜了，明天还要上课，孟见把宁晚送到房间，检查了生活用品后，还左一句右一句地啰唆。

“我就在隔壁，有事你叫我。”

“嗯。”

“饿了也可以叫我。”

“嗯。”

“睡不着也可以叫我。”

“知道了。”

两个人面对面站在房里，对忽然就成了同一屋檐下的关系似乎还有些不习惯，冷了几秒钟后，孟见哑着嗓子说：“那，晚安了。”

“晚安。”

因为太长时间没人住，这个房间的大灯已经坏了，房里现在只亮着一盏小壁灯。壁灯发出温暖的鹅黄色光，孟见转身的瞬间，他的侧颜和灯光交错在一起，看起来有种难得的安静和柔和。

宁晚看着他的背影，忽然心中一动，张嘴问：“为什么不告诉我，你一直在找我？”

孟见身体一顿，然后回头笑着看她：“告诉你又能怎么样？”如果你不在意我，那我是不是那个男孩，又有什么关系？

“你难道从没想过，”宁晚垂眸看着陈旧却干净的地板，缓缓开口，“你想找到的人，也一直想找到你吗？”

光线不算明朗的房间里，温度因为宁晚的这一句话而骤然升高，孟见似懂非懂地说：“你的意思是——”

“我困了，要睡了。”宁晚却不给他再问下去的机会，匆匆把他推到门外。

关上门，宁晚靠在门背后，捂住胸口剧烈跳动的心脏，快速做着深呼吸。

她和孟见之间的关系，就像经历了数年考验，终于走到水到渠成的一天，他们彼此也回到了那个早就该拥有的位置，一切都是自然而然。包括她刚刚情不自禁说出的那句话。

只不过一晚上，他们之间就突飞猛进了一大步。但宁晚丝毫不觉得突兀，这几个月来两人本就处在一个只差捅破窗户纸的朦胧状态，现在的相认，不过是加固了她心底的那份坚定罢了。

宁晚觉得自己现在肯定睡不着，在床上坐了会儿，刘妈突然在外面敲门：“小姐，你睡了吗？”

宁晚赶紧过去开门：“还没呢，有事吗？”

“哦，”刘妈胖胖的身体一让，“我家少爷说他有事找你。”

等宁晚再想推孟见出去的时候，已经来不及了。

估计是出去仔细品了品宁晚的话，明白了什么，孟见的眼角眉梢都噙着若有似无的坏笑。他一进来，二话不说先反锁了门。

宁晚眼神一紧：“你干什么？”

孟见懒懒散散地走到她面前，宁晚往后退，身后刚好是书桌，她下意识把手撑在了桌上。

孟见逼近，四目相对了几秒钟，他忽然无厘头地问：“你刚才是不是吃大白兔了？”

宁晚一听是问糖的事，心里不由得松懈了几分，答道：“嗯，吃了一块。”

孟见点点头，伸出手：“还我。”

“什么？”

“我每天睡前都要吃一块大白兔，不然会失眠。”

什么毛病，睡前吃糖。

孟见也换了睡衣，身上的气息很温暖，还带着刚刚洗完澡的清新皂香。宁晚有些招架不住，只好不看他，沿着书桌往旁边躲。

“那你自己下楼拿啊。”

“没了，你吃的是最后一块。”

她还真没注意。

宁晚舔了舔有点发干的嘴唇：“那，要不我明天——”

“不行。”

话还没说完，宁晚就被一双手钩住了肩往前拉，两人的脸瞬间贴到了一起。

宁晚感受到对方急促涌进鼻间的味道和滚烫呼吸，眼睛微微瞪大，用力推开面前的人：“孟见，我是不是太久没电你了，你——”

宁晚只得到了瞬间的自由，下一秒又被孟见俯身压迫过来，被逼到双手紧撑在身后的书桌上，身体微微向后仰。两人四目对视时，她不知所措，脸红心跳。

恰好外面刘妈忽然敲门：“少爷，你谈好事了吗？我给你们做了燕窝，要不要吃一点再睡？”

孟见本来真的只是想来要一颗奶糖，顺便逗宁晚。不过近距离接触她的气息后，他突然觉得大白兔算什么。

松开手，他勾起嘴角对宁晚笑，离开前轻声说：“你比大白兔甜多了。”

孟见和宁晚成功帮警察抓到歹徒的事第二天一早就传遍了学校。后来警方通报后，大家才知道，这个人是看了前阵子的新闻后心生歹意想效仿，结果没想到遇上了孟见，两砖头就把他拍蒙了。

这件事学生们传得一个比一个动听，一个比一个会添油加醋，等最后传到孟见耳朵里时，已经变成——宁晚故意以身犯险引出歹徒，孟见紧跟其后默契反杀。两位大佬有勇有谋，绝对的智慧担当。

中午下课后，听靳宸重述这样的传闻，旁边几个人听得津津有味，作为主角之一的孟见心不在焉，一直拿着手机发消息。

“啧啧，你今天是怎么了，给我也看看？”

靳宸把头凑过来：“什么东西这么好笑？”

“滚。”孟见秒速锁屏，又在桌子下踢了他一脚，站起来朝教室外走去。

“阿见，”于修拦住他，“要吃饭了，你去哪？”

“你们吃，我有事。”

正是中午吃饭的时候，老师的办公室里没什么人，孟见刚到门口就看见宁晚低着头在第三排的办公桌前做事，他看了看四周，然后走进去。

他还没走到宁晚身边，外面忽然进来一位戴眼镜的老师，似乎是回来拿手机。他看到孟见后愣了下：“你来这干什么？”

“啊，”孟见挠了挠眉，“我帮张老师过来拿下午要讲的卷子。”

戴眼镜的老师找到了手机，离开前还不忘给他指：“行，张老师的办公桌在那边。”

孟见面不改色地说：“谢谢。”

老师走后，办公室又恢复宁静。孟见走到宁晚面前的凳子旁，坐下，然后用手撑着下巴，看着她：“帮老师改卷子，这么可怜吗？”

宁晚边改卷子边回：“觉得我可怜，那你不打算帮我改几张？”

孟见悠悠地摇头：“我没空。”

“装模作样，”宁晚抬头瞥他，一脸嫌弃，“你告诉我你忙什么？”

孟见淡定地换了另一边手撑着下巴，懒洋洋地蹦出四个字：“忙着看你。”

“啊？”

“忙着想下课，回家跟你一起吃糖。”

“吃你个头，”宁晚坐不住了，把笔放下，起身去推他，“走走走，别在这影响我。”

孟见被宁晚的手架着肩摇了好几下，两人的亲昵接触，让他得到了极大的满足，这才从桌上拿起一支笔，慢条斯理地问：“还有哪些没改完？”

改好卷子，两人从老师的办公室出来。下楼的时候宁晚特地离孟见远了些，告诫他：“今天开班会，老田说学校严抓早恋，你在公共场合别跟我靠太近，免得惹人误会。”

“哦？”孟见长手一伸把她钩过来，低声问，“是指这种近吗？”

宁晚甩开他的胳膊，郑重其事地把他推到自己一米外：“总之你得跟我保持这个距离。”

孟见顿时满脸黑线。

两人决定去吃牛肉面，经过校门口的奶茶店时，孟见想起了什么，心有不甘地跨了进去，在收银台对服务员说：“我要一杯‘喜欢你’，超大杯的。”

然后他回头，把菜单递给宁晚：“你喝什么？”

“不用了，”宁晚没接，“我现在不渴。”

“不行，你必须点一个。”

他又发什么神经？

宁晚被逼着接过菜单，看着看着，心里忽然明白过来了。她默不作声，嘴角浮上一丝不易察觉的笑，故意把菜单从上往下看了一遍，折磨得孟见快要藏不住那点小情绪了，才弯着唇，朝服务员低声说：“我也要一杯‘喜欢你’，超大杯的‘喜欢你’。”

第七章

是谁传的小字条?

下午上课，宁晚把超大杯的“喜欢你”放在桌上。“喜欢你”三个字正对着自己，闲暇之余瞄上几眼，嘴角不自觉地弯起弧度。

老田讲完了备课的内容，合上书本，对全班同学认真地说：“下面我说两个事，你们都要听好。”

枯燥的高三除了学习还是学习，几乎没有什么能调动大家的激情，而且老田口中的事十次有九次和学习有关，因此他的话并没有引起多大波澜。同学们宛如死鱼一般，各自低头看着手里的书本和试卷，眼皮都没人舍得抬一下。

果然，老田第一件事就宣布了这个周末进行模拟考，消息一出，班里立即抱怨起来。

“是不是疯了？开学到现在感觉天天在考试！”

“我要窒息了！周考、月考，早上考、晚上考……”

“我昨晚只睡了三个小时！”讲台下哀号遍野。

老田重重地拍了拍讲桌，示意大家安静：“我现在着重说一下第二件事。”

因为先说的模拟考，所有人都没了再听下去的兴致。

老田顿了顿，话锋一转，宣布：“艺中每学期都有艺术节的传统，今年和我们树成合并后，经学校商议决定，我们会继续保留这个节日。这学期的艺术节就定在本月二十八日，原则上我们普通班不强求大家出节目，不过如果有同学想在第一届艺术节上展露才艺，也可以下课后去文艺委员那边报名，之后再统一选拔。”

这段话老田说到一半时，班里就已经躁动起来了，所有人上一秒还在哀怨连天，下一秒就像劳苦人民重获新生一样。

但他们还没高兴太久，老田冷不丁又冒出一句：“不过如果这次月考你们的平均成绩没过去年的一本线，那我们班就不参加了。”

下课后，两个好朋友围到宁晚面前，一个捏肩，一个按腿。

西米：“晚姐，我们这次能不能浪，全靠你了！”

郑允：“从今天开始，你老人家一定要注意身体，有事尽管吩咐我们。求求你了，务必考好一点，拉高我们这群‘扑街’的分，让我这个沧桑的老阿姨再感受一下人间的乐趣。”

宁晚不明白，有那么好玩吗？

艺术节的事她完全不感兴趣，倒是后来老田说当天会有一场篮球比赛时，她在草稿纸上写字的笔才悄悄停住，听清楚了艺体班和普通班会有一场比赛。也就是那一瞬间，宁晚有点心动。

三个姑娘出去吃晚饭，走到学校门口时遇到安鹿和孟见、靳宸他们。两路人迎面撞到一起，孟见的手抄在裤兜里，一边跟身边的人说着什么，一边若有若无地对宁晚勾了勾唇。

那种感觉就像是，所有人都以为我在跟别人聊天，但只有你知道，这一刻我的眼里只有你。

安鹿走过来高兴地问宁晚：“宁晚，你们老师说艺术节的事了吗？”

郑允马上接话：“说了，我到时候还想上去跳个舞呢。”

“真的呀？”安鹿一笑，露出两个小酒窝，“我也有跳舞的节目呢。”

几个女孩凑到一起叽叽喳喳地说表演的事，宁晚放慢脚步，走在后面，假装不在意地跟孟见站在一起，又保持着不被人怀疑的距离，低声问他：“你要参加篮球赛吗？”

孟见也若无其事地看着前方，像在对空气说话一样，悠悠地说：“那你想不想我参加？”

宁晚低声笑了：“我更想看你上去跳个舞。”

孟见吊儿郎当地说：“行。”

他的身体往宁晚旁边靠近了一点，趁人不注意捏了捏宁晚的下巴，压低声音说：“回家跳。”

宁晚脚差点一崴。

安鹿是学舞蹈的，之前一直被吴丽莎压着没有机会表现，这次老师选了她上艺术节表演，她心里特别高兴。一时高兴，她回头就跟所有人说：“今天我请你们吃饭吧。”

刚说完又好像想起了什么，她不好意思地说：“不过我没什么钱，只能请大家吃点普通的，你们别介意。”

靳宸一听有人请客，马上积极回应：“没事没事，能吃饱就行！”

一群人有说有笑地商量着是吃面条还是炒饭，一个微胖的小身影吭哧吭哧地朝他们走来。

罗子文手里提着一个大口袋，似乎特地为宁晚而来。他走到一群人面前，大喊一声：“晚晚！”

他的声音激情澎湃，像开宣誓大会的老师，语气又莫名亲昵，搞得周围经过的学生都朝他们看了过来。

又是那个胖子。想起农夫山泉的事，孟见来了兴致，挑了挑眉，漫不经心地朝罗子文看过去。

因为之前几次交流，宁晚知道罗子文没什么坏心思，就是有时候傻得可爱。所以即便眼下他叫得让她觉得尴尬，她也没动气，只淡淡地回应：“有事吗？”

罗子文不好意思地推了推眼镜：“你昨晚勇擒歹徒的事我听说了，你真棒！我想了一下午不知道怎么表达我心里的感激之情，所以刚才下课，我去给你买了一件礼物！”

宁晚：“啊？”

郑允听糊涂了：“不是，人家抓着歹徒了，你感激什么啊？关你什么事？”

“你不懂，”罗子文一脸诚然地向郑允解释，“我听说歹徒都挑长得好看的人下手，害我担心了好久。”

郑允一副吃到屎的表情，虚弱地扶住自己：“打扰了，你继续。”

罗子文点头，把身体转向宁晚，接着刚才的话题说："所以我特地给你定制了一个礼物，希望能表达我对你的感激，和……"

小胖说着说着，脸颊忽然飞上两朵红晕，像个娇羞的小姑娘。

西米好奇地催促道："和什么？你倒是说啊。"

"和……"罗子文垂着头，双手绞着礼物袋的绳子，扭捏了好一会儿才吐出几个字，"和爱慕。"

"哇！"

安鹿第一次遇到别人当众表白，而且还是朝自己的朋友表白。

她兴奋地拍着手，然后转身朝宁晚眨眼："晚晚，这个同学说他喜欢你哎！"

郑允鬼精灵地先偷瞄了一眼孟见，发现他正眯着眼盯着罗子文看，脸上的表情让人琢磨不透，她心里便有数了。她拉了拉安鹿的衣服，悄悄告诉安鹿："大惊小怪什么啊？喜欢宁晚的多了去了。"

罗子文也听到了郑允的话，不服气地反驳："我知道喜欢宁晚的人多，不过我保证他们都不如我真心！不信你们看——"

小胖真诚地从袋子里掏出他的礼物，双手"噌"地往两边展开："当当当当！"

孟见差点一口老血喷出来。

"女中豪杰，树成巾帼"——罗子文为宁晚定制了一面鲜艳而光荣的锦旗。

现场一片寂静，死一般寂静。

"宁晚，你喜欢吗？"罗子文把锦旗送到宁晚面前，还是双手奉上的标准姿势。

喜欢才有鬼了好吧！宁晚觉得自己要瞎了，赶紧推开锦旗，哭笑不得地说："人是孟见抓住的，与我无关，所以这个礼物我受不起。"

说完，她也赶紧切断罗子文的所有幻想："还有，我已经有喜欢的人了，你不要再来找我。"

罗子文恍如被雷劈一般，当场愣住，一张肉乎乎的圆脸的表情顿时如琼瑶剧男主附体。

"是谁？那个人到底是谁？！我要找他单挑！"

宁晚闭了闭眼，知道今天无论如何都必须让这个胖子死心才行。但她不想告诉别人自己对孟见的感情，那是她自己的事，不想被别人拿来议论，而且学校正在严抓早恋。

于是，深吸一口气后，宁晚转过头看向身后的几个男生，视线从他们身上一一扫过，顿了顿，在靳宸身上停下。她随手朝他一指："就是他。"

正站在一旁看热闹不嫌事大的靳宸瞪大了眼。

等会儿！靳宸有些慌，不知道大姐这一指是什么意思，又有什么别的用意，甚至有那么一瞬间，他还冒出一丝受宠若惊——难道一直以来宁晚真正暗恋的人是自己？

然而这样的念头只冒出一秒，靳宸就感受到了来自旁边孟见的死亡凝视。

他颤巍巍地转头看孟见，无辜地摆出一个问号脸。

那边罗子文气势汹汹地撸起袖子，握起小拳头，指着靳宸："哼，我要跟你单挑！"

莫名背锅的靳宸觉得自己现在怎么做都是错的。他要疯了，眼看着罗子文快要抱上自己，他急中生智地开口："我喜欢男的！"

罗子文一愣，忽觉不战自胜，喜滋滋地问宁晚："晚晚，他不喜欢你耶，那现在你可以接受我了吗？我保证——"

"接受你大爷。"孟见粗暴地打断罗子文的话。

罗子文怔住，受伤地捂住胸口："见哥，你怎么可以对我说脏话？"

孟见的老血快憋不住了。

"来来来，我们聊聊。"

他上前夹住罗子文的脖子，像夹住了一个巨型公仔，强行把罗子文卷在胳膊里往旁边没人的地方拖，边走边调侃："我觉得你真是优秀极了！干脆这样，你别喜欢宁晚了，喜欢我怎么样？"

罗子文一脸慌张地说："这怎么行？我是钢铁直男啊！"

两人走远，宁晚低头掩住嘴角漾出的笑，然后朝大家说："走吧，我们先去吃饭。"

安鹿："不等见哥了吗？"

"不等。"

一群人又开开心心地讨论起去哪家吃饭。宁晚走在后面，悄悄拿出手机给孟见发微信："想吃什么？待会来操场，我帮你打包。"

几秒后，孟见厚颜无耻地发来一行字："可以把你自己打包，然后送过来吗？"

宁晚："不可以。"

晚自习放学，孟见和宁晚正式开始了"同居"的生活。回家后孟见陪宁晚去隔壁收拾了些平时用的小东西，比如睡觉必戴的眼罩，还有她喜欢的薰衣草味道的沐浴露。

两人抱着收纳箱出来时，门前的小道上开来一辆熟悉的Polo车。车灯灭后，从里面走出一个穿着蓝白大色块设计卫衣的男生，迎面走过来，像一瓶移动的百事可乐。

看见宁晚，沈池热泪盈眶地张开双手跑过来："晚儿，听说你差点遭遇不测，吓得我今晚在三亚的颁奖典礼都没去，就飞回来看你了，呜呜呜！"

对方一口一个"晚儿"，孟见快吐了。他鄙夷地睨着戴墨镜的沈池，不紧不慢地说："是装蠢大赛颁奖吗？"

沈池是标准的韩式打扮，蓬松复古的发型，眼角勾勒了淡淡的黑色眼线，在路灯模糊不清的灯光照射下，孟见觉得他白嫩嫩的脸上可能还擦了粉。

如果说罗子文不值一提，那面前这个"百事可乐"还有点威胁，抛开化妆穿着不说，沈池长得的确妖孽。

最重要的是，宁晚对待他和罗子文的态度，那是天与地般截然不同的。就比如现在，她竟然赤裸裸地当着自己的面跟沈池勾肩搭背，还嗔怪他："你别这么说沈池。"

然后，她又催他走："你先回去，我等会儿就过去。"

宁晚拉着沈池一起返回她家里，两人态度亲昵，看起来交情匪浅，走时都不回头，甚至都没多看孟见一眼。

孟见难以置信地站在风中惆怅了一会儿，醋意疯狂涌来，转身闷头回了家。

一进门他就先喝水，大口地喝水，感觉无法冷静后，又在家里原地跑步，从一楼跑到二楼，再从二楼跑下一楼。

刘妈被他诡异的行为搞得很心慌："少爷你哪里不舒服吗？

"少爷你别这样。

"少爷我要报警了。"

从始至终，孟见都黑着脸，目视前方，不发一言。

他何止是不舒服那么简单，他现在觉得自己快要烧起来了。他恨不得马上去手撕那个小白脸，把沈池刚才搭在宁晚肩上的那只手给剁了。

所以孤男寡女的，两人现在在里面干什么呢？孟见脑补了许多画面，越想越不爽，正想找个由头去催宁晚回家时，门开了。

当时他正在楼梯上跑步，听到声音后身体一顿，余光微瞥看到是宁晚后，他马上做出一副漠不关心的姿态，慢悠悠朝房间走去，以此证明自己只是恰巧出现在这里，并不是在等她。

宁晚一进门，刘妈赶紧迎了上来，面带忧虑："小姐你可回来了，少爷不知道受了什么刺激，回来后沿着楼梯估计来回跑八百次了！"

宁晚抬头，刚好看到孟见消失在二楼的拐角，她抿抿唇，说："我去看看。"

走到二楼，过道里十分安静，孟见的房门紧闭，宁晚走过去敲门："睡了吗？"

门内没反应。

宁晚心里有数，停了一会儿，故意说："既然你睡了，那我先走了。"

果然，宁晚刚侧身要走，实木门骤然拉开一条缝，一只修长的手臂快速从暗处伸出来，把她拉进了门内，然后迅速关上门。

房里没有开灯，漆黑而静谧，窗外落进来的月色让一切都好像蒙上了一层薄纱，两人看不清对方的脸。

宁晚被孟见抵在门背后。接受到他的情绪，宁晚动了动唇，若无其事地问："刘妈说你受刺激了？"

她的声音在黑暗中带着莫名的诱惑，孟见低头："你觉得呢？"

宁晚解释："沈池跟别人不一样。"

"哦，有多不一样？"

她越这么说孟见心里的不快就越放大，他微微直起身，语气淡漠：“他是你哥哥？”

“不是。”

“是你弟弟？”

“也不是。”

OK，既然没有血缘关系——孟见撑着门的手倏地离开，然后开始在房里四处寻找。

宁晚微怔，跟到他后面：“你干什么？”

“找刀。”

“啊？”

“我先砍那个小白脸的左手还是右手？”

宁晚有些哭笑不得，从背后按住暴躁的孟见，像哄小孩似的轻声道：“可他是我的侄子啊。”

孟见内心：你们家的辈分还真是让人摸不着头脑呢。

宁晚仔细介绍了一遍自己跟沈池的姑侄关系后，空气中弥漫的酸味才慢慢少了些，孟见听完淡淡地“哦”了声，态度忽然一百八十度转变。

“你别说，你侄子还挺可爱的。”

孟见说这话的时候平静而淡定，好像刚才那个吃醋到天上的人不是自己似的。他若无其事地开了灯，从柜子里拿了块浴巾：“行了，我去洗澡。”

“等会儿。”宁晚喊住他。

孟见回头，忽然轻佻地笑了：“怎么，一起？”

“别贫，”宁晚慢慢走到他面前，仰着头问，“你今天在学校说回来跳舞给我看的，你忘了？”

孟见从小学习就好，随便看点什么都过目不忘，在初中的时候被老师发现体育天赋，又被挑去学体育。长跑、篮球、游泳，甚至是LOL（《英雄联盟》）电竞，没有一样能难倒他，可随口应下的跳舞……

他真的是扭不出来，这点可能那个小白脸比自己强。

宁晚就是想看他头大的样子：“不跳，我三天不理你。”

“跳，怎么不跳，”孟见吊儿郎当的，不知是想到了什么，眼底闪过一丝狡黠，“可我只会跳一种转转舞。”

宁晚信以为真：“什么转转舞？”

“就是……”孟见快速将宁晚拦腰抱起，桃花眼勾出一个懒洋洋的笑，“我现在跳给你看。”

后来的几分钟，宁晚终于见识了孟见跳的什么玩意儿。他把宁晚抱在怀里，或者扛到肩上，在房内不停绕圈打转。他体力好，一点都不晕，还不停变换姿势，宁晚被他转得头晕目眩，最后忍不住求饶。

“我错了，放我下来……”

孟见计谋得逞，却不松手：“叫一声好听的。”

宁晚平日的骨气都转没了，她不假思索地开口就喊：“哥哥。”

孟见相当心满意足：“乖了。”

周五的模拟考很快到来，学校里一片紧张的气氛。每次这种大考学生们都如同上阵打仗，敌人是自己，杀敌的也是自己。

每次模拟考都会打乱班级来排座位，这次也不例外，巧的是，宁晚被分在了（7）班。

今天负责监考的是（7）班的历史老师，是一个非常严肃、古板的中年男人，学生们私下都叫他老胡。

老胡穿一身整洁的中山装，三七分的油头梳得一丝不苟，十分有态度。他一进来就先讲了考试的规矩，表明但凡抓到作弊的，他会严惩不贷，全部零分处理。

老胡的话让原本就紧张的气氛又添了一丝压抑，宁晚默不作声地看了眼孟见，却发现他好像完全没当回事似的，正悠闲地转笔。看到宁晚看他，孟见把头转过来，冲她吊儿郎当地眨了眨眼。

宁晚马上收回视线，又看向讲桌，幸好老胡正在发卷子，没有注意两人的交流。

拿到卷子后，宁晚先看了下题目，虽然这次难度有一点增加，但对她来说还是比较轻松，台上老胡开始播放听力内容，宁晚没有分心，专注地做着题。

她做完这套卷子加复查只花了一小时二十分钟，离交卷还有四十分钟，宁晚像往常一样先收拾好桌面，然后悄悄去看孟见。

刚转过头，宁晚就被自己看到的场景吓了一跳。刚才自己一直专心做题，压根没发现孟见竟然在睡觉！

似乎感应到有人在看自己，孟见懒懒地把头抬起来，朝宁晚递了个无声的眼神，好像在说：“你做好了？”

宁晚愣愣地看着他，不知道他是还没开始做，还是做得比自己快。

两人正互相看着对方，老胡忽然一声怒吼：“第一组最后一桌的男生在干什么呢？老实点！”

他这一吼，把宁晚也吼得转了回来，不再看孟见。她低着头，盯着试卷上自己的名字发呆，忽然眼睛的余光看到一个小纸团掉到自己脚下。

宁晚心跳加快，她知道字条是从孟见的方向扔过来的，心里快速分析，难道是他遇到了不会做的题，向自己求助？

宁晚边看老胡，边悄悄用脚把字条往里钩，正想找机会丢支笔到地上假装捡，孟见又扔了个字条过来。

宁晚虽然在某些方面有些乖张叛逆，不过在学习上一向沉稳自重，考试帮人作弊这种事更是从来没干过。

她使劲瞪着孟见递了个眼神——你疯了吗？

孟见冲地上的字条淡定挑眉——快看啊。

宁晚在心里激烈地做思想斗争，最终感性赢了理智，她决定帮孟见。可老胡老是在过道里走来走去，她根本没机会去捡字条，而孟见不知道是不是等不及，趁老胡刚刚从宁晚身边走过去，又扔来第三张字条。

字条刚落到宁晚脚边，老胡忽然诡异地转身，像后脑勺长眼睛了似的将字条抓了个正着。

他板着脸走到宁晚旁边，凶巴巴地看了眼宁晚试卷上的班级和名字，发现是长期位列年级前三的宁晚后，面色才稍微缓和了些。

老胡迅速得出结论，地上的字条一定是哪个自己做不出来、想要问宁晚要答案的同学扔的。

他哼了哼，弯腰捡起地上的三个纸团，又眯起眼睛犀利地环视了一圈宁晚周边的可疑人物，边打开字条边训斥：“平时不好好学，考试来耍小聪明！是谁传的字条，给我马上站起来，我——”

老胡话说一半忽然停下，整个人傻傻地愣住，随后像是怀疑什么似的，把鼻子上的眼镜又认真地推了推，这才确定手里的三张字条真的分别写着：“喂，把头抬高一点。

“我看不到你的脸了。

“我和大白兔你选一个？”

老胡老脸一蒙。这是什么新的作弊方式？摩斯密码吗？

老胡气得胡子马上就吹了起来：“谁？是谁？”

他是个思想非常迂腐古板的人，坚信这三张字条别有用意，一定是学生之间发明的代号，类似过去的摩斯密码，比如最后一张——大白兔。

老胡觉得这是个非常重要的线索。他走到黑板下面，重重地将字条扣在讲桌上：“大白兔是谁？马上给我老实站起来！”

宁晚原本还因为事情败露而担忧，可一听老胡说的话，蒙了两秒，好像反应过来什么，马上悄悄去看孟见。

孟见看上去一点都不慌，懒懒散散地把东西收拾好，在老胡下最后通牒说“再不主动交代我就找你们主任来”时突然站了起来。

老胡被他吓了一跳，扶扶眼镜：“你，干什么？”

他也兼任艺体班的历史老师，知道孟见的成绩拔尖。虽然没对他起怀疑，但这个节骨眼上他站起来，老胡认定他八成是在故意扰乱视线，于是斥他：“你坐好！”

孟见却充耳不闻地从位置上离开，把卷子丢到讲桌上：“我交卷。”

老胡愣了下，马上指着已经走到门口的孟见说：“你给我回来，不准提前交卷！”

孟见被他喊住，没回头，继续面不改色地说：“我尿急。”

老胡显然不信，带了几分恼羞地从讲桌下掏出一个小瓶装农夫山泉：“你就给我往这里面尿。”

孟见回头看了眼，勾起一侧嘴角，忽然玩味地朝老胡坏笑：“胡老师，您用这个？”

老胡低头看了看农夫山泉的小瓶子，顿时明白过来，涨红了脸：“我用什么轮不到你管，你给我——”

“回来”两字他还没说出口，孟见已经转弯消失在教室里。

这个臭崽子！老胡的老脸挂不住了，他咳了声，想起放在讲桌上还没断案的三张字条，顿时又忘了孟见这茬。他打算回去拿字条一一对比笔迹，可走到讲桌边一看，除了孟见的卷子，上面什么都没有。

老胡愣了下，问第一排的同学："瞧见字条没？"

已经收到大哥指示的同学编得跟真的似的："老师，刚才有阵风，好像把字条吹走了。"

"啊？"老胡认真低头四下去找，嘴里还嘀咕，"怎么早不吹晚不吹，偏偏这个时候瞎吹。"

目睹了一切的宁晚无言以对。

上午两场考完，安鹿说想对答案便留了宁晚在教室里，两人一边对，一边聊天。安鹿好奇地问："刚才是谁给你丢的字条？我在后面都被吓了一跳。"

宁晚缓了下，抿抿唇："我也没看到。"

"哦，"安鹿点点头，手里拨弄着一支笔，过了几秒又说，"可我看到好像是见哥丢给你的。"

她的话带着一丝试探的意味，宁晚没有承认，也没有否认，她指着草稿纸："你这里怎么连着错了几条？"

安鹿知道宁晚是故意岔开话题，还想继续问些什么，郑允忽然从别的考场过来找她们，一进来就嚷嚷："惨了，刚才我好多不会的，考得跟一坨屎一样。"

安鹿收起眼底的微妙情绪，抬头朝郑允笑："我也是，刚刚跟宁晚对答案，我都错很多了。"

三个人离开教室，原本说一起去吃饭，可安鹿中途拐弯去了艺体楼的舞蹈教室，她从书包里掏出一袋吐司："我吃这个就行了，这周日就是艺术节，我的舞还不够熟，有空就得多练练。"

宁晚当即就把吐司抢过来："吃这个怎么行？你去吧，待会儿我跟郑允帮你打包点吃的，反正中午也没事，顺便过来看你跳舞。"

安鹿听完怔了怔，看着宁晚手里的吐司，垂下眼，不知道在想什么，表情有些纠结，又有些矛盾。

顿了会儿她才抬起头，好像确定了什么似的，眸子浅浅地弯成月牙，认真道："谢谢你，宁晚。"

宁晚被她严肃的样子弄笑了："快去吧。"

估计是老胡把字条的事告诉了其他老师，下午考试开始后，宁晚被临时通知改到了（9）班教室。和孟见分开后，她安静地考完了其他几科。

下午六点半考试结束，学生们的心情都特别雀跃，无论考得好不好，反正都考完了。让他们最高兴的是，学校竟然难得地放了一天假。周六不用上课，周日又是紧接而至的艺术节，颓靡了许久的高三生们个个像逃出笼子里的鸟，欢呼着拥抱笼子外的新鲜世界。

孟见和宁晚也不例外，两人决定去一趟市中心。

孟爸爸之前说送给宁晚的那套臻海湾的房子，今天刚好把手续办好了送到南岛花园，宁晚看着厚厚的一沓资料有些蒙："你爸来真的？"

孟见不以为然地掏出一把车钥匙，说："难道你爸送给我的是玩具钥匙？"

两家的老父亲果然都是在商界混的大哥，说话做事干净利落，豪车名楼几天内就全部到位。

孟见晃着车钥匙，提议："要不我开你爸送的车，去看看我爸送你的楼？"

这话听着有些绕，宁晚白了他一眼，表示拒绝："你有驾照吗？"

"让你失望了，"孟见掏出一个深色小本本，"我是合法驾驶，有证的。"

宁晚愣怔地看着眼前的驾驶证，正疑惑孟见怎么会有驾照，忽地想起他们两人都已经满了十八，难怪可以考驾照。

"上哥哥的车吗？"孟见冲宁晚吹了声口哨。

"走开，你是不是又欠电了？"宁晚一把推开他，"别以为之前我被逼着叫了你一声，你还真把自己当哥哥了。"

"OK。"

孟见看着她，狭长的桃花眼里充满了宠溺，话里有话道："反正我也不是只想做你哥哥那么简单。"

宁晚觉得自己也是嘴贱，有事没事瞎挖坑给自己跳。她耳根腾地热起来，随手拿起手上的资料袋朝孟见砸了过去："开车，浑蛋！"

晚上七点半，两人开着崭新的玛莎拉蒂从南岛花园出发。

裴晋诚定的这辆玛莎拉蒂是限量版太空银双门跑车，流线型车身疾驰在路上相当拉风，在华灯初上的夜晚吸引了许多人的注意。

车开到臻海湾，小区是全智能自动化服务，外车不得进入，孟见按下车窗，从包里拿出两张卡，一张给了宁晚，另一张伸出窗外刷卡，停车场的栏杆相应抬起。

顺利进入停车场后，宁晚看着自己手里的卡，问孟见："这是我的住户卡？"

"嗯。"

"那你为什么要拿一张走？"

"反正以后我们都住在一起，早给晚给都是给。"

宁晚觉得孟见已经厚颜无耻到了某种境界。

"我说要跟你住一起了吗？"

孟见冷不丁地踩下刹车，把车停在下停车场的半路上。

他转头看着宁晚，随后身体压过来，看着她漫不经心地说："那你想跟谁住一起，嗯？"

宁晚："什么？"

"小白脸？"

"啊？"

"小胖？"

"呃……"

"明白了，我明天就去了结靳宸那个骚包。"

算了，她放弃争辩。

宁晚呼了口气，别开脸自觉结束这个不应该开始的话题："所以我们要去几楼几号？"

老父亲送的这栋楼就在孟家对面，在十六层，户型是一百五十平方米的白领精装型，宁晚一个人住的确有些铺张浪费。

从电梯里出来后，孟见先到房子门口熟练地操作门锁。这边全是自动化智能服务，他不知打开了什么程序，然后把宁晚拉过来，按着锁里的指示扫描自己的面部。

宁晚听说过这个小区高端的刷脸和指纹双安全入门系统，所以眼下输入自己的信息倒没怎么惊讶。做完这一切后，孟见打开了门。

这套房子是精装修，后来因为要送给宁晚，孟妈妈还特地添置了一些女生喜欢的壁画、公仔进来。屋里的摆设很奢华，仅仅是茶几上的一套玻璃杯，宁晚便认出那是意大利的手工品牌，价值上万，让人咋舌。

宁晚慢慢打量着眼前的一切，好像隐隐看到了未来家的样子。在沈宁消失的这些年，她曾不止一次地幻想过，如果可以，她希望上天能许给自己一个完整的家，一个她与她爱并爱她的人组成的家。

宁晚悄悄转身去看孟见，他正蹲在电视柜前调试网络，神情专注而认真。

宁晚低头掩住嘴角蔓延出的幸福和知足，推开客厅的玻璃门，外面的阳台很宽敞，她在心里计划了下，朝孟见说："以后我要在这里养水仙、蔷薇、风铃草。"

然后她走到厨房："在这里做我喜欢吃的番茄丸子小火锅。"

她走到书架旁："在这里看我喜欢的名著史书。"

她又走到衣帽室："在这里挂满我喜欢的衣服和包包。"

按顺序规划到卧室后，宁晚一屁股坐在蓬软的床上，孟见也跟着坐在旁边，手撑在床上轻飘飘地问她："那这呢？在这里干什么？"

宁晚愣了下："这里？"

她垂下眸，两米宽的双人床上铺着Burberry（博柏利）的高定床品，细腻柔软，让人一看就忍不住想要躺上去睡个好觉。

宁晚的手轻轻抚过床单，若有所思。

第八章
这种舞以后只能跳给我看

晚上十点，宁晚和孟见在外面吃过晚饭，回到南岛花园。

在臻水湾的时候两人聊了很久，聊现在，聊未来，聊他们之间神奇的缘分，聊如果将来彼此成为了对方最重要的人，一定要住进这栋房子里，陪伴彼此一生。

回去后因为太晚，两人没再腻歪，各自回房间洗澡，然后躺下休息。

这次放学前老田特地交代了，艺术节当天日间是面向所有人开放的，有很多外校的人也会过来，但晚上的晚会必须凭本校的学生证才可以进入礼堂观看。

孟见的学生证还在她这里，依着他那无所谓的性格，肯定也不会想到去补办。宁晚从书包内层找出他的学生证，打开。

初见照片上的孟见一脸清冷桀骜，里外都透着玩世不恭的散漫，那时宁晚觉得他一定是个花心风流的名门少爷，从没有想过几个月后，他会成为自己心里除母亲沈宁以外最重要的人。

宁晚仔细看着孟见的一寸照片，从包里掏出荧光色的记号笔，认认真真地在他帅气的脸上加了些东西，然后才满意地合上学生证。

第二天出门前，宁晚镇定地把证件还给孟见："我在床底下捡到的。"

"奇怪，我之前去过你的房间吗？"孟见拿回学生证，虽然有些狐疑，但因为赶着去学校，他把学生证直接塞进口袋，没再往深处想。

树成中学第一次举办艺术节，其实完全是照顾原艺中的传统，因此这次艺术节，百分之八十的表演被艺体班的同学承包了，文化班的学生们占了剩下的百分之二十，还是硬着头皮上的。

日间的艺术节有篮球表演赛、走秀、书法大赛、创意设计展览等。宁晚所在的高三（1）班因为全是一心只读圣贤书的，一个节目都没报，被年级主任发配去做秩序维护和各种后勤。

全场唯一需要维持秩序的就是帅哥无数的走秀和篮球表演赛。前者看艺体空乘小班的帅哥靓女，后者看艺体（1）班的大佬孟见独秀。

班里一共四十个人，二十个人被分去了走秀台，剩下的被分去了篮球场。宁晚和郑允在维护走秀台秩序的那二十个人里。

郑允没什么所谓，反正两边都是看帅哥，对她来说一样养眼，但她知道宁晚和孟见之间有情况，像今天，她猜宁晚一定更想去篮球场。

两人到了走秀台，台上已经布置好灯光背景，五光十色的筒灯和劲爆鼓点的音乐将整个场面渲染得宛如高级品牌的走秀现场，有模有样。

空乘小班的同学们化着精致妆容，已经换好了各种时尚服装，马上就要上台。台下满是围观的学生，其中高一高二的居多，还有一些是隔壁学校来凑热闹的，挤得到处都是人头。

宁晚的二十人小分队到达现场，粗略地将学生们划分成几个区域规矩站好后，台上的音乐戛然而止，紧接着灯光四射，主持人登场，宣布走秀开始。

围观学生们发出震耳欲聋的声音，宁晚皱着眉塞了塞耳朵，转而朝郑允悄悄示意了个眼神：“撤。”

等郑允反应过来钻出人群时，宁晚已经不慌不忙地朝篮球场方向走过去了。

篮球场上，今天的篮球表演赛是艺体班和普通文化班举行的以增进友谊为目的的比赛，两方都出动了最优秀的队员，希望能上演一场精彩的篮球比赛。

孟见穿着深蓝色的球衣，背后数字是七号，他一入场，看台上的女生就齐刷刷地站起来疯狂尖叫。

“见哥加油！见哥加油！啊啊啊啊啊啊！”

女生的分贝在某种时候真的可以被刺激到一个超常的高度，以至于宁晚才走到篮球场外一百米，就听到了场内的疯狂呐喊声。她能想象出孟见被一群美女围绕着欢呼的样子。

然而场内，孟见手里拿着球，一眼掠过看台前排，发现没有宁晚。他再放远视线看远处密密麻麻的人群，跟计算机一样快速扫那些脸庞，一分钟后确定，真的没有宁晚。

这个女人竟然不来看他比赛！孟见的情绪马上就淡了下来，他把球丢给靳宸：“你开吧。”

裁判吹了号，场内女生也安静下来。

虽然宁晚没来让他有些失望，可这毕竟是比赛，孟见很快就平复了情绪，目光如炬，认真地持球、运球。开场三分钟后，他一个精彩的跑位躲过对面同学的夹击，接过靳宸递来的球，成功地投进了第一球。

现场顿时沸腾起来，观众们不断喊着孟见的名字。孟见却没太多表情，只是平静地走上前侧头跟于修说了什么，然后拍拍他的背。

比赛继续。这时，宁晚和郑允从侧面入口进来，宁晚先找自己班上负责维持秩序的人，没想到班主任老田带着人到这后，不知受了什么刺激，竟然风骚地让大家给文化班的伙伴做啦啦队，还给每人发了一把亮银色的彩带。

总之就是，不管你会不会跳，是男是女，反正你得给我扭起来帮文化班助威。

宁晚不想跳，于是绕开啦啦队，走到看台中间的位置，西米正坐在那，守着一箱农夫山泉。她今天有点感冒，所以老田赦免她不用跳，只要守在场上定时给队员们补充水分就好。

宁晚在她旁边坐下问：“几比几了？”

有人陪，西米顿时打起了精神，从兜里掏了根棒棒糖给宁晚：“嘿嘿，六比二，见哥刚才进球超帅！”

“噢。”宁晚接过她的糖，也没多想，剥开糖纸就咬到了嘴里。然后她抬起头，装作普通观众朝孟见看过去。

那头，靳宸一边传球一边暗暗通知孟见：“喂，快看你的三点钟方向。”

孟见正准备接球，听到他的话跟着看出去，一眼就看到了坐在看台中间的宁晚。

她叼了根棒棒糖，毫无意识地在嘴里来回舔舐着，看到孟见看她，挑了挑眉好像在说："看什么看？"

孟见转回头。刚刚有一瞬间，宁晚舌尖在唇上舔了舔，然后又收回，把糖顶到口腔一侧，脸颊都跟着鼓了起来。

孟见整个人就这样分心了，以至于于修从旁边传来球，他都没能接到。幸好对面的人来截球的时候，靳宸打断了对方的抢球。

球再次回到孟见手里，他若有所思地掂了掂手里的球，弯腰拍了几下，又装模作样地做了几个假动作，趁对方不注意，猛地跃起来假装要投球，实际却加大了力度，把球朝宁晚的方向不偏不倚地丢过去。

果然，球在空中划出一道弧线，又在地上蹦了两下，乖巧地滚到宁晚脚边。

失误得跟真的似的，孟见朝队员比了个抱歉的动作，然后快步走过去拿球。

天真的西米："晚姐，你帮见哥捡一下球呀！"

全场女生的目光都跟着球和孟见走近的身影聚焦到宁晚身上，宁晚也不好装瞎，只好把球捡起来，站起身走上去递给孟见。

两人保持着得体的距离，一个递过去，一个接过来，规矩到全场人的眼睛都没看出一丝问题。

但只有宁晚知道，就在交接球的那一刹那，孟见的手心在球下故意掠过她的手背，带着运动过后的温度，热热的，像带了电，迅速抵达宁晚身体的每条神经。

宁晚起了一身鸡皮疙瘩，怕被人发现自己泛红的耳根，她赶紧低头返回座位，坐下后拧开一瓶农夫山泉狂往喉咙里灌。

比赛继续进行，文化班落后一分一直想找机会进攻，但孟见和靳宸、于修组成的铁三角完全防住了对方的每一次进攻，艺体班几乎完全控球。十分钟后，孟见远距离再进一球，现场女生尖叫四起，对比走秀台的声音有过之而无不及。

上半场结束后，艺体班领先几十分，中场休息时，选手们都来西米这边领水补充体力。

等人都领完，孟见才懒洋洋地走过来，从箱子里拿了瓶农夫山泉，理直气壮地递给宁晚："我打累了，拧不动，你帮我拧。"

宁晚默默看了眼身边的西米，西米把这个眼神理解为"你来"，于是主动接过孟见的水："我来我来，我帮你。"

小丫头吭哧吭哧地拧开了水："喝吧。"

天，这是从哪里冒出来的热心小雷锋？她是魔鬼吗？不会看事吗？

水都送到自己面前了，孟见无话可说，只能接过来。就在此时，他忽然看到宁晚面前摆了一瓶喝了一半的水，顿了顿，他把手里的水放下，淡定地拿走宁晚的那瓶，并解释："我只喝这个牌子的。"然后他转身，仰起头，边喝边又走回球场。

西米看着抱走宁晚的水的孟见，愣愣地转头问宁晚："你喝的不是农夫山泉吗？"

不远处，孟见似乎喝空了水，在跟于修和靳宸说话，其间或许是太热，他无意识地捞起半湿的球衣，露出结实紧致的腰部肌肉。

围观的女生们又不能自已地尖叫起来，宁晚咽了咽口水，收回视线，心虚地对西米解释："我没注意，好像是怡宝吧。"

西米更蒙了。这两人都瞎了吗？明明是红色的农夫山泉，是怎么看成绿色的怡宝的？

下半场孟见更凶猛，开场就连进两球，打得文化班慢慢没了斗志，不再挣扎。最后比赛结束，艺体班以五十二比十三赢得了胜利。

比赛结束，孟见正想找宁晚说话，却没发现她的身影。换好衣服后孟见给她打电话，又显示不在服务区，孟见只好先跟着靳宸和于修去创意展览区玩。

创意展览区是这次老师设置的一个鼓励学生们做发明的环节，参展的学生都拿出自己觉得有创意、有新意的物品分享展览。

孟见低头给宁晚发微信，没怎么用心逛，倒是靳宸，看中了（3）班一个男生发明的简易遥控飞机，花五十块钱买了下来。

宁晚在比赛结束后收到了安鹿的微信，然后带着郑允匆匆赶去了礼堂后台。

安鹿今晚第一个上台表演，这也是她第一次在这么多人面前跳舞。以前每次有这样的机会都被吴丽莎和其他几个女生抢走，这次老师早早就挑中了她，她很激动，时间离表演时间越近，她越紧张。艺术节这天，她从早上来了就一直待在礼堂，没有出去过。

安鹿的家庭条件不好，她一直有些自卑，在艺体班这种势利的地方，也没有几个人愿意靠近她。

整个下午，宁晚和郑允都在陪着安鹿聊天，帮她舒缓心情，几个人说说笑笑，到临开演前的半个小时，安鹿的情绪总算放松不少。

日间的节目一一结束，晚会才是所有学生期待的重点，六点半后，礼堂开始陆续有人进场。

这个礼堂是树成最大的表演厅，能同时容纳上千人。安鹿在台后掀开帘子看台下整齐的座位，心脏怦怦直跳。她回头朝宁晚说："你们快先去占个好位置吧，我没事。"

宁晚也正有此意，不过不是去占座位，而是去学校门口拿花。她给安鹿定了一束花，打算表演结束的时候送给安鹿，庆祝安鹿第一次登台。

从后台出来，郑允先帮两人挑了视野好的位置，宁晚出去拿花，不知道安鹿喜欢什么品种，只好让花店老板随机包了一捧颜色好看的。

返回途中，宁晚在礼堂门口遇到了孟见和靳宸。一下午没见，孟见都快忧郁成一条咸鱼了，见宁晚捧着花走过来总算续了半条命，拦住她压低声音问："你下午去哪了？电话也打不通。"

两人身边都有其他同学，宁晚便大大方方跟他走在一起，说："安鹿有点紧张，我陪陪她，礼堂的信号可能不好。"

礼堂门口有老师在检查，孟见想起早上宁晚拿给他的学生证，从裤子口袋里掏出来，也没打开就递给了检查的老师。

这个老师认识孟见，接过来打开后，原也没打算较真，可余光不小心瞟了眼学生证上的照片后，表情迅速愣住。随后一脸复杂地把学生证还给孟见，忍不住关心："孟见，你最近是不是学习压力有点大？"

孟见把证件拿回来，正纳闷老师的关心从何而来，视线不经意往照片上落了一眼后，不禁瞪大眼睛。照片上的自己被人用红笔在脸颊上画了两朵高原红，双唇涂成了血盆大口，惊悚得像刚吃完孩子没擦嘴，眼睛下面更夸张，一排睫毛画得跟挂面似的，一直挂到了鼻子旁边。

这些也就罢了，最丧心病狂的是这位灵魂画手还给他画了两根夹着蝴蝶结的麻花辫，妖艳地挂在脑袋上，配合这个妆容，整张照片透着一股说不出的诡异感。

“快进去吧。”

老师见他不说话，马上宽慰他拍他的肩膀：“我懂，其实平时有什么压力可以找同学聊聊，别这样对自己，万一憋出病来怎么办？”

孟见看着像个含冤女鬼的自己。呵，他一定会找某位同学“好好”聊聊的。

一行人顺利进来后，礼堂里已经坐满了人，黑压压一片。只是一眨眼的工夫，孟见便找不到宁晚了，倒是靳宸从过道里捧着一束花匆忙跑过来：“见哥，宁晚刚才接了个电话，不知道出了什么事，把花塞给我就跑去后台了。”

靳宸话刚说完，郑允从后台慌慌张张跑出来。孟见察觉不对，赶紧拉住她：“发生什么事了，宁晚呢？”

郑允着急要走：“没事没事，就安鹿有点不舒服，宁晚在陪她。”

行吧，女生的事他也不好插手，学生证的事就晚上回家再好好算账。

后台，待演的演员们都在紧张地准备着，唯独安鹿趴在化妆镜前不断地抽泣。

宁晚接到郑允的电话就马上赶来了后台。

安鹿突然腹痛不适，没有任何原因，半小时内已经跑了三趟厕所，现在看来不仅没有好转，好像更严重了。

安鹿捂着肚子哭得满脸都是眼泪：“怎么办？宁晚，我是第一个开场，还有十五分钟就要开始了，怎么办？”

宁晚帮她擦泪，安慰道：“我已经让郑允去买止泻药了，你别担心，没事。”

旁边也有女生关心地问：“你是不是吃了什么不该吃的东西啊？好端端的怎么会突然拉肚子？”

安鹿哭得喘不过气，抽泣着身子，像是想起了什么，指着桌上一杯喝了一半的奶茶："刚才我们班李瑶进来给了我这个，说是请我喝的，李瑶她人挺好的，应该不会是……"

安鹿话刚说完，外面稀稀拉拉进来一大拨人，其中有听到安鹿忽然腹泻不止赶来询问的老师，也有与她同班的几个女生，其中就有吴丽莎。

她化着精致的妆，看到宁晚后神情明显愣了下，眼里闪过一丝慌张，但很快又因为老师在场而重新装满底气。

"谢老师，安鹿拉肚子拉得这么凶，怎么开场啊？要是跳到半途控制不住自己拉在了台上，怎么办？"吴丽莎阴阳怪气的语气惹得旁边几个女生捂着嘴笑起来。

安鹿哭肿了眼，站起来微张着嘴，既羞愤又无措。她不知道怎么回击吴丽莎，因为吴丽莎说得没错，自己现在的确无法保证能不能给晚会一个完美的开场。

负责晚会的谢老师一看她这个状态就急了："你怎么回事？要开始了你出岔子？！那现在怎么办？你能坚持吗？不能的话——"谢老师顿了顿，看向旁边的吴丽莎，"把衣服换下来让莎莎救个场吧，反正这支舞她也很熟了。"

这个舞蹈最初就是安鹿和吴丽莎之间的竞争，后来谢老师选择了安鹿，可没想到竟然出现了这样的意外，也幸好有吴丽莎这个替补。

安鹿没有勇气让自己坚持，她的肚子一阵阵地抽痛，浑身发抖，眼泪默默地从脸上滑过。努力了那么久的愿望在这一刻全部崩塌，她却无能为力。

如果说开始宁晚还不确定，当看到事情的走向完全跟自己预判的一样时，她明白发生了什么。

看着安鹿的眼泪和软弱，宁晚忍了许久的情绪终于爆发，她忽然拿起桌上的奶茶，转过身冲到吴丽莎面前，捏住她的嘴就把奶茶往里灌。

"我有没有警告过你别把你们学校的那一套带过来？你是不是觉得我宁晚跟你说话是耳边风，嗯？"

事出突然，在场所有人都惊呆了，有反应快的马上上去拉宁晚，却被宁晚一胳膊甩开。

宁晚的双手狠狠捏住吴丽莎的脸颊："张嘴，你今天不把这杯奶茶灌下去，别想出这个房间！"

宁晚从没有这么生气过，她知道安鹿父母辛苦操劳大排档供她读书，眼看着她好不容易得到这样一个机会，期待了那么久，付出了那么多，就这样被吴丽莎这个小人耍阴招毁于一旦。

谢老师也看傻了眼，连忙去拉宁晚："你这是干什么？把吴丽莎弄伤了，谁来跳开场舞？"

吴丽莎被灌得鼻子、嘴里都是奶茶，呛得连连咳嗽，满脸狼狈。仗着老师在场，她也有了几分胆子，故意撕开嗓子怒骂："你疯了吗，宁晚？外面那么多领导，你就不怕我出去告状？到时候你吃不了兜着——"

"啪——"

一个脆生生的耳光猝然落下，女生尖锐的叫声、房里乱成一团的气氛也因此而瞬间安静下来，大家面面相觑，吓得不敢出声。

宁晚冷冷看着吴丽莎："你再骂一句试试看。"

吴丽莎被打蒙了，身体晃了晃，趴到旁边的化妆镜前。看到脸上鲜红的巴掌印后，她崩溃地转向身后的谢老师："老师，宁晚她打人！"

谢老师到底只是一个专业舞蹈老师，没有管理过这样混乱的纠纷，现在唯一一个能替补的学生也变成了这样，她愤而无奈地责问宁晚："这位同学你哪个班的？你这样捣乱，你能负责吗？"

"我负责。"

宁晚的声音很冷静，她面无表情地从老师身旁走过，走到安鹿面前，弯腰下来低声安慰她："待会儿郑允把药买来了你先吃，其他的等晚会结束再说。"

安鹿不知所措地看着她："可是宁晚，你怎么负责？"

"放心，今天晚上安鹿会给大家一个最完美的开场。"

外面已经响起主持人的开场词，让安鹿脱下烦琐的演出服已经来不及了，宁晚看到她脱在凳子上的简易黑色舞蹈服，二话不说拿起来就进了更衣室。

吴丽莎想要取而代之出风头，宁晚就偏不让她如愿。

老田之前让报节目时，宁晚根本就没有想过要参加，虽然她一身的舞蹈功底不比艺体班任何一个人差，随机跳一段舞蹈更不是什么难事。

三岁时宁晚被沈宁逼着学舞，逼着学书法、游泳，沈宁说要把她养成名门闺秀的样子。别人三岁在玩泥巴，宁晚三岁在练功房被老师逼着压腿、下腰，哭得满脸都是眼泪和鼻涕。可当她慢慢长大，开始接受舞蹈的美好时，那个带她入门的人走了，宁晚也因此搁置下了所有的兴趣爱好。

主持人在台上说完了开场词，并报幕："第一个节目，来自艺体（1）班的安鹿同学，她将为我们带来一段舞蹈，大家欢迎！"

礼堂大灯暗下来，随着一阵轻柔音乐的响起，舞台上打出一束淡黄温暖的追光灯，追着某个身影而逐渐亮起。

"安鹿"戴着一张遮住半张脸的翅膀面具，长发高高地盘在头顶，穿着黑色紧身的简洁舞蹈衣，脚尖轻点地面，缓缓入场。

她伸长纤细柔软的胳膊，头微抬着，下巴到光滑的脖颈勾勒出完美的线条，灯光打在她背后凸出的蝴蝶骨上，性感而迷人。某个不经意的回眸，"安鹿"优雅得像是从画里走出来的高贵天鹅，哪怕只是最简单的服装，举手投足间，全身都闪着让人挪不开眼的光芒，清丽脱俗，美好到不真实。

靳宸捧着花在台下看呆了，咽了咽口水，自言自语："安鹿，跳得这么好的吗？"

"是很惊艳。"

于修也颇意外，但他也发现了不对劲的地方："可她为什么要戴着面具？"

"肯定是增加神秘感啊！"

靳宸有些坐不住了，转身问孟见："跳舞的人身体都这么软的吗？我突然想——"

"想你大爷。"

孟见毫不留情地打断他的浮想联翩。他看着面具下那双熟悉的唇，一言不发地起身，走的时候想起了什么，又回来拿走靳宸在创意展上买的遥控飞机，还从他捧着的花里抽走一枝玫瑰。

"喂，你把我的飞机拿去哪？"靳宸恨恨地看着孟见的背影，见他走远隐到了人群之后，暗“呸”了声，“回头我就告诉宁晚你的真面目！”

“安鹿”的舞蹈很快就进入尾声，音乐减弱，全场学生正沉迷在她的柔软舞姿中时，头顶忽然传来“嗡嗡嗡”的噪声。

有人抬头看，居然从外面飞进来一架遥控飞机！飞机摇摇晃晃的，看起来不怎么结实，但是仍按着轨迹飞到了台上，停在“安鹿”旁边。

音乐正好结束，“安鹿”最后一个动作定格，看到不停围绕自己转的飞机后，微微愣住。

台下的学生到处寻找是谁在遥控飞机，却一无所获。虽然不知道发生了什么，但人多就不怕事大，不知道是谁带头起哄，全场人都朝着“安鹿”起哄。

“安鹿”不知道是什么情况，但人在台上，也只好随机应变地接住飞机，以及飞机翅膀上绑着的那枝鲜艳欲滴的玫瑰花。场下学生见状疯狂地吹起了口哨，“安鹿”赶紧拿下玫瑰花，又看到花里还夹着一张字条。

她把字条捏在手里，先弯腰朝台下谢幕，转身下台时才低头悄悄打开字条，黑色的字体潦草流利，是熟悉的人的笔迹。

“这种舞以后只准跳给我看。”

宁晚一眼就认出那是孟见的笔迹，走下台的路上她把字条轻轻捏在手里，嘴角微微勾着。

原来当两个人心意相通的时候，就算是看不见对方的脸，也能凭感觉认出对方。大概，这个就是所谓的默契吧。

到了后台，宁晚没有看到安鹿的身影，问其他演员，都说她换好衣服后就悄悄离开了。

宁晚怕她一时想不开，赶紧把衣服面具脱下，换上自己的校服后匆匆离开后台。从礼堂内厅经过时宁晚遇到了郑允，郑允也不知道安鹿去了哪里，只说把药送给她后，自己就被老师赶出了后台。

两个姑娘都顾不上再看台上的节目，赶紧去礼堂外找安鹿。她们先给安鹿打电话，却听到对方关机，没有办法，两人便分开行动，把礼堂每一层都试着找一遍。郑允去二楼，宁晚负责一楼。

安鹿好像凭空消失了似的，宁晚把一楼的每个房间找遍了也没看到她的身影，正一筹莫展时，她忽然发现一楼尽头还有一个摆放闲杂道具的狭小杂物房。

那个房间很小，才几平方米，平时都是锁着的，今天因为要表演，老师从里面搬了一些道具出来，所以这会儿门没有上锁。

宁晚虽然觉得安鹿在这里的可能性不大，但仍抱着一丝希望走过去，慢慢推开门。

里面一片漆黑，过道照进来的灯光，让宁晚依稀能看到杂物房里堆放着各种陈旧的道具杂物，有些上面已经落了厚重的灰。

“安鹿，你在吗？”

她轻轻喊了喊，顺便伸手去墙上，还没找到杂物房的灯在哪里，背后忽然有人把她推进门，然后，门被迅速关上。宁晚被重重地抵在了门背后。

她正要喊出来，迎面扑来的熟悉气息让她马上收声。黑暗中她渐渐平静下来，彼此沉默了一会儿，面前的人终于开口。

“你去哪了？我到处找你。”孟见的声音带着些沙哑，说话的声音、动作很轻，却让宁晚满脸绯红，呼吸发烫。

这里远离了礼堂的嘈杂喧闹，极为安静，原本就稀薄的空气被两人的呼吸占据。

宁晚在黑暗中试着把孟见推开一点，却推不动，她只好说：“你让一下，我在找安鹿。安鹿出事了，现在人也不见了，我……”

“我对她的事不感兴趣，”孟见干脆地打断她，声音越发沙哑，“我不喜欢你刚才那么跳。”

宁晚手心微微渗出了汗，心跳得很快。这样狭小的空间，没有第三个人存在，黑暗让一种奇怪的感觉疯狂地蔓延到极致，她吸进的每一口空气都带着孟见的味道。

十八九岁的年龄，对一切都是无所畏惧的。

宁晚呼吸微乱，忍不住笑他：“嗯，闻到你身上的酸味了。”

孟见在宁晚脸上捏了几下：“我刚才在字条上跟你说的，记住了吗？”

宁晚故意装糊涂：“什么字条？我没看到啊。”

孟见黑着脸，醋意从礼堂上一直带到了杂物房，刚才拼命压了下去，现在又疯狂地涌了出来。

他沉声道："不管是什么舞，以后只能关上门跳给我看。"

宁晚不禁笑了："你怎么这么霸道？我又不跟你姓。"

外面忽然有人走动，好像是从厕所里出来。宁晚打开门偷偷看了下，过道里很安静，晚会应该才进行到一半。

"我真的要去找安鹿了，你先回礼堂，散场了在老地方等我。"

"好。"孟见这回没挡着她，等宁晚出去后没几秒，他也打开门，重新返回礼堂。

过道里又响起了宁晚呼喊安鹿名字的声音，随着人的走远，声音也逐渐变弱。

杂物房木制的破旧背景板被人从里面推出来一点，在地上发出"吱呀"的粗糙摩擦声，很低、很沉。板上的灰尘落下来，让刚才还鲜活的空气马上变得满是污垢，无法呼吸。

这就是一件完全被人遗忘了也没什么用的老物件，摆在这里，除了占据空间，毫无作用。

黑暗中，安鹿在背景板后的角落里慢慢站起来，她脸上的泪已经干了，也没了想哭的念头。她伸手去背景板上摸了摸，只摸到一手的灰。

安鹿自嘲地弯了弯唇，忽然深刻地认识到，明明她普通得就跟这块背景板一样，却老是做着各种不切实际的梦，以为自己能脱颖而出成为焦点，以为自己能有一丝机会走近喜欢的人。

真是可笑又天真。

艺术节成功落幕，宁晚因为在后台掌掴吴丽莎而被学校记了一个小处分，但吴丽莎本身也有错在先，所以处分不痛不痒，没起什么波澜。

事情就这样过去，安鹿因为宁晚顶替的跳舞而在学校变得小有名气，有不少男生送了情书过来，但安鹿都没收，一一退了回去，只说是学习第一，其他的不考虑。

这周六，原本应该是裴晋诚来检查宁晚学习和生活的日子，到晚上九点他才来电话说有事来不了，宁晚追问之下才得知，原来是尤容开车时不小心被人追尾，受伤进了医院。

宁晚不禁想起今天放学时远远地看到裴皎皎慌慌张张打车离开时的

神情，猜测也许就是那时候发生的事。

孟见看宁晚接完电话发呆出神的样子，走过来问她："怎么了？出什么事了？"

宁晚的心情很复杂："尤容出车祸了。"

两人都沉默了，孟见看出宁晚心里的矛盾和纠结。两人住在一起这么久，他也听说了裴家的这些事，他和尤容有过一次接触，以他的直觉，尤容没有那么让人难以接受。

他一个外人都这样感觉，更何况是身处其中的宁晚，夹在两个母亲之间，更加为难。

孟见直接帮她做了决定。他拿起车钥匙，淡定地说："走吧，陪我去医院。"

宁晚一愣："干什么？"

"尤阿姨当时帮我的车上户手续花了不少心思，她出车祸，我出于感谢也得去看一看她。"

宁晚怔怔地看着他，半晌垂下头："那你去就是了。"

孟见拉着她上车："不行，天黑了，我一个人害怕。"

宁晚其实知道，孟见不过是找个理由来满足她罢了。她对尤容的感情很微妙，虽然不愿意用自己所有的真诚去接受她，但这些年下来，也做不到对她完全不管不问。

但是出于对沈宁的感情，她即使跟着孟见来到医院门口，仍留在车里不肯上去，只是让孟见去看一眼尤容的伤情，回来再告诉她。

孟见拿她没办法，只好提着果篮去病房。半小时后，他回来告诉宁晚，尤容问题不大，一些软组织挫伤，但车剧烈撞击导致她的视网膜有些脱落，最近一段时间都要好好休养，治疗眼睛。

知道她没什么大碍，宁晚也就放心了。

从医院回来的路上，经过一家超市门口，孟见停下车想去买瓶水，宁晚便留在车上等他，等的过程中拿手机随便刷了刷微博。

树成的高三只有每周六晚上不用上自习，可以得空喘一口气，看看过去的一周发生了什么新闻，又火了哪位新偶像。

宁晚已经很久没看电视了，打开微博，看到热搜话题里有一个"赐我一个见哥哥”时，眼神不由得被吸引过去。

她点开话题，原来是之前录制的综艺节目今晚八点在电视上播出了，孟见最后一轮比赛时抱着自己反败为胜的镜头被导演以各种花式剪辑为爆点。节目播出后不到一小时，孟见就火遍全网。

孟见的身份也被扒了个遍——MW集团继承人、树成中学的学霸、体育高才生，游泳、骑马、高尔夫，甚至LOL都是全能，最重要的是，漂亮的腹肌和那张微勾嘴角笑起来能迷死人的帅气脸。

有钱、有颜、有身材，还有惊人的体力，这一切都完美到让看了节目的小姑娘疯狂了。

微博上“赐我一个见哥哥”已经爬到了热搜第三，而且涨势凶猛，宁晚捧着手机看微博上流出的自己都没见过的孟见的照片，挑了挑眉笑：“还挺帅。”

她丝毫没有意识到一个普通人上了热搜第三的危险，然而她很快就见识到了。

正在看的微博画面被来电切掉，孟见打来了电话。宁晚接起来，只听到电话那边疯狂尖叫的声音，完全不输艺术节当天的篮球赛现场，她耳朵快被炸聋了，一句完整的话也听不见。

不知道发生了什么，宁晚赶紧朝窗外超市的方向看去，然后双眼睁大，愣住了。

超市门口，一群年纪不大的女生正疯狂地拉扯着孟见，又蹦又跳还尖叫，脸上都欣喜万分，抓紧了孟见的衣服舍不得松手。

孟见被拉扯得东倒西歪，一脸茫然。

他就买个水，怎么就刺激到她们了？

第九章
你做什么都是对的

综艺节目播出后给孟见带来的直接改变就是——一夜之间，全国上到都市白领小姐姐，下到刚换门牙的小妹妹，全知道了树成中学有个集所有技能于一身、几乎完美的翩翩少年。

而树成中学的秩序也全被打乱，每天从清晨六点多就开始有人聚集在学校门外等着一睹孟见的真人风采，到了中午下课时更是挤得水泄不通。不算窄小的学校大门混乱一团，分不清学生和粉丝，好几次孟见出现的时候，人群被挤到昏厥不说，还差点发生踩踏事故。

因为这个，孟见每天出行都全副武装、小心翼翼。骤然成为全国女生追捧的网红小哥哥，他被逼到每天和宁晚一起上下学都分开行动，生怕那些疯狂的女生误伤到她。

学校经历了数天的混乱不堪后，因为无力改变这样的局面，又要照顾其他学生的上学环境，所以不得不对孟见做出放假三天的决定。

他先消失三天，散一散粉丝们的热情，等时间久了或者下一个网红炒出来时，也许大家就会转移注意力了。毕竟这是一个快消费节奏的时代，三天不露面，等同自动放弃热度。

孟见在家待了两天，人都快要疯了。

一想到学校里对宁晚虎视眈眈的那些男生他就各种不放心。平时他和她一起上学，一起放学，现在只能一个人在家面对冰冷的墙壁，感受着人间的孤单寂寞冷。

孟见觉得自己就快不行了。就算外面有成千上万的女生对他比心、表白，他还是缺爱，缺宁晚关怀备至的爱。

于是中午十二点半，他给宁晚发去一条微信："你在干什么？"

宁晚："刚从你的粉丝队伍里挣脱出来，现在正要去吃饭。你呢？"

孟见的手在屏幕上折腾了一会儿后，一句极尽悲伤的话送到了宁晚那边："我有些不舒服，头昏、眼花，手还有些发抖。"

宁晚立刻回复过来，语气焦急："怎么了？你是不是有低血糖？"

低血糖是这个症状吗？随便吧。

孟见躺在沙发上，淡定地打字："好像是的。"配上一个可怜巴巴的表情。

宁晚立刻回复："那你快找颗糖吃一下，家里不是有大白兔吗？"

孟见："大白兔拿去学校了，吃不到。"

宁晚没说话。

孟见："急需你的语音问候救命。"

宁晚还是没说话。

片刻后，孟见收到宁晚淡定的询问："要萝莉音，还是女王音？"

孟见有些受宠若惊。她这么会玩的吗？他恬不知耻地回过去："女王的。"

快餐店里宁晚点的饭刚刚送到，她抬头对服务员说："麻烦帮我打包吧。"

孟见等了半天，宁晚还没发语音过来，他猜测她也许在吃饭或者午睡，就没再跟她贫嘴。

他切换 APP（手机应用）到微博界面，发现"赐我一个见哥哥"的话题虽然从第三滑到了第八，但依然坚挺，话题量惊人。

"见哥哥家住在臻海湾，有人组团去蹲吗？"

"听说见哥哥能闭着眼投三分球，爱了爱了！"

"弟弟，姐弟恋吗？我二十三岁，32D。"

"你们能不能放过他？问过人家有没有女朋友了吗？"

终于看到一条明事理的评论，孟见的手已经按到了点赞那，再细细往后一看——"嘻嘻，其实我就是他女朋友！"

算了，再见吧。

孟见对这帮戏多的小女生无语了，眼不见为净，干脆把手机丢到一边不再看，胳膊沉沉地压在脸上，闭上眼睛，认真、专一地想宁晚。

想两人刚认识时冤家的样子，想两人相认那一晚皎白的月光。仅仅是回忆那些相处的片段，孟见嘴角就忍不住轻轻漾起笑意。

她好甜啊，甜得只是略微想了一下她的一颦一笑，他刚才还心烦意乱的心马上就融化了。

“还晕吗？”一个女声忽然打断了他的陶醉。

孟见微愣，眼睛猛地睁开，看到近在咫尺熟悉的脸后，他吓得一个激灵从沙发上坐起来。

“你怎么回来了？”

“你不是说你不舒服吗？”宁晚眨了眨眼，坐到他身边，“现在呢？”

孟见镇定地坐端正，似模似样地扶了扶额：“头还有一点晕，四肢没什么力气，心跳也——”

宁晚笑眯眯地问：“怎么会突然不舒服呢？”

孟见沙哑着声音回道：“不……不知道。”

宁晚眼底目光闪动，俯身靠过来，手探到他的额上：“现在四肢还无力吗？”

从宁晚第一句突如其来的慰问开始，孟见就知道这事不简单，到现在他几乎可以肯定这姑娘是柔里藏刀，是在故意涮他，他迅速抽身躲到沙发的另一头。

“你回来千方百计玩我的是不是？”

宁晚笑着看他：“难道不是你先千方百计骗我回来的？”

孟见挺直背脊，深呼吸了一口气，正想再解释些什么，刘妈忽然从外面开门进来。

她拎着一大袋从超市采购回来的物品，风风火火地进门，看到宁晚后，惊奇地问：“小姐你怎么回来了？”

刘妈的及时出现，彻底解救了被宁晚撩得毫无办法、快要爆炸的孟见。他赶紧迎上去，帮刘妈拿东西：“买什么了，这么多？”

“都是些柴米油盐的厨房用品，哦对了，小姐！”刘妈从口袋里掏出几包零食，“你上次说想吃薯片，我今天特地给你买了几种，你看看喜不喜欢。”

“谢谢刘妈。”

宁晚坐在沙发上，漫不经心地朝孟见勾了勾手：“帮我拿过来，我现在就要吃。”

好不容易才脱离魔掌的孟见感觉脑仁有些疼。

刘妈看孟见站着不动，提醒他：“少爷，晚小姐说要吃薯片！”

没办法，孟见随便拿了一袋蜂蜜芝士薯片，扔到沙发上，打算转身就走。宁晚却叫住他：“你喂我。”

刘妈这时已经提了所有的食材去厨房里忙碌，客厅里又只剩他们两个人。

孟见犹豫了会儿，把薯片的袋子拆开，坐到宁晚旁边，拿了一片递到她嘴边。宁晚很满意地张嘴，再咽下。

孟见看她吃完，正想从袋子里再拿一片，宁晚忽地拽住了他的手。

四目对视，宁晚却没有要开口的意思，目光犀利。

孟见的心里有些犯怵，他不自然地收回手，转身拿了一瓶水，假装喝水，其间他用余光偷偷打量宁晚。

宁晚的眼神始终不曾离开他的脸，像是在等着什么。

孟见扯了扯衣领，心里顿时明白了。

他微叹口气，态度软下来：“别这样盯着我好吗？我错了。”

“噢？”宁晚云淡风轻地瞥他一眼，“错哪了？”

孟见黑着脸，咬咬牙，说：“不该装病，不该在你上学的时候逗你，还让你发女王音……”他喉咙好像着了火，“所以你现在要玩死我吗？”

宁晚拿了块薯片放到嘴里，嚼得不慌不忙：“下次还敢骗我吗？”

孟见正要开口说“不”，他放在茶几上的手机忽然响了起来，打断了两人的对话。

宁晚瞟了一眼，来电是一个英文名字——Josephine（约瑟芬），显而易见，是一个年轻女性的名字。

和孟见住在一起这么久，他身边的朋友她几乎都认识，但从没有听说过这个人，一种奇怪的直觉让宁晚对这个来电人多了几分注意。

她假装随意地问孟见："谁是 Josephine？"

孟见皱眉："谁？什么 phine？"

他疑惑地走过去拿起手机，看到来电人的名字后，甚至都没再看第二眼，二话不说直接掐掉。

"不认识。"

女人的第六感告诉宁晚，孟见在撒谎。她认真地打量他的表情，然后低头笑了笑，没说话。

连电话都存了，明明是认识的人，孟见却说不认识。Josephine 这个名字听起来一点都不正经，宁晚心里不大愉快，但她面上没表现出来。

把薯片吃完后，宁晚返回了学校。她晚自习放学回来，也不像往常先去孟见的房间，而是一声不吭地直接回了自己的房间，关上门。

她在房里打开自己的电脑，前几天是沈宁每个月给她发电邮的日子，但这次迟迟没有收到邮件。宁晚再次打开邮箱确认，收件箱依然空空如也，没有新的提示。

她正失望着，手机铃声忽然响了，是裴皎皎的来电。

宁晚接起电话："皎皎？"

她低头看电脑右下角的时间，显示已经晚上九点三十分了。

"回家了吗？怎么这么晚还打电话过来？"

裴皎皎语气有些兴奋："姐姐，我跟爸爸现在在荣福记吃夜宵呢，爸爸让我打电话叫你跟见哥一起来。"

宁晚站起来在房里走了两步，几秒后回道："算了吧，你们吃，我就不去了，明天还要上学。"

裴皎皎那边正要说什么，裴晋诚抢过电话："小晚，你赶紧带见见一起过来，我也给见见打过电话了，我们等你们来了才吃。"然后不等宁晚拒绝他就挂断了电话。

宁晚听着手机里"嘟嘟"的忙音，怔了会儿。她叹了口气，正考虑要不要去，门口就有人敲门。敲了两声后，门被推开，孟见气定神闲地靠在门边："走吗？我开车。"

宁晚还记着 Josephine 的事，不想理孟见。她从桌上拿了把钥匙，带了几分赌气，说："我说了要跟你一起走吗？"

孟见愣了下："什么？"

"各走各的，谢谢。"

孟见蒙了。宁晚从回来就一言不发地进了卧室，原本他还以为她是学习累了，可现在显然，她是对自己有情绪！

"你等会儿，"孟见堵住要出门的宁晚，软声软气地问，"我又做错了什么？"

宁晚面无表情，声音冷淡："自己想。"

这个回复算是直接承认她对孟见有小情绪了，可孟见很茫然。他什么都没做啊！他下午甚至都没跟宁晚发过微信，没有打扰她，老老实实在家看书，怎么就得罪这位小姐了？

孟见想不通，追了上去。

宁晚跑回了隔壁自己家，从家里推出来一辆自行车，看孟见走过来也视而不见地继续朝前走。

"喂，"孟见拦住她，"你骑车我怎么办？"

"你想怎么办就怎么办，"宁晚踩着脚踏上车，酸酸地低声嘀咕，"没办法就去找你的 Josephine 来帮你呗。"

"什么？"孟见没听清楚她说的后半句，"找谁？"

宁晚抿抿唇，手抓住车柄："爱谁谁，我走了。"

孟见看着无情地把他抛下，悠悠然骑远的宁晚，一脸黑人问号。不是，都这么晚了，她一个人骑辆破车要干什么啊？！

孟见虽然对宁晚突如其来的冷淡感到莫名其妙，但仍不放心追上去，在宁晚刚骑到小区门口时拦下她，手扣着车柄："下来。"

"不下。"

还拿你没办法了？孟见直接把宁晚从车座上强行拉下来放在后座上，自己坐上前座，长腿撑在地上，回头用命令的语气叮嘱她："抱着我。"

宁晚力气拼不过他，刚好看到小区门口的保安在遛弯，揪着孟见的外套跟抓犯罪分子似的。

"保安叔叔，这人抢我的车，我不认识他。"

孟见下车正想给自己辩解两句，保安大叔却一本正经地看着宁晚，眼神很疑惑："可是姑娘，我前几天还看你们有说有笑，一起进小区呢。"

这脸打得孟见快要笑出声音了。

“坐好，”他重新把脚踩到脚踏上，“我不会骑自行车的。”

不等宁晚回神，孟见已经踩下了脚蹬，车摇摇晃晃地驶出去，她下意识赶紧伸手抱住孟见的腰。

“你不会骑还上来干什么？你要摔死我吗？！”

孟见在前面，嘴角抿起不经意的笑，手里假装摇着车龙头。

“我骑一次就会了，你别乱动。”

宁晚坐在后座紧紧搂着孟见的腰，生怕自己动一下就会让单车失去平衡。虽然她在生闷气，但如果让孟见受伤，她心底也是不愿意的。

荣福记离南岛花园不远，从两条小巷子里穿过去就是。月朗星稀，巷道安静，只有两人的身影依偎在一起，伴随轻轻的夜风，安静又美好。

宁晚和孟见刚走到荣福记包厢门口，就听见里面传来说话声。

“妈，你不要看电脑了好不好？你才出院，医生说了你的眼睛还在恢复，近期少看手机和电脑，你怎么不听话？！”

裴晋诚也在说：“有什么事回家处理不行吗？非要才出院就叫我把电脑带过来。”

里面安静了几秒，尤容才回：“好了好了，我给客户回一封邮件，拖太久了。”

宁晚停在包厢门口，原本要敲门的手顿住不动。裴皎皎只说是跟裴晋诚吃夜宵，提都没提尤容也在这件事。

孟见看出了她眼里的犹豫，轻声安抚道：“你要是不想进去，我们就走。”

这几天学习忙，加上孟见成为网红，纷纷扰扰、乱七八糟地过了快一周，宁晚已经忘了尤容住院的事。

她心里莫名生出一股愧疚感，但不过瞬间，她又忍不住嘲笑起自己的圣母心。

她为什么要对尤容有愧疚？尤容就算做再多的事，也改变不了她让自己变成单亲家庭的孩子的事实，导致她们母女分离。

宁晚想起离开九年的沈宁，不知道她过着怎样的生活，是否从失败的婚姻中走了出来？这些不确定让宁晚心痛，她毅然转身，冷淡地对孟见说："回去吧。"

孟见点头，跟在她后面，悄悄给裴晋诚回了个电话："裴叔，我跟小晚不过去了。嗯，她作业多，好，再见。"

回去的路上，宁晚没再坐车，一个人静静地走在前面。

孟见打完电话，把自行车扶在手上，追上宁晚，与她并排走着。他看得出宁晚现在不想说话，也就没有影响她的情绪。

两人沉默了一会儿，宁晚低头看着地面，忽然轻声问："你觉得我过分吗？"

孟见顿了会儿，什么都没说，从下面牵住她的手，看着宁晚："只要你高兴，你做什么都是对的。"

宁晚轻轻扯了扯嘴角："这么没有底线吗？"

"是。"

"对你，我没有任何底线，或者说——"孟见把她的手握得更紧了，忽然转身面对着她，眼里像灌进了月光般温柔，"你就是我的底线。"

夜晚很安静，已经入冬的天气带着丝丝冷意。一阵风吹过，宁晚的脖子里涌进许多寒风，她紧了紧外套，孟见见状马上去解自己的外套拉链。

"不要。"宁晚马上说。

"不要什么？"

"不要你脱外套给我穿。"

孟见笑："谁说要给你穿了，我不冷吗？"

宁晚正为自己的自作多情尴尬，孟见忽然把他的外套敞开一半，把她的手裹进怀里："暖暖。"

宁晚的手被裹在温暖的胸膛里，刚才还微微颤抖的身体平缓下来许多，孟见沉而有力的手臂让她觉得莫名地踏实和安心。

她低着头，嘴角轻扯，用心感受着当下这一刻属于她的安全感。

"孟见。"宁晚忽然轻轻唤道。

"嗯？"

宁晚停住脚步，思索着转过身，问："所以Josephine到底是谁？"

孟见自以为很懂宁晚，觉得她跟外面的那些女生不一样，她总是有自己的性格和脾气。她可以乖张冷漠，也可以娇媚动人，但孟见从没想过，有一天她也会像个小女生一样撒娇地拉着他的手。

“Josephine 是谁？比我好看吗？

“为什么骗我说不认识？

“你跟她是什么关系？”

孟见丢开自行车的扶手，直接把外套的另一边也笼过来裹住她。瞬间，两人的脸都隐在了外套里，只有一丝路灯的光线从外套缝隙里落进来。

“宁晚，你听好，”孟见凑近，声音低沉磁性，“以前的我和现在的我都跟她没任何关系。

“未来的每一天，她也不会存在于我的世界里。”

诺言融化了天气里的寒冷，宁晚没有再多问，深深地看了一眼孟见满是坚定的眼睛，低声道：“我相信你。”

回到家里，洗了热水澡，宁晚躺到床上，睡前照例再打开电脑查看邮件，意外地发现在一小时前，沈宁发来了迟到的信。

她打开信件，沈宁说最近工作上比较忙，所以才耽误了给她写信，之后照例关心了她的学习和生活，最后嘱咐她注意身体。

虽然只是短短的一封信，但宁晚看了后无比心安。

在孟见出现之前，这些年沈宁每个月雷打不动的电邮是宁晚心里最大的慰藉和寄托，现在宁晚的世界里多了一个孟见，她阴郁太久的人生终于有了不一样的光亮。

有孟见郑重的承诺和沈宁虽然迟到但依旧关怀的问候，今晚的宁晚是幸福的，就连做的梦都是完整圆满的。

母亲归来，参加她和孟见的婚礼，一切都美好得让人沉醉其中，不愿醒来。

清早，还不到六点，刘妈就在隔壁敲孟见的门。

“少爷，穆小姐来找你了。”

宁晚原本将醒未醒，还准备再赖会儿床回味下梦里的美好时，乍然听到刘妈的话，又听到隔壁孟见开门的声音，马上从床上坐起来。

她快速洗漱完毕，换好衣服，一副作战的状态下楼。

一楼客厅里，一个跟自己年龄相仿的女人坐在餐桌旁，正跟孟见说着什么。

那女人穿着精致奢侈的紫貂皮草外套，里面是黑色紧身的中裙，脚上踩了双Dior（迪奥）的水钻高跟鞋，餐桌上摆着爱马仕限量铂金包，整个人从头到脚都刻着“我超有钱”四个字。

而孟见全程低着头吃早餐，态度很冷淡。

宁晚慢慢下楼梯，隐约听到了女人的话：“小见，你这不是逼我找上门吗？找你那么多次，你怎么都不接电话？”

孟见漫不经心地丢过去一个字：“忙。”

“听我说，你现在爆红，一定要抓住这个机会赚一笔。我们公司刚刚成立了一个直播平台，需要几个有影响力的人来打头阵，我给你一千万，你过来跟女粉丝们互动一个小时，怎么样？”

孟见发出一声不屑的低笑，然后抬头：“穆与非，你觉得我差你那一千万？”

“钱你当然不缺，”被叫作穆与非的女人盈盈一笑，“但没人会嫌钱多的，对吗？”

她笑着，视线不经意转到旁边，看到了从楼梯上下来的宁晚。

穆与非明显一愣：“这是？”

孟见这时也看到了宁晚，放下吃的，迎上去：“你怎么不多睡会儿？”

“睡不着了。”

宁晚看向穆与非，直觉敏锐地压低音量问：“她就是那个Josephine？”

“嗯，”孟见转过身，大大方方地向宁晚介绍，“这是穆与非，我爸合作伙伴的女儿。”

他又牵起宁晚的手对穆与非说：“宁晚。”

虽然没有直接说明身份，但那一个牵手的动作已经说明了一切。

穆与非神情稍稍一愣，随即挑眉，意味深长地笑了笑，看向宁晚的目光也带着满满的轻视，她娇媚地脱了自己的紫貂大衣：“小见，你家空调开多少度，也太热了吧？”

孟见面无表情地说：“晚晚怕冷。”

穆与非亲昵的试探被冷水泼回，眉眼间有些不快之色，她把皮毛光亮的紫貂大衣重新披回身上，微笑着看向宁晚："宁小姐，我想邀请小见来我的平台跟他的粉丝做个互动，你不介意吧？"

宁晚低着头，用刀叉切开盘子里的煎蛋，开口："介意。"

穆与非看宁晚身体小小的，还穿着校服，完全没想到她还有几分冷静和清高。穆与非沉住气，眼神冷冷地转向孟见："小见，半小时，我给你双倍，两千万，这已经是我的极限，我想孟叔叔在这的话一定不会拒绝这项合作。"

她带着隐隐的嘲讽睨了宁晚一眼："何况，你还可以分一千万给宁小姐，她——"

"抱歉，Josephine 小姐，"宁晚忽然放下刀叉，虽然动作不算重，但恰好发出了能让穆与非闭嘴的声响，"你吵到我吃早餐了。"

穆与非愣住："什么？"

宁晚动作很轻地拿餐巾纸擦了擦嘴，然后不慌不忙地抬头，目光清冷："能带着你的假胸马上消失吗？"

孟见最后还是没有答应穆与非的邀请，虽然这笔收入轻松简单，半小时直播就可以得到两千万，但他很清楚，宁晚不喜欢穆与非。

从她下楼的那一刻起，孟见就发现了这个小女人心里暗藏的强大战斗力和占有欲。而她的占有欲，也让自己得到了极大的满足。

钱和宁晚相比，孟见当然选择后者。

快要期末考试，高三的上学期即将进入尾声。这天中午下课后，孟见给宁晚发微信，约她一起在校门口吃饭，顺便叫上各自的朋友，一群人在一起凑个热闹。

从前都是这么来的，但最近这段日子，宁晚明显察觉到安鹿有些不对劲，每次喊她出来吃午饭，她要么说自己要练舞，要么说自己带饭了。

总之，她叫了十次，安鹿拒绝了九次。今天也不例外。

一群朋友碰面的时候，宁晚疑惑地问孟见："最近安鹿怎么回事？"

"我怎么知道，我又不关注她。"

孟见随意地用胳膊捅了捅身边的靳宸："你不是一直称赞她的舞跳得好吗？"

"啊？"一桌的朋友全部把目光转向靳宸，八卦之心从四面涌来。

靳宸正低头吃饭，骤然被人当面说破心思，觉得有点尴尬。他先是挥了孟见一拳，然后才不好意思地挠挠头："唉，我还没跟她说。"

"上啊，宸哥，你怎么还不敢了？！"

郑允最热心，马上就挤开西米坐到靳宸对面，给他献策："安鹿她爸妈不是开了个大排档吗？你天天带我们去吃，给他们家贡献 GDP（生产总值），安鹿一定会觉得你与众不同！"

宁晚在桌子下重重地踹了她一脚："有病，安鹿又不是只认钱的人。"

孟见一向不参与这些八卦，在一旁悠闲地听他们说，趁人不注意时，偷偷夹菜到宁晚碗里。

郑允眼尖，看到了。她先坐直身体看向别桌，然后才回头，把碗推到孟见面前，故意调侃道："嘻嘻，见哥，我和西米也想吃排骨。"

孟见没说什么，直接把糖醋排骨端到了女生们面前。

"哟，见哥，"郑允却一点都不买账，笑眯眯地说，"怎么你光给宁晚一个人夹菜啊？不带这样歧视人的。"

孟见没说话。

"所以是我和西米长得丑吗？我们——"

明白了，孟见果断地说："这顿我请。"

"哈哈哈。"郑允丧心病狂地笑，转身又跟伙计点了几盘菜。

一桌人明目张胆地敲诈，宁晚虽然无奈，但没有办法。她和孟见之间的这层关系，这些朋友心里几乎都有数，大家默契地装不知道，有事没事再把他们推出来起个哄。

宁晚暗暗看了孟见一眼，刚巧他也在看她。两人眼神碰撞，一秒后，默契地相视而笑。

午饭吃完，宁晚趁机宣布了自己将举办生日会的消息。

宁晚的生日在一月底，刚好在期末考试过了的第二天，正是大家放松下来的时候。十九岁的生日也算比较重要，宁晚就想在自己家里举行一个小型的生日会，把平时经常在一起玩的朋友叫来参加，也趁机让大家轻松一下。

想到安鹿，宁晚特地叮嘱孟见："待会儿你到班上跟安鹿说一声，让她到时候一定要来，反正考完暂时也没什么事，如果她不方便，我们可以将就她，去她家的大排档吃饭。"

孟见漫不经心地应声："知道了。"

从心底来说，他不太愿意去安鹿家的大排档，因为他为宁晚的生日会花了很多心思，他想给宁晚最好的，尤其是陪她过的第一个生日。

回教室的路上，靳宸有一句没一句地和他聊着天。

"宁晚生日我送什么给她？"

"随便，她什么都不缺。"

也是，这两人都是不缺钱的。靳宸顿了顿，跳过这个话题，又问孟见："那你觉得安鹿会缺什么？"

孟见站住，在原地停了会儿。

他想起高一报到那天自己跟这个姑娘不小心在教室外撞到了一起，当时她怯生生的，像复读机一样不断重复着"对不起"，他也懒得怪责她，没说什么就走了。后来安鹿总是被吴丽莎她们几个女生欺负，有时自己看到了会说两句。

"安全感吧，"孟见淡淡地说，"你要真在意她，拿出点男人的样子，平时多照顾着点，别整天嬉皮笑脸的。"

"啧啧，不愧是有经验的人。"

靳宸一副"你好厉害"的模样，若有所思地想了一路："那我怎么给她安全感？"

两人回到教室，下午的课还没开始，安鹿一个人安静地趴在角落，孟见想起宁晚的嘱托，走过去用食指轻叩了两下桌面。

"安鹿。"

安鹿身体一顿，抬起头："见哥？"

她慌忙整理起自己睡乱的头发，脸颊有些红，小声问："你找我吗？"

"嗯，"孟见在她面前的位置上坐下来，转述道，"宁晚让我邀请你这个月二十九号参加她的生日会。"

安鹿怔了怔，又快速垂下眸喃喃道："小晚过生日吗？"

她看起来有些自责，拿出手机打开一个备忘录的APP，然后懊恼地拍了拍头："还真是，我竟然忘了。"

"没事，到时候来吧。"孟见说完，站起来准备走。

"见哥。"安鹿却急急唤住他。

"嗯？"

"最近我家摊子很忙，我放学都要去帮忙，所以——"

安鹿说这些话的时候一直低着头，手指抠着课桌边缘，指甲深深地按出了红印，迟疑了许久，她才又低声说："所以，到时候我可能没空去了，麻烦你帮我跟小晚说一声，不好意思。"

孟见个子高，就那么直直地站着看了会儿安鹿，也没再强求，只是语气淡淡地"嗯"了声，便转身离开了。

安鹿等他走远了才抬起头。孟见的背影从来都是那么冷淡，眼里好像永远看不到任何人的存在，对她，对全校的女生都是。但那晚在杂物房，安鹿很清楚地听到他对宁晚说的话，所以她知道，孟见不是没有热情，不是没有温度，只不过他所有的柔情都给了宁晚一个人罢了。

眼睛有点酸，喉头也呷着一丝苦，安鹿却怎么也不敢表露出来。她把头埋进了手臂里，假装趴在桌上睡觉。

下晚自习后，孟见告诉了宁晚安鹿拒绝来参加生日会的消息。

"忙？"宁晚很疑惑，"她爸妈很疼她，怎么舍得让她下课了还去大排档帮忙？"

路上宁晚反复想了很久，直觉告诉她不对："我觉得安鹿有事瞒着我，她最近总故意疏远我，微信也不回，找她也不出来。"

"你肚子饿吗？"孟见一点都不关心宁晚口中别人的事，"要不我们去吃点夜宵再回家？"

"不了，"宁晚忽然转身，"你先回去，我去安鹿家看看到底是怎么回事。"

孟见拿宁晚没办法，知道她是这样的脾气，说做就要做，谁也拦不了，只能追上她："我陪你一起。"

"不要，"宁晚拦下他，"我觉得可能还是上次吴丽莎的事给她的阴影太大了，我们女生聊天你在不方便。"

看孟见不放心，宁晚又保证："我十点前肯定回来。"

孟见拗不过她，只能帮她打了辆车："我手机开着，要我去接就打电话。"

"知道了，快回吧。"

宁晚坐的士，一刻钟就到了安鹿家经营大排档的那条小吃街。

她来这里吃过几次，安鹿的父母人淳朴热情，每次都不肯收宁晚的钱，他们总说："安鹿没什么朋友，小晚你多来找她玩。"

宁晚也一直记得安鹿第一次找她那天怯怯的眼神。

"我能跟你做朋友吗？"

当时郑允随便诓她，让她帮宁晚去找孟见，她也不问缘由就傻乎乎地照做。那一刻起，宁晚就觉得这个姑娘没心眼，傻得实在。既然接受了她这个朋友，宁晚就不想只是说说而已。

大排档灯火通明，九点多刚好是客流量起来的时间，安鹿的父母忙得热火朝天。看到宁晚来了，他们匆匆打了声招呼："宁晚，你来吃东西吗？"

宁晚四处看了看，没寻到安鹿的身影。

"叔叔，安鹿回来了吗？"

"回来了，在家里呢。"

"噢。"

安鹿的家就在大排档后面一条街的弄堂里，不到六十平方米的空间住了一家三口。宁晚去过一次，地方虽小，但比较温馨。

她冲两个老人打了声招呼："那我去找她。"

"好嘞。"又来了一拨客人，安鹿父母顾不上招待宁晚，又投入了油烟之中。

宁晚顺着小街走了两百米，拐入一条弄堂后，看到安鹿家亮着灯。

或许是等家人回来，大门没有关严，宁晚在门口喊了两声安鹿的名字，没人应，她直接推开大门，轻轻地走了进去。

"你在家吗，安鹿？"

宁晚在客厅看了一圈，简陋的家具，陈旧昏暗的灯光，看起来莫名有些压抑。

左边的小卧室里有灯光，宁晚慢慢走过去，刚到门口，就从半掩的门边看到背对着自己的安鹿。

安鹿微弯着腰，手里正织着一条快完工的灰色围巾，她神情专注，丝毫没有注意宁晚的到来。

宁晚轻声走到她身后，顿了顿，忽然拍她的肩：“干吗呢？”

安鹿被吓了一跳，从凳子上站起来，转身看到是宁晚后，才松口气地拍拍胸口：“是你啊，你怎么——”

她手里还拉扯着那条围巾，话说一半猛地想起了什么，快速把围巾往身后藏。

宁晚原本没太注意，就在安鹿略显慌张的动作里，她不经意地发现灰色围巾的一角，用黑色的毛线织了一个字母——J。

“J？”宁晚愣了，把视线从围巾转移到安鹿的脸上。

安鹿看上去很紧张，还有些不知从何而来的心虚，她低着头，目光闪烁，不断地把围巾往背后藏。

“你藏什么？”宁晚好像察觉出来一丝味道，低低地笑了声，去拿她手里的围巾。

“不要！”安鹿措手不及地被抢走围巾，慌道，“宁晚，还……还给我！”

宁晚却转身绕开她，把围巾拿在手里打量。安鹿的手很巧，织出来的围巾细腻柔和，摸在手上软而温暖，显然带着少女萌动的心事。

宁晚凝眸看着那个J，片刻后抬头，若有所思地打量安鹿：“J是谁？”

安鹿的身体微微颤抖着，手指无措地拧在一起。对上宁晚犀利探究的眼神，她明明一句话都没说，安鹿却底气全无，连撒谎的勇气都失去得彻彻底底。

“嗯，安鹿？”宁晚的音调稍稍提高，人走到她面前，“J是谁？”

宁晚的靠近好像一座沉重的山压迫过来，压得安鹿喘不过气。她分不清宁晚是疑问还是质问，是平静还是愤怒，大脑一片空白，嗫嚅着双唇，正不知该怎么回答，宁晚却轻轻笑了。

“是靳宸，对吗？”

安鹿倏地抬起头，眼里有隐隐湿润的水光，这一瞬间，有许多情绪从她漆黑的眸子里闪过。混浊的台灯灯光映照着她交替涌出的惊愕、无助、不甘、酸涩，然而种种情绪，最后都悄悄化成一丝咸苦咽进了心里。

顿了顿，安鹿微弱地动了动唇，挤出笑容。

“嗯。

“是他。”

第十章
是公主，也是女王

狭小的卧室静谧无声，偶尔外面弄堂里传来几声车轱辘经过的声音，又迅速隐进黑夜，没有掀起一丝波澜。

“喂，我随便说说罢了，”宁晚笑着，半信半疑地看向安鹿，“真的是靳宸？”

“嗯。”安鹿的情绪已经完全平静下来，她的声音很轻，淡淡的，却无比肯定。

像是怕宁晚看出什么端倪，安鹿又自证般陈述自己的心事：“上学期有次上体育课，我扭到了脚，靳宸很热心地背我去医务室，从那时候起我就对他有好感了。”

“原来是这样，”宁晚在她旁边的小床上坐下来，“我竟然一点没看出来。”

两人沉默了一会儿。安鹿坐到她旁边，把围巾仔细叠好，叠到看不见那个 J，才细声说：“小晚，围巾是我织着玩的，只想自己做个纪念，没有想要送给他，所以，你能不能不告诉靳宸？”

宁晚看着安鹿眼里的犹豫和怯懦，顿了顿，悄悄凑到她耳边，暗示她：“那如果靳宸对你也有好感呢？”

“什么？”安鹿皱眉。

两人目光对接，宁晚眼神清明。

安鹿怔了怔，没有底气地先垂下头避开，讷讷道：“没有人会喜欢我的。”

“胡说什么呢？”

旁边的闹钟指向了十点，宁晚想起跟孟见的承诺，站起来摸了摸安鹿的头：“我先走了，你不要胡思乱想，我改天跟你好好聊。”

“我送你吧。”安鹿也跟着站起来。

“不用，你早点休息，还有——”宁晚走到门口转身，“二十九号我的生日会你一定要来。”

安鹿犹豫了几秒：“好吧。”

期末考如约而至，历时两天，这次考试严谨到和高考的程序一模一样。全部考完后，学生们终于一身轻松地迎来了三天假期。虽然三天后要继续返回学校补课，但对高三生们来说，这已经是难得的小假期。

宁晚的生日会就在考完的第二天举办，她邀请的人不多，除了妹妹裴皎皎，也就是经常在一起玩的朋友，加起来不到十个人。

头天晚上，她和孟见决定去一趟超市。临出门前，为了避免在外面被人认出来，从而引起不必要的麻烦，孟见戴了一顶黑色的棒球帽压住半张脸，宁晚也戴了同款棒球帽，两人低调地骑着自行车出了门。

孟见骑车，宁晚搂着他的腰坐在后面，两人商量着去哪里买食材。

“想去哪个超市？”

“就前面那个麦德龙吧。”

“还是去二环路那家好了。”

“为什么？那边太远了吧，我们骑车得要——”

“嗯，我就是想走远一点。”

“嗯？”

“我和你——”孟见垂眸看着腰间那只手，满足地笑，“就像现在这样，骑着车，吹着风。”

宁晚抿着唇，另一只手也环上了孟见的腰，脸贴在他的后背上：“啊，好冷啊……”

她说着，手不安分地伸进孟见的外套里取暖，孟见腰间的肌肉骤然收紧，车身也开始摇晃不稳。

“老实点啊，”他快速刹车，单脚踩在地上，“你再乱动试试。”

“好的，”宁晚十分听话地没再动，却把另外一只手也肆无忌惮地放了进去，“啊，真暖和啊。”

室外现在零下三度，孟见顿时倒抽冷气，感觉自己从头冰到脚。

宁晚隔着衣服靠在他的后背上，声音轻轻软软的，带一丝撒娇的意味：“我冷，帮我暖一下嘛。”

孟见整个人瞬间融化，体温爆表，意志丧失前的内心独白是——Fine（很好）。

——我能拒绝她吗？当然不能。她想要我暖哪里都可以！

——我就是她冬天里的一把火，熊熊火焰燃烧她的心窝！

因为生日会那天宁晚想在家门口的草坪上搞个烧烤party（派对），所以来超市买食材调料。两人一路调戏对方到了超市，找了辆推车，孟见推着，宁晚跟在旁边。

她在货架旁边走边看。

“鸡翅拿了吗？

“藕呢？

“生菜，年糕，鱿鱼？

“大允喜欢吃韭菜，西米喜欢吃小馒头，安鹿好像喜欢吃虾……”

怀里抱了一大堆，宁晚将东西放到推车里，转头又问孟见：“靳宸和于修喜欢吃什么？”

居然记挂别的男人！

孟见面无表情地回：“什么都吃，当猪喂就行。”

宁晚点点头：“行。”

走了几步，孟见还是按捺不住道：“你怎么不问问我要吃什么？”

宁晚自顾自地选食材，看都不看他。

“你要吃什么，自己没长手拿吗？”

活得还不如自己的朋友系列，孟见认输了。

两人又买了一些菜和水果，在超市二楼逛了好几圈，宁晚有些累，但还有烧烤工具和调料没买到，她疲惫地坐到了休息的小座位上。

“我走不动了，你去三楼买好了，我在这等你。”

这才走了几步路？孟见才不想一个人逛超市，趁宁晚不注意，忽然抱起她，再一个转身，把她放进了推车篮里。

宁晚愣了愣，看到路人的目光从四面涌来，不好意思地赶紧往外钻，并暗嗔孟见：“你疯了吗？我都十九了，又不是三岁！”

孟见把她压下去坐好，然后若无其事地推起车：“还想买什么？”

宁晚拗不过他，像个巨婴坐在车里被人推着走，她没办法，只能拉低帽檐，不敢看周围人打量探究的视线，可一分钟过去，当她偷偷抬头想再看路人的反应时，这才发现，大家也不过看了她一眼而已。

热闹的超市里，买菜的买菜，排队的排队，聊天的聊天。大家一切照旧，谁也没有再注意她这边的情况。

孟见推着她上了三楼，路经家居区时，还顺手拿了一个毛茸茸的玩具塞给她：“乖点，‘爸爸’带你逛超市。”

她能打人吗？

左拐右拐，孟见到处找清单上的调料。

“你要的这个烧烤酱在哪买？”

三楼的客人不多，宁晚稍稍大胆地坐直了身子，朝他比了个手势：“前面三十米，左拐，第二个货架最下面一排，我之前来过。”

“OK，坐好。”孟见抬头微眯了眯眼看前方，然后倾身到她耳边，声音暗暗一挑，“我们起飞了。”

宁晚还没反应过来，孟见推着推车嗖地便滑出去，她的整个身体即刻如风般飘了起来。她没有准备，失控的瞬间却莫名感到一阵惊喜。

滑行十来米后，孟见稳稳地刹住推车：“好玩吗？”

宁晚没玩过瘾，忍不住恳求：“再来再来，我还想玩。”

“嗯，还要玩？”孟见笑着，把她推到一条没人的冷清过道里，“那我们来个刺激的。”

“好好好！怎么刺激？”宁晚这会儿已经完全不在乎有没有路人在看，只觉得这一刻非常开心。是那种完全脱离了束缚和包裹，自由而满足的开心，尤其是飞出去的那一刻，耳边的风和速度给了她极大的快感。

这是一条卖收纳柜的过道，设置在超市角落，晚间几乎没有人逛到这里，就算偶尔有人经过，也会很快走到对面的厨房用品区。

孟见把车推在过道入口处，宁晚坐在里面，像坐了过山车，心情兴奋难抑。

她问："怎么刺激？"

孟见微微后仰看了看隔壁那排过道，似乎在计算着什么，然后才对宁晚说："坐好了吗？"

"嗯！"

"那走吧——"

猝不及防地被推出去，宁晚心跳加速，刺激非常的同时，余光却看到孟见消失在身后，她心里一紧，不禁把头转了回去。过道只有不到五十米的距离，车在地面快速朝前移动着，而原本应该在她身后控制速度的孟见不见了！

所以他说的刺激，就是把她一个人推出去，自己跑了吗？真的是很刺激了……

车子已经不能停下，最多还有两秒宁晚就会撞上过道尽头的墙壁，就在她光速考虑自己以什么姿势撞上去不太丑和等会儿要电孟见几次报仇时，过道尽头忽然出现一个黑色身影。

孟见身形颀长，穿着黑色风衣，就那么从隔壁过道像一道闪电般蹿出来，站在尽头，张开双臂。

宁晚看愣了，还没等自己回神，推车已经到了孟见面前，他修长有力的双臂迅速钳制住推车，宁晚的身体惯性地往前冲，她下意识抓住推车两侧想控制住自己，身体却还是避免不了地冲进了一个柔软温暖的胸膛。

而后，孟见低沉的声音落入耳畔。

"你记住，无论什么时候，无论在哪里，我都会牢牢地守住你，不放手。"

宁晚的心怦怦跳着，还没从这段紧张刺激里回神，一分钟后，他们就被两拨保安围住了。

"下来，下来！"

"干什么呢？当这是你家后院呢？"

"啧啧啧，瞅瞅——"一个微胖穿制服的男人嚷嚷着，沿着推车滑行过的方向仔细蹲下来检查货品。他拿起一个收纳盒的盖子，"上面都被你俩玩出印子来了！”

在保安眼里，宁晚和孟见也就是两个十几岁的学生，他气势汹汹，大有要两人赔偿的意思。可宁晚很清楚，她的推车从头到尾压根就没碰到过货架上的商品。

孟见脾气不太好，张嘴好像要反驳什么，宁晚暗暗拦住了他。

她知道保安是故意找事，但他们确实没什么站得住脚的立场，为了避免事情闹大，宁晚直接拿起那个收纳盒：“抱歉，我们买了就是。”

孟见不是很爽，但被宁晚拽着，还是收住了情绪。

两人拎着收纳盒转身才走开没几步，那个保安蹲在货柜边叽叽歪歪地跟同事嘟囔：“现在的姑娘真是不知羞，公共场合跟人搂搂抱抱，跟没妈教似的。”

他的声音带着一股子市井的尖酸刻薄，清清楚楚地传入两人耳朵里。前面那几句倒是无所谓跟他争执，只是最后一句话，跟针刺般戳中了宁晚心底的最痛处。

她在原地沉默了一会儿，还是无法忍住心里涌出的愤怒和不甘，她转过身，克制自己，平静地问保安：“你是在说我吗？”

保安愣了愣，抬头瞥了宁晚一眼，没说话，继续低着头检查货架，一副懒得搭理的轻蔑模样。

于是宁晚怒火更甚，朝他走近两步，目光沉沉的：“是在说我没妈教吗？”

被一个小姑娘追问不答反倒像怕了似的，保安不耐烦地站起来：“我说错你啦？这里到处是摄像头，你家妈妈没有教过你什么叫廉耻吗？没教过你——哎哟——”

孟见一把推着保安撞在货架上：“所以你妈教了你几十年，就是教你这么与人说话的吗？”

原本一件简单的事，宁晚他们自知理亏，也准备息事宁人，但谁也没想到保安会说出那样的话。

HEROOM是本地的高端超市，物价要比普通超市贵很多，因此里面的服务人员都自带某种神秘的优越感，眼睛长在头顶上。宁晚的购物车里就摆着一些日常蔬菜，加起来不超过一百块钱。加上她和孟见在超市里玩推车，看上去更像是来超市蹭暖气的穷学生。

保安队长四十出头，正值壮年，旁边又跟着一群下属，原本气焰是占上风的，可压根没想到面前的小伙子会忽然动手。

他吃了暗亏，想松开孟见摁着他肩膀的手，但刚挣扎了两下，发现这位年轻人力气竟然不小。

孟见冷冷地看着他："道歉。"

少年年轻气盛，全身都是力量，保安自知拼不过，气急败坏地朝旁边的人吼："都瞎了吗，没看见这两人闹事吗？快给我抓住他！通知经理，快！"

剩余的几个保安面面相觑，犹豫不决地应着："噢……"

之后一群人朝孟见拥上去，才走近一点点，孟见忽然沉着脸回头，紧盯着众人。

这个眼神吓得刚要上来的保安们又整齐地退了回去，有的悄悄拿起了对讲机。不一会儿，一个戴眼镜的经理匆匆赶过来，乍一看到这幅场景，脸上马上露出几分不快。

"先生，我们这里是正规卖场，有什么事可以慢慢协商，希望您马上停止对我们员工的不当行为。"

孟见好像没听到似的，一动不动地盯着面前的队长。

"那你的员工对顾客进行人身攻击就是正当行为吗？"

其实宁晚堵在心里的那口气早就顺了，周围围观的人越来越多，她靠到孟见耳边劝道："要不算了吧。"

保安队长在众人面前身份尽失，人也跟着急红了眼，口不择言："我是替你们父母教育你们，小小年纪不知廉耻！"

"算了？"孟见冷笑，"现在他肯我也不肯了。"

说完孟见拿起手机，在通讯录里找到一个号拨过去，等了很久，那边才接起来："说。"

"二环路的HEROOM，三楼，十分钟，够吗？我需要你的员工给我一个合理的解释，并道歉。"

那边的人挂了电话。

保安队长还是咽不下这口气："经理，我要报警！这两人对我实施人身攻击，使用暴力，没家教的混混！我要报警，我要验伤！我——”

一部手机递到他面前，上面已经拨好了110的号码。

宁晚低敛着眉眼，声音淡淡的：“打！我相信警察在了解了事情的原委后，能给我一个公正的处理结果。”

队长顿时愣住了。

“不打吗？”

队长犹豫了会儿，咬咬牙，正准备按下绿色的拨出键，远处传来一个慢条斯理的声音：“只用了六分钟，满不满意？”

众人均抬起头寻向声源处。

一个男人慢悠悠地从角落的员工电梯里出来，他身着很有质感的深灰色羊呢双襟高定风衣，双手戴着黑色的羊皮手套，身上还沾着室外的冷气，人懒懒散散地走进来，便脱了外套递给身后的随从，露出里面的黑色衬衫。

经理看到他神情大变，马上弯下腰，结结巴巴地说：“贺……贺少。”

男人好像没听到，径直走到孟见面前，打量着他的鸭舌帽，之后不可思议地笑了。

“前几天穆与非跟我说你成了网红我还不信，现在我信了。”

宁晚认出来了，这人是城中名门贺群家的长子——贺承南。

十多年前坊间就一直流传着这么一句话——南贺北孟。这座城市向来不缺富贵名流，从前就是这两家鼎立，十多年后的今天依然如此，孟家专攻房地产、酒店；贺家几乎垄断了所有的生活娱乐场所，包括大型超市、酒吧、商场，甚至还有自己的影视公司。

贺承南今年刚满二十一，比孟见大两岁。

孟见懒得跟他贫嘴，睨了眼保安队长：“你就帮你爸请这种人？”

贺承南没说话，手边的人很懂事地看向经理，经理会意，立即走过来在他耳边交代了大致经过。

贺承南听完后熟稔地揽住孟见的肩：“你说你脾气怎么还是这么差劲？跟我学学不行吗？心平气和一点，待人温柔一点。”

孟见：“你心平气和？你待人温柔？”

贺承南：“我不是吗？”

他转头朝身后跟来的人仰了仰下巴："身在服务行业，尊重顾客这种基本守则都做不到，贺氏不留没有职业素养的人。带他去把工资结了，辞退。"

一旁的经理脑袋上已经渗出了冷汗，他低着头不吭声。

"还有你——"贺承南冷飕飕的声音在经理的头顶落下，"一点小事都处理不好，让我严重怀疑你的职业能力。在你管理下，安保部门的工作人员竟然如此嚣张跋扈地对待顾客，是你作为管理层的失职。你明天也不用来上班了。"

经理闻言脸色瞬间变得惨白。

贺承南做事手段快狠准，在一帮富家子弟圈子里是出了名地让人闻风丧胆。

"怎么样？够不够心平气和？"

身边的人给贺承南点了支烟，烟圈吐出口，他眼里才好像有了一丝与行为对等的阴沉和狠厉。

事情解决后，三人一起下了停车场，贺承南的司机把车开过来，他坐进去后指了指座位："上车，我送你。"

"不了，"孟见指着宁晚，"我们骑自行车出来的。"

"自行车？"贺承南像听到了个巨大的笑话，打量着面前的两个人，摇头笑着，"孟见，你身上的味道可真酸臭。"

孟见从袋子里随便掏出一根藕节冲他砸过去："那也比你身上的烟酒味好闻。"

贺承南闪身接住藕节，漫不经心地瞥了眼宁晚手里拎着的食材，挑眉笑道："怎么？两个小朋友买道具回去玩过家家吗？"

一直沉默没发话的宁晚忍不住动了动唇，言辞犀利："嗯，还缺个妈，我觉得你来扮挺适合。"言下之意——关你屁事，话多又啰唆。

贺承南颇有兴致地把目光转到宁晚身上，打量了一会儿，意味不明地朝孟见笑："呵，我没那个癖好。"

孟见挥起胳膊："贺承南，你是不是欠？"

贺承南噙着笑，人仰到座位上快速升上车窗，留下懒懒的声音："嗯，欠我一顿啊，孟见。"

“记着。”

劳斯莱斯开远，孟见和宁晚也从出口出去，骑上自行车回家。

宁晚坐在后排，若有所思地问他：“说起来，你刚才为什么那么冲动？”

“冲动吗？”孟见不以为然，语气平静，“我最冲动的样子你还没见过。”

宁晚显然没听出弦外之音：“有吗？什么时候？”

孟见没有回答，而是从前面伸出一只手来拍拍宁晚，故作高深地说：“会有机会的。”

回家后把食材交给了刘妈，两人各自回房洗澡，宁晚洗好后下楼倒了杯水上来。家里开着地暖，她只穿了件棉质的睡裙，刚上楼梯就看到倚在门口的孟见。

“洗好了？”她问。

“嗯。”

宁晚身上有刚刚沐浴完的清新味道，长发一丝丝散发着让人心动的香气。孟见顿了顿，声音略沙哑：“你要睡了吗？”

宁晚看了看表：“嗯，快十二点了，明天郑允她们很早就会过来。”

孟见故作疲惫地揉着太阳穴：“我累了，你能不能去书房把我放在桌上的书拿来？”

行吧，晚上为了她要玩超市的车，也是闹了一堆破事。宁晚没说什么，“嗯”了声，朝书房走去。书房就在宁晚房间的隔壁，平时两人会在那边看电影，一起组队打 LOL。

恰好这时裴皎皎提前给她发来生日祝福，宁晚低着头看短信，走到书房门口推开门。她照例去按墙上的灯，可手伸到半空中忽然顿住，视线随之从手机上愣愣地抬起。

房里一片漆黑，书桌上摆着一块燃着蜡烛的双层蛋糕，隐约微动的烛光映照着周围的布置，十七个气球悬浮在房里，脚下的地板撒着层层玫瑰花瓣，香气溢入鼻尖。

突然的意外让宁晚一时看得出神，直到背后有声音轻轻响起：“生日快乐。”

宁晚马上明白了一切，惊喜又感动地回头：“你什么时候准备的这些？”

“你刚刚洗澡的时候。”

宁晚情不自禁脱下拖鞋，赤脚踩在花瓣上进了房间，伸手扯下其中一个气球，拿到手里才发现，气球里面全部装着小小的荧光灯，莹莹地亮着，与烛光辉映。

“喜欢吗？”孟见拉着她的手问。

“嗯。”宁晚鼻尖酸了，眼角忍不住涌出些什么，她又拼命收回去。

自从沈宁离开后，宁晚没有再对自己的生日有过期待，开始那些年尤容有意为她布置、准备，但她不领情，也不愿意接受。再后来她独自搬出来，生日就更加寡淡无趣，即便裴晋诚送来价值不菲的礼物，也始终调和不了她和尤容之间的嫌隙。

眼下，是这些年来，宁晚第一个被认真对待的生日。孟见牵着她走到蛋糕面前，上面插着一根卡通的“1”字样蜡烛。

宁晚抿着唇，手揉了揉鼻尖，声音里带着些哽咽，又努力笑出来：“我十九岁，怎么只有一根蜡烛？”

“一岁不好吗？永远都是一岁，”孟见把她拥到书桌前的转椅上坐好，声音低沉而温柔，“永远都是需要宠爱的宝贝。”

宁晚怔住。

“来，吹蜡烛，许愿。”

宁晚看着晃动的烛火，想了一会儿，说：“我想许两个愿。”

“这么贪心？”孟见低笑着揉她的头顶，“要是菩萨只满足你一个呢？”

“不会的。”

宁晚虔诚地对着烛火合掌，闭上眼睛，轻声呢喃：“我许愿妈妈能很快回来找我，我们能团圆。

“我还许愿——”第二个愿望，宁晚却没有说出来。

孟见手撑着下巴等了半天：“喂，第二个是什么，怎么不说了？”

“不告诉你。”宁晚抿唇偷笑，鼓起一口气吹掉了蜡烛，房里的灯光顿时变得更暗，只剩十多个气球里的荧光小灯泡闪着安静的光。

“既然你准备了这些，那——”宁晚伸出手，“我一定有礼物吧！”

孟见坐在她旁边，眯着眼似笑非笑：“你猜我会送什么给你？”

班里那些男生最近流行给女生送各大品牌的套装口红，按孟见的手笔，怎么也得是 CPB（肌肤之钥）级别的全套吧。

“口红？”她问。

孟见摇头。

那，接地气一点——“零食礼包？”

孟见还是摇头。

直男的礼物真是让人无从猜起……

想起看过的浪漫韩剧，宁晚拿不准，又试探：“难道是水晶球之类的？”

孟见呼出一口长长的气，然后按亮墙角的灯，房里马上亮堂起来。他捧着宁晚的脸：“你回头。”

宁晚愣了下，下意识转了一百八十度，看向身后的书柜。那个书柜原先摆的都是孟见日常看的书，一共有七个格子，现在其他六个仍然整齐有序地放着书，只有中间那一格空了，静静地躺着一个精致的方盒。

盒子是金属做的，周身雕刻着复杂的镂空花纹，质感厚重，像藏着珍宝的神秘宝盒。宁晚慢慢走过去，手在盒子的边缘摸了一圈。这里面装着孟见对她的第一份心意，她心跳很快，紧张，又万分期待。

她把手伸到金属钩链上，盒子被轻轻打开。一寸一寸，随着角度，里面的礼物也逐渐露出了全貌。

盒子里依然铺着一层厚厚的玫瑰花瓣，娇艳欲滴，像年轻无畏的感情。而被花瓣簇拥包围的中间，是夺目迷人的耀眼和璀璨。

宁晚久久看着盒子里的东西，嘴微张着，似乎诧异到不知道说什么，她转过身。

“这是？”

“你之前说，九岁后就没有再感受过被宠爱的滋味。”孟见帮她从盒子里拿出那顶熠熠耀目的皇冠，他选的款式是最简单的半圆，经典简洁，上面镶满了手工切割的钻石，侧面底部刻着字母“WAN”。

“那么，往后的人生，能不能允许我来宠你？”

孟见双手托着皇冠，将皇冠轻轻插入宁晚柔软的发间，两人气息相融，空气悄悄升温。夜晚的空旷静谧格外清晰地放大了少年的声音，他微偏头在宁晚耳旁，一字一顿，流入宁晚心里。

“从今往后，你是我捧在心尖的公主，也是我甘愿俯首的女王。”

这是宁晚人生中最难忘怀的生日，她一整夜都没睡好，兴奋、激动、感动，无数情绪交会在心里，让她彻夜难眠。

第二天上午。

裴皎皎对这里很熟悉，所以上午九点多就先到了，接着郑允和安鹿、西米也如约而至。宁晚去门口接她们，几个姑娘青春活泼，满脸笑容，走在一起特别招眼。

宁晚把生日会办在自家门口的草坪上，那儿早早地就被孟见布置好了，整齐地摆了几张板凳和懒人椅，烧烤用的架子和食材饮料也全部到位。

女孩们坐下没多久，靳宸和于修也打来了电话，这次换孟见过去接，到门口后他意外地发现，罗子文也跟着来了。

“不知从哪收到的消息，非要跟过来，没办法。”于修一脸无奈地解释。

“无所谓，我也很久没见你了，是吧，小胖？”

孟见习惯性地把罗子文钩到腋下逗了逗：“今天给你的女神送什么礼物？我看看。”

罗子文“嘿嘿”笑了笑，从书包里掏出一个熟悉的塑料袋。

众人一愣：“不会又是锦旗吧？”

“当然不是！”罗子文有些得意地扶了扶眼镜，两眼放光，“这次是我精心挑选的，据说是女孩收到都会流泪的礼物！”

这胖子的脑回路真是曲折得让人匪夷所思，人家高高兴兴过生日，他上来就要人家先流个泪。

孟见不放心，怕又是什么清奇的玩意儿，先拿出来瞥了眼。这次罗子文送的礼物还算实用，是个可爱的暖手宝。他挑了挑眉，直接往怀里一揣：“这玩意儿不错，我要了。”

罗子文没能抢回来，生气地跺脚：“见哥，你怎么总是喜欢抢我给宁晚的东西？”

于修按下他的头，轻靠到他耳边：“因为宁晚就是他的，懂了吗？”

罗小胖愣了愣，在原地不走了：“不懂！修哥，你什么意思？喂，等等我啊——”

一行人聚齐到了宁晚家门口，每个人都给宁晚准备了生日礼物。热热闹闹地送完礼物后，宁晚一一谢过，然后拿出串好的食材分给众人。安排大家坐下的时候，她特地让靳宸和安鹿坐在一起。

靳宸心里窃喜，却没有表露出来。安鹿虽然一开始神色有些异样，但很快也淡淡地笑了笑，若无其事地坐下来。

生火，放菜，刷油，开烤。孟见烤了几根鸡翅和小馒头给宁晚，罗子文看了不服气，马上把原本烤给自己吃的五根五花肉献宝似的献给宁晚。

“吃我的，吃我的。”

一群人顿时乐得起哄，把话挑明：“小胖你是不是傻？人家晚晚和见哥什么关系，你看不出来吗？”

罗子文大吃一惊：“什么关系？”

众人因他的反应笑得前仰后合，只有安鹿没什么表情，在一旁默默地烤着面前的菜，眼里略显呆滞，有些出神。

大家的注意力都集中在罗子文身上，靳宸烤了一些吃的，细心地把食物从木扦上取下来放在盘子里，才悄悄递给安鹿。

“吃吧。”

安鹿的思绪被打断，她愣了下，随后反应过来，垂眸看着他递来的食物，轻轻扯了扯唇：“你也喜欢吃虾吗？”

“不是，”靳宸有些不好意思，“是宁晚告诉我你喜欢吃，所以……”

两人对话的声音很小，其他人几乎听不到。

安鹿点点头，接过盘子：“谢谢，不过你不用帮我烤了，我自己可以。”

她的态度很淡，拒绝得很明显，靳宸顿了顿，有些尴尬地转回身体。

那边宁晚吃了些辣的，对正在和罗子文闹在一起的孟见说：“我想吃杧果，你帮我剥一下好不好？”

孟见没有犹豫，马上应了声：“好。”

他起身去旁边的桌子上拿了个杧果，用刀划开，认真地将杧果切成小块颗粒，再撒上沙拉酱，插上小铁签，这才端上来给宁晚。

郑允好像在提议大家玩游戏助兴，孟见刚把水果送过去，正想听听玩什么，他的手机就响了。一看号码，他皱了皱眉，接起来问："你是今天起得特别早，还是昨晚根本就没睡？"

那头响起慵懒的声音："你昨晚欠我的饭，现在还。"

是贺承南。孟见回头看了眼围在一起的同学，不确定地问："我现在在吃烧烤，你要来吗？"

顿了顿，他不忘温馨提示道："自己烤的那种。"

"啪"的一声，贺承南干脆地挂了电话。孟见扯了扯嘴角。贺家这位大少爷的生活是出了名地奢靡讲究，这也就罢了，他还有严重的洁癖，像烧烤 BBQ 这么接地气的食物根本不在他的接受范围内。

孟见坐回宁晚旁边，屁股刚挨到板凳，手机又"叮"的一声响。

贺承南："地址。"

这人是受什么刺激了吗？话说出口也不好收回，孟见只好问宁晚："你介不介意南哥过来？"

"贺承南吗？"宁晚想起昨晚的事，无所谓地耸耸肩，"随便。"

于是孟见给贺承南发了地址。

郑允最喜欢热闹，提议大家玩个考验眼力和默契的游戏，所有人抓牌，抓中黑桃的那位出列，在限定条件下通过细节来找到指定的人。

裴皎皎年纪最小，主动要求当裁判。

第一回合，靳宸抽中了黑桃，裴皎皎古灵精怪，找了块餐布遮住靳宸的眼睛，然后让剩下的人站成一排，只能用手去触摸身体，凭手感找出孟见。

所有人站好，宁晚和孟见挨在一起，也就是靳宸如果要认出孟见，必须先经过宁晚。

"这个不是。

"这个也不是，这么多肉肯定是胖子！

"这个，嗯……"

靳宸像个瞎子，表情认真，凭感觉一个个触摸分析，眼看快到宁晚时，孟见忽然把宁晚拉到身后，故意让自己的身体暴露到靳宸面前。

靳宸先从头发长短确定是男性后，试探地在胸前摸了两下，立刻激动地说："就这个，绝对是见哥！"

众人爆笑。至此，排在最末的安鹿也轻轻舒了口气。

第二回合，孟见抽中了黑桃，裴皎皎正要出题，罗子文主动要求做裁判。他还沉浸在失恋的悲伤里，看到孟见抽中了牌，报仇似的出题。

"见哥，你能不能光看手就找出宁晚？"

刚才黯然神伤的时候罗子文什么事都没干，就专心看大家烧烤了，他无意间发现在场的几个女孩手都好漂亮，一眼看过去都长得差不多，难以辨别。这问题够刁钻的。

裴皎皎配合地从家里找来一块废弃的床单，用剪刀快速剪了五个洞，随后五个女生全部站到床单后，按照罗子文的要求打乱顺序，挽起袖子，从洞里伸出手。

顿时，孟见眼前出现了五双模样差不多的手。少女们的手一眼看上去没什么区别，指甲干净，纤长葱白。

"见哥，我不管，"罗子文很不服气，"你要是找不出来晚晚的手，我是不会放弃的。晚晚是我的白月光，我绝不放弃！"

"我的天，"靳宸受不了他的形容词，"你拉倒吧。"

他帮着孟见看，若有所思了一会儿，冲帘子后的人喊："姑娘们，能看看掌纹什么的不？"

郑允豪爽，嗓门最大："行行行，见哥随便摸，哈哈哈。"

可以看掌纹的话，孟见必然会和每个女孩的手有接触。安鹿站在帘子后，心跳不可自抑地加速，有一瞬间她犹豫地把手往回缩了一点，可很快她又可耻地阻止了自己。

午夜梦回时，她曾无数次渴望过能和自己喜欢的人牵手，一起看日出潮汐，看雨天彩虹。

但她已经没有资格拥有了。可如果只是一场游戏，她也想自私一次。在谁都不知道的情况下，放纵自己，悄悄完成自己卑微的愿望。

安鹿站在第一位，是孟见观察的第一个女生，她忐忑而紧张地伸着手，手心渗出了细微的汗，甚至有些颤抖地等孟见来分辨，然而手迟迟无人捧起。

孟见只是淡淡地扫了一圈，便噙着一丝笑，直接牵起了中间那只手。

“哇！”

“天哪！”

现场一片惊呼诧异，没一会儿，宁晚被孟见从帘子后拉出来，嘴角也漾着笑意。

小可怜罗子文都要爆哭出声了：“见哥你怎么认出来的？呜呜，摸都不摸一下就知道。”

孟见笑而不语，只是把宁晚拉到位置上坐好，大家一阵起哄。

安鹿神情僵硬，失落地跟着笑。这时候，靳宸凑到她耳边：“你刚才站在左边第一个，是吗？”

安鹿微愣，顿了顿，莫名懊恼地别开脸：“不是。”

一群人正玩得热闹，远处一阵高调的引擎声呼啸而来，声音渐近，众人跟着看过去，一辆纯黑色的Bugatti（布加迪）停在宁晚家门口。

三秒后，车里出来一个年轻清俊的男人。他穿了一件法式淡雅的藕灰色廓形大衣，四肢修长，嘴上漫不经心地咬着一根烟，全身看上去透着一股不失高级的慵懒。

贺承南走过来，紧了紧大衣，直接坐到孟见旁边，金属打火机在手里散漫地转了个圈，点燃了烟，声音好像被黑夜熏染过般低哑随意。

“小朋友们玩什么呢？”

在场的几个同学都不认识他，面面相觑，不敢接话。孟见不客气地把他的烟掐灭：“你是才从哪个局散了吗？一身酒味。”

贺承南耸了耸肩，不置可否，他的视线落在郑允手里的扑克上：“怎么？要玩牌？”

郑允一愣，马上摇头：“不不不，准备玩真心话大冒险。”

“哦，”贺承南声音清清淡淡的，背往椅子上一靠，假寐道，“你们继续。”

传统聚会必玩的游戏——真心话大冒险，郑允把游戏规则设置得简单粗暴，谁抽到单独的黑桃，就要站起来接受抽到红桃的四个人的拷问。

贺承南微眯着眼，郑允发牌到他面前的时候停了下，还在犹豫要不要发给他，贺承南却主动抽了一张。

一轮发牌结束，第一个抽到黑桃的居然是寿星宁晚。

宁晚也不是玩不起，稳了稳呼吸，大大方方地坐到众人中间。

“问吧。”

裴皎皎抽到了红桃，但她护着姐姐，没想过使坏，便单纯地问了个自己想知道的问题。

“姐你打算什么时候结婚？”

宁晚想了想，答：“二十八岁左右吧。”

众人起哄：“哇，那某人还要等九年哟，哈哈哈！”

第二个抽到红桃的是郑允，她是个玩起来特别疯的人，一开始就跃跃欲试希望抽红桃整人，结果居然真的如愿了。

“嘿嘿——”她摸着下巴贱兮兮地笑了笑，“宁晚，你今天的小裤裤什么颜色？”

孟见一听就炸了，忙捂着宁晚的嘴：“这个不准答。”

“你别耍赖啊，见哥，不答也行，那就大冒险，”郑允馊主意一箩筐，“那你得做一百个俯卧撑来换，嘻嘻。”

让别人知道宁晚的小裤裤的颜色是不可能的，这辈子都不可能。二者择一，孟见狠了狠心，直接趴到地上开始做俯卧撑。

众人尖叫：“哇啊哈哈哈，见哥威武！”

相比较起来，安鹿的反应不那么夸张，她坐在角落里看着，偶尔嘴角跟着大家的笑声弯一弯，看不出太大的情绪起伏，和平时一样平静。

一共设置了四张红桃牌，问掉了两张，还剩两张。

于修是孟见的朋友，虽然抽到了红桃，但没有太为难宁晚，不痛不痒地问了个和学习有关的问题后，还剩最后一张。

西米和安鹿抽到的都是方块，靳宸是小王，众人排除了一圈，最后视线落在新来的清冷大佬贺承南身上。

贺承南正眯着眼，察觉到现场安静下来后睁开眼，斜睨自己手里的牌，反应过来：“啊，该我了吗？”

他坐正，懒洋洋地朝孟见看了眼，忽地嘴角一勾，问宁晚：“听说你俩住一起了，那他……”

第十一章
难道是有贼？

贺承南的话让所有人都蒙了一瞬，还不等大家反应过来，孟见已经飞速一脚踹到他坐的懒人椅上。

“你是不是酒还没醒？要不要我帮帮你？”

贺承南被踢得在位置上踉跄了两下，他自知玩笑开过了头，神情散漫地耸了耸肩：“OK，当我没说。”

刚说完他就顿住，视线往下移了三分：“你的手怎么了？”

孟见跟着看过去，刚才大家都在玩，他也没注意到自己的食指和中指红了一片。

贺承南若有所思，玩味地冲孟见挑了挑眉：“挺卖力啊。”

孟见和宁晚同时无语地皱眉。

像安鹿、罗子文和西米这样的乖乖学生压根没听懂贺承南的笑话，郑允虽然明白但也不敢轻易出声。大家的表情都很镇定微妙，懂了的人假装不懂，不懂的人假装听懂，现场陷入一种奇怪、尴尬的气氛。

贺承南是泡惯了各种酒局的人，跟在场这几个单纯的学生格格不入。孟见很无奈，他把贺承南从懒人椅上推到草坪外，两个男人用自己的方式交流。

“你能不能收敛点？！”

“嗯，我怎么了？”贺承南一副莫名其妙的无辜样子，“我意思是你烤串挺卖力，手都烫红了，你想到哪去了？”

孟见懒得跟他扯淡。

不远处宁晚在喊孟见的名字，好像是要他过去。贺承南看在眼里，深邃的眼底闪过一点情绪，他轻轻哼笑了一声，而后拿出车钥匙朝空中一按，淡淡地说："我先走了，今天这顿不算，回头再约。"

宁晚看到孟见送走了贺承南，回来后顾不上问别的，先扳开他的手心，这才看到孟见不仅是手指，连掌心也泛起了一片红。她皱眉，难掩担心："你怎么了？疼吗？"

"没事。"孟见无所谓地合上手，把她按到座位上坐好，但宁晚不放心，坚持说聚会结束后去医院。

孟见没办法，只好说了实话："真的没事，我杧果过敏，可能是刚才切的时候沾到了一点。"

"过敏？"宁晚愣了下，内疚地说，"你过敏怎么不说呢？我自己切就好了啊！"

"好了好了，一会儿就好，真没事。"

孟见摸了摸她的头，然后转身把话题快速带过去，跟众人说："刚才玩到哪了？还抽吗？"

"抽抽抽！"

虽然大家都想知道大哥的隐私，但眼下提问的贺承南已经走了，没人起哄，之前的问题也没人有胆子继续问下去。

牌继续抽了一轮，这次是安鹿抽到了黑桃，成为被提问的对象。安鹿平时给别人的感觉就是柔柔弱弱的，怯懦而安静，所以玩这种游戏，大家都照顾着没怎么欺负她，前面几个抽到红桃都只是意思意思地问了过去。

最后一张红桃握在靳宸手里，他纠结了许久，还是按捺不住问道："安鹿，你有喜欢的人吗？"

安鹿沉默片刻，原想说没有，可抬眼的一刹那，看到宁晚投来的目光，似乎正期待着自己的回答。现在她如果否认，就是间接承认她之前在骗宁晚。

安鹿一时不知道怎么办，慌乱中下意识地看了一眼孟见，不过半秒又快速收回视线。她低头咬着唇，半晌，缓缓开口："有！"

"什么？"

"天哪……"众人暗暗惊讶，向来安静不语的乖乖女竟然也有喜欢的人。相应的，靳宸心里一阵失落。

郑允被勾起了好奇心，忍不住追问道："谁啊？我们认识吗？"

宁晚看到安鹿被问红了脸，出来帮她解围："别耍赖，就一个问题，问完了就没了！"

这轮游戏过去，郑允又设计了新的玩法，一群人玩得不亦乐乎。宁晚没有参加，把安鹿从游戏里带出来，说是陪她上洗手间。

走到家里关上门，宁晚才拉住安鹿的手问："刚才你是不是对着靳宸害羞了？"

"啊？"安鹿怔了几秒，马上明白了宁晚的意思，寡淡地应道，"嗯，可能吧。"

沙发上放满了大家送给宁晚的生日礼物，宁晚挪出一个空位让安鹿坐下，然后和她说起了悄悄话。

"安鹿，既然你喜欢靳宸，如果靳宸也喜欢你，跟你表白的话，你会接受吗？"

安鹿垂眸，嘴角泛起丝丝只有自己体会得到的苦笑。

"如果我接受的话，小晚——"她平静地抬起头，"你会高兴吗？"

宁晚愣了下，随后笑："我当然会为你高兴啊。"

她把安鹿的手跟自己的叠在一起："靳宸和孟见是好朋友，我和你是好朋友，我们四个人以后可以一起出去玩，一起旅行，不是吗？"

安鹿沉默不语。

宁晚知道她胆小，不像自己这样任意妄为，想干什么就干什么。她顿了顿，换了种语气安抚她："安鹿，勇敢一点，我希望有人能保护你，你能幸福，能开心。"

"我知道。"

安鹿点头。她一直看着地板，目光空洞无神，许久后才轻声说："等高考完了再说好吗？"

"当然，这是你的感情，你想什么时候说就什么时候说。"

宁晚边说边回头，把一直硌在后背的纸口袋抽开，刚要丢到旁边，忽然发现了什么，又拿到手里，问安鹿："这是你送我的礼物吗？"

"嗯，"安鹿不好意思地垂下头，有些局促，"我买不了什么贵的东西，只能亲手给你织了条围巾，用的是最好的材质，商场里的人说是羊绒。"

安鹿给宁晚织的围巾是橙色的，这个颜色在冰冷寒凉的冬天看着就让人莫名感觉到温暖。

宁晚把围巾绕到脖子上戴好，走到鞋柜旁的穿衣镜上照了照，然后回头真诚地说："谢谢你，我很喜欢。"

安鹿的嘴角也微微弯了弯："你喜欢就好。"

大家在生日会上热闹地玩了一天，一直到晚上八点后才散场，刘妈刘叔过来帮着收拾了残局。烤了一身的油烟味，宁晚回家洗了澡，出来后在房间里吹头发，她忽然想起手过敏的孟见，赶紧放下吹风机，去药箱里找出抗过敏的药，准备去隔壁帮孟见擦。

开了门，她看到刘妈站在楼梯处，毕恭毕敬对她说："晚小姐，少爷让你洗好澡了就上顶楼天台找他。"

这人又要玩什么？宁晚没多想，手里揣着药就上了天台的楼梯。

南岛花园是二十世纪九十年代的别墅小区，设计很实用，每家每户还有一个独立的天台，夏天全家可以在上面纳凉、看星星。

刚推开顶楼的门，一阵冷飕飕的风就迎面扑来，宁晚冻得打了个冷战，瑟瑟发抖地站在门边喊孟见："喂，你在这干什么？"

孟见回头，看到只穿着睡衣就上来的宁晚，迅速脱下外套跑过来披在她身上："你傻吗？这么冷你穿睡衣就跑出来？"

宁晚把手里的药膏亮出来："我还不是着急想找到你，帮你擦一下手。怎么样？现在还痒吗？"

孟见把药膏拿过来塞到口袋里："先别管手了，你过来。"

宁晚被他牵着，走到天台中的位置。

"来这干什么？"她哆哆嗦嗦地问。

"看夜景。"

"什么？"宁晚不禁失笑，随呼吸而哈出的白气消散在空中，"看夜景？"

"嗯。"

趁宁晚不注意，孟见悄悄侧身在手机上发出一条消息：“可以了。”

他若无其事地收好手机，眼神落向不远处安静的夜幕，一本正经地说：“今晚的夜景真好看。”

南岛花园地处城郊，站在顶楼看到的夜景不如市区喧嚣繁华，九点的月光温柔地倾泻在大地上，仅有的颜色是远处霓虹晕染着的彩色光晕，星星点点地点缀着夜色。整体来说，和平时一样，没有什么不同。

宁晚看着暗黑的夜空，一脸茫然：“哪里好看了？”

她话刚说完，传来“砰”的一声巨响，不远处，一道光忽然划破静谧夜空，数朵五彩斑斓的烟花直冲天空，静息一秒后炸开。接着，绚丽的烟花接连升天，绽放出各种形状，各种颜色，似流星火焰，似繁华盛宴，流光溢彩地照亮了如墨的夜空。

宁晚看入了神，原以为只是巧合碰见了谁家的烟火，可最后一粒小火种升空后，烟花在空中纵横交错，炸开粉色的光粒，紧接着腾空绕成圈，逐渐清晰地排成了一个“W”的形状。

宁晚终于反应过来什么，转头，难以置信地看着孟见。

“你准备的？”

孟见揽过宁晚的肩让她面朝自己，低声问：“还喜欢吗？”

没有女人不对烟花动心。宁晚惊喜到不知道说什么好，她认真地看着眼前一切美丽的景象，想要记住每一朵烟花的样子。

可她还没来得及将内心的喜悦甜蜜表露分毫，一阵冷风吹过，一股气从宁晚的胸口逆转到喉咙里，一声清亮的“嗝”冲出肺腑，她不可自抑地打了个嗝。

宁晚尴尬地裹紧孟见的外套，解释道：“我……我可能今天吃太多了，或者是着凉了——嗝！”

任凭宁晚怎么憋气都没能控制住，她一声接一声地打着嗝，孟见营造的氛围被这个声音搅得莫名搞笑。

宁晚无奈地转身，准备下楼：“我回去喝杯水止住它。”

可身体刚转一点点，她的手就被孟见快速拉回来。

“不用那么麻烦。”孟见声音低沉，“我有办法。”

宁晚仰着头，眼里映着烟火璀璨的颜色，享受着孟见的“拍背止嗝”

服务，幸福地闭上了眼睛。

高三的生活没有太多放松，每一分每一秒都带着计划和任务。仓促地在各种补课和作业中过完新年，下学期开学伊始，为了迎接三月份的艺考和体育特招，艺体班所有学生被安排去外地某大学的对接中心进行一个月的封闭专业集训。

这次集训的地点在A市，离宁晚所在的城市有五小时的车程，这也是宁晚和孟见第一次分开这么长的时间。

而普通班的学生们也进入了高考倒计时，每天都沉浸在各类试卷和考试中，整个高三的气氛俨然进入了作战准备，紧张而凝重。

从前这样的生活，宁晚不觉得有什么，但孟见骤然离开，她应付着一场又一场的考试之余，也受着一晚又一晚寂寞的煎熬。

就这样平静如水地数着日子过时，学生之间流传开一个不知真假的消息，说是高二某个班的女生因为和校外社会人士恋爱，差点闹出人命。

这件事的消息被学校封锁得很严，但学生之间的小道消息犹如纸片满天飞，越是封锁，底下的人就越好奇，以至于到后面事态控制不住，谣言越传越离谱。学校开了大会，除了肃清纪律，也再次强调学校不允许早恋，一旦抓到，必定记过处理，严重的甚至会进行劝退。

宁晚和孟见在高三其他同学眼里，是文化班和艺体班的大佬代表，虽然在一个高度，但却没有任何交集。现在高考在即，两人虽然早已成年，不算早恋，但为了不影响其他同学，宁晚也决定这学期低调做人，跟孟见尽量不在学校里碰面。

孟见离开了快二十天，他不在的日子，宁晚有些失眠，每晚都要后半夜才能睡着。这天晚上刷完所有试卷已经是夜里十一点，宁晚洗好澡，才躺上床，微信如往常一样响了起来。

孟见：“睡了吗？”

孟见虽然在集训，但每天再忙都会在晚上给她发消息。如果宁晚有空就会跟他聊会儿天，如果没空，大家就简单地说一声晚安。这也是宁晚每天睡前最期待的事。

她给孟见回："还没有，今天累吗？"

孟见简单发来一个字："累。"

宁晚知道，体育生的体能训练强度非常大，前几天孟见训练时韧带还受了伤，现在他说累，一定是已经到了极限。

宁晚忍不住心疼："那你快休息，不聊了。"

宁晚隔着屏幕都能想象到孟见一脸疲惫还强撑精神陪她聊天的模样，她开始快速在屏幕上敲字："你现在赶紧睡觉休息，好吗？"

过了一会儿，孟见那边乖乖地回了一个"OK"的表情。

宁晚终于松了一口气，提到胸口的心才放了下来。她身体慢慢滑进被窝，试着闭上眼睛，翻来覆去许久，却没有一丝睡意。无奈之下，她只好又把手机拿出来。

打开微信，宁晚先是看了会儿和孟见最近的聊天记录，原想让自己看出困意，可重温彼此间的那些对话，她看得嘴角一直上扬，越来越精神。宁晚只好关了对话框，转而去看朋友圈。

沈池刚刚在圈里更新了一张造型照，宁晚随手点了个赞，之后继续下滑屏幕，想把今天的朋友圈都翻一翻来打发时间，顺便酝酿睡意。

没一会儿，她看到于修在下午三点左右发的一组照片，好像是他们艺体(1)班集合在一起开什么会，一群人坐在草地上，上面有老师在说话。

于修一共发了六张照片，抛开两张蓝天白云的风景外，其余四张都是周围同学们的众生相。

前两张是于修和靳宸、孟见的自拍，三个人靠在一起，孟见穿着黑色的连帽卫衣，宽松的帽子套住头，微眯双眼，嘴角漫不经心地勾着，看起来还是那么散漫随意。

剩下的两张照片视野放大了些，应该是于修把手机举高，拍下了身后同学的照片。宁晚简单地浏览了那两张照片，正想点个赞，忽然发现什么奇怪的点，她又把照片点开，再放大。

安鹿坐在于修的斜后排，依然安安静静的，像只与世无争的柔弱小鹿，只是平时她眼里没什么神采，即便有，宁晚看到的也都是怯懦和不自信。但此刻，安鹿眼里满是满足而幸福的光，装着少女的悸动和崇拜，一点一滴，从眼角眉梢溢出来。

她坐在草地上，目光却落在前排某个角度。宁晚顺着她的视线看过去，一条直线，表面看似乎是直达靳宸，但几乎是同一个角度没有偏差——安鹿的眼神，也可以是对着紧靠在靳宸旁边的孟见。

宁晚愣了一瞬，脑子里飞速闪过一些零碎的念头，但很快她就因自己这些荒唐的想法笑了。怎么可能？这不可能！

室内一片黑暗寂静，隐约能听到床头柜上时钟“嘀嗒嘀嗒”的声音，指针指向了一点整。

宁晚想起了那条绣有“J”字母的围巾，想起了安鹿被发现时慌张躲藏的神情。

她不知道自己在想些什么，为什么思绪会不受控制地朝一个难堪的方向而去，她有些失措地退出朋友圈，又把屏幕按黑。

宁晚把头埋进被窝里深呼吸了一口气，微妙慌乱的心才稍稍平静下来。就在这时，门口忽然传来“吱呀”的声音，紧接着，有人推开了门。宁晚屏息确定自己没有听错后，顿时高度警戒起来。

孟见离开后的第三天，宁晚的房间的水管突然爆了，水淹了一地，本就陈旧的地板有些地方被泡得鼓了起来，刘叔找了工人来维修，当天，宁晚只能先住进了隔壁孟见的房间。

现在夜深人静，整个二楼只有她一个人，刘妈和刘叔住在一楼，孟见远在外地集训。

所以进来的这个人只能是贼了。

有过上次的教训，宁晚知道对付这种人一定要冷静，不能先乱了阵脚，尤其是现在她一个人在房间，如果对方只是求财，她也没必要先跳起来惹他注意。说不定贼搜了一圈没什么看得上的，自己就走了。

宁晚这样思考着，便躲在被窝里大气不出一声，她的身体本来就纤瘦，藏在孟见两米的大被子里几乎可以忽略不计。

黑夜静悄悄的，进来的那个人动作很轻，似乎是故意不想发出声音，宁晚听在耳里，更加肯定家里遇上了贼。

虽然手里没电棍和辣椒水，可幸好手机在被子里，宁晚悄悄打开手机，先调至静音，再给刘妈拨去电话，那边却显示关机。

于是，宁晚迅速按下了“110”，可拨出之前她又想，如果接通了她要怎么传达自己正处于困境之中的信息呢？

房里的贼倒是没什么过分的举动，来回走了几步后，宁晚听到一阵窸窸窣窣的声音，她愣怔着，然后突然反应过来——怎么像是脱衣服、拉拉链的声音？

还没等宁晚确定，她身旁的床重重陷下去一块，有人躺到了身边。她心里猛地一紧，没有这么愚蠢的贼会上别人家睡觉吧？

难道是……宁晚猜测到了一个可能。但她不敢相信，偷偷掀开被窝的缝隙，正想确认一下自己的想法，一条腿直勾勾地从旁边跨过来，压住了她。

“啊——”

“鬼啊！”

几乎是同一瞬间，两道声音尖锐地在静谧的房里响起。被子里的两个人都受到了惊吓。

不知道是人是鬼，宁晚掀开被子赤着脚跳下了床，赶紧打开墙上的壁灯，这才看清，床的另一侧，孟见只穿了条短裤，站在床的那头。

晦暗的灯光下，孟见身材高挑，比例完美，腰上的人鱼线清晰可见，六块腹肌坚实性感，完美地诠释了什么叫“穿衣显瘦，脱衣有肉”。

但这一刻不是欣赏身材的时候，宁晚尴尬地别开了脸。

两人目瞪口呆许久，才同时问出：“你怎么会在这？”

“我结束了今天的训练，就包了辆车回来。”

孟见尴尬地从身后的衣柜里随手扯了件睡袍披上，故作镇静地清了清嗓子：“倒是你，怎么会睡在我的房里？”

他回来的时候就已经快一点了，蹑手蹑脚地上了楼，怕发出动静吵醒隔壁的宁晚，他连灯都没开，加上奔波了一路，人也疲惫了，脱了衣服就打算上床睡觉。没想到自己刚躺上去转个身，腿就碰到了一个软软的有温度的身体，吓得他几乎从床上弹跳起来。

匆匆忙忙扣好中长款的睡衣，孟见遮住自己的身体，也就是这时候，他才认认真真地朝宁晚看过去，顿时也发现了她身上的不对劲。

“你……”孟见疑惑地走过去，把她从床后面拉出来。

暖黄的灯光下，宁晚穿了件不合身的衬衫。

宁晚从孟见的眼神中反应过来自己穿着的不妥，这几天阴雨绵绵，她的睡衣洗了几套都没有干，今晚洗澡后索性就在孟见的衣柜里拿了一件他的白衬衫套在身上。家里开着暖气，她没想那么多，就这样钻进了被窝。

宁晚知道她现在的样子很不合适，可她在孟见房里，没有可以马上遮住下半身的衣服。犹豫了半秒，她机智地重新跳回床上，把身体全部缩进被窝。

“我不知道你会忽然回来。我……我是因为睡衣没干，要不你去睡沙发吧，我——”宁晚的话还没说完，身边的床垫就陷下去了。

她抬头一看，孟见整个人光明正大地跟着上了床，手撑着头，斜躺在床上看着她，淡淡地说：“我主动申请了停训。”

宁晚暂时忘了两人同处一床的尴尬，以为发生了什么大事，皱眉问：“怎么了？为什么要停训？是身体受伤了吗，还是不习惯？对了，你之前受伤的韧带——”

“没有那么多原因。”

他的声音很低，虽没解释更多，但宁晚却好像能明白他的想法似的，咽了咽口水，不太自然地起身：“我去换件衣服。”

孟见算是开创了体育生里的先河，特招在即，竟然私自结束特训回家。离开之前，他自愿在“后果自负”的保证书上签了字。

体育对孟见来说并不是唯一的出路，他的文化课在树成和宁晚齐名，所以即便任性，也算是有任性的资本。老师对他的行为虽然不满，但也没有什么别的办法，只能由着他了。

回来的那晚，宁晚问他：“你的同学都还在集训，你一个人要怎么办？特招考试怎么办？”

孟见不紧不慢地告诉她：“我自有打算。”

宁晚全然不知他的决定和计划。

因为孟见一个人私自先回来，开始两天在家没有去上课，到第三天时，他在宁晚出门上学的时候，意味深长地说了句：“待会儿见。”

宁晚当时没往深处想，只以为他是说晚上下课后见。她到教室刚坐下来不久，老田竟领来了一个转班生。她当时正低着头看书，没注意老田进来，直到周围的学生发出阵阵惊呼声，郑允也在一旁疯狂捅她的胳膊，宁晚才淡淡地掀了掀眼皮。

那一瞬间，她真的以为自己出现了幻觉。老田在台上一本正经地介绍：“这是艺体（1）班的孟见，大家应该都认识，从今天起正式转到我们班了，希望同学们以后能多向孟见同学学习，有什么不懂的可以问他。”

老田说完，孟见象征性地打了个招呼，视线在班里懒散地扫了一圈，最后停在宁晚身上。

郑允和西米都很激动，暗暗地对宁晚挤眉弄眼。说实话，这个意外别说是他们，就连宁晚自己一时也没能接受。转班这么大的事，孟见竟然事先一点风声都没透露给自己。

因为个子最高，孟见被老田安排坐到最后一排，他的同桌正是之前被他丢到厕所外的纪律委员陈方明。

孟见拎着背包坐到陈方明旁边，睨着新同桌有些意外：“是你啊。”

陈方明哆哆嗦嗦地说：“是……是我。”

孟见看着前方那个离他不远的背影，心满意足地勾着唇，说：“那以后多指教了。”

“不敢不敢，”陈方明很来事地拿纸巾帮他擦了擦课桌，“见哥，有什么能帮到你的，你尽管提。”

“哦，行。”孟见一点都不客气，环视了一圈周围的人，忽然靠过来压低声音问，“你先告诉我，你们班有哪些男的喜欢宁晚？”

孟见的转班在学校里引起了好几天的热度，艺体班的学生们集训回来后更是震惊不已，大家纷纷议论年级前两名的大佬现在到了一个班，岂不是敌人相见分外眼红？

毕竟在大多数人的观点里，谁都不想做第二。从前两人隔了一个人工湖，还可以说是暗地竞争，现在在一个班里，从暗到明，进入一个正面竞争的状态了。

谁才是真正的年级大佬？连着好几天，宁晚和孟见都是学生们饭后八卦的热门话题。

宁晚也是花了些时间才习惯两人成为同班同学的事的，幸好孟见虽然一声不吭地转过来，但他还算听话，白天在班里几乎不怎么找宁晚，偶尔在经过她的座位时会假装蹲下系个鞋带，然后趁人不注意偷偷往她桌柜里丢一颗大白兔奶糖，或者趁课间休息时在微信上互呛。

孟见：“把头转过来让我看一眼。”

宁晚：“不转，我今天已经转了六十八次。”

只要宁晚拒绝孟见，孟见的小兵陈方明三秒钟就会到达战场。

“宁……宁晚，能帮我讲道题吗？”

虽然不知道孟见用了什么方法让陈方明这么刻苦，每天都来找自己讲题，但宁晚明知是孟见的主意，还是会过去帮陈方明。

她搬张凳子坐在孟见和陈方明中间，看似和孟见不熟，但最后一排是个绝佳的地理位置，人少的时候，孟见经常会不老实地在桌下抠她的手心。而陈方明，则成了两人之间最忠诚和谐的“第三者”。

时间就在这样的默契中悄悄流逝，到了四月，离高考的时间越来越近，高三的学生像上了永不停歇的发条，没有任何娱乐活动，空余时间都用在了做题和学习上。

这天中午下课后，宁晚和孟见一起在牛肉面馆吃了饭，准备返回教室继续看书。

结账后，宁晚前脚走出门口，孟见后脚跟在后面，两人保持着一点距离，正要一起朝教室走，宁晚忽然看到了什么，表情微微愣住，似乎有些不敢相信。怔了几秒后，她忽然快速朝马路对面追过去。

孟见不知道她看到了什么，但来不及追问太多，宁晚的神情很意外，意外之余还有些惊喜和困惑。她的举动必定有很重要的原因，他不放心地跟了上去。

宁晚追了两百米，在学校附近的一个三岔路口停了下来。红绿灯交替闪烁，她看着穿梭在周围的车流和身影，目光有些急切。

孟见从身后拉住她：“到底怎么了？你慢点跑，看车。”

“是我妈，”宁晚回头，眼里涌上难以置信的惊喜，“我好像看到我妈了！”

孟见知道沈宁对宁晚的重要性，分别十年，如果沈宁真的从国外回来了，对宁晚来说不异于重获新生。可分别十年，如果沈宁真的回来了，她怎么不主动找宁晚？

孟见觉得宁晚会不会是临近高考，心理压力太大，而她所有的慰藉又压在沈宁身上，所以才日有所思看花了眼？

他问：“你确定是她吗？”

宁晚一愣，也有些犹豫。她太久没有看到沈宁，印象中对母亲的记忆还停留在九岁。过去这么多年，沈宁是胖是瘦，是长发还是短发，她一概不知。

宁晚失落地叹了口气，语气里带着一丝不甘：“可我真的看到了一个背影和她很像的人。”她指着面前的田园宾馆，“到了这就不见了。”

孟见抬头看着宾馆的名字，知道宁晚的性格，顿了顿，沉着拉起了她的手。

“那我们进去再找找。”

宁晚也正有此意，哪怕只是万分之一的可能，她也不想错过。

两人一起进了田园宾馆。这是一家规模不大的快捷酒店，价格适中，大抵都是做着附近学生家长的生意。

宁晚和孟见刚走进去就被一个穿着制服的人拦住：“请问二位有房卡吗？”

宁晚颔首，抱歉地说：“不好意思，我们进来找个人，马上就走。”

“对不起，最近因为街道频发偷窃事件，我们宾馆严格规定进出电梯的客人必须出示房卡或有人下来接，否则不能进入客房区。”

孟见听到这些话觉得闹心，不耐烦地从口袋里掏出证件和钱包丢给服务员：“我们开间房，算客人了吗？能进去了吗？”

男人弓下腰，态度马上转变：“行行行，请进。”

孟见去办手续，让宁晚先上楼：“你快去，待会儿我上来找你。”

宁晚点点头，转身便进了电梯。然而疑似沈宁的人一瞬即逝，宁晚跑遍了所有楼层都没有再看到那个背影。

走在五楼的地毯过道上，宁晚觉得心里空落落的，从前不曾有这样的希望便罢了，但现在沈宁出现了，她无法再平静下来。惊喜、失落、惋惜、害怕混在一起，宁晚垂眸站着，久久不说话。

孟见上来后看到她的表情就明白了一切，他上前宽慰地揉了揉她的头：“你不是经常和你妈联系吗？如果真的想知道她是不是回来了，直接发邮件问问她，不就好了吗？”

宁晚拍了拍脑袋，对呀！人一着急往往就丢了理智，宁晚回过神后，马上打开手机，登录了自己的邮箱，给沈宁发过去一封简短的信。

“妈，你是不是回来了？今天你是不是来过学校？我看到一个和你长得很像的人。如果真的是你回来了，你来找我好吗？我在南岛花园等你，我一直在等你。妈，我想你……”

下午再上课的时候，宁晚全程走神，高中三年第一次出现了被老师点名答题，却茫然不知的情况。

她手里握着手机，随时刷新着收件箱，期盼第一时间收到沈宁肯定的回复。然而直到最后一节课结束，宁晚也没有等到沈宁，却意外等来了学校的“黑面神”教导主任。

主任一进来，不知道跟班主任老田说了什么，脸色非常难看，老田随后将目光落到宁晚身上，眼神复杂。两人在教室门口似乎商量了许久，最后教导主任先离开，老田回到教室，走到宁晚的座位旁边：“你跟我去一趟办公室。”

宁晚以为是自己上课走神的事，没多想就跟了出去。走到办公室后，老田把她领进了最里面的主任办公室，进去后宁晚诧异地发现裴晋诚和尤容竟然也在。和他们坐在一起的，还有孟见的父母。

四个大人安静地坐在一起，大家的神情十分凝重，看上去像发生了什么大事。

宁晚有些茫然了，低声问老田：“田老师，为什么我爸也在？”

话刚说完，她身后传来一阵漫不经心的脚步声，宁晚一转头，看到孟见把手抄在裤兜里，人懒懒散散地也跟着进了办公室。

两人目光对视，传递着彼此的疑问。

“你们才多大年纪就去开房？是要学高二那个谁一样吗？！”

宁晚和孟见闻言一阵无语。

两人都是教导主任最得意的学生，他痛心疾首地捋了捋地中海的头顶，坐到凳子上喝了口茶，缓了缓激动的情绪。

宁晚当场就蒙了，主任这个口气有那么一秒让她差点以为自己真的做了什么出格的事，可是再往后听，都什么和什么啊？

“主任，不是，我……”

宁晚非常尴尬，正开口想解释，旁边靠在墙上的孟见却好像忍了很久似的，憋不住发出几声低笑。

他这个举动直接激怒了情绪才平复下来的主任。

“你还有脸笑？！”

他气得马上又站起来，将茶杯重重地放在桌上，刚捋到头后的一缕卷毛又冲到额前，弯成一个调皮的卷。他指着孟见：“都是你的错，就是你管不住自己！出了事谁负责？啊？弄个小东西出来你养吗？！”

孟见垂眸听着，顿了一会儿，视线转向宁晚。

他勾唇笑了笑：“我养啊。”

第十二章
你去哪我就去哪

孟见轻飘飘的回应让教导主任当时就站不稳了，他的手颤抖着伸出去，话不成句。

“你……你！”

孟起昭赶紧扶住气到昏厥的主任：“主任您消消气，别激动。”

其实他在一旁早就坐不住了，原本还以为被请来是因为孟见转班的事，结果两夫妻兴冲冲地赶过来，主任先给他们扔了一个王炸。

“你们家孟见带女生开房，成何体统！”

孟起昭的血压当时“噌”地就上去了：“有这种事？”

他可是早就属意宁晚做自家的儿媳妇，而且之前还特地给孟见创造了培养感情的机会，没想到儿子竟然这般不争气，辜负他的一番苦心不说，还做出这样的事。

孟起昭把一口老血顺下去，抚着胸口正想问教导主任孟见侵犯了谁家的姑娘，那边门一推，裴晋诚和尤容也急急忙忙地进门了。

两家大人看到对方均是一愣，面面相觑，再看看教导主任的神情，心里大致上都有数了。

裴晋诚一直以为两个孩子不过是产生了一点爱慕之情被老师知道了，如果是这样，他是不反对的，毕竟孟家的条件、教育、素质都很好。孟见的成绩也一直跟自己女儿不相上下，基于这一点，裴晋诚进门后做了充分的心理准备，可他万万没想到两人竟然已经到了偷吃禁果的地步。

毕竟是女儿，在传统观念里算是吃亏的一方。

裴晋诚还是心疼女儿的。孟见说完那句“我养啊”后，他脸色有些青，抬头便回了句：“你拿什么养？”

孟起昭作为犯案一方的家庭成员自知理亏，连忙站起来帮儿子赔礼道歉：“老大哥，这事好说！你别动气，是我们家这个臭小子浑，我保证负责！”

“就是就是。”孟妈妈也加入了劝说阵营，“我们都喜欢晚晚，要不怎么会让他俩住一起呢？”

“什么！？”教导主任听得眼珠子都快掉出来了，“他们两个竟然住在一起？”

他气到快昏过去！

双方父母只好一五一十地跟教导主任解释起了同住一个屋檐下的原委，裴爸说一段，孟爸说两句，两家的妈妈还时不时补充要点，听得主任一愣一愣，无处插嘴。

宁晚无奈地别过脸不去看这混乱的场景，孟见更是一副无所谓的样子，嘴角噙着笑，像个听八卦的事外人，听乐了还问宁晚：“喂，让我们结婚呢，你干不干？”

宁晚白了他一眼。

受不了越来越乱的误会，她深吸一口气，站出来解释：“停！”

你一言我一语的混乱场景忽然静止，所有人的目光都朝她看过去。

“听我说！”宁晚语气很平静，思路很清晰，“我们没有开房，也没有做过出格的事，如果您说的开房是指今天，那您可以去田园宾馆调监控，我跟孟见只是进去找人，不到一刻钟就出来了。”

宁晚的样子看起来不像在撒谎。得意门生还是有原则的，主任心里终于舒畅了些，他重新将怒发冲冠的卷毛撸回脑后，坐回办公椅前，喝了口水润嗓，继续说教：“这还差不多。快高考了，你们的精力必须放在考试上。什么情啊爱的，你们懂吗？”

主任把手背到身后，笑了笑：“我带了几十届学生，经验在这呢。学生时代的那点欣赏有几个最后能成功的？但凡有一个，我都把名字倒过来写！”

教导主任的话里明显动了气，孟见却毫不留面地把话堵了回去："我不介意到时候帮您准备纸和笔。"

气氛顿时变得剑拔弩张，孟起昭赶紧把桌上的茶杯端给主任："您别跟臭小子计较，那个，其实——"

他回头看了眼裴晋诚，两人眼神交流默许后，再转身，孟起昭和和气气道："其实两个孩子现在就是互相帮助、互相学习，没有任何越界的关系，这一点您可以放心。"

听了家长的话，主任的情绪这才缓和了几分。最后他告诫孟见和宁晚两人，现阶段以学习和考试为主，等高考结束了再考虑感情的事，事情才总算得以暂时平息。

当天晚上四个家长齐齐聚到了南岛花园，虽然教导主任那关过去了不再计较，但裴家一对父母可不是好忽悠的。

孟起昭让刘妈泡了一壶龙井，先让茶香润润大家的心情，如果裴晋诚愿意拿起茶杯，就代表他对这件事的态度有所缓和。

裴晋诚的心情的确平复了些，毕竟两家有深厚的渊源。他在商界混了几十年，也不是思想迂腐的人，如果两个小年轻真的欣赏对方，等过了高考这段紧张的时期，他亦不会强行干预。

"所以这事就是个误会，老大哥，孩子们光明磊落是好事，咱们也别听风就是雨，要相信他们还是有底线和原则的。尤其我儿子，我跟您在这儿打包票，他绝对服从小晚！小晚叫他去东，他绝不敢朝西边挪半步！"

老父亲这保证跟自己老婆打了几十年，打得超溜，都熟能生巧了。不过他说得没错，孟见垂着眸算是默认，没有反驳。

裴晋诚点头"嗯"了声，思绪却不是那么集中。他手里捧着茶杯，还在想宁晚在学校说的话，她说她和孟见出现在宾馆是为了找人。

"那么，你去宾馆是找谁？"裴晋诚忽然发问。

一直拿着手机沉默的宁晚顿了顿，抬头，话里难忍嘲讽："你想知道吗？"

裴晋诚微愣，而后沉声道："我是你爸爸，有义务也有责任知道你的一切举动。"

宁晚看着面前俨然慈父样子的男人，忽然想笑。裴晋诚好像从不记得自己婚内出轨、抛弃妻子的恶劣行为，或许在他心里，沈宁这个女人长什么模样，是死是活，他早就不记得，也毫不在意了吧。

想到这里，宁晚深深地为母亲感到不值，没有感情地笑了声，静默许久才冷漠地说："我看到我妈了。"

裴晋诚的脸色当场就变了，他下意识地跟尤容对视了一眼，眼里瞬间交换了某种内容，然后才转过头向宁晚确认："你是说你看到沈宁了？"

"是。"其实宁晚并不是那么肯定，可她看到裴晋诚脸上的惊愕，心里莫名觉得痛快。

幸福地过了这么多年，也许只有沈宁的出现才能提醒他，那一年他和尤容做过多么无耻的事。

孟起昭听了个大概，看出裴晋诚脸色不好，现在的气氛也不适合继续说下去，裴家父女明显有心结，而眼下双方显然说到了那个死结上，气氛陷入僵局。

思考了一会儿，老孟干脆把今天的事先揉成一团放一放："时间也不早了，要不咱们也别耽误孩子们休息了，有什么事等高考结束，再坐下来慢慢谈。"

宁晚不置可否，态度冷淡地把头转向一侧，没有吭声。

裴晋诚似乎想说什么，话到嘴边被尤容拦下，两人目光对视了几秒，而后将情绪全部藏了起来。最终裴晋诚接受了孟爸爸的建议，一切照旧，有什么事情等高考过后再说。

人都散了，这件乌龙案终于落幕。宁晚经历了一天的情绪起伏，心里也很累，没说什么，回到二楼自己的卧室洗了澡。她在浴室里闷了许久，出来后还是无心睡眠，于是一个人披着睡衣上了天台。

天台早已吹起了早春的风，温煦而柔软，宁晚趴在阳台上，静静地看着远处发呆。沈宁临走前的那晚，一个人坐在房里抽了很多很多的烟，满腹心事的样子。宁晚当时还小，不知道大人们的故事，却记住了那晚被灰白烟雾包围的房间和灯光下孤冷的女人。

不知什么时候，孟见走到她身后："我到处找你，你怎么到这来了？"

宁晚心里很烦，是那种无处排解的胸闷烦乱，这个晚上她注定无法入睡。沈宁的出现就像无边黑夜里的星火，哪怕只是寥寥一点，都足以让宁晚的世界翻天覆地。

“没，”她揉了揉眉心，手里的手机忽然“叮”的一声，屏幕亮了起来，是收到新邮件的提示。

宁晚的动作被打断，手停滞在空中，人也跟着愣了下，但不过一秒钟她就回了神，双手握紧手机，用指纹解锁，屏幕即刻跳到了收件箱页面。

她一眼就认出来信是沈宁的地址，心脏紧张地疯狂跳动起来。她在心里默默对天空祈祷数声后，才颤抖着点进去。映入眼帘的只有短短一行字——“不是我，我暂时没有回去的计划，你安心高考，勿念。”

她的指尖僵住了。风轻轻撩起她耳边的几缕长发，刮到了脸上、眼睛上。她一动不动地从被遮住的视线缝隙里看那行简单的字——暂时没有回去的计划。

宁晚心凉地扯了扯嘴角。所以你还要在国外待多久？你婚姻失败就要逃避一切吗？你可以不用面对现实，可我呢？

她把手机关掉，强忍住眼眶蔓延而来的酸涩，别开脸不想让孟见看到。可她滑开手机时的惊喜期待和读完邮件后的失落黯然，孟见全部清清楚楚地看在眼里，他知道了答案。

今晚乌云灰蒙蒙的，盖住了星辰，整片天空暗沉得让人感到压抑。就像宁晚此刻的心情，看不到一点生气和希望。

“这么多年她都不想回来……”宁晚看着远处，忽然自嘲地摇头，喃喃自语，“我真傻，我爸有了新生活，她怎么可能没有。”

宁晚闭上眼睛深深吸了一口气，咽下所有涌出的伤感。

“其实我早就该醒的，只是我不愿意承认——”宁晚的声音有些哽咽，但她很快就笑着掩饰过去，若无其事地说，“不愿意承认，我的父母都有了各自的幸福，我只是他们这么多年来一个无法甩掉的包袱罢了。”

“不是这样的。”

孟见看到宁晚强撑着假装坚强的样子，心抽着疼，他只能轻声安慰：“其实人这一生都在得到和失去，缘分都是注定的。或许你跟伯母的缘分很浅，也或许她心里还没有放下，近乡情怯……你不要胡思乱想，她一定有自己的原因或苦衷。”

孟见有些语无伦次，他从没看到过宁晚这样的一面，从认识她那天起，宁晚就是冷漠强大的。她有睥睨一切的傲气，从来都是让朋友感到安全的存在。直到这一刻孟见才发现，正是因为内心那份无处依靠的无助，宁晚才会逐渐披上盔甲，让自己成为自己的依靠。

孟见抚着她的长发：“你还有我。无论失去什么，你永远不会失去我。相信我。”

宁晚的眼角轻轻流下一行泪，没有声音，只是滑到嘴角里的滋味是苦的。

她很久没有哭过了。上一次哭还是十二岁那年，她经过一家超市门口，看到投币的喜羊羊摇摇车里坐着一个小宝宝，年轻的妈妈一脸宠爱地在旁边扶着孩子，车里放的音乐是《世上只有妈妈好》。

婴童咿呀学语地叫妈妈，年轻的女人在旁边笑得满足，歌里还唱：“有妈的孩子像个宝，没妈的孩子像根草。”那一刻，两个硬币带来的廉价幸福让宁晚崩溃了。

从九岁到现在，她等了太久，拼命让自己懂事，让自己强大，希望沈宁回来的时候能感到欣慰，能爱她，不丢下她。然而今天这封轻描淡写的邮件，终于让她对这些年的等待有些灰心了。

月亮从云层里爬出半边轮廓，天台终于有了一丝让人平静的柔和。宁晚仅有的一行眼泪也被风吹干了，伤感不过片刻，强大的心理让她很快又清醒过来。

冷静下来仔细想想，其实大家说得对，她现在最重要的事是高考，其他开心的、不开心的，现实的人、不现实的事情，全部等考完再说。

学校里电子屏的倒计时一天天变少，离高考仅剩一个多月的时间，高三年级已经全面进入三天一大考，每天一小考的疯狂模式。

面对高考，每个人的态度都十分谨慎而严肃，当然，高三（1）班的学生除外。因为最近，高三（1）班热闹极了。

自从在教导主任那边说破后，孟见对宁晚的态度可以说一百八十度大转变。从前班里还讨论两个大佬会不会互相看对方不顺眼，某天孟见来上课，进门走到宁晚的座位边时，忽然慢条斯理地弯下腰，一脸宠溺地问：“中午想吃什么？”

当时全班同学都炸了。再然后，孟见的行为越发嚣张，下了课就搬凳子找宁晚给他讲题，讲就讲吧，还有事没事地剥糖给她吃。晚自习更甚，直接跟宁晚的同桌换位置，厚颜无耻地坐在她旁边。

大家都在暗中传大佬看上了大佬，高三（1）班的双学霸已“喜结良缘”。有孟见的暗恋者不服气，出来强行解释他们只是在一起做题，讨论功课。更有人心存恶意地散播流言说自从孟见转班后，宁晚就费尽了心思勾引他。

话传到孟见耳里时，他不悦地挑了挑眉，心里盘算，看来他是时候该出面做些事了。

离高考还有倒数三十天，树成为所有高三生举行了一个浴血奋战的誓师大会。这次誓师大会由三部分内容组成，第一是校领导讲话，第二是学生代表发言，第三是所有高三学生宣读誓言。

孟见作为最近一次模拟考的第一名，被教导主任选为上台发言的学生代表。

临上台时主任和他在台下聊天：“听说你最近在班里又不老实了？”

“没有啊！”孟见表现得相当无辜。

“没有最好，”主任扶了扶眼镜，又佯装头痛地拧紧眉心，“你跟宁晚的事虽然家里都知晓，但在学校里也要收敛着点，别那么张扬。为你俩的事我血压都高了不少，你能不能听我一次话？”

“好，”孟见睨了眼主任，答应得很诚恳，“听。”

这时上面校长发言结束，轮到孟见上台。老田给了他一份模板似的发言稿，孟见花两分钟时间大概看了一遍，记得了七七八八。他理了理衣服，把稿子丢到一边上了台。

“尊敬的各位老师，亲爱的各位同学，你们好。”

孟见身形颀长挺拔，五官帅气，一身校服在他身上穿出了偶像的味道。他磁性的声音从话筒里传来，台下女生听红了脸，有人不好意思地朝台上看，有人拿手机偷偷拍照，几分钟后，他们听到了发言的结尾。

“希望每一位同学都能发挥最佳水准，不忘初心，砥砺前行。”

他发言完毕，台下学生认真地鼓起了掌，尤其是站在下面的女生们，一个个手拍得通红，窃窃私语，闪着星星眼。

“见哥好帅啊。”

“我考完了一定要向他表白，呜呜呜。”

“别做梦了，没听说吗？他在追宁晚。”

“不可能，我不信，除非他亲口承认，哼。”

女生们的聊天声淹没在如潮的掌声里，台上的孟见顿了顿，忽然伸手握住话筒，视线直直地落到某个方向。

宁晚察觉到了一阵炙热的视线，直觉要发生什么，抬起头，对上孟见的目光后还没来得及用眼神制止他，耳畔就落下一道沉沉的声音。

“最后我仅代表自己说一句——”孟见的声音忽然低柔下来，像拂过所有人脸颊的温暖春风，“高三(1)班的宁晚，是我见过最优秀的女生。”

于是在高考倒计时三十天时，树成中学沸腾了。

孟见说完那句话后，不知是谁先带头喊了句“优秀”，场面顿时就控制不住了。男生们起哄鼓掌吹口哨，女生们尖叫哀号，所有人把目光对准宁晚，以为一向冷漠的大佬会朝台上的人骂一句“神经”时，却看到她无奈地垂眸，抿了抿唇。虽然宁晚什么都没回应，但那一低头的温柔，已经让诸如罗子文之类的崇拜者心碎了一地。

好好的誓师大会最后搞成了学霸之间的互相欣赏时刻，让不少学生都羡慕起来，他们暗自决定，要在最后的的三十天里努力、奋斗，成为能让学霸欣赏夸奖的人，高中三年，也就不枉青春了。后来听很多同学说，教导主任出来的时候气得发型又乱了，直骂孟见是个兔崽子。他虽然骂着，但嘴角带着笑，一副又爱又恨的模样。或许是因为主任也年轻过，也曾有过不顾一切热血无畏的青春吧。

五月，天气已经渐渐热了起来，学生们换上了夏天轻便的校服。越临近考试，老师们的课越少，大部分时间都开始让学生们自己复习，整体的学习环境过渡到以舒缓和放松大家的情绪为主。

学生们之间也开始流行写纪念明信片，除了本班的，宁晚和孟见收到了几十张别班的同学递来的纪念卡，希望他们能留下只言片语。

过去收到各种告白的卡片，宁晚从来不看，但现在不一样，更多的人都只是想为同窗情谊做一份纪念，所以宁晚从答应第一个同学起，后面陆陆续续每天都要写十几张。

这天在学校没写完，她甚至还背了一些卡片回家。

晚上十点，孟见端了一碗银耳羹到宁晚的房间，看到她认真地伏在桌上写着什么，以为她在做试卷，没想到走到面前一看。

“很荣幸跟你同窗三载，祝前程似锦，未来无限，我们有缘再见。”

孟见若无其事地把银耳羹放下，拖了张凳子坐到旁边，酸溜溜地问：“这是写给谁的？嗯，很荣幸？”

宁晚笑道：“罗子文啊。”

孟见醋海翻波，顿时就不乐意了：“你很舍不得那个胖子吗？还有缘再见。”

宁晚把他凑近的身体推开：“你走开，别打扰我。”

所以她现在是叫自己别打扰她和小胖子续缘吗？

宁晚看他一副受伤的样子，满脸无奈地拿起桌上的一沓明信片。

“大哥，你自己看。”

孟见纳闷地接过来，随手翻了几张后，忍不住笑出声：“你是复印机吗？每个人都写这句话。”

“我不知道说什么啊！”

宁晚叹了口气，看着手里正要写的一张明信片：“像这个叫李澄澄的，我都不认识她是谁。”

“笨。”

孟见把银耳羹递给她，然后抽走剩下的明信片：“说些祝福的话还不会吗？我帮你写，你去旁边吃东西。”

说着，他先看起了李澄澄的明信片，思索片刻，快速地写下一行字。

宁晚乐得轻松，抱着银耳羹喝了起来，边喝边疑惑地问：“难道没人给你送明信片吗？”

“有啊，”孟见低头写着，回答，“不过我就写了几张。”

“是吗？都给谁写了？”宁晚随意地问道。

“咱们班里就陈方明他们几个，艺体班就靳宸、于修……哦，对了——”孟见把手里写好的明信片递给宁晚，“还有安鹿。来，你看看这张写得行不行？”

宁晚看过去，是刚才李澄澄的明信片——“祝你的未来像橙子一样甜。”倒是句中听的话。

“还行。”宁晚把明信片丢到一旁，默不作声地继续低头吃银耳羹。

过了一会儿，她忽然抬头问孟见：“你就给安鹿一个女生写了明信片吗？”

“嗯？”孟见没有听出她语气里的异常，漫不经心地应道，“是啊，昨天放学时靳宸拿了三张明信片给我，我回来看到其中一张是安鹿的，她又是你的朋友，就随手写了一句话，怎么了？”

“没。”宁晚摇摇头，不知道自己为什么会突然钻牛角尖。

她想起之前于修发在朋友圈的那张照片，当时安鹿那充满爱慕的目光，明明宁晚应该毫不犹豫地确定她是在看靳宸，可不知道是哪里出了问题，或许只是一种直觉，宁晚不确定了。

从那天开始，宁晚就在猜测安鹿那条围巾上的“J”究竟是谁，是靳宸，还是——

她不止一次地对安鹿试探地询问，但安鹿一直避而不答，而且安鹿最近非常反常，拼了命地泡在书海里。虽然上一次模拟考，安鹿从班里的三十六名直升至十二名，但她似乎还嫌不够，一直在努力。

两人相对坐着，孟见后知后觉地反应过来：“你不喜欢吗？”

宁晚还没回答，孟见马上又说：“我明天让靳宸找安鹿拿回来。”

宁晚回了神：“别。”

她定了定心，眉间展开一丝笑：“我就是随便问问，你别乱来，安鹿本来脸皮就薄，你要是写了又要回来，如果吴丽莎知道了，就更不知道要怎么嘲笑她了。”

“真没有不高兴？”孟见还是不放心。

“真没有，”宁晚看着手里的银耳羹自言自语，“一张明信片罢了。”

她觉得是最近自己压力太大，所以才会因为一张明信片联想出这么多稀奇古怪的心思。或许睡一觉后，她再看这个问题的角度就不一样了。

高考的脚步声越来越近，树成的学校大门口已经拉起了红色的横幅，其他年级陆续放假，各大媒体也渲染起了气氛。考前三天，准考证和考场的发布正式敲响了高考的钟声。

宁晚一直是很淡然的人，过去她对高考的想法就是顺其自然，能考多少就是多少，接受命运的安排，但现在她的想法变了。

孟见那么优秀，她只有一如既往地保持和他一样优秀，才配得上他所有的喜欢。

高考前夜，两人都没有再看任何资料，为了放松，孟见把宁晚拉上了天台。初夏的夜带着一点点燥热，安静的四周隐约能听到蛙鸣，这是夏天的味道，也是他们十九岁的味道。

宁晚趴在露台上默默地看着远方："明天你会紧张吗？"

"有什么好紧张的？"

孟见漫不经心地用纸叠了架飞机："我这辈子只会紧张一件事。"

宁晚转回头，等他的后半句。

孟见把纸飞机丢到空中，看它逐渐飞远，才低声说："你离开我。"

宁晚第一反应是笑了，她笑孟见这句话莫名其妙，好像这是一件不可能发生的事，他却在胡乱担心。

她靠到他肩上，像是要他安心，沉默了一会儿，她又问："你想报哪所学校？"

孟见的声音很温柔："你去哪我就去哪。"

繁星照亮了夏天的夜，微热的风拂过他们依偎在一起的脸庞，树叶沙沙作响，蛙鸣声声，空气里飘着淡淡的栀子花香。

宁晚闭上眼，轻轻地"嗯"了声，她也是这么想的。只要她够得到孟见的那片天，他去哪，她就去哪。

六月七号，载着无数人的梦想和汗水，高考如约而至。天气也很配合地降了温，风里多了一丝清凉，早上宁晚出门的时候甚至还飘起了小雨，一扫前几日的闷热。

她坐在车里，看着窗外飘过的小雨滴，忽然说："我以为今天会是一个天朗气清的好天气呢。"

孟见在检查她的证件和文具，随意搭腔："管他天晴还是下雨，又不会让你在室外考。"

宁晚默默地看着车窗上的雨滴，心里蹿出一阵没有原因的失落和忧伤，这种感觉很快就蔓延到全身。她把视线收回，看到孟见还在帮她整理文具袋后，又安心不少。

“大哥，你检查几十次了，我确定都带齐了。”

孟见把所有物品仔细地放到宁晚的包里：“今天我跟你不在一个考场，你一个人要小心，做题的时候别紧张，有不会的先跳过，别有太大压力，总之——”

他把宁晚的手牵过来：“记住我昨晚说的，你去哪，我去哪。”

宁晚刚才还郁闷的心情顿时舒缓了，她微微漾起嘴角：“我知道了，你也是。”

今天孟家特地派了司机来送两个人参加高考。他们出发得很早，车开到宁晚所在的考场后，她先下车，孟见不放心似的跟着下车，又追上她，不知道要说什么，就是莫名想再多陪着一会儿，给她勇气。

“你别这样好不好，我又不是没考过试，你现在这个眼神搞得像我妈似的。”

周围已经有人投来各种意味深长的目光，宁晚尴尬地看着不断来往的学生家长，催促道：“你快走，别迟到了。”

“好吧，”孟见打开车门坐进去，朝她示意，“记住，放松。”

宁晚冲他挥了挥手，然后回头朝学校里走，刚出示准考证要进入考场，校门外忽然传来裴皎皎响亮的喊声：“姐姐！”

宁晚回头一看，是裴晋诚带一家人来了。她迟疑了下，还是回头迎了上去。

“你们怎么来了？”

裴皎皎：“我来帮你打气啊，姐姐，你要加油啊，我等着做状元的妹妹呢！嘿嘿。”

宁晚眼里带笑，摸了摸皎皎的头，谦虚地说：“我争取吧。”

尤容在旁边欲言又止，听皎皎和宁晚说了半天的话都没开口。眼看宁晚就要进考场了，她从手里拿出一个捏了许久的红色小布袋，二话不说就塞到了宁晚的口袋里。

宁晚垂眸看向落在自己口袋里的东西，又抬头看尤容。

“那个——”裴皎皎忙站出来解释，“姐，这是我妈前几天特地去青陀山找那个很出名的弛尘大师给你求的平安符，保佑你这两天考试都平平安安，顺顺利利！”

这一瞬间，宁晚想了很多很多。自从沈宁离开后，尤容这些年对她可以说是悉心照顾。发生了这么多事，宁晚遇到孟见算是找到了属于自己的安定，而沈宁在国外亦过得很好。或许很多事，她也应该放下，去重新认识他人。

沉默片刻后，宁晚说：“谢谢。”

尤容脸上闪过一瞬的惊讶，随后她不敢相信地看着裴晋诚，再看回宁晚，眼里倏地有了水光。

“不用谢，不用谢，你好好考，我们等着状元女儿回家！”

宁晚点点头，没再说话，转身朝教室走去。

一家人站在校门口，各怀心思。尤容还沉浸在刚才宁晚的那声“谢谢”里不能回神，反复问裴晋诚：“你听到了吗？小晚刚才跟我说谢谢！”

她激动得有些泣不成声：“这么多年了，她第一次跟我说谢谢，第一次愿意接受我送她的东西，我……”

“妈，你怎么还哭上了？”

裴皎皎递过去一张纸巾：“我早就说了姐姐其实什么都明白，只是她心里有沈阿姨放不下罢了，她要是知道沈——”

“闭嘴，”裴晋诚快速打断裴皎皎的话，而后环顾四周，压低声音，“你什么都不准说，你的转学手续我已经在办了，等你姐姐考完，我们就一起去加拿大。”

“嘁……”裴皎皎不以为然，“姐姐性格倔，肯定不会跟你走。”

“不走也得走，那个女人回来了，我不能让宁晚再待在这座城市，实在不行……”裴晋诚看着宁晚已经走远的身影，若有所思，“我可以跟老孟家商量下，让两个孩子一起去留学。”

“这个办法不错，就是不知道孩子们愿不愿意。”

尤容说着，轻揉起自己的眼皮：“不知怎么的，这几天我眼皮总是乱跳。我上山给小晚求平安符的时候，那个大师还说孩子这两天有个劫，吓得我赶紧给她求了个最贵的符。”

“瞎担心！”

裴皎皎在玩游戏，眼都没抬一下：“不那么说你能花钱吗？不那么说香火能旺吗？再说了，高考是人生大事，这两天可不就是个劫吗？”

这么说似乎也说得通。尤容揉着眼睛，心里还是有些不踏实。

裴晋诚见状，拍了拍她的肩：“皎皎说得对，你别乱想了。”

尤容叹了口气：“好吧。”

高考的第一天考语文和数学，这两科都是宁晚擅长的，尤其是数学，宁晚十次考试，九次是满分。语文也不逊色，她的作文经常被老师当成范文在班里传阅学习，所以七号这一天考完，她自我感觉状态不错。晚上回家她和孟见简单对了对题，两人的答案几乎是一致的。

孟家的一对父母也很重视地跑到了南岛花园，亲自照顾两个孩子，渴了喝鲜榨的橙汁补充维生素，饿了马上吃营养餐补充体力，冷了热了都有对策，完美地诠释了什么叫“捧在手里怕摔了，含在嘴里怕化了”。

宁晚在被迫喝下一堆营养大补汤后，终于受不住地撤到了二楼，洗澡、上床。

飘了一天的小雨到了晚上，终于好似酝酿出情绪般爆发出来，外面狂风暴雨，倾盆直泄，树枝被风吹弯，偶尔还能听到一声划破黑暗的惊雷。

天地好像都浸泡在雨声里，宁晚莫名有些心慌，钻进被窝想早点睡觉。可她刚闭上眼睛，外面就有人来敲门。

孟见在喊她的名字。宁晚装没听到，把被子裹紧。她知道，就算她没有任何回应，那个霸道的人还是会毫不客气地进来。

果然，安静三秒后，孟见拧开房门：“喵？”

他轻手轻脚地进了房间：“小猫咪睡了吗？”

宁晚躲在被子里笑，继续装睡。

房里安静得能听到孟见由远渐近的脚步声，他走到宁晚床前，咳了声：“你再不说话，我要掀被子了。”

“三——二——一——”

吃过几次亏了，宁晚在倒数结束前主动从被子里露出脸，瞪着他：“你又玩什么？”

孟见轻轻地坐在宁晚旁边，两人四目相对，窗外雨声淅淅沥沥，室内能听到彼此心跳的声音。

“你到底想干什么？”宁晚受不了这样的对视，主动打破沉默。

孟见撑着下巴，大言不惭地说：“我想在这待一会。”

宁晚不自在地呼进一口带有他身上气息的空气，眼睛看向别处，问：“为什么？”

她话刚说完，窗外闪电照亮了天空，紧接着是一阵轰隆隆的雷响。孟见的回答便有了十足的底气，他用下巴指了指窗外：“我怕打雷。”

“少来，”宁晚转过身，用背对着他，“你怕的话，下楼找你妈抱着去。”

“她没空，得抱我爸。”

“什么？？？”

“我家祖传怕打雷。”孟见说得理直气壮。

一家人可真够整齐的。

宁晚要气笑了，她又转过来，从被子上拿了件校服外套，拧成一条线隔在两人中间。

“那你待在那边，不能越过这条线，不能——”

宁晚的规矩还没说完，“三八线”已经被孟见云淡风轻地甩出去，丢到了地上。她愣了愣：“你干什么？！”

孟见不慌不忙地把宁晚的手放到自己耳朵上，这才满意地闭上眼睛：“打雷的时候，我妈都是这样哄我爸的。”

静谧的雨夜下，两人默契地没有别的心思，就是轻轻地靠在一起，感受对方的存在和温度。

孟见身上有好闻的沐浴香，宁晚沉沉地吸了一口，然后闭上眼睛。

“孟见？”她轻轻喊。

“嗯。”

“我想考北济大学的经济学系，我喜欢北济的校园，如果能考上，我入学第一件事就是买部相机，拍下学校的风景。”

“嗯，好，”孟见抚着她的长发，闭眼应声，“到时候我帮你拍。”

“那你呢？”宁晚的意思其实是，那你想考哪个系？

孟见却领悟成了她说的后半句话，他顿了顿，认真地回答：“我要是考上了，第一件事就是告诉学校里的所有男性，谁都不准惦记你。”

第十三章
属于我们的灯火

雨一直下到清晨才停。雨后的路是湿滑的，空气被洗刷过，带着泥土的清香，不少地方积起了小水洼，车轮压过，溅起水花。

这场大雨让不少路段受损，交通也受到了影响，在送宁晚去考场的路上，孟家的司机被堵在了快到学校的十字路口。

前方就是高考的考点，路况不佳会严重影响考生的到场，交警来了五六个，站在不同的地方指挥着。宁晚摇开车窗，看到不到两百米的距离就是学校，便回头对孟见说：“要不我下车走过去吧，正好呼吸呼吸新鲜空气。”

“不行，你在车里待着。”孟见不同意。

但前面的路实在堵得厉害，他们的车五分钟一点没动，虽然来得早，但宁晚还是想提前去教室准备，于是第二次提出先下车。

这次她直接打开了车门：“就几步路，我走过去就行了。张师傅，你就在这掉头，赶紧送孟见去考场，别耽误了。”

孟见还想把宁晚追回来，她人已经下了车。

司机张师傅看了看表也委婉地提醒道：“少爷，我们已经超时了，我必须马上送你去考场。”

宁晚已经走出五十米了，孟见探头出去看了看，幸好虽然大路堵着，但人行道很安静，没什么人经过，从这走到考场最多也就五分钟，应该不会有什么事。

没办法，他只能点头："那走吧。"

车从这里转变路线，孟见被司机带去了他的考场。宁晚走了一半路程后悄悄回头，看到掉头离开的车，嘴角轻轻抿了抿。

雨后的空气格外新鲜，小树苗破土而出，生机勃勃，让人感受着人间的美好。

时间还早，宁晚慢慢走着，眼睛四处看，这样的清晨，有她这样的考生，有行走在路上的上班族，有认真负责的交警，还有……

宁晚的视线落在迎面走来的一对母子身上。

女人四十出头，长发盘起，一身名牌穿得很贵气。她手里拎着一个小书包，时不时低头跟手里牵着的小男孩说着什么，脸上溢满幸福的笑。应该是送孩子上学的母亲。

宁晚很喜欢看这样温馨的画面，弯着唇仔细打量，就在与那女人擦肩而过的瞬间，女人抬起头，无意识地看了宁晚一眼。

两人视线对接，顷刻间，宁晚的笑意凝住了。女人的神色也有一丝异常，但她比宁晚要镇定得多，很快就装作没看见似的继续朝前走。

宁晚见她离开，动了动嘴，却发不出声音。巨大的冲击让她一时间没能回神，她想过无数跟沈宁重逢的样子，却怎么都没想到，会是这样一个场景。

她们两两相见，宁晚认出了她，她却好像没有认出宁晚。也或者……但宁晚不敢那么想。

等了许久的期盼刚到手里就要溜走，宁晚回了神，快速转身追上去，口中忍不住喊："妈！"

女人却好像没有听到，拉着小男孩加快了步子。

"妈，妈妈！"

宁晚没有放弃地追在后面喊："我是小晚啊！妈，你等等我！"

她因为激动而失去了平日里果断的判断力，哪怕沈宁已经明显做出不想理睬她的样子，她还是认定对方只是没有听到。直到最后，宁晚追上沈宁，抓住了她名贵裙子的衣袖。

"妈……"宁晚喘着气，顾不上看沈宁手里牵着的小男孩，眼里有哀求，有讨好，有无数说不清的卑微情绪，"你不认识我了吗？我是晚晚，我是晚晚！”

小男孩仰头看着宁晚，用稚嫩的声音问：“妈妈，为什么这个姐姐也叫你妈妈？”

沈宁的脸上闪过一丝不悦，她却还是耐心地蹲下来，说：“姐姐可能认错人了，小杰不怕。”

认错人了？如果说当时只是一个背影她还无法确认，可眼前这张脸与十年前的沈宁相比，几乎没有任何变化，她一个心智健全、视力正常的人，怎么可能会认错人？认错一个十年来被她随时随地放在心间的人？

沈宁安抚好小男孩，直起身朝宁晚淡淡地说：“我要送我儿子去上课了，请你不要打扰我们。”

说完她掏出车钥匙，朝停在路边不远处的一辆奔驰按了按，声音马上变得温柔：“杰宝，我们走。”

宁晚愣愣地看着对自己宛如陌生人的沈宁，嗫嚅着说不出话。她眼睁睁看沈宁走到奔驰车旁，细心地把小男孩抱到车里，再关上车门。

她好像要走了，完全没有看到宁晚的存在。宁晚胸口拧痛，隐忍多年的委屈在这一瞬间成倍地放大、爆发，她眼眶发酸，却依旧不甘心地跑了上去。

“妈，你是有苦衷的对吗？要不你还是写邮件告诉我，好吗？”她抱着车门不肯松手，哽咽着挤出微弱的声音，“你怎么能不认识我……”

“呜呜……姐姐，凶！”车内的小男孩看上去也才六七岁，他不知道眼前两个大人发生了什么，“哇”的一声哭了出来。

“松开！”沈宁粗暴地推开宁晚的手，心疼地去哄小男孩，还不忘回头斥责，“裴晋诚没教你家教吗？”

宁晚愣住。

“什么苦衷，什么邮件？我不知道你在说些什么，麻烦你别挡着我送我儿子上学！”沈宁的语气已经带了些气急败坏，她坐进车里，“砰”的一声关上门，然后发动汽车。

奔驰车缓缓驶出马路，宁晚完全呆住，这样的重逢是她完全没有想过的，她措手不及，更不知所措。

来不及整理乱成一团的思绪，宁晚下意识地去追沈宁，虽然不知道沈宁为什么会这样，但她还抱着最后一丝希望去挽回渴望已久的亲情。

冲动地冲出马路，宁晚没注意到迎面驶来的一辆黑色大众汽车，司机乍一看到突然从人行道上跑出来的她，幸好当时车速不快，马上就紧急刹车。

虽然做出了最快的反应，但宁晚还是被车子撞到了身体，尖锐的刹车声引来周围许多人的注意。

宁晚半躺在地上，挣扎着用双手撑起来去寻找沈宁的车，或许是这边的动静太大，不远处沈宁也停了下来，但她仅仅是停下来看了一眼，很快就关上窗，匆匆离去。

沈宁看她的眼神冷漠到就像在看一个陌生的路人。不，或许路人跌倒了，她还会问一声“要不要帮忙”，但她那么清楚地看到宁晚被车撞倒在地，还是冷冷淡淡，没有感情地瞟了一眼，毫无反应。

宁晚垂着头，手心因为和地面摩擦而渗出血，想起沈宁最后看自己的眼神，她一动不动地坐在地上，忽然笑了。

周围聚集的人越来越多，司机也慌张地从车上下来，问：“小姑娘你要不要紧，撞到哪里了吗，能自己站起来吗？”

宁晚没有说话，也好像不会说话了。她摇摇头，捡起掉在地上的文具袋，然后慢慢摇摇晃晃地站起来。

有人扒开了人群，宁晚听到惊慌失措的声音。

“小晚！”紧接着，一双颤抖的手扶到了宁晚肩上，拉着她仔细检查着，“我在学校门口等了你好久，你都没出现，你怎么会被车撞了？痛吗，快告诉阿姨！”

尤容急得说话的声音都变了，一只手拉着宁晚，腾出一只手给裴晋诚打电话。

宁晚趁她在电话那边情绪激动地说话时，挣脱开，然后低着头，面无表情地朝考场走去。

尤容在围观群众的提醒下才发现宁晚已经走开，匆匆挂了电话，追上宁晚，从包里掏出纸巾帮她擦手上的伤：“晚晚，还能考试吗？你真的没有哪里伤到吗？”

宁晚还是什么都不说。除了脸色有些煞白，她走路的样子看起来似乎没有伤到要害。

尤容知道宁晚一向不喜欢自己，所以宁晚不说话，她也只好闭嘴，最后安慰地说了句："那我在外面等你，你爸说今天晚上带你去庆祝，我们吃大餐。"

直到宁晚进了考场，依然没给尤容任何反应。

阴沉的天气持续了一天。

下午最后一场综合考完，学生们欢呼着拥出考场，丢书、丢文具、丢手里有的一切。他们三五成群地走在一起，每个人脸上都洋溢着青春欣喜的笑容，这次考试或许会成功，或许会失败，但不管如何，他们即将走向新的人生。

唯独宁晚，混在这群人里显得格格不入。她一天没有说话了，中午出来的时候也是这样，裴晋诚害怕影响孟见考试，什么都没有告诉他。

孟见考完第一时间赶到宁晚的考场想跟她庆祝，等了好久终于等到她出来的身影，心却猛地一沉。

宁晚整张脸好像被抽空了血色，眼神空洞地看着地面，有人从她身边经过不小心撞到她，跟她说对不起，她也似乎完全听不到。

孟见赶紧迎上："怎么了？"

宁晚没说话。

"是没发挥好吗？"

她依然一个字都不说。

孟见不知所措地看着裴晋诚，裴晋诚只好无奈地叹了口气，说出实情："早上她在学校门口被一辆大众车撞了，可能……"

尤容满脸愁容地接上话："会不会是被吓到了，我听说受到惊吓时有人会丢了魂，过去我们乡下会让老人家叫一叫……"

"被车撞了？！"孟见的音调倏地拔高，他马上转头看着宁晚，神色紧张，"你别吓我，你有没有事？"

裴晋诚安抚地拍了拍孟见："听说当时车速不快，应该是没——"

"什么叫应该？！"孟见的反应很大，焦急中带了一丝愤怒，他沉着声音质问，"你们怎么能坦然地跟自己的女儿谈应该，谈概率？"

不等裴晋诚再说话，孟见抱起宁晚上了自家的车。

“马上去 A 医院。”

A 医院是这座城市最高端的医疗场所，服务的都是社会名流。宁晚被送进来后，孟家的父母也闻讯而来，守在检查室外等候结果，两家人脸色都不好。原本今晚是庆祝他们高考结束的日子，可谁也没料到会发生这样的事。

孟见站在过道的窗口旁，神情沉重。他一直在自责早上没有坚持送宁晚到考场门口，如果当时他坚持了，一切就不会发生。

看到面色如雪的宁晚，他心都拧成了一团，痛得说不出话。

过了一会儿，沈家也来了人。沈池收到消息，风尘仆仆地赶到医院，一起来的还有沈开富。沈开富已经年过六十，老实憨厚，和沈宁差了二十来岁，是沈家的老大。

“孩子怎么样了？”

一进门，沈开富就焦急地拄着拐杖走到裴晋诚身边：“怎么会被车撞到？”

裴晋诚默默地摇了摇头，把头埋进双手里，无话可说。

一大伙人正忧心忡忡时，检查室的门开了。

医生拿着几张片子出来，孟见马上冲到最前面，紧张地问：“医生，她有事吗？”

“没有什么大问题。”医生把片子递给他们，“只是——”

后面的亲属全部围过来：“只是什么，医生你别吓我们！”

“不不不，不用紧张，”医生微微一顿，“我只是有些奇怪，这个女孩虽然没有伤及骨头或内脏，但被撞到的胸肋处软组织有大面积挫伤。很多人到这个程度已经痛得直不起身了，听你们说，她还考了一天的试？”

“大面积……”孟见一听这个词，人就急了，“那怎么治？吃药还是输液？”

“不打紧，身体上的伤用一些祛瘀的药就行，最主要的是多休息。我们刚才给她检查的时候发现这个小姑娘情绪有明显的应激症状，我已经请了心理科的老师来会诊，现在先送她回病房休息吧。”

一波未平一波又起，大家还没来得及松口气，医生的话又将他们的心悬了起来。

晚上八点，城市灯火依旧繁华绮丽，人们照常开始了夜生活，可在医院一角，孟、裴两家人却沉重地守在始终一言不发的宁晚床前。

她一直缄默着，对周遭的一切毫无反应。孟见叫她，裴皎皎叫她，任谁叫她都是一样，她好像听不到似的，只有一双失了神采的眼睛，空洞地看着天花板。那是万念俱灰的绝望。

心理科来了好几位老师，对她提问题，做检查，最后一致得出结论——宁晚是因为早上的车祸撞击产生了应激反应，也就是说，当时的害怕、惊恐延续到了神经情绪里，她一时没能走出来。

可孟见隐隐觉得没这么简单。

“她不是柔弱的人，不会被车撞了就怕成这样，会不会是大脑受伤了，你们没有检查出来？”

“身体上的创伤我们已经全面排除过了，您可以放心。”

心理医生顿了顿，有些迟疑地说：“事实上我们也有过怀疑，她这样的应激反应会不会并非由车祸造成，不如你们家属好好回忆下，她最近几天有没有受到过精神上的刺激。像她现在的症状，在我们临床上更像是某种精神创伤的急性应激障碍。”

孟见和其他人听蒙了：“什么意思？”

“也就是患者突然面对某种无法承受的打击，受到刺激后产生的一系列精神上的反应。她现在这样就是典型的一个茫然麻木表现，所以你们家属最好排除一下，尽快消除应激事件，帮她早日恢复。”

医生给宁晚上过药，又给她打了一针镇静剂，最后嘱咐了几句照料的注意事项才离开。

因为药的作用，没一会儿，宁晚就闭上了眼睛。大家以为她睡着了，都不敢打扰她，全部退到病房外。

孟爸爸首先问孟见：“你有没有不小心伤了小晚的心，你是不是出去招惹别的姑娘被她知道了？！”

孟见心里憋得慌，口气很冲：“怎么可能？我恨不得被撞的是我！”

裴皎皎也帮孟见说话：“见哥不会的，见哥对姐姐好得不得了，肯定不会是他的问题。”

“那到底是哪里的问题？”尤容眉心好像打了个结，“昨天考完都还好好的，今天早上就这样了。”

说着，她不放心地站起来：“算了，我这就打电话回老家，找找有没有会喊魂的老人家。”

裴晋诚一个做生意的，从不信怪力乱神之说，这次却没有阻拦妻子。

这时候，一直沉默的沈开富忽然在角落里幽幽地问道：“孩子知道她妈回来了吗？”

一语惊醒梦中人，裴晋诚猛地站起来，动了动嘴唇，思索了什么后又摇摇头：“应该不知道……”

这时，孟见接了一个电话，对方不知说了什么，他一直沉着脸色，时而疲惫地拧着眉心，挂断前声音冷冷地说：“找她出来，越快越好。”

通完电话，他打开微信，收到一个视频，打开视频，是宁晚早上经过的那条路段的监控。

刚才在等检查结果时，孟见就让贺承南去帮他办这件事，现在看来，所有的一切都发生在他离开后的几分钟里。

孟见想捶自己一千一万遍。他把手机屏幕朝向裴晋诚，问：“这个女人是谁？”

裴晋诚看第一眼是震惊，第二眼是不敢相信。他把手机抢过来，将视频从头看到尾，怒火瞬间爆发。

“我早就知道她的良心被狗吃了！没想到竟然这么丧尽天良，连女儿被撞了都不肯下车看看！”

闻言，沈开富把手机拿去看，然后唏嘘地摇了摇头，连连叹气：“我就知道，我就知道啊……唉！”

“所以你们有谁能告诉我，这到底是谁？！”孟见的情绪已经快要控制不住了，他控制不住想要把视频里的女人挖出来抽筋剥骨。

宁晚如今最在意的就是孟见和沈宁两个人，如今事情到了这个地步，裴晋诚须要给孟见一个交代。

裴晋诚痛苦地闭上眼，顿了顿，缓缓开口：“她就是小晚的妈妈，沈宁。

“我和皎皎的妈妈是青梅竹马，她陪我白手起家。快要结婚前，我在一次应酬客户时认识了沈宁，沈宁那时候是卡拉OK厅当红的陪唱小姐，装扮很时髦，我们稀里糊涂地有过一夜，事后有了小晚，沈宁因此逼我结婚……”

裴晋诚说到这里深深地叹了口气，捂住脸：“可结婚后我才知道，那晚是她在我的酒里下了药，否则我根本不会……我们根本不合适，她喜欢赌博，我们几乎每天都在吵架。后来我忍无可忍，还是出轨了皎皎的妈妈，离婚时我给了沈宁两个选择，三百万加小晚归她，或者直接给她五百万走人。”

孟见“哼”了声，冷笑：“她选了五百万。”

“是的，”裴晋诚语气里带着不齿，“小晚当时不懂，只以为是我辜负了沈宁，气走了她的妈妈。是，我承认我是婚内出轨，可她沈宁也不是什么好东西！”

“为什么这些内情不早点告诉宁晚？”

“怎么告诉？”裴晋诚苦笑着说，“难道告诉她，她只是沈宁用来威胁我嫁入豪门的一个筹码吗？后来这个筹码没有价值了，她便被弃如敝屣吗？”

那样的话，宁晚连多年唯一的信念都会失去。依她刚烈的性子，她会变成什么样，谁都不知道。

病房外，陷入了死一般的寂静。病房里，床上的人清楚听完了所有对话，在黑暗中麻木地睁开了眼。

忽然，一阵突兀的铃声打破了现场的沉默，是贺承南的电话。

贺承南的门路很多，不到半小时就查出了沈宁现在的资料——城中某夜总会老板的情人之一，因为生了个男孩，所以颇受宠爱，之前一直被养在新加坡，近期才回国，大有要转正的趋势。

沈家人口多，在那个年代能吃饱已经是最大的幸福，而沈宁自幼叛逆，向往名门。

沈开富听完后气得摔了拐杖：“我沈家怎么就出了这么个没脸没皮的东西？！”

沈池只能扶着他劝道：“爷爷，别动气……”

按照孟见的性格，马上把沈宁绑到他面前打上一顿都不解气，他捧在心尖上的人只不过分开了一天就变成这样，他压着满腔怒火无处发泄，却还要拼命忍下，只因为医生说“要解除应激源，解开心结，不能再受刺激”。

如果现在说出事实的真相，谁也不能肯定，宁晚的精神状态会不会进一步受到影响。所以最后大家决定，在宁晚恢复前，先不主动提沈宁的事，等她的状态好转，如果她自己有意问，再酌情告诉她。

等离开这里上了大学，等她的承受能力再强一些，这些复杂的事或许接受起来就不那么难了。

事情暂时商议出了结果，几家人的心情稍稍平复下来，正商量着怎么轮流照顾宁晚，房里忽然传来杯子落地破碎的声音。

孟见一个激灵反应过来，第一个冲过去打开房门。他以为会出现电视中狗血的情节，例如拿碎片割手腕之类的画面，可进去后发现原来是自己想多了，宁晚似乎只是想喝水，不小心碰倒了杯子。

陆陆续续地进来了一大堆人，病房内氧气瞬间被分走许多，空气变得稀薄。孟见赶紧上去抱住宁晚，然后回头对众人说：“你们都走，我留下就行了。”

人都走了，孟见把刺眼的白炽灯关掉，只留了一盏小台灯。他重新倒了一杯水，坐到宁晚身边，吹了吹，才轻轻说：“我喂你，好吗？”

宁晚虽然还是没有说话，但给了他一点反应。她点了点头，身体朝孟见怀里靠过去。

孟见对她突然的回应又惊又喜，小心翼翼地把水杯送到她嘴边，看她慢慢地喝完一杯水。

暗黄的小台灯下，宁晚脸上被晕染出一层柔润的光，看上去终于不再是刺目的白。

“还要吗？”孟见拿着杯子问。

“不了。”宁晚忽然开口，声音淡淡的，有些沙哑，像被压榨了所有，抽空了全身的力气。

她动作缓慢，似乎想要起来，可刚动了动就因胸口袭来的剧烈痛感给顿住。宁晚吃力地倒在孟见怀里，忽然自嘲地笑：“原来这么疼啊，我居然没有感觉。”

宁晚轻描淡写的样子让孟见心疼极了，他绕到床的另一边抱住她：“你要去哪？我帮你。”

“我没事，”宁晚干脆不再动了，去拉孟见的手，“真的没事。”

炎热的夏季，宁晚的手却是冰冷的。孟见心中如蚁蚀骨，他不知道能做些什么，只能陪在她身边，紧紧地握住那双手，想用自己的体温去温暖她的手，和她碎了的心。

宁晚安静地坐在床上，头微微侧过去看窗外，许久后才缓缓开口：“孟见，你看。”

孟见微怔，转头顺着她的视线看过去。夜幕低垂，A医院的对面是一座高层居民楼，亮着星星点点的灯，除此没有什么特别。

“看什么？”孟见问。

宁晚盯着对面出神，喃喃道：“看这座城市的万家灯火。”

她把手伸到空中，纤细的手指动了动，像是要抓住什么，可最后还是无力地垂了下来。

宁晚轻轻扯了扯嘴角，淡笑着说：“你看到了吗？万家灯火，却没有一盏是属于我的。”

“宁晚……”孟见的心隐隐地刺痛，心中百味杂陈。

他一直以为宁晚什么都有，什么都不缺，可在这一刻，他才忽然明白上天安排他们遇见的原因。

他把她紧紧抱到怀里，真心承诺：“就算没有属于你的，但总会有一盏是属于我们，我和你的。”

第二天，宁晚开始慢慢说话、微笑。她对遇见沈宁的事只字未提，只字未问，好像有关沈宁回来了的这段记忆被全部抽走了似的，除了肋骨处的一点伤，车祸没有给她留下任何影响。

孟见和两家父母咨询过医生，医生说也许是她不想去面对，大脑会相应地做出回避行为。

但无论如何，宁晚在朝着一个好的方向发展。

鉴于车祸造成外伤的严重程度，医生嘱咐宁晚要住院观察最少一周时间。A医院服务设施都是城里最好的，孟见为了让宁晚能专心养伤，同时也怕她回去了会胡思乱想，便同意在医院休养。

傍晚，在陪床一天一夜未合眼后，孟见终于有些撑不住了，神经疲惫到连喝了好几罐红牛都没扛住。宁晚要他先回南岛花园休息，换裴皎皎过来陪自己。但孟见谁都不许，谁也不放心。

“我回去洗个澡就来。”他说。

宁晚住的是套房，设施齐全，相当于一个小型的三星级宾馆，随时供应热水。

她指着身后的卫生间：“你直接在这里洗不行吗？”

“不了，我顺便帮你拿些换洗的衣服，再说——”孟见从椅子上站起来，把T恤衣角捞起来，“我也得回去换件衣服。”

回到南岛花园，孟见先回卧室洗了个澡，全身绷紧的肌肉总算得到一丝放松，之后他换了件干净的衣服，去了宁晚的房间。

孟见之前也不是没有进来过，但每次过来也只是和宁晚聊聊天，从没有碰过其他地方，更别说是女生的衣柜。

他拉开衣柜门，里面挂着的是宁晚夏天常穿的T恤和长裙，孟见正想拿两件，忽然想起现在宁晚穿的都是医院的病号服套装。

外面的不用带，贴身的总要带几件吧。

他拉开另一扇衣柜的门，没有内衣裤。

孟见的视线落到下面的几格抽屉上，他犹豫了下，抽开最上面的一格抽屉。

果然，抽屉里整整齐齐地摆放着宁晚的文胸。

孟见手扣在抽屉板上，深吸了一口气，然后闭着眼睛随便拿了几件，快速丢进包里。

刚转身要走，他又想起内衣有了，内裤还没拿，总不能让人家姑娘只换上面不换下面吧……

无奈，孟见只好又折返到衣柜前，蹲下去，抽开第二格抽屉。

里面摆着叠成一排的小裤裤，因为体积小，不大能看出具体的样子，即便如此，孟见还是闭着眼睛去拿，不敢看。

他随手抓了几条，就好像摸到了什么烫手的东西，刚刚过手就往包里丢，不给自己看清的机会。

可偏偏事与愿违。

或许是他拿小裤裤的动作太快太急，其中一条从指间滑落，掉在了地上。

孟见睁开眼睛，伸手去捡。

他有点后悔，为什么要自告奋勇地给自己安排这个非人的任务，好好活着不行吗？

孟见吐了口长长的气，把这些要命的东西疯狂压到背包最底层，确保它们不会再跳出来后，大脑才回了一点血。

下午六点，他重新返回医院。

推开宁晚房间的门，原以为她会乖乖躺在床上，可没想到床上空无一人，孟见不由得紧张起来，很快他听到卫生间里的水声，又松了口气。

她在洗澡。

孟见的心才放下来没半秒，又猛地想起医生说宁晚现在行动不是特别方便，尤其是抬手这样牵制到胸肋肌肉的动作，会非常痛。

如果说洗澡能勉强应付，那她要怎么洗头？

于是，孟见走到卫生间门口敲门："你一个人行不行啊？"

话音刚落，他又觉得说的是废话，就算一个人不行，难道宁晚会要他进去帮她洗吗？

他刚问完，门被人从里面打开。

宁晚穿着病号服，身上被打湿了很多地方，长发沾着泡沫，湿漉漉地垂着，脸上和脖子上全是水，湿湿滑滑，沿着脖颈泛起一层薄薄的水光。

"你帮我洗一下好吗？"

孟见愣了神，不敢相信自己听到的。

"我帮你洗？"

"想什么呢？"宁晚读出了他的歪心思，把手里的泡沫抹了一块在他脸上，"让你帮我冲一下头发，我洗了半个小时了，手抬不高，总洗不好。"

“哦。”

孟见稳了稳呼吸，走进去拿起花洒，然后让宁晚趴在洗脸池边，把长发垂在池子里，方便他冲洗。

宁晚听话地将手肘撑在洗脸池边，弯下腰，半弓着身体。

孟见站在宁晚身体的侧面，手指插入她发间，仔细帮她冲洗着泡沫。

“水温合适吗？”

“嗯。”

“等会儿 Tony（托尼）孟老师帮你吹个中分。”

帮宁晚洗完头发后，孟见又细心地帮她吹干。宁晚的发质很软，握在手里像流沙，顺滑柔软，加上洗发露的花香，她整个人的精神状态都跟着被洗礼了一般，有了新的样子。

刚过六点半，医院送了丰富的晚餐来，分量很足，宁晚一个人吃不完，便和孟见坐在病床上合吃。

两人正吃着，门外有人敲门。

孟见回头，通过门中间的透明玻璃看到了一张熟悉、圆润的脸，顿了顿，他冲门外随意地挥手：“进来。”

得了应允，罗子文屁颠屁颠地推开门，手里依旧提着他那个万年不变的塑料袋，一进门情绪马上就激昂起来，双手张开着跑过来。

“晚晚！”

眼看着罗子文就要凑到宁晚面前，孟见不慌不忙地伸出长臂，直接又将罗子文弹回门口。

“啊……见哥，你讨厌！”罗子文撒娇地喘了两声，重新认认真真地走进来，没再作妖，跟在他身后进来的还有安鹿。

两个人应该是约好了一起来看宁晚，安鹿手里拎了一个水果篮，进来后坐到宁晚床边，正要开口说什么，忽然看到小桌板上宁晚和孟见面前的那两碗面。

今天医院的伙食是番茄丸子面，口味清淡，宁晚因为受伤抬手会痛，所以吃饭都是孟见喂的。

眼下，孟见先自己吃了一口面，又卷起一口送到宁晚面前：“啊，张嘴。”

宁晚欣然照做。

安鹿看在眼里，忽然垂眸，淡淡地勾了勾唇。等这丝情绪悄悄退去，她从果篮里拿出一个苹果："晚晚，我给你削个苹果好吗？"

孟见马上说："她不爱吃苹果，有橘子吗？"

安鹿愣了下，回神去篮子里拿："好像有。"

"给我。"孟见把橘子接过来，非常熟练地把皮剥掉，然后将橘瓣分开，取了其中一瓣，安鹿原以为他会给宁晚，没想到他自己吃了。

几秒后，孟见验证过关似的点点头："还行，不酸，来——"他重新取了一瓣，并把上面的白丝一根根去掉，才递给宁晚，"你喜欢的。"

罗子文看到此情此景，禁不住跟老父亲似的感慨起来："见哥，我的晚晚交给你，我是真的放心了。"

"是不是欠呢？胖子，"孟见边喂橘子，边和罗子文贫嘴，"宁晚什么时候是你的人了？"

"怎么不是？我单方面做了他三年的男朋友呢。"

罗子文叹了口气，当场表态："不过现在我正式单方面宣布跟她分手了，呜呜呜。"

孟见本来还想放下手里的橘子去跟罗子文好好聊聊，可看到宁晚嘴角快速闪过的一丝笑容后，他又取消了打算。

罗子文这个人，属于站在你面前就能让人笑的快乐源泉，现在他来看宁晚，如果能博得宁晚一笑，他也懒得去管罗子文那些胡言乱语了。只要宁晚开心，孟见什么都可以接受。

"在分手之前，我会为晚晚献出我最后的爱……"

罗子文掏出了自己的标配塑料袋，从口袋里拿出一个古色古香的瓶子，认真地说："我爷爷是我们老家非常出名的中医，这瓶药水是我家祖传的配方，治跌打损伤特别灵，用一次就有效，晚晚，你信我。"

罗子文特别神圣地把小药瓶递给宁晚，宁晚嘴角微弯地说了声"谢谢"，接过瓶子。

护士过来把晚饭餐具收走后，安鹿又洗了几个水果，几个同学聚到一起，难免说起了刚过去的考试。

罗子文有些惋惜："数学最后几个大题我几乎没做，这次的太难了。

见哥，你觉得呢？”

孟见直言不讳道：“难吗？我没觉得啊。”

完了，没找到共鸣，他只好委屈地问安鹿：“你也觉得不难吗？”

安鹿：“还好吧。”

安鹿给他塞了一颗葡萄堵住他的话，然后把头转向宁晚：“晚晚，你第二天受了伤考试，没受到影响吧？”

宁晚吃橘子的手稍滞了一瞬，很快她又若无其事地笑了笑：“当然没有。”

孟见之前一直不敢问她这个问题，但现在听她亲口说没有，顿时安心许多。

转眼到了八点探望结束的时间，安鹿和罗子文离开了医院，病房里只剩孟见和宁晚两个人。

宁晚从背包里拿了换洗的贴身衣物，重新去卫生间简单地冲凉。洗完出来后，她发现孟见正在研究罗子文送来的那瓶药水。

“我刚才在网上查了下，罗子文的爷爷还真挺出名的，要不咱们试试？”

宁晚动作很慢地爬到床上坐下，漫不经心地说：“随便。”

“那就试试。”孟见绕到床这头，直接把宁晚放平，然后撩起她病号服的一边，露出左下肋骨部分的皮肤。

宁晚很瘦，平躺着能看到凸起的肋骨边缘。

孟见有点尴尬，他又把衣服往下拉了点，确保只露出了受伤的部分，那儿有一大块瘀青。

宁晚默不作声地看着孟见把自己的衣服撩高又放低，忍不住问：“你要干什么？”

孟见一愣：“我帮你擦啊，你自己肯定不行，药油一定要在体表搓出热度，药性才能完全渗透进去。”

触及宁晚奇怪探究的目光，他马上意识过来什么，解释道：“拜托，我没别的想法，好吗？”

说着，他往手里倒了一点药油，先在手心里搓了搓，然后抹到宁晚身上。

几分钟后，宁晚不紧不慢地开口：“摸够了吗？”

孟见好像被戳中了什么，尴尬地缩回手，开口为自己正名：“喂，我好心帮你擦药好不好，什么摸不摸的，说得我好像是个畜生。”

“你不是？”宁晚一动不动地睨着他，淡淡地敛着杏眸，“你现在是在跟我演不认识药油背面的字吗？”

孟见听得莫名一颤，视线下移，用罪恶的手把药油的小玻璃瓶转过去——本药口服，外用无效。

第十四章

放心，我就在这，哪也不去

罗子文送来的神秘祖传药油的确效果出众，只服用了两天，宁晚肋骨处的瘀青就散了许多，痛感逐渐减轻，日常一些高举的动作也不用再麻烦孟见。

倒是孟见，习惯了被麻烦的日子，忽然没了各种能围着宁晚打转的借口，反倒有些失落了。

住院的第六天，医生一大早就来帮宁晚做了详细的检查，最后宣布她可以提前出院。

这个消息让孟见和宁晚很高兴，毕竟医院的条件再好也不如家里，况且住了这么些日子，也是时候出去散散心，透透气，体验一下高考结束后的放松了。

恰好当天也是一个清爽的好天气，虽是夏季，但阳光很柔和，照在人身上懒洋洋的，舒服而惬意。宁晚在病房里待了一周，孟见便说陪她去医院的小花园里晒晒太阳，去霉运。

坐在石子路旁的木椅上，宁晚半靠在孟见肩上，闭上眼，静静地、认真地晒着太阳。孟见在一旁看手机，时不时剥一瓣橘子喂进宁晚嘴里。两人在别人眼里，非常真实地演绎了一幅岁月静好的画面。

忽然，突兀的铃声打破了和谐的气氛。

宁晚不适地皱了皱眉，朝孟见看过去：“谁啊？这么早。”

“教导主任？”孟见看到来电也很奇怪，“他给我打电话做什么？”

宁晚虽然听不清教导主任在跟孟见说什么，但隔着手机她明显感受到了主任那边激动的情绪。

孟见一直在听，神情有些意外，也有些不知和茫然，最后，他淡淡回了句“知道了”便挂了电话。

“什么事？主任好像很高兴。”宁晚侧头问。

孟见淡定地把手机收回口袋，若无其事地回答：“没，就问我志愿有没有定。”

“噢。”宁晚应了声，慢慢把头转回来，没有再问。

虽然宁晚察觉到孟见在撒谎，但若他有心隐瞒，她也不想去追问。

通过沈宁的事，她已经想通了很多，有些事或许自己一辈子都不知道才会过得更幸福。人太通透了，往往是给自己束枷锁。

孟见又给她剥了一瓣橘子，然后身体后仰，靠在椅背上，头朝天，说：“宁晚，你看天上的那朵云。”

宁晚跟着仰头看过去：“怎么了？”

“像不像我喜欢你的样子？”

从哪学来的土味情话？

宁晚虽然很嫌弃，眼底还是忍不住漾出笑意。

她是一个没有太多安全感的人，母亲离婚远走、凭空生出的妹妹分走父爱，她从小就明白，只有自己强大才可以成就自己。

别人的爱都是缥缈的，说走就走，说分就分。哪怕是自己以为的世间最珍贵的母爱，都是那么不堪。

这些天她内心经历了许多折磨，外伤有药可医，心伤却只能靠自己疗愈。

宁晚没有跟任何人提及沈宁，不是逃避，也不是不敢。只是当打击接近极限时，她挨过了那个临界点，从小养成的强大修复能力让她自然而然地慢慢缓和下来。

也幸好，还有一个愿意救赎她的人，让她心里有了新的信念，去看清楚她身边仍然宝贵的东西。

孟见抚着宁晚的长发思索着什么，随意道：“我问你件事。”

“嗯？”

“如果——”孟见的话到嘴边又停了下来，迟疑了一会儿后，他笑了笑，明显跳过了想问的问题，转而说，“你晒得热不热？”

自从他接了电话，就明显有些走神，宁晚不是没有看出来。她确实感到有点热了，就点点头。

两人正要一起回去，护士忽然从走廊里穿出来喊她：“宁晚小姐，有人在病房找你！”

宁晚和孟见对视了一眼。

这个点谁会来？

两人抱着疑惑坐电梯回了病房，房门已经被人推开了。

宁晚慢慢走进去，看到房里一个中年女人的背影立在窗前。那背影一如既往地熟悉，只不过和从前比，现在的这份熟悉已经架起了无法跨越的距离和嫌隙。

女人听到动静，转过身。三双眼睛互相打量对方，然后气氛猛地在二十八九度的天气里降到冰点。

孟见最先反应过来，走到门口粗暴地一脚踢开门，声音冷冷的：“出去，这里不欢迎你。”

沈宁穿着十分高贵的黑白夹色香奈儿裙子，肩上背的是限量品牌手袋，整个人看上去端庄而优雅，但嘴上桃红色的口红出卖了她依旧俗不可耐的内里。

她对孟见的无礼没有生气，只是淡淡地笑了笑：“我来看看小晚，五分钟就走。”

“不需要，”孟见黑着脸，极力克制着情绪，“你自己走，还是我请保安来？”

“孟见，”宁晚声音平静地唤住他，“我有点渴了，你帮我倒杯水。”

宁晚终究还是让沈宁留在了病房里。她坐在床上，面前的小桌板上放了一杯孟见帮她倒的水。

“贵族医院的环境就是不一样，”沈宁环视四周，有感而发，“看来裴晋诚对你不错。”

提到裴晋诚，宁晚好像想到了什么，淡薄地扯了扯嘴角：“嗯，我到现在才明白爸爸那时打死都不让我改姓沈的原因。”

宁晚自嘲地轻笑："我真傻，恨了爸爸那么久，哪怕只留名字后两个字都不肯再姓裴，只因为那个代表着你的'宁'字……裴宁晚，呵呵。"

说着，宁晚嘴角蔓延出一股苍凉之意，她抬头问："你们从没有爱过对方，为什么要给我起这个名字，不讽刺吗？"

沈宁的情绪一直没有变过，眉眼冷淡，从头到尾都充斥着陌生感。宁晚的话对她也没有丝毫触动。

"你舅舅找到我，要我来看看你。我已经听说了，你这些年生活得挺好的。"

她声音平平的，无波无澜："裴晋诚的生意够你下半辈子无忧了，我也有了自己的家庭，小杰还小，我不希望他知道太多。"

"所以呢？"宁晚的声音极淡，"你来就是告诉我，以后不要再打扰你？"

沈宁愣了一下，语气稍软下来："小晚，我现在的生活来得很不容易，希望你能理解妈妈。"

妈妈？宁晚觉得这两个字如今说出来真不知道是作践了谁。

她笑着摇摇头，面前的水杯上留有孟见的体温，她握到手里拼命汲取着力量，用来忍住眼角涌出的酸涩。

"再怎么说——"沈宁见她不说话，从现实的一面来开导她，"我也让你成了千金小姐，你还有什么不知足的？人这一辈子不就是图过得舒心吗？"

宁晚闭上眼。其实最痛的那几天已经过去了，而今天沈宁站在她面前把话说清楚了。

"你走吧。"

她面无表情地别开脸看向窗外，情绪也跟着冷静下来："放心，我不会再找你，不会打扰你的生活。"

"你明白就最好。"沈宁来的目的就是跟宁晚划清界限，这么多年过去了，她对这个女儿早已没什么感情，话说完了，再留下来也是让彼此难堪。

她从限量手袋里拿出一个小盒子，打开递给宁晚："这是我买给你的，就当是母女一场，留个纪念吧。"

宁晚低头看了一眼，是条钻石项链。

“我走了。”沈宁似是松了口气，拎上手袋转身要走。

“这个拿走。”

宁晚把盒子盖上，推到她面前：“我不需要纪念，你走出这扇门，我们就是陌生人了，我为什么要纪念一个陌生人？”

沈宁面色一怔，顿了顿，没再说话，拿起项链转身离开。

从床边到门口只有不到几米的距离，高跟鞋的“嗒嗒”声传来，好像踩在了宁晚的心上，一步一步，虽然生疼，但彻底断了她所有的祈盼和念想。

置之死地而后生。或许从这一刻开始，她终于可以重新开始自己的人生了。

沈宁走到门口，手握在门柄上时稍停了会儿，迟疑片刻，还是转过身来。

“为了你好，有件事我必须告诉你。”

沈宁离开的时候，病房里已经洒下一大片阳光，孟见怕宁晚热，进来开了空调，拉上帘子。

宁晚脸上没什么表情，她很平静，没有预想中的伤心难过，完全看不出沈宁来过的痕迹。

“她没说什么难听的话吧？”孟见不放心地坐到宁晚旁边问。

宁晚摇头：“没。”

“嗯……”

孟见悄悄观察宁晚，总觉得她的神情说不出地奇怪，他去抓她的手，是凉的。他马上把宁晚的两只手都裹到怀里：“真的没事吗？”

“没事，”宁晚无所谓地露出微笑，“其实你们那晚在病房外说的话，我都听到了。”

她垂下头，小声说道：“我也早就接受这件事了。”

孟见心里一紧，有些心疼，但在这件事上，除了陪伴，他真的不知道还能做什么。

“你要记住，你还有我。”他轻轻说。

宁晚抿了抿唇，双手挂上他的脖子：“知道啦，还有你。”

过道外响起爽朗的笑声，似乎是孟起昭来了，他和护士说着什么，然后推开房门，一脸喜气洋洋。

“小晚啊，我跟你爸爸来接你出院了！”

裴晋诚一家人跟在后面，脸上同样乐呵呵的：“今儿老孟特别高兴，说是双喜临门，晚上要请我们吃饭。”

宁晚抬起头笑着问：“哪来的双喜？”

“第一喜当然是小晚你终于恢复健康出院了！第二喜——”孟起昭脸上神采飞扬，他把视线缓缓转向孟见，“早上有老师通知我，北城航院提前录取了孟见，哈哈！他之前就一直想去航院，结果特招考试的时候他又任性地转回了文化班，这下总算是达成愿望了，只要身体体检没问题，九月就可以直接报到！”

“真的吗，北城那所最牛的航院？！”

裴皎皎睁大眼睛，羡慕地托着下巴：“天哪，见哥穿上航院的飞行制服一定帅死了！”

孟见刚才在花园也想告诉宁晚这件事，可高考的分数没下来，他怕无形中给宁晚压力，况且两人之前说好了要报同一所学校。

看到宁晚眼底快速闪过的一丝复杂神情，孟见冷冷地把老父亲的热情浇灭了：“我又没说一定要去。”

老父亲愣住：“你不是一直想去的吗？”

众人围在一起等他的答案，孟见想岔开话题都不行，只好老实交代：“宁晚去哪儿，我就去哪儿。”

这话说出口，裴晋诚有些尴尬，他不好意思地看了眼孟起昭，正要说些什么，一直沉默的宁晚忽然开口：“傻瓜，我也会在北城啊。”

她的声音很温柔：“上次我不是跟你说我想报北济大学吗？北济就在航院附近，听说航院还有个网红食堂，我一直想试试，你能去的话我们就只隔一条街，你还能带我吃他们的食堂，多好，是不是？”

因为宁晚的坚持，孟见最终同意了去参加北城航院的体检。他嘴上虽然答应了，但仍坚持一切还是要等高考的分数下来，确定宁晚的分能够上北济大学，他才能放心地去同城的航院。

航院是他遇到宁晚之前最大的梦想，但有了宁晚后，他的梦想便是她。无论去哪里，宁晚才是他心里的那片蓝天。

分数还要一周多才能出来，学校忽然通知学生们回去拍毕业照。原本这张照片是要在五月份拍的，结果当时树成的校长去外省参加一个会议，这件事就一拖再拖，拖到了现在。宁晚却暗暗庆幸。

按照正常的站位，领导和老师是坐在第一排的，女生在中间两排，男生在后两排，一共是五排位置。但到了高三（1）班拍的时候，宁晚却旁若无人地直接去了最后一排，站在孟见旁边。

虽然她个子不算矮，但和一群男生站在一起，整个队伍还是从中间凹下去一块。

老田是班主任，知道宁晚和孟见的事。虽然这么明目张胆地无视校规有些过分，但现在都考完试了，他再跳出来指责全校成绩最好的两个学生，似乎有些不近人情。

教导主任坐在老田旁边，悄悄侧过来拉回他："由着他们吧。"

最后一排，宁晚很主动地凑到孟见身旁，像怕他不愿意似的，语气里带了一丝罕有的撒娇："我要跟你一起拍。"

旁边的男生起哄，下排的女生也跟着羡慕，不知是谁搬来一张大长椅，放到最后面一排。

"你俩单独一排得了，别插在我们这些单身人士中间。"

"就是，拍个毕业照都不让人活了……呜呜。"

原本同学们也是开个玩笑打趣，可孟见勾了勾嘴角，直接霸道地拉着宁晚一个跃步上了大长椅，高调地单独成排。

众人愣住，看向突然多出来的第六排。

"报告老师，我们要举报这两人！"

"真实地引起我的不适了！"

教导主任假装听不到："站好站好，出镜了，我不负责！"

一群人嘻嘻哈哈地又站回各自的位置，孟见和宁晚单独站在第六排的大长椅上，手牵着手。

宁晚悄悄说："待会儿你笑一下，别老是漫不经心的。"

“噢——”孟见顿了顿，“行。”

反正他们在最后一排，谁也看不到他们的小动作。

夏天衣服少，孟见的手好像带着电流，宁晚觉得有些脸热，垂下头压低声音说：“老实点行不行？拍照呢。”

前面摄影师已经架起了相机，手在空中比画着：“我数三二一，大家到时候一起喊‘茄子’啊，激情一点！”

孟见勾了勾唇，头轻轻侧到宁晚耳旁：“听到摄影师的话了没？”

宁晚想开口回孟见，可那边摄影师已经开始倒数，为了能在毕业照上留下最后的纪念，宁晚只好暂时不去搭理他，挺直腰，嘴角微微弯起，露出笑容。

可就在摄影师数到“一”的那一瞬间，孟见的手忽然把宁晚的头朝自己的肩上温柔地按下去，紧接着他的身体也微微侧过来。

“咔嚓——”

宁晚瞪大眼睛，阳光下，两人猝不及防地以靠在肩头的姿势完成了自己的毕业照。

前面几排学生转过身看到这一幕疯狂地尖叫起来，宁晚顿时不好意思地推开孟见。她觉得自己离开队伍单独跟他站在一起拍照就已经很出格了，没想到一山还比一山高。

孟见丝毫不在意周围人的目光，宠溺地低声对她说：“这是属于我跟你的毕业照。”

围观学生们笑着起哄。

“违规了呜呜，不带这样的，让我们以后每看一次毕业照，就扎心一次吗？”

无意听到同学的这句话，好像戳到了宁晚什么，她的笑容忽然就滞在了脸上。

拍完毕业照，学生们闹了会儿就散了，有的回家了，有的女生相约一起去逛街。

孟见和几个朋友去了篮球场，说再打一次友谊赛。宁晚原说跟着一起去看，但这边接着他们班后拍照的是艺体（1）班，她看到了靳宸、于修，还有安鹿。这些都是曾经陪她有过欢笑的朋友，宁晚想了下，便没有着急先走。她在一旁看艺体班拍完毕业照，然后和靳宸、于修简单地打了招呼，说了一些祝福的话后，去找了安鹿。

安鹿的头发剪短了，齐肩，整个人看上去清爽自信了不少。她穿着白衬衫、咖色格子裙，下面是条纹长袜和白球鞋。

这是树成夏天的校服，宁晚自己也穿着，可现在看着安鹿，她莫名觉得自己怎么都穿不出安鹿身上那种干净和纯洁的味道了。

阳光刺眼，宁晚垂眸笑了笑。她藏住心底的情绪，拉住安鹿的手问："怎么样，想报北城哪所大学？"

"想去北艺，"安鹿没有多想，几乎是脱口而出，"艺考分够了，就是不知道文化分够不够。"

宁晚凝神看着她。

安鹿迟疑了一会儿，才反应过来宁晚话里的试探，她眼底闪过一丝心虚："也不一定是北艺，我还想去海艺，或者省舞蹈学院。"

后两所学校都不在北城，显然有点欲盖弥彰的意味。

孟见被北城航院提前录取的消息早已传遍了学校，宁晚刚才的话不过是试探。她点点头，没再问下去，更没有戳破安鹿的打算。

"行，那祝你成功。"

安鹿的脸憋得有些红，等宁晚离开了几步，她才追上去解释道："晚，我只是听说你会去北济，所以想跟你在一座城市。"

宁晚回头，斜阳拉长了她的身影，她站在光影下轻扬着眉梢，微微一笑。

"嗯，你会如愿的。"

一群人约定在出分数的那天，无论成败都要一起聚餐庆祝，而在那之前的一天恰好是孟见进行航院体检的日子。

航院体检有指定的医疗机构，有各种专业的测试，孟见不得不提前飞到北城做准备。而体检中会涉及一些力量、强度适应的测试，所以接连好几天，孟家都不准孟见玩游戏，要他保证睡眠和精力。

定了去北城的机票，临出发前的这一晚，孟见在房里洗完澡，正准备上床睡觉，宁晚忽然敲门进来，把尤容给她的平安符送给孟见。

“这是阿姨给我的，我想当时如果不是这个符，我可能就会被那辆车撞飞。所以我现在把它转送给你，希望你以后也能平平安安。”

自从沈宁出现后，很多事虽然没有挑明，但聪明如宁晚，很多细碎的小事串联起来，她轻而易举地就猜到了邮件背后真正的主人是尤容。

她虽然表面没有什么改变，但已经改口叫尤容“阿姨”，态度也缓和了许多。

“我不信这个。”孟见不要她的平安符，把人搂到怀里，“让它保佑你平安就行了。”

他才洗过澡，身上裹了件浴袍，头发还有些湿，身上有清凉的薄荷味。

宁晚的喉头泛出一丝苦涩，强装欢笑，说：“让我在你这待一会，聊聊天好吗？”

孟见不知道宁晚为什么会突然这么说，但这不是什么让人难以接受的事。相反，他非常乐意。

“好。”孟见搬来两把椅子，让宁晚坐下，看着她：“你想聊什么？”

宁晚久久未说话，却忽然伸出手，轻轻拉住孟见的手。

孟见身体一僵，大脑有些发蒙。

“怎么了？”

他想要靠近一点，问个清楚，女孩却请求道：“让我牵牵你好吗？就这样，别动。”

宁晚的这句话让他整个人莫名安静了下来，彼此的温度萦绕在一起，两人默契地没再说话。

孟见手心里裹着宁晚的手，过了一会儿，像是要她安心似的，温柔看着他：“放心，我就在这，哪也不去。”

宁晚点点头，声音轻轻的：“嗯。”

还能与他像现在这样，她真的满足了。

第二天一大早，孟见就和父母一起坐飞机去了北城。

他走的时候宁晚还没有醒，反正也只是两天的时间就回来，孟见没舍得叫醒她，直接去了机场。

两天后是高考出成绩的日子。

之前大家约定好了无论考得怎么样都会在今天聚在一起吃晚饭庆祝毕业，孟见在回来的路上给宁晚发了消息，问她查过分没有。

宁晚简单回了他一句："还没有，等你回来再查。"

孟见便也没有查，想着回来后和宁晚一起查。

他上飞机，关了手机。落地的时候，便接到同学们打来催聚餐的电话。

因为之前约的时候宁晚也说了会一起去，孟见没有多想便直接让司机把车开去了聚餐的酒楼，想给她一个突然袭击的惊喜。

路上堵车，他到酒楼的时候已经迟到了半个小时，推开门，同学们正围在大圆桌前有说有笑。

看到孟见进来了，靳宸很兴奋地上前抱住他的肩："见哥，你信吗？我居然考了 535 分！"

孟见敷衍着打了他一拳："你是不是考试的时候开挂了？"

他边说边环视房里，找宁晚的身影，可找了一圈，包厢里坐了二十来个人，独独没有宁晚。

孟见疑惑地问："宁晚怎么没来？"

郑允啃着手里的鸡爪，摇了摇头："不知道啊！我刚刚给她打电话，她的手机是关机的，对了——"她忽然很激动地放下鸡骨头，"见哥，你是今年咱们市的理科状元，你知道吗？"

孟见愣住，下意识问："那宁晚呢？"

旁边的西米皱了皱眉，说："我们也不清楚，只听说你是状元。网上新闻都有了，但没有提到晚晚。"

郑允似乎收到了小道消息："我听说她有两科是零分，不知道是真的还是假的。"

孟见心里一个"咯噔"，似乎想到了什么，马上转身离开。

"我先走了。"

其实他一直都有这个心理准备，宁晚当天受到沈宁的影响，考试肯定会有偏差，却没想到她居然会弃考。

她今天没来参加聚会，一定是成绩不如预期，心情不好。孟见在回家之前都是这么认为的。

当他回到南岛花园，才知道根本不是这么一回事。

孟见进门时，刘妈正在打扫厨房，他顾不上理她，直接冲到二楼宁晚的卧室，却发现房里空空如也，整个二楼都没有宁晚的身影。

孟见又折回一楼，找到刘妈问："宁晚呢？"

"晚小姐啊，在你走的那天就回她父母家住了。"刘妈很随意地说。

孟见脑子里顿时一片空白，忽然有些不太好的预感。他拿起电话，试着给宁晚打过去，电话里传来的机械的女声告诉他——您拨打的电话已关机。

孟见的血液快速流动，心慌乱地跳着。

他继续打电话给裴皎皎，关机，打给裴晋诚，关机。

刘妈在一旁看到孟见失魂的样子，忽然想起了什么，说："对了，少爷，晚小姐说在电脑上写了东西给你，让你回来去看。"

孟见飞速地跑到二楼的书房，两人一起看电影的那台电脑没有关，他滑动鼠标，屏幕亮了，桌面上静静地躺了一份文档，名字是"给你"。

孟见已经猜到了什么，尽管他不想，也不敢打开，他还是镇定地握住鼠标双击，文档一跳，几行字跳入他眼里。

他久久地盯着屏幕，眼睛都没有眨一下。

这时，刘妈端了碗汤上二楼，刚走到楼梯口，就听到书房里传来东西摔落的声音。

尽管孟见一直竭力在忍，但他的情绪还是抑制不住地失控了。

他根本无法接受这个结果，重重地摔开鼠标，站起来背对着电脑，发泄似的踢开面前的转椅，而后整个人黯然无力地弯下腰，不知所措地将头埋进手里。

背后，电脑屏幕上亮着一封简单的信。

"我去加拿大了，对不起。我以为沈宁对我的抛弃已经是生命里最痛苦的事，以为就算这场考试失败了，我依然可以重新开始，追上你的脚步。但原来不是，原来生活没有我想象的那么轻松。孟见，如果有一天我们还能再遇见，希望我能靠自己活出一份体面，活出让你骄傲的样子。到那个时候，我再跟你重新认识一次……"

第十五章
你好，我是孟见

北城是国际大都市，有不夜城的美誉。

北城主要分为新、旧两个城区，老城区保留了许多民国近现代的建筑，复古而浪漫，印着时代的年轮。入秋后城区道路两旁飘着金黄的梧桐树叶，最近正值国庆长假，来游玩的客人很多，城市里到处弥漫着热闹的气氛。

下午六点半，孟见刚从北城机场的国际出口出来，就接到了靳宸的微信。

“见哥，能不能行了，都等着你呢？”

今天是靳宸二十七岁生日，也是他被某中学正式录取成为一名体育老师的好日子，他在餐厅包了一个包厢，请了许多朋友来庆祝。

孟见去停车场取了车，坐上去后才漫不经心地回：“飞机晚点了，你们先吃。”

他打开靳宸给的定位，是在新城区中心的某家酒楼。他把自己简单的行李包甩到后座上，然后踩下油门，直奔酒楼而去。

快接近七点，宽敞的街道上人声鼎沸，高楼大厦亮起了灯，霓虹光影快速在车窗旁闪烁着，这是一座不会让人寂寞的城市。灯红酒绿，属于年轻人的夜生活才刚刚开始。

孟见握住方向盘，跟着导航的引导不时调整方向，他眼里没有任何情绪，周围五光十色的世界好像完全吸引不了他的注意。

二十分钟后，他到了约定的酒楼。靳宸的包厢在三楼，包厢的名字很好听，叫“比翼双飞”。

孟见穿了一件浅灰色的休闲衬衫，锁骨处的扣子松开，进包厢之前他无意间看到门上的名字，顿了顿，有片刻失神。

靳宸在里面看到他，马上热情地招手：“喂，见哥，这里，快进来！”

孟见回神，视线从“比翼双飞”四个字上收回，走进包厢。

今天来帮靳宸庆祝生日的除了他的几个同事，剩下的都是过去的老同学，孟见扫了一圈，基本都认识。

那年他们几个跟商量好了似的都报到了北城，友谊也随着时间和成长一直延续到了现在。

靳宸把孟见安排坐下，然后通知服务员上菜。今天吃的是清淡的中餐，一伙人聚在一起，吃饭之余不免又相互交流起现在的生活状态。

西米皱眉诉苦：“我爸妈给我首付供了套房子，我每个月得还三千元的贷款，衣服都不敢买了。”

“是吗？”

靳宸给旁边的安鹿夹了一口菜，搭腔：“买在哪？北城的房价又涨了，反正我暂时是买不起了。”

安鹿看着碗里靳宸夹过来的基围虾，没说话，低头咬了下去。

罗子文端起每人一盅的百合排骨汤，忽地想起什么，问：“对了，安鹿，你上次给我的你们团芭蕾舞演出的门票还能不能多给一张？我想带我女朋友去看。”

“胖子你什么时候有女朋友了，是充气的那种吗？”

一群人哄笑出声。

罗子文很不服气地抗议：“去你们的，我女朋友漂亮着呢！”

他顿了顿，语气忽然弱下来，莫名带了一丝感伤：“不过比晚晚还是差了一点点。”

罗子文这话一出，全场骤然安静下来，是那种默契的、同一时间做出的反应。

这些年来，孟见很少参加聚会，上大学的时候他人在学校里，工作后更是全身心投入在事业上。他很忙，忙到大家都知道他只是在刻意逃避有关宁晚的一切，哪怕是他们这些共同生活过的同学。

当年宁晚突然出国，孟见消沉了很久，以至于差点误了去航院报到。谁也不知道他们之间发生了什么，但可以确定的一点是，没人敢在他面前提宁晚。

果然，罗子文的话让原本还热闹的气氛瞬间冷了下来。

孟见没吃什么菜，从入席就只喝了几口橙汁，一直面无表情地听别人说，直到话题到了自己身上。

众人面面相觑，不知该说什么来缓解罗子文搞出来的僵冷气氛。

沉默了几秒，却似乎过了很久，孟见终于开了口。他无所谓地夹了一片菜，语气淡然："都看我干什么？你们继续。"

坐在他旁边、一直没有参与聊天的安鹿欲言又止，像是有什么话纠结在心里，不知道要不要说。过了一会儿，她还是忍不住问："见哥，听说你这次休假去了加拿大？"

"怎么？"孟见尾音稍扬。

"那……"安鹿没有听出他语气里的不悦，小心试探着，"有晚晚的消息了吗？"

清脆一声"啪"，孟见神情冷淡地放下了筷子，脸色不太好，比进来的时候还要冷。

"我不能去玩吗？一定得是去找她？"

安鹿的声音倏地弱下去："我不是那个意思。"

靳宸眼看气氛不对，赶紧跟对面的郑允眨眼，郑允是个会活跃气氛的，这种情况最需要她马上来个热辣的段子转移话题，缓解尴尬。

郑允接收到靳宸的信号，马上会意，清了清嗓，八卦地说："告诉你们一个秘密！

"我现在不是在旅行社上班吗？之前我接了个团，结果你们猜我遇到了谁？！"

"哈哈哈，教导主任哎，他跟他老婆来北城玩。以前在学校觉得主任古板保守，你们没见他旅游的时候跟在老婆后面屁颠的样子！简直就是个爱情圣手，难怪当时他对见哥和晚晚的事那么——"郑允说着说着就跑偏刹不住了。

众人无奈地扶额，好不容易被转移了的话题又被她绕了回来。

教导主任、爱情、晚晚，每个字都像是一段故事的缩影，不费吹灰之力就勾起了在场所有人那年的回忆。

孟见没有说话，但他身上散发的气压已经让身边的每个人都不敢再出声。

就在所有人不知道怎么办时，一阵铃声恰好化解了这份尴尬。

孟见接起电话，听对面的人说了什么后，垂眸看了眼腕上的手表，简单回道："我马上到。"

听他的口气似乎要走，靳宸马上挽留："怎么了？又要出任务，你不是在休假吗？"

孟见没有解释，站起来，随手捞起椅背上的外套。

"先走了，你们慢用。"然后他在靳宸的背上拍了拍，低声说了一句"生日快乐"。

靳宸没有强行挽留，知道今天这餐饭，再勉强吃下去，孟见也不会开心。或者，这些年他就没有真正开心过。

十分钟后，孟见赶到北城救援中心大楼。他把车停在门口，车钥匙随意地丢给门口站岗的人："帮我停好。"

然后他快速跑进中心，正好撞上从领导办公室出来的周时力。

孟见的嗓音被时间沉淀过后变得更加低沉，他一边走一边问："什么情况？"

"是五个偷翻进龙景山的驴友。今天下午下了一场暴雨，有山体滑坡现象，其中一名中年男子被落石砸中了腿，不排除骨折的情况。本来这也没什么，但那个人有凝血障碍，据说现在伤口的血止不住，当地医疗条件有限，我们必须马上出发，在一小时内把他转到北城急救中心。"

周时力把手里的一份资料递给他。

"你来之前我已经做好航线图了，上面也知道你在放假，可没办法，那边现在还在下雨，情况紧急，天气又恶劣，只有你才有这个能力飞进去。"

孟见接过航图，大致扫了一眼，说："我去换衣服，三分钟后五号停机坪出发。"

周时力微愣，大概是没想到他会答应得这么干脆。

龙景山离这里两百多公里，是很多驴友探险的热门点，也是经常出事的地方。加上地形险峻，环境复杂，高低不平的山坡障碍物极多，不是每个飞行员都有能力和把握飞进去的。

当然，孟见是个例外。

航院毕业后，他又去美国飞行学院进修了一年。他每天的时间都用在飞行上，持军飞、民航双执照。回国后，他被调到北城救援中心，凭着三千多小时的飞行经验，成为救援中心最年轻的机长。

更衣室里，孟见打开自己的衣柜，拿出制服，快速熟练地换好，关门的那一刻，他忽地顿住动作。柜子门的里侧，别人看不到的地方，贴着一张合照。那是他从毕业照上剪下来的，他和宁晚站在一起的合照。

孟见黑眸微敛，下意识地摸了摸制服裤子口袋——那枚平安符还在。

宁晚走的时候带走了孟见送她的皇冠，并在孟见的枕下留下了那枚据说可以保他平安的平安符。照片和平安符，是孟见这些年一直带在身上的东西。

飞行前照例看一眼他们的合影，孟见心里依然会隐隐作痛。这些年他去过几次加拿大，却没有寻到宁晚的任何消息，她就好像凭空消失了一般，孟见除了盲目地等待，毫无办法。

这让孟见每每午夜梦回疯狂想她的时候，终于压抑出了一丝恨。恨她可以那么不带感情、不负责任地离开，还狠心地不回来。

北城救援中心有自己的直升机场，停机坪上，救援专用的直升机已经准备就绪，周时力坐在副驾驶的位置上，孟见过去跳上右侧门，坐上了机长位置。

他穿着迷彩制服，肩上是亮黄色的四道杠，强大的气场掩不住时光荏苒带来的成熟。坐定后他戴上耳机，调整设备，熟练地做着起飞准备。

“带了多少油？”

“一千公里，应该足够。”

“好。”孟见伸手按下头顶上方的操控键。

“我看了地形，降落条件不太好，极大可能会低空降落，你看情况配合我。”

“明白。”

准备工作就绪，机上有两名北城急诊中心分配过来的随行医生。四人集合完毕后，孟见通过无线电冷静汇报：“BTL 救援一组准备就绪，请求起飞。”

很快，耳机对面传来明确指令：“同意起飞，目的地强侧风，能见度低，酌情降落，没有条件就尽快返航。”

孟见应了一声，伸手按下驾驶舱顶的某个按钮，面前的仪表按键全部亮了起来，发动机的轰鸣声也随之响起，螺旋桨叶缓缓转动开始工作。

孟见扣好安全带，最后确认了一遍设备正常运转后，淡淡地跟旁边的周时力说：“准备起飞。

“三——二——一——”

孟见果断地拉下了操纵杆，周时力在左边控制油门，两人配合得刚刚好，直升机慢慢离地，垂直升空。

大约十秒后，孟见将直升机右转了三十度：“收一点。”

“好。”周时力应了一声，马上把手中的油门杆往回拉了些。

直升机就这样慢慢地爬升到合适的高度，逐渐远离了城市的霓虹和喧嚣。

龙景山山形陡峭，很多山体里的洞穴别有洞天，加上野生动物多，成了这些年热爱探险的驴友们新发现的冷门地点。

半小时后，孟见和周时力带着两名医生到达目的地。

龙景山的天气比预计的好了很多，虽然还在下雨，但风向风力都比来之前缓和了不少。

孟见已经看到了某个空旷处的红色车灯，那是当地县城医院紧急派来增援的医生。孟见在空中盘旋了会儿，找到了适合降落的地点。

他看了眼窗外，山里早已经是一片漆黑，只有救护车闪着醒目的红色灯光。窗外小雨淅沥，在慢慢接近地面的过程中，他似乎还听到了悲伤的哭声。

时间就是生命。

“减小油门，规避可能出现的鸟群，”孟见快速沉着地操作着总距杆，平静地说，“我们就在前面那块空地着陆。”

“好。”周时力动作很轻地配合着孟见。

“注意下降率。”

“明白。”

直升机终于平安降落在荒野中唯一的一块平坦空地上。

完全停稳后，周时力先下去打开后舱的门，带上担架跟着两位急诊医生赶去支援。直升机不比民航客机，降落后等待时仍需运转，安全守则规定机上必须留一名飞行员。周时力走了，孟见只能留在原地。

从靳宸的生日宴上回来后，他心里就一直憋得慌，外面的天气又好像无形中加重了这份心情。他略心烦地从右边舱门下来，从裤兜里摸出了一包烟。

旋转桨叶运转的噪声淹没了远处的一切，孟见从盒子里抽出一根烟点燃，白色的烟雾蔓延到深山的夜里，很快便与这无边无际的夜色融合在一起。

那边，似乎是周时力和急诊医生抬着担架把需要转诊的病人运送过来了。

孟见没有回头看，只想尽快抽完这支烟后返航。

山野空旷，隐约有对话的声音顺着风穿过噪声，模糊地传到他耳里，好像是先前医治的医生在跟随行医生交代着什么。

“病人的第六根肋骨骨折，已经被简单固定，出血也暂时控制住了。血压162/100mmHg（毫米汞柱），心率113bpm（全称：Beat Per Minute，每分钟节拍数），血氧95%，上机后如果有设备最好能马上氧气支持……”

“好的，交给我们吧！”

断断续续的对话，孟见听得不是特别清楚，那个声音却在那一瞬间击中了他的心脏。虽然已经过去这么多年，但宁晚的声音，她的一颦一笑、一喜一怒，已经深深地刻进了他的骨髓，忘不掉，也抹不掉。

孟见只愣了一瞬的神，便马上丢了烟，快步绕到直升机那边。

随机医生正在配合周时力把病人抬上飞机，而刚才交接的本地医生已经走远。孟见毫不犹豫地追上去，从后面拉住其中一个身影。

回头的是个年轻的男人，他诧异地看着孟见：“呃，你找谁？”

眼前的两个医生都是男的，孟见马上放远视线看向前方，可夜晚的龙景山就像一块洒了墨的布，黑漆漆的，什么都看不清楚。

他有些失礼地抓紧男医生的手，说：“请问刚才有个女医生，是不是姓宁？”

男医生愣了下，然后很礼貌地笑着回他：“没有啊。”

孟见的心重重地落了一拍，随后无力地沉下去，怅然和失望像潮水一样瞬间袭遍全身，他缓缓松开手：“抱歉，我认错人了。”

“没事。”

这时，周时力在身后叫：“见哥，可以走了！”

还有任务在身，孟见忍住心里泛起的波澜，冲两个医生微微颔首，转身准备离开。就在双方都转身的那一刻，他耳里清晰听到了两个医生悄悄的对话。

“怎么了，他找裴医生吗？”

另一个说：“不是，他找一个姓宁的人，可能认错人了。”

孟见走出去两步才反应过来，身体顿时僵住，不敢相信地回头。

两位医生交谈的声音远去，奈何就算孟见当下想不顾一切地追上去，但直升机上的病人生命垂危。身上的职责还在，病人的希望在他身上，由不得他随心所欲，孟见只能选择快速返航。

回去时天气的原因，有严重的气流影响，病人骨折须要尽量避免颠簸，所以孟见花了比平时更多的耐心和精力去操控飞机。那一刻他只能心无旁骛，不能分心。

二十分钟后，病人总算有惊无险地被转送到了北城急救中心。

执行完任务回到基地，领导刚要跟孟见说上两句，他却头也不回，连衣服都没换就离开了。他拿回车钥匙，坐进车里，直奔龙景山所处的百熠县。

回来的路上他问过了后座的两个医生，得知这次来接应的是百熠县中心医院的医生。既然任务已经成功完成，他只想马不停蹄地去找宁晚。

那种疯狂的渴望靠着使命感压制了一路，现在肩上的担子卸下来了，谁也不能再阻止他。

百熠县是北城下属的一个普通小县城，人口不多，离北城有二百公里。孟见一路驱车，两小时后就顺利到达了百熠县中心医院。

下了车，他站在医院门口，明明只要跨进去就能看到日夜思念的人，可就在这一刻，他竟然有些胆怯。

宁晚回来了，却没有找他，是有了新的生活不想被打扰，还是有了新的爱人……无论是其中的哪一种结果，孟见都无法接受。

这些年不是没有女人向他暗示过好感，可他都很冷淡地拒绝了。他的生命里早就刻上了宁晚的名字，这辈子只能是她。

空中救援任务往往是突发的，需要强大的应对能力和身体耐力，所以救援中心每周会轮流给飞行员足够的休息时间来保证体力。孟见却像铁人一样，常年二十四小时待命，全年无休，大家都以为他是热爱工作，热爱飞行。

诚然，这是一个理由。

可别人不知道的是，不知多少个深夜，他想着宁晚痛彻心扉，辗转难眠。如果不是将一切寄托在工作上，他不知道要怎么熬下去。

前不久连领导都看不下去了，硬逼着让他休假一周，他毫不犹豫就去了加拿大找宁晚。所以眼前的这一步，跨出去究竟会是怎样的结果，孟见也不知道。

他在车旁抽了一根烟，看着中心医院急诊部亮起的灯，过了许久才把烟踩灭，走过去。

孟见身上还穿着执行任务时的制服，他的背影挺拔坚毅，走进门的时候，大家都把目光转过来，打量着他。

医院的急诊部地方不大，里面有一个导诊台，有护士问他：“你哪里不舒服？”

孟见愣了愣，视线往里寻：“请问，裴医生在吗？”

小护士点头：“今晚是裴医生当值，你有什么不舒服先跟我说。”

地方医院人手一向很少，宁晚刚从龙景山救助回来还要继续坐诊，孟见不禁生出一丝心疼。

他摆摆手：“我直接进去找她说。”

“哎哎哎！”小护士忙拦住他，“你不挂号吗？不能没有规矩的，你坐下！”

护士按下他，顺便把他的胳膊强行拉过去，套上一个便携血压计：“我们必须先做基础检查才行。”

过了一会儿，小护士口中喃喃自语：“血压正常，心跳正常，体温正常……”

她抬起头，问道：“你哪儿不舒服？”

孟见被问住了。他挠了挠眉毛，努力在脑子里想一个医学词汇，忽然想起周时力老说自己有胃炎，脱口而出：“我胃炎。”

要不是冲他是个帅哥，小护士估计早就一个白眼翻过去了。

“胃炎请明天白天挂普通门诊，急诊都是看急症的！”

孟见怔住，不知道原来急诊还有这样的情况，他正要辩驳，身后传来咿呀叫唤的声音。

“医生，救命！”

小护士回头一看，马上拨开孟见，迎上去：“怎么了？”

“我叔跟家人吵架，一时想不开，喝了农药！”

“快，送抢救室！”

小护士转身，拿手上的对讲机说：“裴医生，抢救室有病人，请马上过来一下。”

孟见被拥上来的一拨医生护士踉跄地挤到旁边的就诊须知公告牌旁，他站在暗处，正准备上前问问要不要帮忙抬病人，忽然看到一个熟悉的身影从对面的房间走出来。

他停住脚步，血液倒流，愣在原地。

宁晚身穿白大褂，脚上踩着轻便的运动鞋，走得很快。她颈间挂着听诊器，大褂口袋上别了一支笔，中长的头发染成了温柔的亚麻色，披在肩上，随着她走动的频率轻轻扬着。

少了过去的乖张叛逆，她现在眉眼间柔和了许多，也坚韧了许多。可无论她怎么变，还是那个让孟见一看就心动不止的女人。

从年少到青春，再到现在阔别多年，从未变过。

宁晚几乎是小跑着去了抢救室。

门关上后，孟见虽然看不到里面的情况，但他能想到宁晚在病床前忙碌的样子，专业，认真，有这个年纪的成熟和责任感。

他嘴角不禁弯了弯。是的，他们都变了，十八九岁时轻狂冲动，轰轰烈烈，以为握在手里的就是永远，以为拥有是一件容易的事，却从没有想过，眼下这一刻彼此的成熟和蜕变，或许才是最好的开始。

孟见正沉思着，身边有人扯他的衣角。他回身一看，是个年轻男人。

男人胳膊上缠着一圈纱布，抬眼睨他：“兄弟，新来的？”

“嗯？”

“别装了，听刚才你跟吴护士说的话就知道了。去，后面排队。”

孟见彻底听蒙了，看了眼男人指的队伍，长长的一排，有人不停咳嗽，有人叫唤头疼，看上去每个人的情况都挺紧急。

让他排队看病可以理解，可说他是“新来的”“装”之类的，孟见就不太懂了，忍不住问：“什么意思？”

“什么意思？”男人裹着纱布的胳膊灵动自如，丝毫看不出来像病人，他指着后面，“这里每个人都是来找裴医生的，你以为你长得帅一点就有特权吗？先来后到，排队去！”

孟见看着候诊区黑压压的一片，愣了愣，问：“你们找裴医生……是看病？”

男人眼里带笑，狡黠地看他：“你找裴医生干吗，我们也找她干吗啊，嘿嘿。”

孟见瞬间就懂了。敢情坐在这里的所谓急诊病人，都是借病来搭讪宁晚的？

他心里顿时就不乐意了，尤其是当看到刚才那个男人哈喇子快要流出来的猥琐模样，更是一分钟都不愿意心爱的女人被他骚扰。

所以现在是比谁的情况更急对吧？！

孟见想起刚才进来时看到医院门口有二十四小时营业的小卖铺，似乎也在售卖水果，他立刻出门，折返小卖铺，买了两个杧果。

孟见对杧果特别敏感，皮肤沾到一点就会起皮疹，为了让自己看起来夸张一点，他直接把剥开的杧果沿着手臂划了几圈，直到半条胳膊全部沾满了黏腻的汁液才作罢。

果然，不到十分钟，孟见的手臂就有了瘙痒感，他手轻轻一抓，一大片红疹随之泛起。他重新回到急诊区时，抢救室的门已经打开，刚才还在门口哭喊的病人家属也不见了，应该是已抢救完毕。

孟见走到护士面前，亮出自己的手臂：“我食物过敏，能不能先让裴医生看看？”

护士看了眼他的症状，眼底一惊，像是吓了一跳：“刚才还没有啊。”

“嗯。”

“行行行，那你挂个号快进去。”

在急诊部时间长了，护士自然已经熟悉了那几张每晚来找宁晚的老面孔，知道他们都是挂羊头卖狗肉，而孟见是有了真实的症状。

她马上嘱咐：“裴医生刚刚抢救完病人可能在清理，你在里面稍微坐一下。”

“好。”

孟见顺利地进入了就诊区。

百熠县中心医院规模不大，急诊部就两个科室，除了宁晚，还有一个年长的医生。他站在其中一个诊室门口，凝神看上面挂着的牌子——急诊科医生：裴宁晚。

压抑在心底多年的重负这一刻忽然就消散了，轻松了。

无论重逢会是怎样的结果，我终于找到了你。

孟见推开门，坐到办公桌对面的椅子上，心情意外地平静，平静地等着和七年后的宁晚的第一次见面，平静地等着可能发生的一切。

他坐了几分钟，身后的门终于再次被人推开，熟悉的声音在耳边温柔响起。

“抱歉，久等了，哪里不舒服？”宁晚刚刚清理了被病人吐了一身的污垢，重新换了件大褂，匆匆赶回诊室，看到已经有病人在等她，心里顿生一丝歉意。

她来不及去看病人，坐回办公桌后打开电脑，先新建病历档案，就在她坐定的瞬间，眼角的余光敏感地发现了什么，手指的动作骤然顿住。

穿过电脑的，是陌生，却又无比熟悉的味道。

对面的孟见目光隐忍，冷漠锋利，眼里交织着万千复杂的情绪。

他在等她开口。

宁晚的手轻微颤抖起来，手指死死地抓着鼠标，刚刚从紧张抢救中平静下来的心跳又开始不可抑止地加速。她甚至没有勇气把视线转过去，去看那张只有在梦里才能触摸的脸，如今那张脸竟然活生生地出现在她面前。

宁晚动了动僵硬的手指，机械地问："姓名？"

孟见没有回答。

宁晚也没有等他回答，兀自在电脑上敲下"孟见"两个字。简单的一个名字，她却打错了好几次。

打完，她接着问："年龄？"

孟见身体稍稍后仰到椅背上靠着，还是没有回答。

宁晚的手不受控制地打下"26"。

她用尽所有学到的心理知识控制自己，让颤抖的手保持平静，最起码内心的波动不要表露在脸上，不要让对面的人发现自己这一秒的魂不守舍。

"哪里不舒服？"她一直盯着电脑屏幕，视线不变。

孟见还是没有说话，把袖子撸上去，把已经有了红疹的皮肤给宁晚看。

宁晚只敢轻轻瞥过去一眼，然后将视线快速收回，下意识地问："又吃杧果了吗？"

问完她蓦地一顿，才察觉到这句话带来的回忆有多揪心，她的心微微拧着，抿紧唇，面无表情地开始在电脑上打处方。

"我开一盒药，一天两次，一次一片，吃两天就好。"

孟见从始至终没有说过一句话。他淡淡地看着从头到尾都没有把脸转过来看他的女人，忽然淡漠地笑了："你没别的话跟我说了吗？"

宁晚的唇微动，混乱的思绪在脑子里冲突着，手久久地按在键盘上，打出一排不知所谓的字。人明明看着电脑，却好像被抽走了神志，完全不认识上面的内容。

孟见沉默了两分钟，忽然站起来，椅子离身时似乎带着某种情绪，与地面摩擦发出刺耳的声音。他站在宁晚面前，看着她，最终没再说什么，毅然转身打开诊室的门。

"砰"的一声，门被重重地关上。

宁晚伪装的镇定终于崩塌，她全身疲软地伏在桌面上，闭上眼，手深深插进发间，思绪如麻，无数回忆和滋味在心里蔓延开来。

孟见走了，她却不能当他从没有来过。

从前看不到他，宁晚可以压抑着自己，可现在看到了，饶是她再理智，也阻止不了情绪上的冲击和爆发。

她越是克制，大脑偏偏要反其道而行之，在这个时候逆势而上疯狂攀升。感情最终压倒了顾虑，直到最后想念疯狂地在脑子里横冲直撞。

五分钟后，宁晚终究没能忍住，从座位上倏地起来，打开门追了上去。

她先去了药房，没有看到孟见的身影。她又快速冲到医院门口，凌晨四点，起得早的摊贩已经推出了早餐铺，环卫工们也在马路两侧清扫着。

宽阔干净的马路上没什么人，很安静，安静到让宁晚终于感到慌张和后悔。

她沿着医院前的马路找了很久。看着偶尔穿梭而过的汽车，跑着，找着，一圈又一圈，直到最后跑不动了，才无力地在人行道旁蹲下来。

宁晚看着地面，后悔自己刚才的冷淡，后悔没有问他一句好不好。

工作还没完成，宁晚失魂落魄地回到急诊室，打起精神处理完剩下的病人后，天已经微微露出光亮。

早上六点，下班时间到了。宁晚很累很累，拖着疲惫的身子坐最早班的公交车回到了租的住处。

这是一栋五层高的老居民楼，她租的地方在顶楼，没有电梯，冬冷夏热，条件很简陋。一层一层爬到五楼，她只想倒在床上让自己睡过去，不让大脑还有任何思考的机会。

老居民楼没有声控灯，光线不好，过道里一片昏暗。宁晚从包里掏出钥匙，走到一面墙上按了某个开关，头顶一盏小灯泡亮了。过道里终于有了一丝暗淡昏黄的灯光，她的房子在最里面一间。

宁晚缓慢地朝里走着，垂着头，精神颓到了极点。就在走到尽头时，她看到一道熟悉的颜色隐在光影下，迷彩制服，再顺着往上，是肩上的四道杠。

宁晚怔了片刻，难以置信地抬起头。过道的尽头，孟见正斜靠在她家门口，见她回来，身体稍稍站正。

两人之间有五六米的距离，四目相望，周围的一切都淡了，空了。他们眼里只有对方的影子。

孟见顿了几秒，低声说：“我后悔了，所以又回来了。

“医院的同事说你下班了，给了我地址。”

孟见沙哑的声音在过道里回响，平静，缓慢，是执着，也是不愿放弃。

“你走的那年曾经说过，再见面的时候我们可以重新认识一次。所以——”孟见慢慢朝她走过来，淡然地伸出手，“你好，我是孟见。”

宁晚眼角隐着酸涩的泪，哽咽着说不出话。片刻后，她再也忍不住，手里的包应声掉到地上。

她放任所有，不再掩饰地冲过去，扑进孟见怀里。

抱住他。

抱紧他。

第十六章
我有女朋友了

宁晚开门让孟见进了屋内。她心里还惦记着他手上过敏的皮疹，幸好作为医生，家里一直备着日常用药。她从抽屉里拿出一板药，抠开取出一粒，又倒了杯温开水。

她走到孟见面前，细声道：“快吃了。”

孟见接过来，把药丢进嘴里，就着水仰头咽下去，吃完才看到宁晚一动不动地看着他。宁晚嘴角微抿：“看都不看就吃，不怕我乱来吗？”

孟见无所谓地勾了勾唇，把水杯放到一边：“那你想都不想就让我进来，不怕我乱来吗？”

宁晚没说话。

孟见环视四周，越看眸色越深，这是套一居室的房子，不到四十平方米。虽然屋子收拾得干净整洁，可家具都是旧的，地板已经出现严重的裂缝。快早上七点了，房子里还暗沉沉的没什么光，潮湿而阴冷。这根本不该是宁晚住的地方。

宁晚从他眼里看到了疑惑和不解，她双手局促地扣在一起，解释道：“房子是简陋了点，不过我一个人，没那么多讲究的。”

她把孟见拉到沙发上坐下，拧开一支药膏：“我帮你擦一点外用的，不会那么痒。”

和过去在南岛花园时的她相比，宁晚现在清减了许多。孟见没有追问，垂下手，任由宁晚摆弄他的胳膊。

两人静静地坐在一起，空气中萦绕着药膏的气味。宁晚的神情很专注，她在认真地擦药，孟见也在很认真地看她，满足而贪婪。

谁都没有主动开口打破这份难得的温情。可有个问题压在孟见心里太久了，他迫切地想知道答案，沉默片刻后，他轻轻开口问："为什么不来找我？"

宁晚擦药的动作一顿，紧接着，她的嘴角带着某种无奈微微上扬。她帮孟见把手臂上的药膏慢慢推开，细腻温柔地擦到每一处后，才回道："你怎么知道我没有找过？"

孟见好像突然释然了一般，倏地抽回胳膊，抓住宁晚的手："什么时候？"

宁晚也不挣扎，垂眸，回答："两年前。"

孟见一愣。两年前？

"两年前我一个人从加拿大回来，悄悄去过北城，去航院打听你的消息，但他们都说你去美国了，要三四年才回来。"

那一年孟见因毕业成绩突出，被学校送到美国交流进修。当时培训约定的是三年时间，但孟见熬不住，怕错失宁晚回来的消息，度日如年地过了一年就回了国。没想到他还是错过了。

"后来我想在北城找一份工作等你，可我在加拿大读的普通医科，北城的医院不接受我国外的学历。国内医院制度复杂，很多医疗理念和国外也不同，我应聘了很多家医院，最后北城急诊中心留下了我，条件是——"宁晚叹了口气，"先来百熠县支援锻炼。"

孟见急忙追问："支援多久？锻炼多久？"

宁晚轻轻摇头："没有说，我已经来了两年，渐渐习惯了这里的生活。这里虽然地方很小，条件也简陋，但我觉得生活很平静，很满足。"

孟见心里有些难受，抱住她的肩："平静到可以不再需要我了吗？"

"不，孟见……"宁晚的眼里有微光，她没有否认自己的感情，"我很想你，每分每秒都在想，可是——"

一闪而过的明亮转瞬便暗淡下来，宁晚从沙发上起身，走到窗前拉开灰色的帘子，看向雾蒙蒙的窗外，半晌，对着空气，若有所思地轻声说："我不知道自己还能不能奢望拥有你。"

孟见看着她孤单瘦小的背影，以为宁晚是在为自己当年的离开而感到愧疚。他没有去深究这句话的意思，重逢对他来说意味着失而复得，他只想抓紧面前的人，一辈子都抓得紧紧的。

孟见上前从背后抱住她，吐诉多年隐忍的情绪："别再留下一个文档就消失，别再让我只能靠照片和回忆煎熬，别再走，留在我身边好不好？"

宁晚被孟见紧紧地拥在怀里。过了一会儿，她转过身，头微仰着，打量面前这张阔别多年的脸庞，她青春时光里最重要的男人。他依然帅气，依然会让自己只看一眼就心神悸动。

宁晚抬手，指尖缓缓掠过孟见的脸，感受他皮肤的每一寸纹理，感受他目光里从未变过的炙热。过了好一会儿，她才轻声说："好，我答应你。"

她已经二十六岁，分别的这七年，从一开始的无法面对，到渐渐接受那个事实，她相信现在的自己已经有足够的勇气，去面对生活中的所有考验。虽然今天在遇到孟见的那一刻她潜意识选择了逃避，但幸好，孟见没有放弃。

他都不放弃，她也不会再愚蠢地松手了。就算有一天他知道了那件事，对自己疏远，她也不会勉强。因为静心学医多年，宁晚深谙一个道理——活在当下，珍惜当下。

十二个小时高强度工作过后，宁晚已经非常疲惫，体力透支严重。她从包里掏出一小瓶药，倒出两粒，把孟见吃药没喝完的水端起来，正要就着水把药吃下去，孟见无意间扫到药瓶上的字，立即拦住宁晚的动作。

他惊讶地把瓶子拿到手里又确认了一遍，发现没有看错后，怔怔地看着宁晚："为什么要吃安眠药？"

宁晚闭着眼睛揉脑门心："我需要睡觉。"

"必须靠这个？"

宁晚没有说话，算是默认。

孟见把瓶子捏在手里，心里有说不出的痛。他不知道这些年宁晚到底经历了怎样的生活，才会让她看起来这么疲惫，这么让人心疼。他放下瓶子，从沙发上抱起宁晚。身体骤然离地，宁晚霎时有些不知所措。

孟见把她抱进卧室里，帮她脱掉外套和鞋，拉上被子，给疲惫至极的她盖上。然后，自己躺在旁边，手绕过她的脖子。跟过去一样，他轻轻地说："我陪着你。以后你睡不着了，我都来陪你。"

熟悉的感觉扑面而来，蜕去了年少的青涩冲动，孟见的怀抱让宁晚感受到了成熟男人的安全和安心，那一丝隐隐的烟草香，刚好是宁晚最沉迷的味道。

她孤身一人太久了，现在，真的想有一个怀抱能让自己安睡。

她往孟见的怀里躲得深了些，闭上眼睛。虽然没了安眠药的催眠，但这一秒卧室里有了往日从没有过的温暖，很暖很暖。

不知过了多久，宁晚迷迷糊糊地睁开眼睛。卧室里的窗帘被拉得很严实，几乎看不到外面的阳光。

这是宁晚这些年睡得最踏实的一次，没有连绵不断的梦境，没有突然被噩梦惊醒，酣畅淋漓地睡到自然醒。

她扭头看了一眼床头的闹钟，已经是下午两点。身旁没有人，宁晚突然反应过来，从床上坐起身，愣愣地看着空荡的卧室。

白天黑夜颠倒，她有一瞬的不真实感，好像几小时前那个拥着自己入眠的男人只是幻觉，或者根本就是一个梦。

宁晚掀开被子，急切地跑到客厅求证，跑到客厅后，依然没有看到人。她脑子一片空白，在原地站定片刻，随着情绪的沮丧，身体难以接受地退了两步。

就在这时，忽然有一个声音从身后传来："醒了？"

简单的两个字，却像一道光瞬间照亮了宁晚的心，她倏地转回头。

孟见站在厨房门口，室外的暖阳从窗沿夹缝里倾下一片斜影在他脸上。他的唇微微勾着，蓝色迷彩制服的袖子挽了半截，露出修长的手臂。

"饿了吗？"他问。

宁晚在心里松了口气，还好是真的，还好他没走。她点点头，想起自己那间米都没一粒的厨房，心里有些歉疚。

"你也饿了吧？"宁晚麻利地折返卧室，把外套披在身上，边走边拿钥匙，"我们下去吃——"

吃饭的"饭"字刚到嘴边，她眼角忽然瞥到客厅的小圆桌上摆了几个被盖住的盘子。

宁晚惊住了，走过去打开其中一个，是玉米虾仁，再掀开一个，是糖醋排骨，接着陆续打开的，是番茄丸子汤、什锦豆腐等，全是自己过去喜欢吃的。

宁晚盯着满桌还冒着热气的菜愣了好久，刚刚褪去的不真实感又冒了出来。她下手掐了掐自己的脸，居然很疼？可她依旧觉得这不可能。

孟见以前就是“衣来伸手，饭来张口”的富家公子，只会下番茄鸡蛋面，还一天到晚跟宁晚秀厨艺，但现在——他这么居家了吗？

看宁晚震惊，孟见解答了她的疑惑：“你不在，学会做你爱吃的菜也是我曾经安慰自己的一种方式。”

他说话的语气淡淡的，好像在说一件没什么大不了的事，但只有同样经历过这种心情的人才懂。就好像在加拿大上学时，宁晚课后有很多时间都留在篮球场上，她懂这中间的无奈和寂寞。

宁晚不想气氛变得伤感，收了情绪，走到孟见面前，一只手轻轻抚过他的制服，语气里故意带了几分调侃：“你现在这么优秀，喜欢你的女人是不是更多了？”

“是。”孟见挑了挑眉，非常干脆地承认。

虽然这是毋庸置疑的事实，但他这么直接地回答，还是让宁晚生出一份隐隐的醋意。

“哦。”她松开手，垂下眉眼，转身朝圆桌走过去。

她刚刚背过身，手又被孟见拽住。他的声音里噙着笑：“你吃醋的样子怎么一点都没变？”

熟悉的感觉又回来了，宁晚好像回到了过去。那时也是这样，他故意逗她吃醋，但她打死不承认。的确，现在还是这样。宁晚不自然地甩开孟见的手：“懒得理你。”

她朝卫生间走去，准备稍微洗漱一下再出来吃饭，孟见见她进了卫生间，不慌不忙地坐到桌旁给两人添饭。

果然，在心里静数三秒后，宁晚拿着一套崭新的杯子、牙刷和毛巾从卫生间里探出身体。

“这什么意思？”

孟见云淡风轻地回答："刚才去超市买菜的时候顺便买了，反正以后我会常来，这些都是生活必需品。"

宁晚一时间竟觉得无言以对，愣了好一会儿才摇摇头，幽幽地感慨："你不要脸的样子也一点都没变。"

孟见耸了耸肩，心情很好地朝宁晚招手："过来，我喂你。"

他刚说完这句话，兜里的手机就响了。

看到来电号码是救援中心的座机时，孟见就知道，这顿阔别七年后在一起吃的第一顿饭要泡汤了。他瞬间收起之前散漫的笑容，接起来，听完对方的话后简单回复："我会准时到。"

宁晚通过他的神情猜测到是工作上的事，刚刚在一起又要分开，虽然心里各种不舍，但她自己也同样在一个"时间就是生命"的岗位上，明白救援的重要性和迫切性。

她默默地从包里掏出常备的士力架，放到他的手心，嘱咐他："别饿着肚子去。"

孟见垂眸看着手里的小零食，眼底漾起一抹满足的笑，他在宁晚头上揉了揉："没事，临时有一个培训要我去做演示，你先吃饭，我忙完就过来看你。"

宁晚点点头："好。"

孟见没再多言，起身离开，进入工作状态的他往往是严肃认真的。

宁晚站在身后目送他，男人的身影刚踏出大门一半，忽然又毫无预兆地转过身，然后带着某种侵略感，朝宁晚直直走来。

宁晚木然地看着他，身体下意识退了退："干什么？"

"我忘了一件很重要的事。"

孟见的动作很快，边说边扣住宁晚的后颈，朝前一压。宁晚措手不及，两人微凉的唇猝然贴在一起。

这个吻只有一秒，突然而仓促，却地动山摇。

孟见迅速抽离，沙哑地在她的耳边说："等我回来。"

在没有超速的情况下，孟见回到北城已经晚上七点半了，离约定的培训时间还有两个多小时，虽然很久没合眼，但他一点都不累。或许是心底的阴霾散了，人也跟着精神了。

孟见今晚的任务是为新来救援中心实习的一批学员示范夜间飞行的要点。本来教学的事不归孟见管，但中心的姚主任专程打电话来说："你技术过硬，而且和这些小年轻好交流，其中还有几个是你航院的师弟师妹，你得来提携一下。"

主任亲自出面，孟见不好推辞，便应了下来。

回到中心，孟见先找了间办公室打算眯一会儿，可一闭上眼睛，脑子里就是宁晚躺在自己怀里的模样。他真的很想就这样每天看着她入睡，看着她睁眼，跟她一起度过漫长的黑夜，迎接每天的第一缕阳光。

想到这，那种迫不及待想要见她的情绪又涌了出来。宁晚今天还是夜班，现在应该已经去医院了。既然看不到人，孟见便打开手机，想听听她的声音。

下午他们互相交换了新的手机号码，孟见还没来得及存名字，从拨出列表里找到号码，正要打过去，手机屏幕却忽然一闪，有电话打了进来。

孟见看着屏幕上的数字，正是自己刚刚要拨出去的号码。他的嘴角不禁轻轻勾起，按下了接听。

"你到了吗？"宁晚在电话那边问，语气很温柔。

"到了，"孟见朝沙发上仰下去，身心都充斥着巨大的满足，"你呢？乖乖吃饭了吗？"

宁晚也在那边轻轻抿唇："嗯，吃了。"

这句话后，两人共同沉默了一秒，紧接着几乎是异口同声地问对方。

"想我了吗？"

"想我了吗？"

两人都愣了一下，然后发出轻而默契的笑。

孟见的胳膊压在脸上，嘴角止不住地扬起浅浅的弧度，他低沉地"嗯"了声，认真地问宁晚："裴医生，怎么办呢？"

"嗯？"

"我人回来了，可心掉在你那儿了。"

宁晚忍不住"扑哧"笑了，刚要说话，就听到有人喊她的名字，好像是有急症要处理，宁晚只好压低声音说："我不跟你说了，有病人。"

"等会儿，"孟见叫住她，"你还没回答你想我没有。"

宁晚在那头顿了顿，淡定地回了两个字“没有”，然后挂了电话。

听着“嘟嘟”的忙音，孟见把手机从耳边拿下来，看着屏幕上的号码，好像就看到了那个口是心非的女人。

没有？呵呵。

如果没有，怎么会心有灵犀到他正要给宁晚打过去，她就打过来了？还问自己有没有想她？

她根本就是想了，却不承认。

孟见勾着唇若有所思，片刻后，他把宁晚的号码存进通讯录，郑重地在名字那一栏打下两个字。

他刚打完，周时力不知道从哪冒出来，伸手想抢孟见的手机，但孟见反应快，在他出手之前就迅速把手机收进口袋，然后半抬眼皮，冷冷清清地睨他。

周时力被他看得发毛，讪讪地笑着解释：“我刚刚从外面经过，看到你对着手机笑得诡异，所以才进来看看你有没有事。”

“滚。”

孟见踹了一脚周时力，翻个身，想起宁晚，语气莫名地飘飘然：“我好得不得了。”

认识孟见这么久，周时力非常清楚他的脾气，两人搭档久了，也属于可以随便开玩笑的关系。周时力觉得孟见这个人哪都好，就是个人问题上不像个男人。

大家都是在一起飞的同事，制服上身，连背影都是帅到让人窒息，无论到哪里都有女人主动向他们示爱。可孟见偏偏像个清心寡欲的和尚，对她们一点意思都没有，甚至连正眼都懒得看一眼。

周时力一度怀疑孟见跟他走得近是不是对自己有意思，毕竟孟见体格好，日常操练几百个俯卧撑根本不算事，一起洗澡时，他的身材让周时力这个男人都羡慕。

好几次执行任务后一起洗澡时周时力都抓紧了肥皂，不敢让其掉下去，生怕给孟见机会。可后来他发现自己想多了，孟见对男人也没兴趣。所以“见哥为什么没有女朋友”成了全救援中心十大未解之谜之首。

周时力被踹了一脚，也不生气，笑嘻嘻地坐到孟见旁边：“知道今天老姚为什么把你召回来吗？嘿嘿，别说做兄弟的没提前透露内幕消息给你，我——”

周时力长篇大论还没说完，就被孟见跟提兔子一样丢出去，孟见沉声警告：“再进来打残。”

“好的……”

门关上后，孟见的世界才终于清净了，他闭上眼睛，抓紧时间休息。

他一向有非常强的时间观念，晚上十点培训夜间飞行，他的大脑会自动在九点四十准时发出信号让自己醒来。今天也不例外。

九点四十分，孟见起床，洗了把脸，喝了一瓶维生素水，吃了宁晚给的士力架，他的体力便迅速恢复到精力充沛的状态。

十点，他准时出现在停机坪上。

新学员们已经提前列队等着了，周时力站在一边跟他挤眉弄眼，孟见不知道他想说什么，也懒得理他，接过实习名单扫了一眼，问：“谁先来？”

一个小姑娘戴着迷彩的帽子，率先举起手：“我我我！”

孟见侧眸瞟了她一眼，又没什么感情地收回视线，下巴冲直升机抬了抬：“上去。”

今天的操练内容是夜航目视飞行，是直升机飞行里操作较困难的内容，孟见跳上左侧副驾驶的位置，坐在小姑娘旁边，看她逐一操作，并在一旁指导。

“位置灯怎么不开？

“向左压杆。

“看视野。

“下滑线拉高。

“吃饭了吗？用点力气。”

孟见在教学上没有一点怜香惜玉的意思。飞行是一件严肃的事，尤其是他们执行的空中救援是争分夺秒的，不仅专业技能要强，心理素质同样要过人。

小姑娘没经验，磕磕巴巴地完成了指定动作后，松了口气，坐着朝旁边的孟见鞠了个大躬：“谢谢师哥。”

孟见被她这个举动吓了一跳，转身，挑了挑眉：“航院的？”

小姑娘眨着眼睛：“嗯！”

孟见的态度没有因为女孩是同门而多一份热情，他只是轻轻应了声，表示自己知道了这件事，然后平静无波地说：“可以执行降落了。”

“哦——”小姑娘眼里的星辉顿时暗了不少，好像有些失望，一个人转过去嘴里叽叽咕咕地不知道在说什么，孟见也没在意。

他拿起座位后的水拧开，才喝了两口，小姑娘忽然语出惊人地冒出一句：“师哥，其实我来救援中心是想做你女朋友的！”

“噗——”

孟见一口水没忍住全喷了出来，他咳了几声，好气又好笑地看着乳臭未干的小姑娘：“你？”

“是的！”小姑娘豪情壮志地用力拍胸口，“我，姚妮妮，要做你孟见的女朋友！”

直升机这时已经平稳地降到了地面上，孟见垂眼看着这个初出茅庐的小丫头，忽然前后联系出了什么，回过味来。

“所以姚主任是你什么人？”

“报告师哥男朋友，”姚妮妮做了个敬礼的手势，“姚主任是我爸，亲生的那种！”

这姑娘是不是有点缺心眼？

孟见哼笑了声，懒懒地把耳机摘下，边解安全带边说：“小孩，我有女朋友了。”

姚妮妮愣了一下，吃惊地看着他：“真的假的？我不信，我爸暗中观察你一年了，他说你除了出任务就是回家，身边没有女人！”

这是个什么魔鬼领导？

“无所谓，不用你信。”

孟见打开舱门，正要下去，忽然又生出一份兴致，顿了顿，他坐回副驾驶位上，好整以暇地看着姚妮妮：“不信是吗？”

“是，”姚妮妮扁着嘴，“我实名要求你给我个‘实锤’，有‘锤’我才死心！”

“好，”孟见勾唇，“我满足你。”

他拿出手机，找到宁晚的号码打过去，并把屏幕对着姚妮妮：“看清楚了吗？”

姚妮妮瞪圆眼睛看着上面的两个字——老婆，嘴撇得更凶了。

孟见为了让姚妮妮死心得彻底，还很嚣张地开了免提。

“嘟——嘟——嘟。”

响了好几声后，对面终于接起电话，只是，电话那边传来的却是一个秀气的男人声音。

“喂？”男人的声音文质彬彬，轻声和气，一听就是那种温文尔雅的白净小生。

孟见还在想怎么会是个男人接宁晚的电话，旁边的姚妮妮眼神复杂地把他从头到尾看了一遍，然后拍了拍他的肩：“师哥，我懂了。”

她打开自己那侧的舱门，下去前对天竖起三指：“我发誓，这件事我不会告诉别人的，但如果我不小心说了出去，也肯定不是故意的！”

——不是。

——等会儿，我是真的有女朋友的，OK？

孟见觉得姚妮妮发誓的样子一点都不可靠，不过当下他最在意的不是被这个无关紧要的人误会什么，而是打宁晚的手机，为什么会是一个男人接的。

虽然确定宁晚不会让自己头顶青青草原，但孟见去过她上班的地方，知道每天光是等在外面以各种病为借口接近宁晚的男人太多了。虽然宁晚无心，但那些王八蛋可都惦记得紧。

孟见看了看腕上的手表，晚上十点四十，距离两人分开已经过去了快六个小时。他归心似箭，但依然沉住气，先做好了手上的工作。等剩下的几个学员一一上来操练结束后，已经是夜里十二点。

在更衣室匆匆洗了澡，换上一套干净整洁的常服，孟见披星戴月，连夜返回百熠县。他一点都不觉得麻烦，相较之前毫无希望的等待，现在只是多开一两个小时的车就能看到宁晚，他觉得这已经是极大的恩赐和满足。

车一路疾驰，午夜两点时，停在了百熠县中心医院门口。

孟见又给宁晚打了个电话，这次没有男人接了，而是直接关机。他感觉情况不太对，迅速停好车跑进急诊部，门口站着的还是前天那个护士。

她看到孟见进来，眼睛微微睁大，几秒钟后似乎是和那晚的制服帅哥对上了号，她惊讶地问：“又是你啊？”

“裴医生呢？”孟见忙问。

小护士原本在为自己又跟这个帅哥打照面而暗自窃喜，结果帅哥跟那几个男人一样，也是来蹲裴医生的。

她顿时兴致缺缺地垂下眼，语气也不友好了：“裴医生在急诊手术室做手术呢，一边等着去！”

原来是在做手术。孟见总算放下心，转身想找个地方坐下来等，忽地又回头问：“她什么时候开始做的？”

小护士白眼一翻：“七点！两个很复杂的车祸伤员，做完估计天都亮了。”她的言下之意，等不起就撤了吧。

孟见没在意她字里行间的轻蔑，算了下时间，宁晚从七点就开始手术的话，到现在已经连续做了七个小时。

以前只在新闻里听说医生的工作是多么高强度和辛苦，现在亲眼所见，孟见心里百感交集，既为宁晚救死扶伤的工作骄傲，也心疼她这么累。

孟见坐在大厅角落的候诊区，拿出手机，下载了一个租房买房的APP，想看看百熠县有没有条件好一点的住处，他打心眼里不想让宁晚住在那个阴冷的房子里。

他正用心看着，旁边忽然凑过来一个男人。

“兄弟，看房呢？”

孟见不喜欢被打扰，条件反射地盖住手机，然后定睛一看，发现眼前的男人有点眼熟，再细细一想，是那晚让他别插队，还假装断了胳膊的男人。

孟见没理他，朝旁边移过去一个座位。男人却很没眼力见地跟着移过来，态度很热情：“兄弟你放心，我没恶意，就是觉着咱们难兄难弟的，在这说说话解个闷。”

孟见皱眉，转头看他，眼里的费解显然是针对“难兄难弟”这四个字。

男人会意，眉眼间堆起猥琐的笑，自来熟地在孟见肩上拍了一下：“裴医生啊！”

他指着空荡的候诊区："你看看，一听吴护士说裴医生要手术到天亮，那帮孙子就都走了，只有你跟我还守着呢。"

孟见冷静了几秒，开始反思自己为什么会听一个打自己女朋友主意的人的废话。他随即站起来，想换个地方，那男人却紧追不放。

"你别走啊，坚持就是胜利！要不咱俩聊聊天，你想找多大的房子，几个人住啊？要不要——"

孟见冷着一张脸倏地转回身，字字分明，语含警告："我跟裴医生住。"

男人一愣，然后摸了摸后脑勺，笑了："我也想跟裴医生住，我还想……嘿嘿。"

呵，想你大爷呢！

孟见手指的关节拧得"咯咯"响，正准备把这个男人带出去谈会儿人生，面前的电梯突然"叮"一声开了门。

他站在一旁稍稍让开，电梯里陆续走出几个穿着蓝色手术服的医生，好像在交谈着什么，孟见忽然有种直觉，目光往里寻过去，果然，最后出来的是那张熟悉的脸。

宁晚抬起头的一瞬间，正好也看到了孟见。她先是怔了下，然后惊喜地小跑过来，到面前后亲密地抱住他的腰。

"你怎么来了？"

"想你了。"孟见语气轻飘飘的，说的时候似有似无地瞟了一眼身边的"难兄难弟"，神情很是玩味。

"刚才你打电话过来我正在手术，是助理医生帮我接的。"宁晚没看到旁边还有个痴汉，语气轻轻柔柔的，眼里只有孟见，"我换件衣服就下班了，你再等我几分钟。"

"不急，"孟见把她稍凌乱的马尾抚平，故意秀给旁边的人看，"饿了吗？想不想吃烤红薯？我在来的路上买的。"

宁晚上学那会儿晚自习前经常不吃饭，就吃两个烤红薯，还百吃不厌，工作后倒是没怎么吃过了。她看了眼外面的天气："你路上买的？现在肯定凉了吧。"

"还是热的，"孟见边说边拉开外套，小心地从怀里拿出一个还温热的纸口袋，“我一直焐着呢。”

“啊？”宁晚显然没想到孟见会这么做，惊喜地接过来，抿唇而笑，眼里跟装着星星似的，全是恋爱的味道。

这一幕看得“难兄难弟”一愣一愣的，他咽了咽口水，睁大了眼。天哪，我以为他是个青铜，实际却是个王者系列？！

宁晚撕开一块红薯的皮，正和孟见说着话，从她身边经过的百熠县中心医院急诊部的主任忽然回头唤她的名字：“小裴啊，你跟我进来一下，我有事跟你说。”

宁晚应了声，赶紧把红薯塞还给孟见：“你在这等我。”

“好，快去吧。”

宁晚跟着主任走进办公室，内心有些忐忑，不知道是不是刚才的手术有什么问题。

“坐啊，小裴。”主任很客气地指着桌前的椅子说。

“谢谢主任。”

宁晚还没来得及换衣服，身上还是刚刚那套蓝色的手术服。她坐下来，习惯性地在旁边按了一点消毒液在手上：“您找我有事吗？”

主任点头，沉吟片刻后从抽屉里拿出一份资料。宁晚的视线扫过去，是工作调动通知书。

她稍稍愣了下：“这是？”

“前几天那个危重的龙景山驴友现在恢复得很好，北城卫生局的领导特地打电话肯定了我们医院的工作，顺便——”主任停了半秒，看着面前的调动书说，“急救中心要你回去了。”

宁晚看着他，难以置信地说：“您是说，我的支援工作结束了，可以回北城急救中心了？”

“是的。”

作为医疗资源匮乏的县城，宁晚精湛的急救理念和技术是他们急缺的资源，可人才留在这，又的确屈才。主任扶了扶眼镜，出于私心，恳切地挽留道：“当然，你也可以不去，留下来，我们医院可以给你评副主任职称。”

宁晚垂下头，过了一会儿才抱歉地开口：“对不起主任，我也很想留下来，我很喜欢百熠，可是——”可是我更想跟自己爱的人在一起。

这句话宁晚终究没说出口。作为医者，她这个想法是自私的，可作为女朋友，一个不称职的女朋友，她不想让孟见在忙碌的工作之余，还要因为她在路上反复奔波。

主任当场扬了扬手：“我明白，小裴。”

这是预料中的结果，他没有强行挽留她，而是把工作调动书递给她：“那你收拾收拾，下周一就可以去急救中心报到了。”

“是。”

从主任办公室出来，宁晚还没能回过神，她曾经以为会在这里待一辈子。可没想到，孟见出现后，她生活里的迷雾乌云也都跟着一一散退，眼前顿时变得豁然开朗。

宁晚换好衣服返回急诊室时，孟见还坐在候诊区的椅子上看手机。

她脚步放缓，轻轻走到他身后，不动声响地把头靠到他肩上：“一个人在这偷看什么呢？”

孟见听脚步声就知道是宁晚，薄唇微抿，笑道：“看房子。”

“看房子干什么？”

孟见腾出一只手向后钩住宁晚的后颈蹭了蹭，语气慵懒：“想金屋藏娇。”

宁晚站直，把他的手打开：“没正经。”

两人手拉着手一起出了医院，上车后孟见把手机递给宁晚，翻出刚才做了标记的几套房子，问她：“你看看这几套里，你喜欢哪一套？”

宁晚接过来随手翻了下，反应过来：“你想我搬家？”

“你那套房子太潮湿了，”孟见掌着方向盘，顿了顿，意味深长地补充，“而且，床太小。”

这人一张嘴就说不出什么正经话。

宁晚懂他的意思，但还是故意装不懂，并且直接拒绝了他，把手机放回中控台上。

“不用了。”

孟见视线向前看路况，右手却不自觉地从方向盘上滑下去牵她的手，耐心地问：“为什么？”

“因为——”宁晚微微一笑，从包里掏出工作调动书，在孟见面前晃了晃，“裴医生我要去北城了。”

孟见反应了半秒：“真的假的？”

他当时就激动地刹住了车，把调动书仔细翻开看，确定宁晚真的结束了支援工作后，第一反应居然是欣喜地去翻罗子文的电话。

宁晚疑惑地看他：“你这会儿找小胖干什么？”

“问他锦旗在哪定的。”

“啊？”

“我明天就定上一百面‘好人一生平安’的锦旗给你们领导送去。”

什么玩意儿？

宁晚终于结束了在百熠县两年的支援工作和艰苦生活，她收拾好所有东西，再花了一天的时间交接工作。孟见周日下午开车过来接她回北城，方便她第二天直接报到。

宁晚的行李不多，一共两个小箱子。两人回到北城是晚上八点半，时间还早，还够来一场浪漫的约会，或者吃个饭，看个电影什么的。

孟见做好了一切准备，把车直接朝自己的住址开，那边有很多大型购物广场。宁晚却问：“你去哪？”

孟见挠了挠头，镇定自若地回答：“你刚到北城，还没住的地方，就先——”先去我家住着。

孟见的心思还没说完整，宁晚忽然一挑眉，说：“谁跟你说我没住的地方了？”

孟见差点又要靠边停车了：“谁？你要跟谁住？男的女的？多大年纪？单身已婚？有没有不良习惯？有没有——”

“停！”宁晚捂住孟见的嘴，叹息一声，“你也认识的好不好。”

孟见马上提高警惕。吃窝边草的兔子更可怕。

“谁？”

宁晚轻轻地说：“李澄澄啊。”

孟见在脑子里快速搜罗了一圈，确定对这个名字没有什么记忆后，不由分说地发动了汽车。

“不认识，不允许，你得跟我回家。”

宁晚觉得无奈又好笑：“高中毕业的时候，你还帮我写过明信片给她啊，你忘了吗？”

被她这么一提醒，孟见忽然想起了这个人。他记得那会儿宁晚有很多明信片，多到写不完，他自告奋勇帮她写的第一张就是李澄澄的，当时他看到这个名字就想到了橙子，于是便祝她的未来像橙子一样甜。

所以——女的，老同学，无威胁，无害，十级安全。

孟见找不到理由阻止宁晚去朋友家住了，“哦”了声，很不情愿地问：“那这个橙子住哪？”

宁晚打开手机，找到李澄澄留的地址，然后抬头告诉孟见：“棠月小区。”

孟见只好把车速降低，靠边，在车载导航上慢吞吞地输入“棠月小区”四个字，然后查看路线，准备选一条红灯最多，用时最长的路线，最好能长到让宁晚改变主意。

他正在心里酝酿着，宁晚的声音忽然幽幽地在身旁响起：“你是在想怎么带我绕路吗？”

孟见心里一“咯噔”，马上否认三连：“没有，怎么可能，你想多了。”

宁晚伸出食指不慌不忙地在屏幕上点了下，选了一条最快最不堵的路线，然后才看向孟见，顿了顿，无奈地叹了口气：“孟见，你老实点不行吗？”

孟见不自然地咳了声，努力给自己找台阶：“我只是——”

他还未说完，一双纤细的手忽然攀住了他的脖子，紧接着女人的香气扑鼻而来，宁晚的红唇轻柔地在他的脸颊上啄了一口，似哄似撒娇：“我答应你，等我安顿好了就去你家玩。”

闻言，孟见的眉不自觉地动了动，然后他转过脸，意味不明地盯着宁晚看了好一会儿，身体慢慢压过去，直到彼此间只剩一指宽的暧昧距离。四目对视，两人的呼吸也因此迅速在逼仄车厢里融为一体，交缠暗涌。

他垂眸，淡淡睨了眼宁晚被窗外细碎光影映着的柔软的唇，喉头滚了滚，饶有兴致地微眯起双眼：“玩什么？成人游戏吗？”

宁晚表示不想说话。

第十七章
我无条件相信你

宁晚当初能被北城急救中心留下，其中少不了李澄澄的帮忙。那时两人在医院门口遇到，李澄澄认出了宁晚，非常欣喜，再得知她是来求职后，更是热情地向院长举荐了她。后来两人便逐渐熟悉，虽然宁晚这两年都在百熠县，但李澄澄只要有空就会过去看她，两人过去靠一张明信片认识，没想到多年后，缘分还是让她们成了好朋友。

周一，宁晚正式到急救中心去报到。

北城急救中心是北城及周边地区各种重急症集中救治的大型急诊单位，汇聚了国内最顶尖的急诊医生，每个都是果断专业、冷静沉着的人才。

宁晚领了医院的制服后，接到通知，急救中心的主任要见她。她换好衣服，把中长的头发扎成简单干练的马尾，然后站在更衣室的穿衣镜前，对着镜子打量自己。

她终于靠自己的能力走进了国内最优秀的医院，没有靠裴家的金钱和人脉，没有靠任何背景关系。今天的一切，完全是她一步步走过来的。

宁晚很满足，也很感激。感激七年前她没有放弃生活，没有放弃自己，她还是熬了过来。

她把白大褂的纽扣扣好，再一次看向镜里的自己，微微弯起嘴角，转身离开。

北城急救中心的主任叫林若白，三十三岁，教授级别，年轻有为，是胸外科的一把刀。

宁晚敲门进去的时候，他正在办公桌前伏案写着什么，看到宁晚，他抬起头，示意她坐。

“手续都办完了吗？”他问。

“谢谢林教授，都办好了。”

宁晚现在的心情既神圣，又激动，好像有用不完的精力。她想马上就投入到工作中，发光发热，回报生活赠予她的一切。

林若白从旁边抽屉里拿出几本册子，递给她：“这是我们医院的一些规章制度和操作守则，你拿回去仔细看看，工作上一定要遵守这些规则，尤其是原则上的问题，比如——”

林若白说了一大堆，问题主要还是集中在现在较常见的医患纠纷上，宁晚仔细听了并记在心里。她说：“嗯，林教授，我会谨记的。”

林若白又问了一些她在百熠县的工作经历，末了，点点头说：“你的临床经验很丰富，去吧，希望你能尽快适应这份工作。”

“是，”宁晚谦虚地低下头，“那我先去忙了。”

从办公室走出来，一个女人从宁晚对面跑过来，那女人也穿着白大褂，皮肤透白，脸上美滋滋的，看起来很高兴的样子。

两人擦肩而过，宁晚没有多想，继续下楼，可走了两步她才想起一件事——她现在要去哪儿啊？她还不知道该在急救中心的哪个科室上班。

没办法，她只好回头，重返林若白的办公室。

林若白的办公室门此刻虚掩着，宁晚走过去，出于礼貌还是敲了敲门。然而就在她抬手落在门上的那一瞬间，看到眼前的一幕，再想收手，已经来不及了。

刚才从她身边跑过去的那个女人，现在正坐在林若白腿上撒娇似的吻着他。林若白一副很无奈，却又很享受的样子。

宁晚突然的敲门声惊醒了一对璧人，女人立即从林若白身上下来，别起耳边碎发，笑着和宁晚打招呼：“嘿！”

宁晚不知道怎么应付，只好也尴尬地挥了挥手：“嘿？”

林若白理了理被扯乱的衣领，清了清嗓，马上恢复之前的高冷状态：“又回来干什么？”

宁晚觉得自己也是倒霉，第一天上班就撞破了上司的办公室激情。

“林教授，您没告诉我，我要去哪个科室工作？”

林若白看向刚才正在写的一张人员名单，过了一会儿，对宁晚招了招手。宁晚赶紧走进去。

“你是学神经外科的，就去神经外科吧，还有——”林若白在名单上写上她的名字，继续吩咐，“下午我有个医疗讲座，你过去给我当助理。”

“好。”

该问的都问了，宁晚不敢多留，赶紧说了声“谢谢”就走。转身的时候林若白忽然在身后叫住她，顿了顿，淡定地解释：“裴医生，你别误会。”

宁晚回头，满脸疑惑。

林若白指着身旁那个笑眯眯的女人：“这是我老婆，胸外科的医生许昕。”

他的言下之意好像在说，我没和女下属乱搞，这是我的合法权益。

宁晚第一次面对这种情况，也不知道该怎么回才是礼貌的，她想了想，觉得万事都离不开一个尊重，既然人家夫妻之间现在有事要做，她犹豫了下，试探性地开口：“那打扰了，你们继续？”

林若白：“咯咯……”

宁晚找到急救中心的神经外科，这里主要是接收一些脑创伤之类的病人。李澄澄刚好也在这个科室，她比宁晚早来两年，对医院各方面都要熟悉些。一上午，她带宁晚参观急救间，介绍其他同事，时间便一晃而过。

中午吃饭的时候，宁晚接到孟见的电话：“裴医生，第一天上班还习惯吗？”

宁晚端着从窗口打好的菜，嘴角呷着浅浅的笑容：“不习惯能怎么样？难道跟你去学开飞机吗？”

电话那头孟见懒洋洋地回她：“不习惯就回来做我一个人的私人医生，我养你。”

想起高中时因为田园宾馆的事被教导主任误会，当时面对主任痛心疾首的指责，孟见故意顺着说要养宁晚。

那年他们年轻气盛，敢说敢做，现在虽然因为生活的阅历而多了过去没有的成熟，但这句“我养你”在宁晚耳里听来，还是那么让她怦然心动。

青春时的承诺，至今未变。

食堂巨大的玻璃窗外落下的阳光，和男人的话语一起暖暖地洒在宁晚身上，温暖了她全身。

下午一点，宁晚跟着林若白一起上车，去要开讲座的地方。路上她没敢主动开口说话，生怕林若白又要提及上午在办公室的事，但林若白看上去好像已经忘了，淡定自如地拿讲座的资料给宁晚。

“今天是受邀给我们的兄弟单位做一个简单的急救培训讲座，内容不复杂，主要就是常见的人工呼吸、胸外压、气道异物等。”

“好。”

宁晚翻看着讲座的流程，一一熟悉。她边看边想着林若白刚才说的话，正准备问他口中的兄弟单位是哪家，乘坐的车停了下来。宁晚抬头从窗子里看出去，便愣住——北城市救援中心。

林若白从旁边下车，喊着出神的宁晚：“看什么呢？快下来。”

宁晚怔怔地看着“救援中心”这四个刚劲有力的字，心里有点蒙。所以，她今天居然是要来给孟见他们做培训，那他知道自己来吗？应该不知道吧，不然以他的性格早就打电话来问了。

来不及多想，宁晚赶紧跟上了林若白。

救援中心非常大，像一个小型的机场，途经的地方还看到不少正在操练的队伍，宁晚趁林若白不注意时偷偷打量那些人，没有发现孟见的身影。

难道他是出任务了？

更衣室里。

孟见正在换制服，周时力在他身后止不住地笑：“见哥，现在全中心的人都在疯传你喜欢男人，姚妮妮绘声绘色地挨个表演一遍，说你的对象是个小白脸，你现在跳进黄河也洗不清了。”

“随便。”

孟见声音淡淡的，好像一点也不在意被误会的事。他脱了上衣，露出性感的六块腹肌，然后捞起制服外套穿上，从上到下扣好纽扣，饱满结实的上半身线条被制服完美地勾勒了出来。

他掸了掸四道杠的肩章，朝外走："不是要开什么培训讲座吗？还愣着干什么？"

周时力无奈了，这哥们儿心真大。

急救知识讲座在中心五楼的会议室进行，宁晚在一旁帮林若白整理PPT（演示文稿软件）资料，入口处不断有人进来。无论男女，清一色的蓝色迷彩制服，英姿飒爽。

宁晚虽然在低头准备，但视线时不时朝门口瞥一眼，没多久，她便从进来的一行人中发现了那个颀长挺拔的身影。

孟见边走边侧头和身边的人说着什么，脸上还是那副漫不经心的表情，进来的时候没有看台上，更没有发现宁晚。

宁晚心底莫名泛起几分甜，她抿抿唇，不动声色地把视线收回。这时，林若白走到旁边敲敲她面前的桌子："准备开始了。"

"好。"

会议室里坐满了来听讲座的人，孟见其实没什么兴趣，这些急救方法他们在航院时早就培训过了，但现在单位硬性规定必须来听，他只能过来应付应付，做个样子。

他在下面坐着，悄悄给宁晚发微信："我想你了。你能不能马上、立刻、下一秒就站在我面前？"

台上的宁晚听到手机"嘀嘀"响了两声，那头救援中心的领导在发言，林若白还没上台，她趁人不注意悄悄滑开屏幕，看到孟见发来的话后忍不住嘴角上扬，迅速敲过去一个字："好。"

收到回复的孟见还没琢磨明白这个答应得干脆的"好"是什么意思，台上的姚主任已带头鼓掌。

"下面让我们用最热烈的掌声欢迎北城急救中心的林若白教授和裴宁晚医生为我们做今天的培训。"

孟见怔了一秒，倏地抬起头。在周围绵绵不绝的掌声里，他看到宁晚手里拿着一台笔记本电脑，面带浅笑，跟在一个男人后面缓缓上台。

宁晚在站定的那一刻，视线还若有若无地朝自己这边看过来，带几分暗示和暧昧，但不过半秒，她又快速收回视线。

发生了什么？怎么会是她？

他正沉浸在梦想成真的震惊里，旁边的周时力忽然凑过来捅他的胳膊：“见哥，你快看台上那个女医生，超正点啊！”

孟见目光一沉，阴郁地把头转过去，盯着周时力看了一会儿，冷笑着说：“你信不信我把你按在地上摩擦？”

周时力：“我怎么了？”

这个畜生难道真的对自己有意思，现在终于控制不住了？他不由得裹紧了衣服，挪动屁股，让自己离孟见更远一些。

孟见懒得理他，转过头，认真地看向台上安静地给教授放PPT的宁晚。

宁晚低垂着眼帘，投影的灯光洒在她脸上，映得她的皮肤亮到发光，让孟见看了就忍不住心痒，想要把她揉进怀里，揉进身体里疼爱。

林若白在台上讲解了几种常见的急症抢救方式，接着拿出事先准备好的人形道具，放在平板床上。

“下面请裴医生为大家示范一下紧急情况下人工呼吸的标准动作。”

宁晚走到道具人偶前，捏住鼻子，抬高下巴，俯身，吸气送气，一套动作做得非常详细。

但下面有同学举手：“教授，那个道具太假了，下巴抬多高、距离多近，能不能让裴医生挑个真人示范一下？那样会更直观一点！”

林若白想了下，说：“好。”

他转身跟宁晚说：“你随便选个人上来配合你吧。”

宁晚朝下面坐着的一群人看过去，视线跟着心跳不知不觉就到了某个位置，而坐在那的男人，也正好整以暇地看着她，他的眼神好像在说“你敢选别的男人试试”。

宁晚上学那会儿就喜欢跟孟见对着干，现在看到他眼神里投射出来的意味，更是挑起了她的逆反心。于是她随便一指，指向孟见旁边的周时力：“就你吧。”

周时力：“我？”

他忙不迭地站起来，不知道出于什么心理还很无耻地脱了外套，露出里面的背心。虽然他的身材比孟见差一点，但多多少少还是有点料的。

“见哥，麻烦让一下，嘿嘿。”周时力要上台得从孟见旁边过，可等了几秒，这人打死不让路。

孟见的目光直视台上的宁晚，两人对峙片刻，他嘴角忽然轻轻一扬，然后伸手压下了蠢蠢欲动的周时力，自己站了起来，然后在周围一片议论声中，上了台。

孟见走到宁晚面前，像个陌生人似的什么都没说，直挺挺地躺上了平板床。

宁晚微微动唇：“我点的好像不是你。”

孟见还没开口，林若白就在旁边催促：“随便谁都一样，开始吧。”

孟见嘴角滑过一丝微不可察的笑，宁晚看着得逞的他，无奈地闭嘴，然后不自然地伸出手，边操作边讲解：“大家看一下，人工呼吸时先用拇指和食指捏住病人的鼻子，另一只手让病人头部尽量保持后仰，然后就像我这样，深吸气，向病人口中吹气——”

宁晚俯下身，刚把头垂至孟见嘴边，耳里忽然传来低沉沙哑的气声：“好玩吗？”

宁晚知道孟见是在气她当着他的面找别的男人来做人工呼吸，她压低声音，故意挑了挑眉激他：“好玩。”

然后不给他再说话的机会，她迅速朝他嘴里吹了一口气。

孟见“呵呵”冷笑。

讲座结束后，林若白收拾东西时不小心打翻了一瓶矿泉水，弄得西装外套湿了一大片，姚主任忙派了个人带他离开清理一下。

宁晚把现场剩余的资料文件收好，下楼后发现林若白还没出来，便想给他打个电话。她刚找到号码，手里的手机突然被人抽走，紧接着手臂被人从后面拽住。不等宁晚反应过来发生了什么，就被强行拖进了几米外的一个房间。

孟见关上门，把宁晚重重地压在门板上，顺便腾出一只手反锁了更衣室的门，随着“咔嗒”一声响，宁晚终于醒了神。

面前的男人黑眸暗沉，呼吸很快，眼底的炙热很危险，阵阵热气涌过来，他压迫式地俯下身，根本不给宁晚一丝犹豫和拒绝的机会，直接以吻封唇，霸道地堵住了宁晚还未说出口的话。

孟见像一头蛰伏已久的凶狠猛兽，用力地吻着宁晚的唇。宁晚措手不及，挣扎着，又不敢太大声，怕惊到门外经过的人。可她越这样隐忍，越是让孟见疯狂。

被吻得气都喘不过来的宁晚，手脚并用都没能阻止孟见，她只能迅速调整策略，主动配合孟见，不再挣扎，只希望能快点消了这位大爷的气，结束这场羞耻又刺激的亲吻。

可她太小看孟见了。从抗拒到迎合，从被动到主动，她万万没想到，自己的缓兵之计竟然成了点燃干柴的最后一把烈火，孟见的攻势更加激烈，宁晚的城池渐渐守不住了。

她双手不自觉地攀上孟见的腰，身体微微后仰，胸口快速起伏着。

两人正如火痴缠在一起，一道声音冷不丁在身后响起："能让我先出去吗？"

宁晚吓了一跳，第一反应先缩到了孟见身后。孟见倒是没什么反应，相反，激情时刻被人打扰，他脸上有些不悦的情绪。他转身挡在宁晚面前，黑眸轻抬，这才看到说话的是宁晚的上司林若白。

林若白刚才被人带到更衣室来清理打湿的衣服，正在隔间里擦拭，忽然听到外面传来奇怪的声音。成年人的冲动他很理解，所以他没有出声，想等人出去了，然后假装什么都没看到。可他默默等了很久，房里两个人不仅没有要结束的意思，反而越演越激烈。他感觉自己再不出来的话，可能会被逼着看到更香艳的画面，那是不道德的。

现在两人终于分开，林若白神色平静地从他们面前走过去，想尽量不给他们造成压力。

然而宁晚看到是他后，整个人都愣住了，大脑霎时一片空白，情急之下下意识地喊住他："林教授！"

林若白停住，没回头。

宁晚思绪一片混乱，但隐约觉得自己有必要解释清楚。顿了顿，她指着孟见说："林教授，您别误会，这是我男朋友。"

言下之意，我不是和陌生人搭档做一次人工呼吸就搞到一起的人。

林若白淡淡地"哦"了声，抬步走到门口，开门时又想起什么似的，把上午宁晚在办公室回复他的话重新回给她。

“那打扰了，你们继续。”

到了这个情况，再烈的火也燃不起来了，孟见舌尖抵着后槽牙，尽管在心里腹诽了林若白好几句，但为了宁晚的工作着想，他还是让到一边，帮林若白开了门。

林若白清了清嗓，挺直腰板离开。宁晚快速整理好凌乱的妆容，看了孟见一眼，没再停留，紧跟上去。

孟见看着两人离去的背影，也逐渐恢复平静。他的拇指滑过嘴角残留的香甜，低头浅浅一笑。

更衣室外，林若白和宁晚并肩走在一起，平静的气氛下萦绕着挥之不去的尴尬，宁晚想打破这样的氛围，但又找不到适合的话题，她不是那种善于活跃气氛的人。

两人伴着诡异的气氛走了一段距离，孟见的声音忽然在身后响起：“林教授！”

林若白一顿，皱眉回头。

孟见手里拿着一件灰色的西装外套，小跑过来递到他面前：“是您掉的吧？”

林若白刚才因为被封闭在一个香艳的环境里急于出来，都忘了把清理好的外套带走。他接过来，微微颔首：“谢谢。”

“不用，”孟见将视线缓缓转向宁晚，勾起还带火热余温的笑，“我送你们出去。”

宽敞幽长的回廊上，变成了三个人并肩的身影。宁晚站在中间，两个男人站在她两侧。左边的上司目视前方，全程面无表情，右边的男朋友同样目视前方，看似在认真走路，实际在身侧时不时撩她的手，宁晚不理他，每次都无情地甩开。

表面装得什么都没看到，其实余光瞥得一清二楚的林教授内心：呵，当我是死的吗？

有几个学员聚集在门口，看到宁晚来了，原本交头接耳的声音弱了下去。几个人互相推搡，后来似乎商量出了结果，一个个子中等、皮肤白净的男孩走到宁晚面前。

“裴医生，那个……就是，刚才讲座上我们还有一些问题没懂，所以……”男孩拿出自己的手机，不好意思地摸了摸后脑勺，“能不能留个你的手机号，我们有不懂的可以请教你？”

宁晚见多了这样的套路，她其实知道男孩是什么意思——请教是假，搭讪才是真。她正要开口委婉拒绝，旁边的孟见却突然开口：“行啊。”

他漫不经心地笑着，把男孩的手机拿过来，在上面按下一组数字，然后还给男孩：“裴医生的号码。”

虽然男孩不清楚孟见为什么会有裴医生的号码，但要到了号码的他还是很兴奋，一时激动，直接回拨过去：“那裴医生你记一下我的电话号码，我叫杨秋啊！”

刚报完姓名，杨秋就听到了面前的人身上传来的手机铃声，不过，不是裴医生，而是救援中心的大佬，刚才给他号码的好心人——孟见。杨秋有些迷茫，话语和笑容一起顿住。

孟见不慌不忙地从口袋里掏出手机，眯眼看了看：“行，杨秋对吧？”

孟见垂下左手，表明身份似的牵住身旁的宁晚，耐人寻味的笑里带了一丝恐吓的意味：“我记住你了。”

等两人都走远了，杨秋才如梦初醒，回到朋友那气急败坏道：“去你的，谁说的见哥喜欢男人？刚才那个裴医生就是他的女朋友好不好！”

怂恿他上去要号码的一群朋友投来同情的眼神：“我们知道。”

“知道还让我去？”

其中一个男人幽幽地解释：“我们也是刚刚才听小六说，他看到见哥把那个裴医生拉进了更衣室里好长时间，他还很贱地躲在门口听了一会儿。”

“天哪，真的假的？！”

众人齐齐地把目光转向那个叫小六的人，八卦地问：“快说说，听到什么了？”

“嘿嘿，”小六回味无穷地望天，许久后才露出一脸的“姨母笑”，“刺激啊……”

宁晚和林若白终于走到了救援中心的门口，姚主任出来送他们，两方人客气地道别。两人刚要上车，林若白的手机响了，他接起来，说了两句后视线不经意落到了宁晚身上。

直觉这个电话跟宁晚有关，孟见不禁多了几分注意。

“我明白了，我会尽量协调。”不到一分钟，林若白挂了电话。

他上前两步，对救援中心的姚主任抱歉微笑，说：“主任，可能要麻烦你们协调一件事了。”

姚主任很热情：“您说，您说。”

“长荣镇有个病人，是抗战老兵，下午突发脑出血，情况紧急，市里下了通知让我们全力抢救。”

姚主任听罢随即应下来：“老兵必须救！我这就让我们这边最优秀的救援小组出发，你们那边是不是有随行的医生？”

林若白点点头，然后回头问宁晚：“你有没有问题？”

宁晚愣了下：“我？”

“我的意思是，脑出血是你们神外较常见的急症，既然是你擅长的领域，你可以马上跟救援小组出发，不用等。”

在这种时候，一分钟的延误都有可能造成严重的后果。虽然情况来得突然，但宁晚定了定心，还是沉住气：“没问题。”

姚主任见林若白那么干脆，马上也转身跟孟见说：“你跟周时力马上出发，跟裴医生一起去长荣镇，务必将老兵平安接到北城。”

“是。”

孟见立即收起了之前的散漫，走之前交代宁晚：“待会儿到五号停机坪等我，我们需要十五分钟的起飞前准备。”

“好。”宁晚看着他的眼睛，第一次发现了这个男人身上的另一种味道，那种成熟、带着责任感的冷静和沉稳。

林若白又嘱咐了她几句注意事项便赶回了医院，安排老兵接回来后的抢救工作。上一秒一群人还在说说笑笑，下一秒就都投入了各自的角色里，紧张有序地展开工作。

起飞前的准备工作在十三分钟后准备完毕，周时力做好航图，带宁晚先上了直升机。

这次救援中心派出的是空中救援里最专业的大型医疗直升机，机舱里装备了心电监护、心肺复苏机、除颤仪等精密先进的医疗设备，可以同时容纳六到八人同行。

孟见习惯性地查问了地面人员的维护情况，确认一切准备无误后，跳上飞机。

下午三点半，阳光还有点刺眼。

日间飞行主要还是靠目视，孟见坐在机长的主驾驶位置，扣好安全带，戴上无线电耳机和保护视线不受日光影响的雷朋黑色墨镜后，就启动了直升机引擎。直升机的螺旋桨叶随着引擎的轰鸣声开始转动，孟见调整设备，通过耳麦请求起飞指令。

宁晚坐在斜后方静静地看着他。她能清楚看到他工作时的神情，沉着冷静，坚毅果断，肩上的四道杠在阳光下泛着让人着迷的颜色，一双骨节分明的手熟练地在控制台眼花缭乱的复杂仪表按钮上操作着。

这些年她没有看到过的孟见的魅力，都跟着他身上的迷彩制服散发得淋漓尽致。宁晚有些沉溺其中，心跳微微加速。

孟见把起飞程序操作完毕后，忽然转过头。黑色墨镜遮住了他的眼神，却遮不住他嘴角微微漾起的宠溺笑意。

“要飞了，安全带扣好了吗？”

都说男人认真工作时最有魅力，宁晚信了。只是这样与孟见对视一眼，她竟然把持不住地红了脸，好像十八九岁的少女，第一次认识这个男人，一见钟情，心似小鹿乱撞。

这太不像自己了。宁晚慌忙垂下头，镇定回道：“好了。”

孟见还是不放心，从前面伸过手来又仔细检查了两遍才作罢。他转回身，跟旁边的周时力说了句宁晚听不懂的飞行术语，然后推起了操纵杆。

直升机缓缓升空，很快就远离地面，朝长荣镇飞去。

第一次坐直升机的人有些会晕机，孟见怕宁晚不习惯，飞的时候特别小心，尽量在最快的速度下保持最平稳的飞行。他用余光打量斜后方的宁晚，刚开始宁晚一直在欣赏窗外的地面景色，过会儿他再看的时候，她已经闭上了眼睛，好像睡着了。

这次任务出来得急，宁晚根本没有什么准备的时间，高空的气温略低于地面，她只穿了一件针织薄衫。

孟见压低声音问周时力："机上是不是有床毯子？"

"啊？"周时力看了眼身后，顿时明白，指着舱尾小声回，"在担架下面。"

太远了，暂时够不到。孟见干脆直接脱了外套，让周时力暂时操控飞机，自己稍稍侧身，轻手轻脚地过去，把衣服盖在宁晚身上。

他凝神看了宁晚一会儿，她似乎睡得很熟，长长的睫毛垂着，在高空的阳光下，柔白皮肤上隐约能看到细小的绒毛。

这么一会儿的工夫就睡着了，看来她的失眠是真的好了。孟见嘴角微勾，忍不住伸手刮了刮她的鼻尖。

周时力好奇地问："见哥，你跟裴医生在一起多久了？"

孟见转回身，重新操控飞机。

他们在一起多久了？孟见也不知道怎么算。如果要从自己对她倾心的那一天算起，真的已经太久太久了。

他笑了笑，没回答。两人压低声音又聊了会儿别的，二十分钟后，直升机开到了长荣镇上空。

长荣镇是百熠县下属的乡镇，环境优美，从高空视野看下去，风景秀丽，地缘辽阔。

孟见正想回头叫醒宁晚，通知她准备降落，视线稍稍一转，还未开口，却先发现斜后方有个黑色的东西正对着自己。

孟见半秒后反应过来，宁晚在偷拍他，不是拍直升机舱内，不是拍高空风景，而是专心致志地在拍他这个人。

孟见不动声色地又把头转回去，装作什么都没看到，对周时力说："医院附近位置不怎么好，只能斜坡着陆。"

"检查燃油箱。"他边说，边用余光偷偷观察宁晚的动作。

或许是听到了孟见的话，宁晚拍了几秒后停下，收回手机，竟然又闭上眼睛接着装睡。孟见收回视线，眼底滑过转瞬的轻笑，没有马上戳破她。

很快，直升机降落在长荣镇唯一的一家和平医院附近。

宁晚跟着周时力下了飞机，这次的情况特殊，要接的是对国家有重大贡献的抗战老兵，市里特地下了通知——全力以赴，不容出错。

孟见在机舱里目送宁晚离开，穿军用背心开了一路，说不冷是假的，好在他平时身体强健，这一点寒冷还算不上什么。

把外套重新拿回来穿在身上扣好，扣到第二个扣子的时候他发现了什么，顿了顿，重新把衣服脱下来，送至鼻下闻了闻。

他的外套上染了一种特别淡的香味，混合了宁晚头发上的百合精油洗发水味，还有她身上天然的体香，两种味道交织重叠，只轻嗅一下，便像一道火蹿进孟见体内，霎时又搅得他燥热起来。

要这么穿在身上，根本别指望能安心返航，孟见无奈地暗骂一声，狠心地把外套扔到了舱尾。

他深吸一口气，拧开一瓶水，刚喝一半，周时力从医院里面出来，神色匆匆地跑到直升机旁告诉他："见哥，出事了！

"裴……裴医生跟医院的人吵起来了！"

孟见听完脸色一变，随即就把周时力喊进来守着，换他下去看宁晚那边到底出了什么事。

他弯腰捞回刚才丢开的制服外套，快速穿在身上扣好，跳下飞机，直奔院内。

来的时候，不仅是宁晚的医院再三嘱咐，他所在的救援中心后来也接到了上级通知，务必全力抢救老兵。所以这件事非同小可，已经上升到了卫生局、政府都在关注的层面上。如果宁晚一冲动导致出了什么岔子，后果不堪设想。

孟见几乎是冲进医院的。这所乡镇医院地方很小，现在整个大厅都围满了人，孟见急切地拨开人群，还没有看到宁晚就先听到了她的声音。

"病人现在的情况根本不适合再颠簸转运，必须马上手术，再拖下去会很危险！"

她刚说完，一个中年男人很不耐烦地反驳："怎么就不适合了？老兵是北城政府要求转诊的，我们医院的医术有限，如果能手术，还需要你们过来接人？"

男人冷笑一声："不自量力！"

孟见走到宁晚身边，也看清楚了眼前的情况。

四五个身着白大褂的人围着宁晚，冷淡傲慢的神情中还带一丝不屑，刚才那个说话的中年男人是这里的副院长，他表现得十分不耐烦。

“怎么回事？”孟见问。

宁晚很无奈，侧头告诉他：“我看了病人的病历，现在情况特别危急，血压降不下来，人已经处于深度昏迷状态，CT（电子计算机断层扫描）显示出血已经大于二十毫升，这种情况下再搬动病人等于直接要他去死，必须马上开颅实施血肿清除减压术，病人还能有一丝希望。”

“说得容易！”那男人讥笑一声，“开颅？老爷子已经九十二岁了，你考虑过他受得了吗？”

“不然呢？你还有其他办法？”

宁晚声音冷冷地反驳他：“就算送到北城，急救中心也是一样的治疗方式。”

男人被噎了下，神色闪了闪：“那边都是专家，肯定有办法。”

“我说的就是唯一的办法。”宁晚不再理他，抄起病人的检查单，一张张翻过去，看完后更坚定了她的想法。

“病人没有其他基础疾病，三大常规、肝肾功能、凝血功能都正常，完全能承受这场手术。”

旁边老兵的家属听着两边医生的说法，也没了主意，想了又想，问宁晚：“医生，那进行了手术的话，能完全治好吗？”

宁晚顿了顿，回复说：“老爷子出血量较多，后遗症或许在所难免，如果抢救及时的话，可能仅有轻度的后遗症，但如果再拖下去，就不好说了。”

家属原本就六神无主，听宁晚这么一说后，像是有了定心丸，马上对中年男人说：“秦院长，那就请给老爷子动手术吧，他子弹都受过，不怕的。”

中年男人脸色很难看，背着手在厅里走了两圈。其实宁晚说的道理他都懂，但老兵年纪太大了，又是国家看重的人，身份特殊，万一手术台上出点什么事，他肯定也会被连累，乌纱帽绝对不保。

所以从一开始，他就决定了不接这个烫手山芋：“不行，我担不起这个责，要动手术去北城，我们这里不行，出了事谁负责？！”

“我负责！”宁晚从包里掏出自己的工作证，“我是北城急救中心神经外科的裴宁晚，我主刀，出了任何后果都由我来承担。”

“还有我。”宁晚的话音刚落，一直在一旁沉默的孟见忽然开口，语气肯定，毫不犹豫。

他也掏出证件，送到中年男人面前：“请你们马上安排手术室，配合裴医生给老兵做手术，出任何事我跟她一起承担。”

北城最大的两个急救单位的人都下了保证，旁边围观的人都窃窃私语起来，家属又在旁边恳切请求，中年男人碍于压力，不得不点头。

“行，行，这可是你们要求的。”

他边说边打电话，过了一会儿告诉宁晚：“三楼手术室，我会让我们的医生尽量配合你。”

“多谢。”

宁晚松了口气，转身看着孟见，低声问他：“你不怕我做不好？”

孟见微抿了抿唇，宽慰似的牵住她的手：“我无条件相信你。”

一时诸多情绪涌上宁晚的心间，有感激，也有感动，她低头一笑，温柔覆上孟见的手，坚定而冷静地说：“等我。”

“去吧。”

换手术服、消毒、给病人备皮，全部准备工作在二十分钟内完成。三楼手术室外，门前的状态终于变成了“手术中”。

周时力还在外面守着直升机，考虑到现在的局面，孟见给姚主任打了电话说明突发情况。虽然姚主任也说他冲动，但终究没有太过责怪，叮嘱他和周时力好好守在这，等病人手术后再看要不要转诊到北城。

挂了电话，孟见才静下心来，坐到等候区，默默等宁晚出来。

十分钟、一小时、两小时、三小时……

时间缓慢地过去，谁都不知道里面的情况。孟见等得很焦急，也很担心。

他站起来，想去吸烟区抽根烟缓解下焦躁的心情，才走到楼梯口就撞上了从下面走上来的一群人。孟见神色一怔，认出了来人，马上把掏出来的烟又放回去，恭敬地在一旁站好。

那边，姚主任看到了孟见，马上走过来朝站在中间的人介绍：“首长，这就是我刚才说的，我们救援中心的优秀飞行员孟见，航院高才生，军飞、民航双牌照，总飞行时间已经逾四千小时。”

姚主任浮夸的介绍让孟见不太自在，其实面前这位北城军区的首长他认识，几年前军区来航院选人进空军部队，首长一眼就看中了他，却被他一口拒绝了。

那时候孟见想的是，空军保家护国，是一个伟大的职业，他们满腔的热忱都献给了蓝天和祖国。但他不行，他的心全是宁晚的。他只想做一个普通的人，一个在每天下班后，能有时间和女朋友约会、看电影的普通人。

最后，首长是恨铁不成钢，满怀着失望离开的。

如今再相见，姚主任说了那么多，首长也没什么反应，只淡淡地“嗯”了声，甚至都没有看孟见就朝手术室走过去。姚主任跟孟见使眼色，一行人紧跟上去。

老兵参加过阅兵仪式，战功赫赫，如今突然病危，上级说要不惜一切代价抢救。原计划是送到北城请最好的专家救治，可孟见报告突发的情况后，几个单位的领导都大吃一惊，随即驱车赶往长荣镇。

北城市的副市长，北城军区、急救中心以及救援中心的领导此刻都等在门外，不知是谁透露了消息，连媒体都闻风而来，在医院门口守着消息。

手术室外很安静，大家的神情都很严肃。老兵已经进入手术室四个小时了，孟见等得煎熬，如今这场手术已经成为多方关注的焦点，假如宁晚……他不敢去想后果。

蓦地想起什么，孟见去摸裤子口袋里的那枚平安符，握在手里，默默地对上天祈求，祈求用自己的所有换宁晚的一切顺利。

五小时后，手术灯终于熄灭。

孟见的眼睛一直盯着那盏灯，灯熄灭的一瞬间，他的心提到了嗓子眼，是激动的，也是忐忑的。

所有人都围了上去，急切地等待消息。

门打开，宁晚戴着口罩和几个护士走出来，她的脸色很白，看起来很疲惫，或许是没想到门口围了这么多人，开门的那一刻她明显愣了一下。

姚主任看到她，马上上前问：“裴医生，老爷子怎么样，救过来了吗？”

“是啊，医生，我爷爷还好吗？”老兵的家属也一脸焦急。

宁晚来不及问为什么门外突然多了这么多人，面朝老兵的孙子，摘下口罩，安抚地笑了笑：“虽然血出得多，但好在手术及时，我已经把血块清理了，老爷子也很争气，很配合，我相信——”

宁晚下面这句话，是面对众人说的，她微微提高音量，带着自信和骄傲说：“他还能活很久很久。”

老兵的孙子愣了下，随即热泪盈眶，激动得不知道说什么好。他忽然给宁晚跪下：“谢谢医生，谢谢！”

孟见站在人群后方，心跳得极快，当听到宁晚说一切顺利时，他紧绷了五小时的心才终于放了下来。他知道宁晚虽然说得简单，但整整五小时，她的疲惫已经说明了一切。

孟见深呼吸了几下，转身看向窗外，在心里感激所有神灵的庇佑。

宁晚把家属们扶起来，又嘱咐了术后的护理关键事宜后，才注意到急救中心的院长竟然也来了。

她心虚了一秒，刚才事出突然，情况又紧急，她不顾众人的反对坚持在这里做手术，虽然是为了病人着想，但也确实违背了上级指令。

宁晚低头走到院长面前，缓了缓，跟他道歉：“对不起，院长，是我自作主张了。可老兵的情况真的不能再等，再多等十分钟就有可能无法挽回，所以我……”

院长点点头：“我明白，你做得很好。”

他转头跟站在旁边的副市长和首长解释：“这次的事虽然有违规的地方，但请二位理解，时间不会等生命，很多时候生死就在一瞬间。”

“说得好！”首长的声音刚劲浑厚，带着不怒自威的气场，他和蔼地看着宁晚，“你叫什么名字？”

宁晚怔了下，看着面前这个一身军装，气质威严的领导，忙回复道：“首长好，我是急救中心神经外科的裴宁晚。”

首长在口中默念了一遍宁晚的名字，然后转身，意味深长地跟众人说：“我们国家现在缺的不是医术精湛的医生，也不是在国际杂志上发表了多少论文的医生，而是需要能在这样紧急的情况下，坚持自我，坚持信念，把生命看得高于一切的医生！”

他边说边看着要坚持送老兵走的秦院长：“今天如果不是裴医生拿自己做担保，可能我们这位为国家开疆辟土的老兵等到的就是不一样的结果！”

秦院长低着头，脸上一阵煞白，冷汗连连。

宁晚这时想起了孟见，在人群后找到他的身影，把他拉到身边，跟首长说：“首长，这件事不是我一个人的功劳，当时救援中心的孟见也做了担保的。”

其实孟见并不想领什么功，可他被宁晚拽着袖子，挣脱不开，只能被逼着和首长打照面。

他官方地笑了笑，官方地回答：“是我应该做的。”

不知怎么的，孟见总感觉首长好像当年树成的教导主任。果然，下一秒，首长瞥了他一眼，重重地“哼”了声，吐出三个字：“臭小子！”

首长好像终于卸下了之前对孟见伪装起来的陌生和威严，痛心地拍打孟见的胸口：“你说你，当时让你进空军，你不进，说等什么女朋友，什么女人值得你这样喜欢啊？兔崽子，我的气到现在还没消呢！”

首长说到往事就气不打一处来，当年他去航院挑人，孟见无论是身体素质，还是飞行技术都是拔尖的。他惜才爱才，一心想让孟见进空军部队，结果孟见倒好，说等什么女朋友，想也不想就拒绝了。

首长边说边看旁边的宁晚，这个丫头他也是极喜欢的，冷静果断，有做大事的胆量和气质，就跟当年看到孟见一样，他第一眼看到就十分欣赏。

想到这里，首长话锋一转，忽然又扭头问孟见：“我现在再问你一次，到底进不进部队？”

见他沉默，首长马上就指着裴宁晚：“除非你找的女朋友像这位裴医生一样优秀，我就同意，不再勉强你！否则的话，这是军令，你必须听！”

孟见垂眸抿住嘴角，脸上带着快要溢出来的笑，然后他抬起头，朝首长敬了个标准的军礼，声音平静而有力：“报告首长，我女朋友叫裴宁晚，就是您刚刚说的那位优秀的裴医生。”

首长的表情顿时十分精彩。

第十八章 能永远永远在一起

经此一事，宁晚和孟见名声大噪，不仅在北城，甚至是国内、国外华人圈，都得知了他们这次救助老兵的事件。

媒体用了很主旋律的标题赞美——《最值得尊重的爱情，他们携手，为生命续航》。一个是空中救援，跟时间赛跑；一个是地面急救，跟死神抢人。媒体的标题说得也没有错，孟见和宁晚的确是携手，为一个又一个生命续航。

政府对他们进行了表彰，这样的荣誉不是每个医生或飞行员都能有的。一时间，宁晚和孟见成了城中热议的话题，也成了网络上最被羡慕的情侣搭档。

人红了，话题多了，生活也就麻烦了许多。宁晚一连几天都被逼着接受各种采访，她很不习惯，每次想推辞，但都推辞不了，所以这一周来她在电视上的亮相也特别多。

周五上午，她刚刚开完早会，医院就有人来通知她："裴医生，有人找你！"

宁晚当时不知道是谁，走到门口才发现那万般熟悉的三个身影。尽管他们眼里有指责，有埋怨，但当看到宁晚后，更多的还是掩盖不住的惊喜和激动。

裴皎皎冲上来就抱住宁晚："姐，我们终于找到你了！呜呜呜……"

裴晋诚和尤容眼里也有泪光，两人上来一左一右抱着宁晚的肩，哽咽着："你这个孩子，回来这么多年也不跟家里说你在哪，像话吗？"

见到多年不见的家人和妹妹，宁晚心里也是激动的，可她又很矛盾地拼命压抑着这种情绪，不想表露出来。

返回医院请了半天假，宁晚帮他们提着行李，找了一家五星级酒店开了房间。

中午，在酒店的餐厅订了一个包厢，一家人准备在一起吃顿团圆饭。刚入座，孟见便打来电话问宁晚在哪。

宁晚犹豫了下，告诉他裴皎皎他们从加拿大回来的事，没想到孟见轻轻一笑："巧了，我这也有人想见你。"

二十分钟后，包厢门被推开，孟见走在前面，先进了房间，紧跟着他进来的，是孟起昭和林沛——孟见的父母。

宁晚着实愣住了，站起身，迎上去："叔叔、阿姨，你们……"

"小晚啊，这么多年你到底去哪了？快让我看看，"林沛抓着宁晚的手上下打量，心疼又宠溺地看着她，"瘦了，也漂亮了，成熟了。"

她回头指着孟见，声音放低："这个臭小子一直惦记着你，这些年心里全是你呢。"

两位父亲多年未见，骤然重逢也是感慨万千，坐在一起交谈着。他们的脸上都多了时光的痕迹，七年晃眼过去，两家人坐在一起却没有物是人非的感觉，还跟当年一样，其乐融融。

孟见跟宁晚坐在一起，悄悄耳语："你爸和尤阿姨也是看了报道回来的？"

宁晚皱眉："你爸妈也是？"

媒体的报道铺天盖地，别说是双方的父母，就算是才上幼儿园的小朋友，最近都在被号召学习见哥哥和晚姐姐的精神。

席上，裴晋诚和孟起昭聊得很开心，酒过三巡，人也渐渐微醺，不知是谁先说起了当年两个孩子高考后就要订婚的事，旧事重提道："他们现在都这么大了，可以直接结婚了！"

"对对对，我赞成，这俩孩子门当户对，我们务必要让他们的婚礼盛大，盛大，再盛大！"孟爸爸喝得有些断片。

孟见低头不语，眼里噙着笑去看宁晚，可视线到达她脸上的时候，他看到的却不是和自己一样的喜悦。

宁晚似乎有些发愣，很意外很突然的样子。她低头端起面前的杯子喝了两口饮料，放下后才犹豫着开口：“我才调回来，这一两年……还是想先以工作为主。”

她这话一出，现场热闹的气氛顿时冷了下来，大家面面相觑，不知道该怎么接话。

裴皎皎这时出来打圆场：“哪有人这么早就结婚的啦？我姐才二十六岁，正在事业上升期呢，她以前说过二十八岁才想结婚的！”

那年大家玩真心话大冒险，宁晚的确说过理想的结婚年龄是二十八岁。这个解释看上去说得通，但也仅仅是把双方家长糊弄过去了而已，孟见从宁晚的神色里隐隐察觉了事情没那么简单。

裴皎皎又说了几个笑话把气氛缓和过去，大家便跟着跳过了结婚的话题，聊起别的。吃完饭，宁晚去买单，孟见拗不过她，便先帮着送父母们回房间。

宁晚订的是最好的总统套房，孟见安顿裴晋诚和尤容躺下后，才把裴皎皎叫到阳台上问：“你姐姐这些年过得不是很好，你知道吗？”

“过得不好？”

裴皎皎惊讶地睁大了眼，神色黯然地摇摇头：“姐姐毕业后有一天突然自己就回了国，没有告诉我们任何一个人。这么多年，她每周都会给爸妈打一个电话，还会寄钱给我，但从不说自己在哪里，只说她过得很好，叫我们别担心。”

裴皎皎低声嘟哝：“怎么会过得不好呢？”

孟见原以为最起码裴家是知道这一切的，没想到他们竟然跟自己一样，毫不知情，甚至连找到宁晚也是靠媒体上的消息。

他有些茫然，突然想到什么，忙又问皎皎：“那宁晚当时为什么要去加拿大，是因为她妈妈的事对她打击太大吗？”

裴皎皎沉默了会儿，叹了口气：“不知道。”

她望着窗外回忆：“那时候姐姐原本说不去加拿大，说要重新复读。可忽然有一天她又改变主意了，愿意跟我们一起去，还很着急似的，要越快越好。”

两人正聊着，宁晚从外面推门进来，她穿着淡驼色的紧身针织衫，搭配丹宁色小脚牛仔裤，脚上踩了双黑色的尖头浅口高跟鞋，比例完美，线条诱惑，冷艳中带着成熟和娇媚，是任何男人见了都会忍不住多看一眼的女人。

孟见看着她，忽然觉得很挫败。这么多年过去了，他似乎还是没能彻底走到宁晚的心里。

这次重逢后，他总觉得宁晚身上有些东西跟过去不一样了，她比过去更加坚韧、独立，可对自己好像总是蒙了层纱，孟见看不清她内心深处的秘密。

宁晚下午就回去上班了，急救中心的工作很忙，她请假就是增加了别人的工作量。孟见送她去上班的路上也闷闷的，一直没说话。

仅仅是一顿饭的工夫，宁晚能感觉到两人之间好像有了某种无形的距离。她想起中午饭席上父母们说的话，想起自己拒绝时孟见明显呆滞失望的神色，矛盾的念头让宁晚在看诊的间隙一直心绪不宁，她只能闭了闭眼，努力让自己不去想。

再下班的时候，已经是晚上十点，她换好衣服，刚坐上李澄澄的车，手机就响了。看到是孟见打来的电话，宁晚不可避免地又想起中午的事，她犹豫了一会儿，最后还是按了接听键。

那边很吵，有人在起哄，孟见骂了几句后，气氛才安静下来。

“大允和安鹿他们想见你，”孟见恢复平静，“你下班了吗？”

宁晚从孟见的声音里听出了酒精的味道，她坐直身体：“你喝酒了？”

“一点。”孟见回道。

宁晚马上从李澄澄的车里出来，跑到大街上打了辆车：“你们在哪？我马上过去。”

“馥园酒楼。”

今天的局是郑允组的，他们从媒体上得知了宁晚的消息，更惊讶于孟见居然早就找到了她，两人还悄无声息地成了全国模范情侣，所以她通知孟见今晚必须把宁晚带来，老同学们叙个旧。

她还请了安鹿、靳宸、西米和罗子文，结果房间订好了，来的却只有孟见一个。

孟见解释宁晚今天要上班，急诊的工作很忙也很累，今天自己先来，改天再带宁晚请大家吃饭。

郑允不依，闹了一晚上的酒，正好孟见明天休假，便也陪着喝了。虽然他不是没有酒量的人，但郑允一上来就开茅台，喝到十点多时孟见觉得有些上头，郑允硬逼着他给宁晚打电话。结果他刚刚打完电话，郑允就喝到趴下睡着了。

十点半，宁晚打车到了馥园酒楼，找到包厢后她打开门，第一眼便看到已经醉得不省人事的一桌人。郑允睡得香，靳宸和罗子文在尬舞，西米和于修在打《王者荣耀》，还清醒着的，只有孟见和安鹿。

安鹿看到宁晚进来先是愣了一下，然后跑到她面前，嘴里嗫嚅着，眼里瞬间淌满泪水，像有千言万语要说，却又不知从何说起。

最终，她只平静地说了一句："你回来了。"

宁晚看着她，轻声回应："嗯。"

有些事她早在多年前就已经看破，没有挑明，是因为深知挑明后受到伤害的只会是安鹿。

那时候，宁晚是失望的，她甚至怀疑过安鹿接近自己的目的，怀疑过这份友谊的纯粹性。后来随着自己的出国，这些事便都随风不了了之了。

宁晚环视一圈房内的人，几乎都在耍酒疯。她走过去挨个抱了一下，然后对安鹿说："时间不早了，回头等我休假了，我再请你们出来吃饭。"

安鹿动了动身体，好像还有话要跟宁晚说，宁晚却拉着孟见的手，先一步从她面前离开。安鹿咬住嘴唇，收住了话。

孟见喝了不少，虽然神志还是清楚的，但所有感官似乎被放大了。坐在车里，耳边是呼啸而过的风声和汽车声，他静静地看着开车的宁晚，让他着迷了这么多年的宁晚。

夜色撩人，沾染了酒精的夜色更是让人沉醉。回去的路上很安静，两人没有说话，中午的事好像在彼此之间生出了心结和嫌隙。虽然他们不说，但其实彼此心里都知道。

宁晚没有去过孟见住的地方，今天是第一次过来。她把孟见的车开进小区停车场停好，然后才绕到对面去扶孟见下来。

孟见却非要自己下车："我没醉。"

尽管这样，宁晚还是不放心，想亲自把他送到家里。

两人沉默着走进电梯，按了楼层。电梯缓慢上升，在九楼停下。

孟见用钥匙打开门，房间里一片漆黑。宁晚伸手在墙边找到了灯的开关，她把孟见扶进客厅沙发上坐着，然后转身去厨房，倒了杯热水。

“多喝点水。”

“嗯。”

话题冷场。

宁晚站在他面前动了动唇，不知道该说什么好。一些陈年往事太过难堪，她已经很久不去想了，可直到今天大家提起了她与孟见的婚事，宁晚才知道她其实从未真正放下过。

在心里微微叹了口气，宁晚把钥匙放在茶几上，细声叮嘱：“那你早点休息。”

孟见喝了一口她倒的热水：“知道了。”

宁晚沉默了一会儿，然后转身朝门口走去。

她的手搭到门柄上，轻轻按下，在推开门的那一瞬间，她下意识地顿了半秒，然后才把门推开。才将门推开一条小小的缝隙，宁晚耳边就传来一阵风声，门又被一双修长的手臂霸道地关上了。

她微微一愣，刚要转头，身体猛地被一股力量从后面抱住。顷刻间天旋地转，宁晚被抵在了墙上。

“啪——”清亮的声响紧随而至，她的后背刚好撞上了灯的开关，房里的光亮骤然熄灭，一片漆黑。

夜色蒙上了暧昧迷离的味道，黑暗中，宁晚被混合着酒精的炙热气息包围着，耳旁落下男人沉闷沙哑的声音：“别走，留下来陪陪我，好吗？”

这句话足够让任何一个女人心软，尤其是一个深爱他的女人。

宁晚知道孟见心里的不开心，她不知道怎么让他明白自己是爱他的，且这份爱只对他一人，矢志不渝，不仅是精神上，身体上亦是。他们现在的心结急需一个突破口去打开。

房内又恢复寂静，孟见在等她的回答。

宁晚微微踮起脚，捧住孟见的脸，吻上去，声音低柔，哄着他：“好，我不走。”

馥园小区靠近机场，宁晚睡眠浅，清晨六点刚过，就被头顶呼啸的飞机引擎声吵醒。她睁开眼，身体试着动了动，发现动不了。

一双修长的手臂紧紧地把她箍在怀里，怕她会跑了似的，男人的手还放在她的锁骨处，不愿松手。

昨晚孟见像孩子一样抱着她，和她聊了很多，小时候的、分开后的、现在的以及未来的。

桩桩件件，喜怒哀乐，都与宁晚有关。

后来聊到深夜，或许是疲了，孟见搂着她沉沉入睡。可就算是熟睡之中，他的潜意识都支配着他，不肯松手。

宁晚的身体动不了，她轻轻抬了抬头，看到有微亮晨光照进来的室内，床头柜的电子时钟显示才刚刚 6:30。她不过睡了三个多小时。

太阳升起来似乎就在一瞬间，不过几分钟，还蒙蒙亮的室内光线明朗了许多，卧室里静悄悄的，暗灰色的轻纱窗帘隐隐被吹动，带进阵阵细微的风。

宁晚有些口渴，想起来喝点水。从身后规律起伏的胸廓能猜测孟见还在熟睡中，她轻轻挪动他的手，然后以很小的弧度抬起身体。

宁晚小心地挣开孟见的怀抱，轻手轻脚地坐起身，掀开被子。可半条腿刚伸到床外，身后便伸出一支长臂，将她重新拉回床上，钩进他的怀抱里。

孟见整个人侧身过来抱住她，磁性的嗓音里裹着几分暗哑：“去哪？”

宁晚身体一顿，下意识缩了缩：“喝水。”

“我去倒，你别动。”

宁晚背对着他，嘴角轻轻抿了抿。

孟见将水端来时，宁晚正拿着手机给李澄澄发消息，想跟她调个班。孟见把玻璃杯递给她，宁晚顺手就把手机放在一旁。

她半坐起来仰头喝水，或许是太渴了，连喝了很多口，光滑的脖子随吞咽的动作上下起伏。看热了旁边男人的眼。

孟见忍了忍，别开视线，看到宁晚的手机，随手拿过来，打开相册。那次去长荣镇时宁晚在飞机上偷拍他的事，他还没忘。

宁晚的相册里一共有二百九十张照片，孟见原本只想找那条偷拍的视频，结果一打开相册，才发现，满屏幕都是他的照片。

宁晚喝好了水，看到孟见拿着她的手机，打开的还是相册，骤然反应过来，马上伸手去抢："还我！"

孟见微眯着眼把手机拿高，故意笑她："裴医生，看不出来你竟然这么喜欢我？！"

"闭嘴。"

被撞破了小心思的宁晚有点尴尬，这些照片、视频都是平时两人在一起时，她趁孟见不注意偷偷拍下来的。分开的那七年里，除了一张毕业照，她没有任何关于孟见的物品，所以再相见后，除了珍惜和他在一起的每一分钟，她还暗暗拍了很多照片和视频。平时她将这些照片和视频藏起来，夜深人静的时候翻一翻，她觉得很甜蜜。

但现在竟然被孟见发现了！

宁晚瞪着他，无奈手又够不到，她只好跪着撑起身体去抢。但女人的力气到底不如男人，孟见有心逗她，拉扯几个回合没得手后，宁晚忽然泄气地坐到床上，似是想起了什么，就那么一声不吭地坐着。

孟见察觉她的神情不对，这才停了逗乐，坐到她旁边递上手机："生气了？"

宁晚不是生气，只是越这样和孟见嬉笑打闹，感受幸福，她就越会触景生情地想到一些负面的事，一些她还不知该如何面对的事。

尽管孟见没有追问，但她知道他是有情绪的，只不过顾虑自己而一再压抑着，但这不代表宁晚可以对他心中的不安和疑惑视若无睹。

宁晚仰起头："孟见。"

孟见察觉到她情绪的转变，停下来看着她，等着她接下来的话。

宁晚的双手慢慢攀上他的后颈，她轻轻吻了吻他的唇："再给我一点时间好吗？一点点就好。"

孟见看着她，她的眼里是让人不忍拒绝的乞求，这一刻宁晚的神情，和当年知道沈宁真相后的神情十分相似，都是隐忍着的坚强，让人心疼。

尽管清楚她一定藏了自己不知道的心事，但孟见还是轻声说："好，不管你需要多久，我都等你。"

这或许就是这份感情多年沉淀下的默契和意义，不必打破砂锅问到底，不必质疑，只要给对方足够的时间，让一切顺其自然。

宁晚闭上眼，轻轻拥抱了孟见："谢谢。"。

两人好像就在这一刻解开了那个无形的心结，虽然没有推心置腹地说出来，但孟见明白，有时候耐心等待对宁晚来说，或许才是最尊重的爱。

他不能确定宁晚的秘密是什么，但他能确定，宁晚是爱他的，这样就足够了。等她什么时候想说，他再去听就是，逼得太紧，他怕适得其反。

这时，孟见的手机败兴地响了起来。

他今天虽然休假，但救援中心有难飞的地理位置也会临时要他回去。孟见从不关机，就是怕出现紧急情况。

他拿起手机一看，屏幕上亮着——南狗。

孟见直接就挂掉了电话。

和女朋友的温情时刻被打断，孟见是不乐意的。原以为那人能识点趣，结果他刚挂断电话，那边的追魂夺命 call（电话）又打了进来，一声接一声，大有"你不接我能打到你死为止"的意思。

孟见吸了一口气，暗骂一声，按下接听键："有屁赶紧放。"

贺承南那边传来"呼啦呼啦"的声音，像迎着风："喂，我买了一架私人直升机。"

孟见抚着额："所以呢？"

"这个教练说的什么方言我一个字都听不懂，反正大清早的你肯定不用陪女人，不如过来教我开。"

"滚，"孟见很不客气地回敬他，"我没空。"

贺承南还没问清楚孟见大清早在忙什么，电话就转成了忙音状态。

孟见把电话重新丢回枕下，轻轻吻了吻宁晚的柔软长发，谁知宁晚忽然捧着他的脸问："开直升机好玩吗？"

孟见动作一顿，答她："好玩啊。"

宁晚笑着亲了他一口，翘着眼角撒娇："那我也想学。"

孟见抿了抿嘴，一秒后，他重新找回手机给贺承南拨回去："我又有空了，你在哪？"

成功问到了地址，孟见低头轻啄宁晚的脸："那我现在去给你做早饭，吃完了就带你去学直升机。"

“好！”宁晚笑道，“那我帮你挤牙膏。”

吃完早饭，孟见开车带宁晚来到北城一处私人直升机训练营。在这里面玩的都是自己买了直升机的有钱人们，每个老板可以约属于自己的时间，在那个时间内，外人不得入内，整片山野都是他们的。贺承南这些年生意越做越大，国内的这种私人俱乐部都有他的股份。

孟见带着宁晚来到贺承南的私人直升机前时，贺承南还在很困难地跟外教沟通，看起来鸡同鸭讲，很恼火的样子。

看到孟见过来，贺承南才跟有了命似的，挥了挥手把外教请走。他这几年好不容易从女朋友身上磨出来的一点好脾气，刚刚那一会儿差点又耗完了。

“你再不来我真要捶爆那个外教的狗头了，不知道是英国哪个旮旯来的，说的一口土味英文，老子愣是一个字也没听懂！”

贺承南一直在发牢骚，没注意到旁边的宁晚，等看到孟见把宁晚抱上直升机副驾驶位置时他才反应过来：“你把你女人也带来了？”

孟见淡淡地睨他：“你有意见？”

贺承南闭嘴了。

这几年他没少给孟见秀恩爱，现在孟见与旧爱重逢，还天天被媒体报道，他找个机会在自己面前扳回一局也是应该的，来就来吧。

贺承南没吭声，大度地跟着上了飞机。上去后，他客气地问宁晚：“见嫂，你能不能坐后面？”

宁晚“啊”了一声，又看了一眼孟见，起身准备跨到后面。孟见却按住她不让动，转身对贺承南说：“我看着你那张脸我教不下去，我教她，你在后面自己看。”

我……贺承南一口气差点憋不住，又得死死地压下去。

行，让你秀。他长腿一跨，黑着张脸坐到后排中间，正好对着操作控制台。

私人直升机一般没有太复杂的操作，孟见很轻松地起飞，然后在空中和宁晚合作来给贺承南直播教学。

“来，你推这个杆，向右转。”

“啊？这样吗？孟见你快看我是不是推起来了？飞机真的在向右！”

“是的，宝贝儿你真聪明！”

说就说，两人还劈头盖脸地当着贺承南的面就是一个甜蜜的亲亲。紧接着，孟见手把手耐心地教宁晚：“你按这个键，然后油门慢慢放。”

宁晚一不小心送多了油，直升机颠簸了两下，她被吓了一跳，慌得抓紧了孟见。

孟见马上抱住她，再次有充分的理由吻住怀里女人的额头，轻声细语地说：“乖，别怕，你已经做得很好了，后面那个还没你一半能干。”

呵呵。贺承南冷笑一声。他四处找了找，冷着脸问孟见：“这飞机上有降落伞吗？”

也不知道贺老板忽然受了什么刺激，跟火烧着屁股一样要紧急降落，孟见很嫌弃地把直升机平稳着陆，贺承南拉开舱门就往外跳。

“喂，”孟见靠在窗边懒洋洋地问他，“不学了？”

贺承南点了根烟笑：“呵，学什么？”

紧接着他头也不回地离开：“学你们怎么在我面前秀得一手肩并肩、飞上天吗？”

这话没法聊了。

日子就这样一天天过去，从秋天到了冬天，从落叶纷飞到落满寒雪。宁晚和孟见的相处越来越融洽，她也从李澄澄家搬到了孟见家，两人每天早上一起开车上班，晚上孟见来等她下班。

生活变得平淡而有规律，但平淡之中又充满了幸福和满足。宁晚觉得这就是自己想要的生活，她从来没有想过要怎样富贵奢靡的人生，从遇到孟见的那天起，她的愿望就是像现在这样，与他手牵着手，一起相扶到老。

如果不是藏在心里的那根刺迟迟未除，宁晚觉得此生已经没有任何遗憾。可惜的是，刺还在，而且随着她和孟见一天天依恋的加深而刺得越深。

今年的冬天冷得特别早，离新年还有十多天。对孟见来说，跟新年比起来，最重要的日子还是月尾宁晚的生日。

上次陪她过生日是在十九岁，那时他们还没有想过会有后来的分离，所以现在二十七岁的生日，孟见尤为珍惜，想弥补这么多年来没有陪伴她的遗憾。

宁晚不喜奢靡，也不爱小女生的东西，孟见为生日礼物犯难了很久，直到后来他无意间经过一家珠宝店，才豁然开朗，有了想法。

生日当天，孟见特地请了一天的假。急救中心很难请假，宁晚当天又特别忙，所以她只能下班后和孟见一起过生日。大家都是成年人了，现在更多喜欢的是安静和怡然。

孟见在超市买了牛排，亲自下厨做了一份情侣牛排餐，铺上桌布，再在餐桌上摆好浪漫的烛台，点上带着熏香的玫瑰蜡烛。满室飘香，灯一关，意境到位极了。

八点半，孟见正准备给宁晚打电话，门口锁微动，他闻声立即闪到门背后，等人推门进来了才从背后悄然袭击将人抱住。

他贪婪地将脸埋进她的颈间："怎么才回来？"

宁晚笑着缩脖子，猛然看到家里被布置过，怔了片刻才回身，在孟见唇上轻轻一吻。

孟见垂眸挑眉："这算什么？"

宁晚："奖励。"

"只是这样？"

"那你还想怎么样？"

孟见倾身在她耳畔说了些什么，宁晚听完娇嗔着推开他："不要。"

她边说边去厨房洗了手，然后入座。孟见的视线一直在她身上，他噙着淡淡的笑，看她坐定后才给她倒上香槟。

宁晚却抽走孟见手里的香槟，温柔地命令道："不准喝酒。"

倒上酸甜的橙汁，宁晚告诫孟见："以后都不准你沾酒。"

孟见有些茫然，他几乎很少碰酒，上次还是同学聚会被郑允闹着喝了些茅台，他很无辜："我偶尔才喝一点。"

"一滴都不行！"宁晚拧着饮料盖，表情严肃地说，"我们的工作最好别喝酒，随时有任务的。"

"是。"孟见笑着敬了个礼，抿了一口橙汁："听女朋友的，不喝。"

不知道为什么，这种被管的话，他听起来特顺耳，特满足。

两人吃完了这顿生日牛排餐，孟见拿出给宁晚买的生日蛋糕，还像十九岁那年一样只插了一根蜡烛。

点燃，关灯后，时间好像一下子又倒流回了那一年，书房里，满地玫瑰，桌上放着香草味的奶油蛋糕，明亮烛火映着少年炽热的双眼。那一年他们跟现在一样，对方就是自己全部的世界。

“许个愿吧，然后吹蜡烛。”孟见说。

“好。”宁晚对着蛋糕，双手十指交扣，闭上眼睛。

十九岁那年她许了两个愿望：第一个是希望沈宁能快点回来，她们能团聚；第二个是希望孟见能一直陪着自己。

现在看来，她当时终究是贪心了。上天虽然没满足她的第一个愿望，但还好，满足了第二个。而且上天对她不薄，分开那七年的生日，她唯一的愿望就是祈求孟见平安健康，如今他们的确平安地重新在一起了。

所以二十七岁的愿望，宁晚只希望，他们能永远永远在一起。

她吹完蜡烛后，孟见开了灯，摸出一个小小的丝绒盒子。

宁晚一看到盒子神情就微微变了，她知道那里面装的是什么，也知道孟见接下来或许会说什么，她下意识地开始逃避，孟见却好像完全明白她的心情，牵住她的手。

“不要礼物吗？”他打开丝绒盒子，里面是造型极其简单的对戒。

孟见拿出其中一枚小巧的女款，往宁晚手上戴，宁晚下意识躲了躲，但没能躲开。就在她以为孟见要强行给自己的无名指套上戒指时，孟见却意外地把戒指戴到了她的中指上。

光滑微凉的触感从手指间传来，宁晚愣住了：“你……”

“别紧张，”孟见云淡风轻地把剩下的男款戒指戴到自己的中指上，“就是想跟你戴一对情侣戒指，没别的意思。”

宁晚的手瞬间放松下来，她低头打量着戒指，不说话。

好像只要提到结婚的话题，他们之间就是敏感的。

孟见仿佛看透了她的心思，把她搂到怀里解释道：“主要是医院暗恋你的男医生太多了，我不放心。听说戒指戴在中指上是订婚的意思，所以我先把你扣住，让对你有企图的人趁早死了那条心。”

宁晚忍不住笑出声，她靠在他的怀里，心逐渐平静下来，刚才那种无处可逃的慌乱感慢慢消失了。虽然它们总会在某一刻涌上来让宁晚手足无措，但幸好，每次她都能在孟见的怀里找回安稳。

“好，”宁晚抱紧了他，柔声道，“那我天天戴着。”

她刚说完，手机铃声打破了两人的宁静。

宁晚皱眉，从身后桌子上拿起手机，看到熟悉的医院号码后，她抱歉地朝孟见看了一眼。

孟见马上会意，松开手，到旁边去收拾吃完的碗碟。

宁晚接起电话。

“裴医生吗？”神外的手术护士急促地说，“刚才来了一个因为车祸脑部受到重创的病人，情况很危急，现在多科正在会诊准备紧急手术，人手不够，您能不能回来救个急？”

“好，我马上就到。”

宁晚和孟见的工作在某种程度上没有区别，都是随时待命，随时与时间赛跑。

她重新穿好外套，孟见在一旁跟着也披上了衣服，宁晚一愣，问：“你去哪？”

“送你。”

“我自己可以开车过去。”

“我知道你可以，”孟见不由分说地从她手里拿走钥匙，拉住她的手，“但这么晚了，我不放心。”

孟见的车开得既稳又快，不过十分钟就从馥园小区开到了急救中心。

中心门口停着几辆救护车，车顶一闪一闪地亮着显眼的红灯，在萧瑟的冬夜看去冷冰冰的，没有生气。

孟见把车停在了路边，宁晚匆匆下车跑进医院大楼。神经外科在中心三楼，她没有等电梯，直接从楼梯跑上去，到更衣室先换好衣服，然后直奔手术室。

她来的路上护士又给她打了电话，病人已经开始手术，让宁晚一到就去手术室。

宁晚进手术室后，消毒，清洁，护士在一旁报告目前的情况：“十三岁，男，四十分钟前在高速上遇到车祸，颅骨骨折，有出血，病人昏迷，送来的时候生命体征微弱，血氧极低，孙医生正在抢救，您赶快过去看看。”

护士帮宁晚戴好手套和口罩后，宁晚随口问她：“家属在吗？”

“在，就一个，好像是妈妈，也受了伤，不过不严重，也不肯治疗，就在外面等着。”

宁晚听完沉默了一会儿。

“你去看看她有没有要帮忙的地方？让她别太担心。”

“好。”

护士出去，宁晚也进了手术间。

手术室里面围了十多个医生和护士，每个人脸上都很严肃和紧张。宁晚走过去，孙医生马上让开主刀位置。

“裴医生，下一步你来吧。”

“好。”

宁晚冷静地坐到病人头前，接过手术刀，余光微瞥，眉头不经意地挑了挑，不动声色地打量着床上那张脸。手术进程不变，她一边清理血块，一边问身边的护士：“病人的名字是什么？”

“沈唯杰。”

宁晚心里狠狠一动。

原来只是看相貌觉得有一点像，但她没想到，现在躺在自己面前的，竟然真的就是那个七年前被沈宁牵着的小男孩。那时沈宁娇宠地喊他：“小杰，我的儿子。”

往事不受控制地浮现在眼前，宁晚拼命地用理智压制下去。她面无表情地操作着手术刀，目光凛然，旁人从她脸上根本看不出治病救人外的任何情绪。但只有宁晚知道，她此刻是用了多大的力气才能克制住内心汹涌肆虐的波澜。

两小时后，小杰脑部的血块终于被清除干净，其他科室的联合手术也相应完成，就在众人以为手术成功的时候，旁边的仪器突然发出了警报声。

护士马上紧张地叫道：“不好了，病人的血压在下降！”

“心率也在降！”

心电监护仪上，小杰的心跳从平稳迅速变成了一堆毫无章法的波形。

宁晚意识到不对，马上推开所有人，沉声道：“快，准备除颤！”

手术室里，突如其来的变故让大家忙成一团。经过五分钟的抢救，小杰终于暂时恢复正常心跳，疲惫的宁晚这才稍稍松了一口气，去查看小杰入院时的所有检查记录。

看完后，她蹙着眉，思考了几秒钟，跟身边的孙医生说：“你去跟病人家属说一声，这个孩子受伤太严重，现在全身器官都在急性衰竭，让她有个思想准备。”

孙医生顿了顿，叹了一口气：“好。”

孙医生走出手术室，宁晚静静地看着躺在床上的小男孩。他的面容是清秀的，眉眼里有沈宁的影子，也有几分自己的影子。

宁晚的心情很复杂，胸口有说不出的压抑感觉，她走到监视器前想专注于分析数据来转移自己的思绪，却隐约听到手术室外传来吵闹的声音。

她是小杰的主刀医师，也深知沈宁的性格绝对不好惹，虽然从一开始自己并不打算跟她见面，但现在，似乎见面是不可避免的了。

手术室外，沈宁额角有血，急红了眼眶：“我儿子来的时候还好好的，什么叫心理准备？我没有任何心理准备！”

孙医生很为难：“家属，您儿子来的时候呼吸已经很微弱了，您应该是知道的，车祸受伤那么严重，我们已经在尽力抢救了，您情绪不要这么激动……”

“小杰！”沈宁对着紧闭的手术室大门拍打着，带着哭腔喊道，“你不要丢下妈妈啊，儿子……”

宁晚从里面打开门，差点撞上扑过来的沈宁。她戴着口罩，冷冷地把沈宁扶起来。

“家属，手术室外不可以大声喧哗，会影响医生，更会影响病人，希望你控制下自己的情绪。”

沈宁怔怔地看着戴着口罩的宁晚，像是怀疑，又不敢开口确定。

半晌，或许是想明白了，她带着妥协的口吻垂下头：“求你，我求你救救他。”

“医学不是万能的。”宁晚的声音像裹着冰，比外面吹过的夜风还要冷，她盯着沈宁，眼神让沈宁觉得很陌生。

“我不是神仙，也有束手无策的时候。”宁晚说的是实话，只是在这种时候，太过陌生与清冷，失了一些人情味。

“小晚，”沈宁嘴角微颤着开口，“小杰是你唯一的弟弟，你不能把对我的恨转嫁到他身上。”

宁晚很轻地笑了笑，语气冷漠：“我只有皎皎一个妹妹。”

宁晚说完不再看她，转身朝手术室里走。可沈宁在身后揪住她的袖子，手劲很大，沈宁几乎是咬牙切齿地低吼道：“你跟裴家有什么关系？你心里明明就知道，你永远只有小杰这一个亲弟弟！裴宁晚，你假公济私，公报私仇，我儿子要是有事，我绝不放过你！”

沈宁声嘶力竭，崩溃激动的声音响遍整个手术大厅，连手术室里都听得一清二楚。

宁晚隐忍许久的情绪在这一刻终于到达了极致，冲破胸口，她回身，极尽嘲讽地笑着。

“裴家把我培养长大，你给了我什么，嗯？”

宁晚步步逼近沈宁，语气冷然，眼里充斥着积蓄多年的愤怒：“给了我一个破碎的家庭，给了我一个冷血无情的母亲，还要给我安上一个那么难堪耻辱抬不起头的人生，你现在凭什么站在这要求我？沈女士，这难道不是你自己的报应吗？！”

那年高考，宁晚同样遭遇车祸倒地，但当时的沈宁选择了视而不见。如今多年过去，生活像轮回，不知在讽刺谁？

夜晚的急救手术室空荡而静谧，回响着宁晚满心的怒火。

这样凌厉的宁晚显然镇住了沈宁，她嗫嚅着唇，眼神很绝望，绝望中又带着不甘。她正要开口说点什么，手术室里忽然传来声音：“裴医生，病人又不行了，你快进来！”

宁晚一听，犀利地看着沈宁，冷声警告：“不想你儿子死，就马上给我闭嘴，安静点。”

她转身，关门的那一瞬，忽然看到手术室外隐在过道处男人熟悉的身影。

宁晚微怔，心猛地一颤。她不知道孟见什么时候开始站在那里的，也不知道他听到了多少，但这一刻，轮不到她想那么多了。

宁晚整理好心情重新走进手术室，看着已经成一条直线的监护仪，马上跪到小杰身侧，快速有力地做起了胸外压。

她心里只有一个念头——一定要救活他。

第十九章
嫁给我

手术室里，宁晚已经为小杰进行了快二十分钟的胸外压，孙医生中间与她交换按压了几次，但小杰没有任何回应，看上去已经无力回天了。

旁边的护士看了看时间，小心翼翼地开口：“裴医生，其实已经可以宣布——”

她的话还没说完，旁边心电监护仪上的直线一闪，变成了微弱的波形，紧接着几秒后，规律地跳动起来。

小护士难以置信地又看了一眼，又惊又喜地叫道：“有心跳了，救回来了！”

宁晚一直没有放弃，直到确定把小杰从死神手里抢回来了，她才疲软地倒下去，瘫在地上。

刚才精神高度集中，宁晚全然没有感觉到自己早已用力过度而失去知觉的双臂。她是医生，穿上白大褂的那一刻起，哪怕是她再恨的人，她也必须义无反顾，全力以赴。

小杰被推去了 ICU（重症加强护理病房）。虽然他捡回了一条命，但因为缺氧太久，后续是否会有什么并发症还是个未知数。

宁晚在手术室里休息了很久才缓缓起身，走到清洗台前摘了口罩和手套，清洗完毕，然后打开手术室的门。她已经忘了门口还有个在等她的男人，开门后与孟见四目对视的那一瞬间，她才想起刚才和沈宁争吵的那些话……孟见或许全部听到了。

但她感到很奇怪，以前觉得难以启齿的话现在这样间接地告诉了他，她心里反而觉得轻松了许多。

孟见斜倚在窗边等着她，见她过来，稍稍站直。他还未发声，宁晚就先说："我知道你想问什么。"

"嗯？"

"跟我来。"

宁晚把孟见带上了医院十二层的天台。夜晚的天台很安静，冬夜刮着寒冷的风，有很细小的雪偶尔飘落，轻轻的，沾到肩头就融化了。

宁晚深吸了一口气，对着远处的苍茫夜色，轻轻开口："你听到了，对吧？"

她转身看孟见，走到他面前与他相对而立。许久后，她认真看着他的眼睛，说："其实我不姓裴。"

孟见张了张嘴，眼里明显掠过一丝震惊。尽管刚才在手术室门口听到了宁晚和沈宁的对话，但宁晚现在亲口承认，孟见还是不敢相信这么戏剧的事会发生在自己身边。

宁晚眼里满是伤感，嘴角扯着淡淡的笑，她缓缓说道："但我姓什么，我自己也不知道。

"高考那年沈宁来看我，为了让我以后都能做裴家的大小姐，安心享受荣华富贵，她千叮万嘱让我不能再受伤，不能跟爸爸有需要互相输血暴露血型的时候。"

宁晚说着说着就笑出了声："你看，她对我多好，多体贴。"

孟见被这突然得知的真相惊住了，他好似明白了什么："所以，你那时候是因为这个而离开？"

"不然呢？"宁晚看着孟见，语气很平静，"你让我拿什么面对你？

"一个盼了那么多年的母亲抛弃了我，高考也远离了我，我以为起码还有一个家是我的，可以让一切重新开始。可沈宁告诉我，她跟我爸那晚什么都没有做过，我爸只是喝醉而已，而我是怎么来的，你知道吗？"

"别说了，"孟见直觉会听到难堪的话，忙捂住她的嘴，"我不在乎这些。"

"可我在乎！"

宁晚的眼眶微酸，她压抑地喊出来，一点一点地戳着自己的胸口："我，裴宁晚，是沈宁喝醉了和两个男人玩了一夜多出来的累赘。最讽刺的是，连她都不确定我爸爸是其中的哪一个，你不觉得荒唐吗？

"这么多年过去了，我都没有办法面对这件事，没有办法面对你。只要一想到自己身体里流着这样不堪的血液，我就对人生失去了希冀和期盼，甚至有一段时间觉得自己不该也不配活着。我每天像行尸走肉一样，这件事就像一个看不到底的黑洞，我努力挣扎，无数次地想要放弃，可只要想到你——"

宁晚眼里已经有了水汽，声音开始变得柔软："只要一想到你那么优秀，一想到你还喜欢我，我就不敢堕落，咬牙坚持。可当我们真的重新遇见了，我又因为害怕而想逃避，不想玷污了你的人生。"

孟见第一次看到这样柔弱彷徨的宁晚，心像针扎一般疼。他忍不住把她抱进怀里，抱紧："对不起，我不知道你经历了这么多。"

终于说出了压在心里多年的重负，宁晚觉得身心都释然了。她抬起头，眸里闪着微弱的星光："现在我把一切都告诉你了，由你自己来选择吧。"

宁晚的声音很轻，带着夜里的寒露，苍凉而淡然："这样的我，没有家，身世混乱，更不是你爸口中门当户对的大小姐，只是一个普通的医生。"

顿了顿，她问："孟见，你还要吗？"

两人回到馥园小区时已经是夜里一点。

最后，孟见也没有给宁晚答案。他一句话都没有说，好像这个晚上什么都没发生过似的。回到家后他倒了一杯水给宁晚，宁晚喝了两口，看着他，欲言又止。

她想继续刚才的话题，想知道孟见的答案，可孟见不给她开口的机会。

"喝完了？"他问。

"嗯。"

"饿吗？"

“不……”

“累吗？”

“还行……”

孟见的一问一答让宁晚觉得莫名其妙。她不知道男人心里是怎么想的，她迫切想要知道他的答案，可他却表现得毫不在意，甚至根本没将这件事放在心上。

安静了几秒，宁晚忍不住了，她微微坐直了身体：“孟见，我问你的那个问题……”

“时间不早了，先早点休息吧，有什么事明天再说。”孟见没让她把话继续说下去。

孟见似乎是在躲避这个话题！

见他不愿回答，宁晚心中也有了答案，她没有再继续勉强他，笑了笑，梳洗过后回了卧室。

躺下的那一刻，她的鼻子悄悄地酸了。

原来他还是介意的。

见宁晚背对着自己，孟见挑了挑眉，动作很轻地掀开被子睡到她旁边，跟平时一样从背后抱住她。片刻后，像是不够似的，他又把她往怀里拉近了些。

宁晚心中难免有几分失望与烦闷，故意甩开孟见的手，睡到床边上。

在两人重逢的最初，宁晚就有这样的心理准备。当时她就对自己说，如果孟见知道了自己的身世要走，她一定会潇洒地放手。

或许现在，就是该她放手的时候了吧。

一夜没怎么睡好，刚过清晨六点，宁晚起来洗了澡，稍微让自己从浑噩中清醒了几分。洗完回衣帽间时，她发现孟见也已经起床了，在换今天要穿的衣服。

孟见正在穿衬衣，纽扣没扣住的地方微敞着，带着几分慵懒，腹肌线条若隐若现，空气里充满了他身上的荷尔蒙气息。

他很久没穿过这样正式的白衬衫了，过去是少年的俊秀英气，现在是成熟男人的禁欲气质。

“早。”宁晚走过去，故作镇定地打了声招呼。

孟见回头看了她一眼，微笑地回应她：“早。”他心情看起来还不错。

宁晚感觉好像没什么话好说了，昨晚已经把一切都说清楚了，孟见的反应也不难看出他的想法与决定。她想，今天下了班就来把东西搬走吧。

匆匆换好上班的衣服，宁晚没有等孟见，自己先出门了。

孟见在身后喊她：“你等会儿。”

宁晚心里一动，以为他还有什么话要对自己说，可没想到孟见走上来，指着宁晚戴在中指上的那枚戒指，说：“这个先还给我吧。”

如果说昨晚孟见没有正面回应她的问题，那现在要回戒指的举动足以证明他的选择和立场了。

“你是要分手吗？”宁晚问。

孟见顿了几秒，答道：“我是想结束我们目前的这段关系。”

宁晚在心底轻轻笑了笑。

这不是一个意思吗？只不过说得好听一点，不那么伤人罢了。

可惜戒指才戴了一晚上，还没戴热就被拿走。

宁晚心里很不是滋味。

这个男人也太冷酷了吧！分手就分手，要不要这么绝情？

莫名地有些生气，宁晚没说话，直接把戒指摘下来丢给孟见，然后转身开门离开。

“砰”的一声，大门被她从外面重重地带上，明显带了几分女人的小情绪。

孟见看得很透彻，薄唇微微勾着，回身，一边继续扣衬衣，一边给贺承南打电话：“你的直升机今天借我用一下。”

那头贺承南还没睡醒，问：“干什么用？”

他听到电话里孟见的回答，猛地从床上坐起来：“你来真的？”

孟见：“难道还玩假的？待会儿我去俱乐部找你。”

挂了电话，孟见思考片刻，又给李澄澄发了微信。之前帮宁晚搬家时，他们曾经添加了对方的联系方式，现在刚好派上用场了。

做完这一切，孟见才走到书房，输入密码，打开自己的保险箱。

保险箱的最深处，有一个天蓝色的小方盒，盒子里的东西是他在美国那年买的。那年，拉斯维加斯的圣诞节特别漂亮，经过一家商场门口，孟见看到了陈列柜里的那枚钻戒，简单利落的枕形切割，钻石环绕，设计经典，温柔却又凌厉，像极了他爱的那个女人。

哪怕是最糟糕的人生，也遮盖不住她全身的锋芒。

孟见买的时候并不知道什么时候才能把它戴到宁晚的手上，但他现在可以非常肯定——就是今天。

宁晚今天是白天的班，刚到医院，李澄澄就过来告诉她："今天住院部医生请假了，那边没人守着，上边让你去看一天。"

宁晚觉得奇怪，就算住院部医生请假，怎么也轮不到她一个急诊部医生去支援。不过她心情烦闷，没想那么多就应下了。

换好白大褂，她直接朝住院部走去，八点才开始查房，现在很多病人才刚起床。

走到廊桥上时，宁晚的手机忽然响了，她低头看，是一个陌生的号码。

她接起来，里面传来一个好听的声音："是我，小晚。"

宁晚停住步子站在路中央，身体微顿："安鹿？"

"你在医院吗？我想见见你。"

五分钟后，安鹿从急诊大楼匆匆跑过来，宁晚见她头发都被风吹乱了，忍不住喊："你慢点。"

安鹿喘着气跑到她面前，呼吸急促，脸上挂着笑："没事，我怕你上班忙。"

她左右看了下，旁边没有可以坐的地方，拘束地笑了两下后，从包里掏出一封红色的请柬。

"我希望你能来，小晚。"

宁晚看到请柬的一瞬间愣住了，接过来打开，上面赫然写着"安鹿和靳宸"的名字。

她睁大眼睛："你们？"

宁晚早就明白了安鹿喜欢的那个"J"不是靳宸，但现在两人居然要结婚，她很意外。

她缓缓地合上请柬："其实你没必要这样。"宁晚是说，没必要赌上自己的人生来遮掩对孟见的喜欢。

安鹿愣了下，很快反应过来她话里的意思。安鹿垂着头，嘴角轻抿，唤宁晚的名字："小晚。"

她的语气很平静，平静中带着淡淡的满足和幸福。

"我知道我曾经或许给你带来了一些困扰，但请你相信，都已经过去了。"

安鹿身体微微侧转，深吸了一口回廊外清新的空气，继续说："上学的时候我没有朋友，被人孤立欺负，见哥是第一个帮我的人，你是第二个，你们两个是我生命中最想要感谢的人。当你去了加拿大之后，我一度无法原谅自己，我知道你发现了我的秘密，害怕是因为我你才离开，所以那年我迫不及待地答应了靳宸的追求。"

安鹿轻笑，笑散在风里，淡淡的，很温馨。她继续说："原本我是希望你能看到我的放弃，快点回来，希望见哥能开心起来。但这些年过去，靳宸让我明白，爱情其实是细水长流的陪伴和等待。我对见哥更多的是感激，只是那时候我不懂，现在我懂了。"

安鹿开心地朝宁晚展示手上小巧的戒指："我是个很慢热的人，花了很长时间才找到对的人。小晚，希望你跟见哥也能幸福，我们四个以后能像你那时候说的一样，一起出去旅游，一起玩。"

她正说着，靳宸从对面出口找过来，边跑边打招呼："鹿鹿！"

安鹿回头，眼底是藏不住的喜欢。

"小晚，到时候你一定跟见哥早点过来啊！"靳宸在宁晚面前站定，笑着顺手揽住安鹿的肩，他的脖子上系着一条针织的围巾，围巾下摆有一个字母"J"。

是当年的那条围巾。当初的阴错阳差，或许也是一种注定。

青春离他们远去，过去那个胆怯懦弱的女孩也已经蜕变成了这般幸福的小女人模样，看来这些年，靳宸对她的确很好。

宁晚很欣慰，微笑着点头："祝你们幸福。"

只是安鹿畅想的四人旅游计划，可能不会实现了。宁晚想起早上出门前孟见要回的戒指，很生气，从前怎么没发现这个男人这么小气，分手了还能把送的东西要回去？

送走了靳宸和安鹿，宁晚回到住院楼刚好七点四十分。她接管的病区是最闲的老年休养中心，大多数是城里的高龄富人或者首长干部们疗养的专属楼。

或许是因为之前和孟见救老兵的事被当成了典型宣传，宁晚在休养中心几乎无人不知。每个同事迎面走来都会客气地跟她打一声招呼："早，裴医生。"

宁晚一个都不认识，只能微微笑着回应。

八点，医生正式开始查房。这里住的都是一些调理身体的老年人，宁晚一间一间循例查问过去，没什么特殊的情况发生，不过她没想到，竟然会在这遇到认识的人。

宁晚刚迈进31病房就听到一个如洪钟般爽朗的笑声，苍老，却刚劲。她往里走，看到一个银发老爷子正在窗前打太极，旁边的护工不知说了什么笑话，逗得他哈哈大笑。

宁晚的心情被那笑声感染，稍稍好了几分，她咳了声，问："老爷子今天还好吗，血压量过没？"

老头听到声音一愣，转过身来，面色红润泛着光："小裴？"

宁晚也跟着一愣，抬起头："首长。"

老头看到宁晚开心极了，自从上个月因为高血压被家里强制送到这里来疗养，他整个老年生活都寂寞了，每天就一个护工逗他乐。眼下看到有熟人，老头子高兴坏了，给宁晚又是倒茶又是拿水果的，忙得不亦乐乎。

一老一小热情地说了会儿话，聊得好好的，老首长忽然话锋一转，笑眯眯地问："小裴啊，你跟孟见那个臭小子打算什么时候结婚？可得请我这个老头子啊！"

宁晚笑容微僵，半晌后故作轻松地笑了笑："我们分手了。"

"什么？"

老首长刚才还泛着红光的脸马上暗了下去，紧接着就一副"不行了"的样子直捂住胸口："哎哟，我这老心肝，听不得这些，你再说一次，你们俩怎么了？”

宁晚直接被他吓到了，忙让身边的护士给他接上氧气，正准备把刚才的话重新组织一遍，伺候老爷子的护工很积极地帮宁晚回答了。

“裴医生说她和您说的那个臭小子分手了！”

首长两眼一翻，手一指：“快，把氧气给我调到最高！”

宁晚哭笑不得，赶紧帮首长测了血压，虽然的确高了一点，但还不至于像他演的这样夸张。

她笑着敲了敲床头的小桌板：“首长，过了啊。”

宁晚看着病历：“您今天还有个红外线理疗要做一下，现在我陪您下去做吧。”

首长好不容易一口气顺了回来，骂骂咧咧地下床：“等我做完康复回来就打电话给那个兔崽子，看我不拿军棍抽死他！”

宁晚脑子里立刻跳出过去自己拿小电棍打孟见时的情景，那些画面历历在目，好像就发生在昨天一样。

抽回思绪，她无奈地深吸了一口气，扶住首长：“我们走吧，您注意脚下。”

陪老首长做理疗到中午，宁晚原本想趁着中午有空去急诊科看看有没有需要帮忙的，可老首长非要热情地把她留下来去食堂吃饭。

怎么都推辞不掉，宁晚只能硬着头皮跟过去。老首长心情特别好，一边吃一边讲部队里的故事，宁晚耐心听着，偶尔回应一个笑容。

两人饭吃到一半，宁晚的手机忽然响了。她的手机就摆在桌旁，首长手疾眼快，看到上面显示的名字后，马上抢过去接起来，像一尊机关枪似的开了火。

“兔崽子，你终于撞到我手里了。啊，还我是谁，你听不出我的声音了？”首长气势汹汹地握着手机，那边孟见不知回了什么，他“啪”的一声放下了筷子。

“还有脸问怎么了！谁允许你跟小裴医生分手的？你爸允许了吗？我允许了吗？国家允许了吗？年轻人，不要一天到晚沉迷情爱，有一个小裴医生你还不满足吗？又上哪招蝴蝶了？！”

彼时孟见正在空管局打申请报告，听到首长这通严词拷问，他无奈地抚着额头笑。

顿了一会儿，他忽然想起来什么，放低声音，说：“既然您在医院，那能帮我个忙吗？”

原本以为首长把电话抢走就是骂孟见几句，宁晚没拦着，可这两人不知道说上了什么，一句一句地没完没了，电话足足打了五分钟。

打完了，首长的神情显得高深莫测，他把手机还给宁晚：“兔崽子找你。”

宁晚犹豫着接过来，虽然嘴上很不想再理那个小气鬼，但身体仍是很不争气地把手机放到耳边，语气故作冷淡：“喂。”

“吃饭了没有？”孟见问她。

宁晚嘴硬，不想搭理他：“你有事吗？”言下之意，有事说事，没事别来撩我。

孟见听出了她的小情绪，也不恼，笑了笑：“也没什么，就是告诉你，我晚上要出一趟任务。”

宁晚“哦”了声，垂下头，走神地盯着桌上的饭菜。她记得孟见以前跟她说过，直升机夜间飞行挺考验操作的，如果遇上不好的对流天气，就更危险。

意识到自己竟然已经开始为他担心，宁晚赶紧刹住思绪，赌气地说：“关我什么事？戒指都要回去了，出任务还告诉我干什么？”

电话那头停了片刻，孟见暗哑的声音夹着一点笑意传过来：“因为这是我出过的任务里，最重要的一个。”

“哦。”可这和她还是没什么关系吧？

宁晚沉默了一瞬，闷闷不乐地回应：“行吧，那，祝你顺利完成这个重要的任务。”

孟见拿着刚到手的准飞证，勾了勾唇：“会的。”

宁晚一整个下午都心神不宁，虽说孟见拿回了戒指，似乎有要和自己划清界限的意思，可今天的天气实在不太好，孟见要去出任务，还是特别重要的任务，宁晚没有办法不担心他。

她的整个青春都给了孟见，这辈子她再也不会有精力去爱第二个人。

首长吃过中饭后就回去午睡了，宁晚在办公室看了一下午病人的病历。下午六点，她忽然听到外面有小护士喊：“哇，又下雪了！”

北城十二月就已经下了第一场雪，如今进入腊月，更是三天两头地飘雪。

办公室里很安静，宁晚坐在电脑前，稍稍仰起身子往外看，冬季白日短，窗外天色已经全暗下来了，雪下得不大，隐约有细碎的小雪点从路灯的光影里飘过。

她久久地看着，心也跟着慢慢平静下来。生活再难，也不会比她从前一个人从泥泞里爬起来的时候难。所以往后余生，就算只剩她一个人，就算孟见选择放手，她依然能从容面对。

六点半，天色已经全黑了，也到了宁晚下班的时间。她收拾了下，决定今晚要好好吃一顿丰富的晚餐，犒劳一下辛苦了这么久的自己。

刚出办公室，她正要去换衣服，首长老爷子好像知道她要走似的，笑眯眯地等在门口。

“小裴啊，是不是该你请我吃晚饭了？”

“嗯……”

中午老爷子请她，晚上她再请回去，没什么毛病。

反正也是一个人，宁晚想了想就同意了。她原准备带老爷子去医院门口的一家中餐厅吃，结果老爷子死活不同意，说：“不搞奢靡风，要简朴，吃食堂就行。”

老爷子身上有股军人与生俱来的刚毅气场，宁晚很敬佩他，便没有再强求。于是，她和中午一样，跟老爷子一起坐电梯去了医院的食堂。

他们打了三菜一汤，两个人吃刚好合适。

北城急救中心的食堂很大，来吃饭的除了全医院的医生和工作人员，还有病人和病人家属，每天人流量巨大，到了饭点队伍能排到住院楼。比如现在，偌大的食堂黑压压一片，坐满了人。

宁晚好不容易找到了两个位置，坐下之前老爷子还四处看了看，像是作战前观察地理位置似的，然后很满意地坐下。

“来吃啊，别客气。”

又跟中午一样，老首长一边吃一边给宁晚讲部队的故事，宁晚时不时笑笑，再帮他夹点菜。

两人聊得气氛正愉快时，不远处忽然起了一阵骚动，有人发出了惊呼声。宁晚一向不喜欢凑热闹，只顾着低头吃饭，注意力完全没有被那边的声音吸引。

老首长不淡定地清了清嗓，故意问她："小裴，那边发生什么事了？"

宁晚这才抬头朝热闹处看过去，发现一群人正盯着食堂墙上最大的LED（发光二极管）电视屏。

北城急救中心是国内最大的国际性急救单位，每栋大楼都有这样的电视屏同步发布各类院内资讯，宁晚猜想或许又是医院出了什么新通知，没细看就低头继续吃。

"可能是哪个药又涨价了吧。"

这孩子怎么这么不八卦呢？！好歹看看上面的字啊！

首长沉不住气了，自己站起来去看，嘴里自言自语："什么通知啊？"

宁晚心想首长不愧是首长，吃饭都要关心民生问题，于是忙起身扶住他。

"我帮您看，您吃饭就是了。"她边说，眼睛边往食堂的大屏幕看过去，视线刚落到显示屏上，她微弯着的嘴角立刻僵住。

硕大的屏幕上，清晰地闪动着："裴宁晚医生，今天嫁给我好吗？"

宁晚怔住，嘴唇木然地张合了几次，说不出话，完全没反应过来发生了什么。

而她站起来的身影倒是快速引起了身旁医生的注意，不知谁悄悄说了句"正主也在场"，消息一下子就在食堂里传开，紧接着，围观群众的目光全部转向了宁晚，同时还交头接耳，窃窃私语。

首长："小裴，电视上写的啥？读给我听听，我看不见。"

宁晚开始怀疑这是谁的恶作剧，毕竟以前在百熠时也有追求者在医院门口给她摆爱心蜡烛阵。宁晚根本没有往他处想，只觉得眼下的情况相当尴尬。

她扶着老爷子往外走："那个，咱们先回去吧。"

老爷子笑而不语，看破不点破。

“好啊。”

两人走到半路，宁晚收到李澄澄的电话：“天哪，全医院的大屏都在滚动播放跟你求婚的信息哎，我羡慕死了！”

宁晚鸡皮疙瘩都起来了：“全医院？！”

李澄澄：“是啊，连扫厕所的阿姨都看到了！”

“啪”的一声，宁晚挂了电话，连忙带着老爷子往休养中心走。

她想赶紧把老爷子平安送回去，然后去医院后勤管理处问个明白，看看到底是谁在恶作剧。

休养中心是整个急救中心最“佛”的地方，不在一线，休闲，舒适，没什么压力，一楼大厅也没有安装大屏幕。

走到这宁晚才稍稍松了口气，刚才一路过来，医院的医生都在笑着恭喜她，这种莫名其妙的感觉太奇怪了。

宁晚带着老爷子在休养中心一楼等电梯，才觉得远离了外界的八卦猜测。可电梯门刚一打开，早上和她打招呼的医生看到她，马上笑眯眯地问：“裴医生，有人在跟你求婚！你看到了吗？”

宁晚不知道怎么休养中心也会这么快知道外面的事。她没回应，赶紧低头走进电梯，门关上后，旁边的老爷子戳她的手臂。

“小裴。”

宁晚“啊”了声，发现老爷子视线落在她身后，她立刻回头，顺着他的目光看过去。不看不知道，一看惊得她睁大了眼。

吃饭前电梯墙上挂着《中老年人如何科学降压》的科普框，现在已经全部换了新的海报。

宁晚傻怔地看着上面简洁排版的两行字——裴宁晚医生，今天嫁给我好吗？

老爷子在一旁看热闹看得津津有味：“小裴，这是你的哪个爱慕者？小伙子很会搞气氛嘛。”

宁晚比老爷子更想知道这是谁。

电梯门开，她赶紧把人往病房送，结果老爷子不肯回去，嚷嚷着要去天台看雪。

宁晚看了看时间，已经晚上七点半了，外面飘着细雪，欣赏雪景不是不可以，但……

“这么冷的天气很容易引起血管收缩，血压浮动，您最好还是——”

老首长态度很坚定地打断她：“五分钟，小裴医生，就请你陪我这个老冬瓜上去看五分钟的雪，行不行？”

老人家都恳切到这个份上了，宁晚作为晚辈，实在不好意思拒绝。再说，她去找那个恶作剧的人，也不差这五分钟。

宁晚答应了老首长，并找来一架轮椅和一床毛毯，把他安顿暖和了，才推着他上了顶楼。

休养中心的天台很宽阔，宁晚并不陌生，曾经有部队的领导转过来都是直接在这里降落，她也参与过几次。

带老首长上了天台，推开门，宁晚又被活生生吓了一跳。

像过去二十世纪七八十年代看露天电影似的，天台上坐了二三十个老头、老太太，有的手里还提着瓜子、橘子，吃得挺起劲。

看到老首长上来，其中一个老太太等不及了，抱着小汽水上来问：“首长，你说的那个什么时候开始啊？”

宁晚疑惑地看向身旁的人，老爷子到底是历练过的，很快用尴尬而不失礼貌的笑声稳住了局面，目光一个个扫过去。

“你们怎么知道的？！”

群众A：“老张说的。”

老张：“老李说的。”

最后绕了一圈：“首长您自己说的啊。”

宁晚到现在也没听懂他们在说什么，她心里惦记着楼下全院在播放的求婚视频，着急着想要下去。

她耐着性子等漫长的五分钟过去，就在最后一分钟到来时，旁边一个老太太忽然扯着嗓子叫：“你们快看，那是啥玩意儿？”

老太太这一嗓子号出来，所有人都跟着她的声音看过去。包括宁晚。

天台不远处的空中飞来很多无人机，一开始是几十架，后来有上百架，再往后数量越来越多。

宁晚觉得今天发生的一切都很古怪，好像都是事先安排好了的。她隐约嗅出了反常的气味，还没来得及理清头绪，眼前的无人机群突然荧光一闪，机身上亮起了红色的灯。

一架闪着灯的无人机在天上或许不起眼，可眼前无人机的数量非常多，场面顿时变得热闹起来，下面的老太太一阵拍手直呼好看。

无人机隐进暗黑的夜色里，只剩莹莹的灯光闪烁着，它们在空中飞舞着，颜色瞬息多变。

过了一会儿，原先聚在一起的队列忽然散开，在空中慢慢转换队形。下一秒，宁晚看得目瞪口呆，浮在空中的无人机的灯在夜色中拼出了三个字——裴宁晚。

紧接着队列迅速改变，不过一秒，灯光重新秀出三个字——嫁给我。

整个夜空都被绚丽的颜色燃爆，宁晚看呆了。

高科技求婚吗？

这个操作跟以前那些摆蜡烛阵的相比，段位高太多了。别说是在场这些老太太老爷子看得目瞪口呆,就连她自己也有些应接不暇、不知所措。

宁晚的心跳得很快，她的脸颊有些热，耳根也在发烫，下着雪的寒冷全部被心底冒出的一个想法给烘热了。

很多年前的一个晚上，树成的小礼堂里，她在台上，孟见也曾经用一架无人机给她送来了一枝玫瑰花。

宁晚不敢想今天这个几乎让全医院知道他要求婚的男人是孟见，她怕自作多情，也怕希望越大，失望越大。毕竟昨晚他们平静、友好地过了最后一夜，今早他也要回了证明彼此关系的戒指。

宁晚紧紧盯着夜色里的无人机队列，它们先后又摆出了英文的“Marry me（嫁给我）”和“我爱你”等许多告白的情话，灯光秀在低垂的雪夜里明亮跳跃，喜庆而热情。

几分钟后，所有无人机的灯光骤灭，远处的天空重新恢复了黑暗。

流光溢彩顷刻消失，宁晚心里空落落的，她忍不住往前走了几步，想要看得更清楚一点。就在她走到天台中央时，远处的灯光集体重新点亮。

宁晚脚下一顿，目光放远。看清眼前再次亮起的画面后，她惊愕地张大了嘴，难以置信地看着朝自己靠近的一幕——所有的灯光排列成了一个巨大的心形图案，图案散去后，一架直升机渐渐飞近。

灼灼的爱正朝自己而来，宁晚站在原地忘了反应，脑袋里一片空白，只听到耳边呼啸的引擎声越来越近。

直升机在天台上空盘旋了一两分钟后，在角落处缓缓降落。

宁晚站在天台中央，目不转睛地看着那个从直升机里出来的男人。

孟见今天没有穿制服，换上了从未在她面前穿过的正装，灰黑色的高定西装搭配白色衬衫，宽肩窄腰，笔直的长腿，就这么空降在宁晚面前，带着无法拒绝的气场，让人轻易就为之沦陷。

孟见站在直升机旁，两人对视几秒后，他薄唇微抿，慢慢朝她走过来。

他每靠近一点，宁晚的心就“怦怦”跳得厉害一些，好像年少时的第一次心动。这一刻，她所有的欣喜情绪，都随着男人的靠近而加倍在体内放大。

孟见终于走到她身边，垂眸，把她头发上的一片雪花捻走后，嘴角轻轻扬了扬：“看傻了？”

宁晚的心情还没完全平复下来，忽然有一架无人机带着玫瑰在她的头顶出现，她往上瞄了一眼，问：“你不是说出任务去了吗？”

“是啊，”孟见笑了笑，“现在不就是在完成任务吗？”

宁晚还没反应过来孟见的意思，就见他抬手从盘旋在她头顶的无人机上扯下一朵玫瑰，然后退后两步，颀长挺拔的身形微微一顿，随后单膝跪下。

“哎哟，我的妈！”身后的老太太激动得站起来直播，“小伙子跪下了，跪下了！”

老首长眯起眼睛把人压下去，一副“你赶紧闭嘴别捣乱”的样子。

孟见从西装内袋里掏出早就准备好的戒指，打开，钻石的光芒在夜色下显得格外璀璨夺目。

他将戒指举到宁晚面前，眸里的温柔让人动容。

“裴宁晚。”

孟见的声音成熟磁性，迷人喑哑，带着浓浓的爱意，飘在雪夜里更让人沉醉。他字字分明地请求：“嫁给我好吗？”

宁晚拼命忍住不让自己落泪，可这样的场景她真的曾经幻想过太多次了，这是她最渴望的画面，就在昨天她还以为这会是一个永远得不到的幻想。

她不想哭得俗套，只能让自己好像生气似的抽着鼻子，低声问：“你不是要跟我结束现在的关系吗？”

“没错啊，结束现在的情侣关系，”孟见挑着眼角，还是那副懒洋洋的笑脸，“想正式跟你进入夫妻关系，不行吗？”

宁晚其实都明白了，却还是故意问：“那你至于把戒指要回去吗？”

“不拿回来，怎么给你戴现在这个？”

宁晚佯装生气地“哼”了声，孟见无奈地笑着，把她的手拉到面前轻轻吻了吻，然后小声又无赖地商议：“先嫁给我啊。等会儿回家，我跪着，慢慢认错。”

宁晚这才发现孟见已经在地上跪好半天了，她忙去拉他起身，孟见不动，反而捉住她的手：“嫁吗？”

身后以老首长为代表的中老年观众团一个比一个兴奋地喊：“嫁给他，嫁给他！”

宁晚低头一笑，把纤细的手伸到孟见面前，轻声回他：“嫁。”

“哇——”

宁晚话音刚落，一群更年轻的声音不知从哪里冒出来，宁晚隐约听到了李澄澄的声音，她转头去看，发现身后居然站满了自己的同事。

宁晚愣住了：“你们……”

李澄澄笑得花枝乱颤：“我们是后援部队，见哥怕你不同意，还准备了很多大招啊，哈哈哈。”

宁晚看看大家，又转头看看孟见，不好意思地压低声音嗔责他：“你在家跟我求婚不行吗？非要搞得尽人皆知。”

“我就是要尽人皆知。”孟见把她搂到怀里，两人的胸膛紧紧贴在一起，温暖的声音驱散了夜的寒冷，落在她的耳旁。

“我就是要让所有人都知道我爱你，只爱你，永远爱你。”

夜深了，看热闹的人陆陆续续被首长和李澄澄遣走，偌大的天台上就剩下孟见和宁晚两个人。

他们像过去在南岛花园的楼顶一样，静静依偎在一起。

戴着比昨天更沉的戒指，宁晚的心里是幸福的，她虽然没有华丽的言语去表达现在的心情，但孟见花了心思的惊喜和告白让她眼里弥漫上了层层雾气。

“之前我说的那些，你不介意？”她问。

“介意，”孟见把她抱得紧了些，“我介意你竟然对我这么没有信心。”

宁晚闭上眼，心里涌过沉沉的满足。其实她心里明白，这么多年了，她不是对孟见没有信心，相反，正因为她知道孟见那份浓烈的爱，所以更多时候，是她自己胆怯，不敢靠近。

宁晚嘴角扬着，静静地幻想着自己和孟见的未来。

忽然，她附在孟见耳边，试探地问：“你喜欢小孩子吗？”

孟见抿唇，故作深沉地思考了会儿：“不喜欢。”

很快孟见又补充：“除了‘归晚’。”

宁晚听得一脸茫然：“归晚？”

“嗯，归晚。”孟见转过来看着她，眼里满是宠溺，“孟归晚，我们以后的宝贝。”

宁晚愣了一刹，很快明白了孟见的意思。

“不过，为什么要叫归晚？”

风夹杂着细碎的雪花落在他们身上，轻轻柔柔的，没有声音，时间好像停在了这里，是安静、温暖的，也是永恒的。

孟见转过脸，下巴抵着宁晚的发顶，在上面宠爱地落下一个吻。

“因为万物都有归属，而我孟见，只想归你宁晚，一辈子。”

那一年我曾经说过，无论什么时候，无论在哪里，我都会牢牢地守着你，不放手。

爱你是一辈子的事，于我而言，最幸福的事，就是在这样的雪夜，我们牵着手走在一起。

走着走着，就白了头。

番外一 校园篇

高三每月一次的月考又如约而至。

临考前的晚上，宁晚和孟见心态很好，没怎么看书。两人窝在书房玩游戏，刘妈给他们一人端了一碗冰糖燕窝，孟见那会儿刚好在打排位赛，宁晚便帮他接了下来。

“喝吗？”她问他。

“不喝。”

孟见的眼睛盯着屏幕，手上鼠标操作灵活。

“太腻了，不喜欢。”

“哦。”

宁晚拿起勺子，从碗里舀了一口在嘴边吹了吹，又在勺子边缘试了试温度，然后才温柔地送到他嘴边，意味深长地问：“现在呢？”

游戏正进行到关键时刻，孟见这边只剩他一个存活，对面五打一。眼看高地不保，孟见快速秀技能走位，并抽空侧头咬住宁晚递过来的勺子，把里面的燕窝吞到嘴里，接着，音箱里传来“Penta Kill”五杀的声音。她抬眸一看，刚才还五打一的局面，此刻对方已经被孟见团灭了。

游戏胜利，孟见放下鼠标靠过来，拇指在宁晚的嘴角刮了下，扬了扬嘴角：“嗯，挺好吃的。”

宁晚：“……”

少年上挑的桃花眼散漫而轻佻，宁晚舔了舔唇，不自然地把自己碗里的燕窝吞下去，岔开话题："明天考试，早点去睡觉吧。"

孟见手感正佳，想再玩一盘，请求的话还没说出口，宁晚好像看穿了他似的直接驳回。

"不行。"

"就十分钟。"

"不准。"

孟见耸了耸肩，无奈地关了电脑。他从椅子后拿起书包："那我先回房间了，明天叫你起床。"

宁晚点点头："行。"

她跟在孟见身后，正要关书房的门，忽然看到从他书包侧面口袋里掉出来一张纸。

孟见没注意掉了东西，已经走回房间关了门，宁晚捡起纸张，原以为是孟见的草稿纸，结果打开看了几行后，脸色就变了。

第二天孟见就发现了不对劲，早上起来宁晚对他爱答不理的。因为赶着上学，他也没细问，之后考了一天的试，回家后宁晚又说累了，把他堵在门外不让进。

算了算时间，孟见以为是宁晚生理期提前的原因。先前有过这样的情况，宁晚莫名其妙地不开心不想说话，后来他才知道女人生理期情绪会不太好，因此这次孟见还以为跟之前一样，没有多想。

树成每次月考都会排名，以此激励学生的危机感和上进心。在孟见转来之前，宁晚长期霸占月考年级第一的地位。自从孟见来了后，年级第一就变成了他们两个来回霸占的状态。

周一，到了要出分数的时候。孟见正在操场上日常训练，一百个俯卧撑做完后，老师宣布休息五分钟。

趁这个空当，靳宸不知道在哪收到了风声，跑来问孟见："你跟晚姐闹矛盾了吗？"

"没有啊，"孟见一愣，感觉不对，马上问，"怎么了？"

靳宸小声告诉他："就刚才，早自习后年级都传遍了，说晚姐放话了，这次月考要是没能拿第一，就做罗子文的女朋友。"

孟见“噌”地从草地上站起来：“她亲口说的？”

靳宸点点头：“是的，我还听说胖子现在已经激动得跑去办公室等出分了。”

孟见脸色一沉，马上捞起校服外套就往操场外走。

“等会儿帮我跟老师请个假。”

老师办公室。

罗子文殷勤地帮阅卷老师跑前跑后，端茶倒水，嘴甜出了花。

“老师您辛苦了！

“老师有什么我能帮忙的吗？

“老师，第一名出来了吗？”

孟见身形修长，肩上挂着校服，手插在裤兜里，从外面走进来，斜倚在办公室门上，瞟了罗子文一眼，没说话，直接问正在统计的老师。

“老师，第一名出来了吗？”

老师第一次遇到还没公布成绩就追到办公室来问的学生，而且还不止一个。他扶着眼镜，一脸慈祥：“你们能这么关心成绩我很欣慰啊，那个高个子你来得正好，你叫什么来着……”

老师看着名单，捋了下思绪，回忆起来：“哦对，就是你，艺体班的孟见，对吧？不错不错，这次月考你第一！”

他话音刚落，罗子文“哇哈哈”地蹦起三尺高，紧接着像阵风似的冲出办公室，经过孟见身边时还不忘拍拍他的肩：“见哥，你真够兄弟！”

罗子文跑了，孟见顿了会儿，才走到老师面前问：“那高三（1）班的宁晚第几名？”

“她啊？”老师颇为惋惜，“第二名，就比你少两分。”

那头，高三（1）班。刚下了早上的第二节课，大家正围在教室里说分数的事，宁晚的位置在窗边，窗子半开着，通风换气。

她正安静地看书，罗子文忽然从外面一脸惊喜地跑过来，敲敲窗。

“晚儿，听说你要做我女朋友哇？”

宁晚反应过来什么，立即把头转向郑允。这个玩笑还是月考那天她很生气的时候随口跟郑允说的，没想到现在传到尽人皆知，罗子文还亲自找上门了。

罗子文的大嗓门惹得全班的人看了过来，宁晚只能站起来，打开窗对罗子文冷淡地说了句：“没有的事，你赶紧走。”

“可你明明说考不到第一就做我女朋友呀，我刚才在老师的办公室，这次月考第一是——”

话未说完，罗子文胖胖的身躯就被人轻而易举地拎起来了，高大的身影顿时遮住了宁晚视线里的明亮。

没有再给罗子文开口的机会，孟见提着他丢到十米外后重新折回宁晚窗前，声音低低的，眼底情绪不明。

“出来。”

宁晚看都不看他：“不。”

来了来了！两个大佬为争年级第一终于正面对上了，终于撕破脸了！

全班同学都暗暗竖起了八卦的耳朵，在心里捏了一把汗。

“不？”孟见似乎轻轻哼笑了一声，“要我进去帮你吗？”

他说话向来是说到做到的，宁晚也怕万一这个人不要脸地把自己从教室里拎出去，事情就闹大了。于是她缓了缓，一声不吭地站起来走了出去。

吃瓜同学全部跟着探长脖子去看，只见孟大佬把晚大佬拉到了教室尽头的楼梯旁，两人不知道在说什么，距离靠得很近，双方的神情看起来都很严肃。

众人脑补的对话是这样的画风——

孟见邪魅一笑：“喂，你很‘跩’啊？”

宁晚义愤填膺：“第一，我不叫‘跩’，我叫宁晚！第二，请你不要跟我玩这样无聊的游戏，否则我会让你变孟猪头！”

然而真正的事实是——

孟见听完宁晚的话很无奈：“什么情书，我不知道好不好？”

宁晚冷笑：“要我背给你听吗？”

她清了清嗓，背出那晚在地上捡到的信：“亲爱的见，我喜欢你很久了，不知道你喜欢什么样的女生，如果愿意的话，我们可以先做朋友吗？喜欢你的欢欢。”

宁晚故意把尾音拖得很长，说完眼尾一挑：“你不是从不收情书吗？怎么？这个欢欢不一样，嗯？”

孟见都不知道书包里什么时候多了一封情书，冤枉极了，但他很清楚聪明人之间的对话不需要太多无谓的解释，女孩子生气的时候不管三七二十一先认错，然后再用实际行动去解决问题。所以，他的态度马上软下来。

“是是是，这次是我错了。我应该严词拒绝她，不该收下来，下次一定，不，坚决没有下次了。”

虽然压根不知道欢欢是何方神圣，孟见还是先低头乖乖认错，说了一通保证的好话，看宁晚神色缓和了些，又在别人看不到的角度拉住她的手，厚颜无耻地说：“我今天没带钱，中午下了课等我一起吃饭？”

宁晚垂眸，抿了抿唇，故意甩开他的手：“再说。”

围观同学看着两个大佬的背影，忍不住在心里担忧。

一个学校毕竟只能有一个老大，一山岂能容二虎！更何况他们都知道孟见从来不是怜香惜玉的主，更不可能对宁晚让步了。

平静的江湖终于要掀起一场血雨腥风了。

可两个小时后，现实疯狂地打在这帮脑补太多的学生脸上。

首先是从老师的办公室传来的小道消息，说孟大佬在办公室翻了自己的卷子，捣鼓了半天挑出两道选择题，说老师阅卷错误。但据知情人透露，大哥把两个 D 改成了 B，硬生生被扣了四分，屈居年级第二。这个操作把阅卷的老师都看蒙了。

再有就是上午还刀光剑影、黑脸沉声、互不对付的两个人，中午就被人不小心看到在学校外的牛肉面馆里，面对面气氛“友好”地吃面。

当时大佬晚看着碗里的面直皱眉：“我不吃香菜。”

大佬孟则在一边耐心哄她：“你别这么挑食，香菜营养很高，含维生素 A、蛋白质，还有丰富的——”

“啪”的一声轻响，宁晚微笑着放下筷子。

沉默了三秒，孟见满是求生欲地把她碗里的香菜一根根全部挑了出来：“好好好，不吃。”

说好的血雨腥风呢？

番外二 都市篇

宁晚怀孕八个多月了，还坚持在医院上班，急诊的工作既忙，强度又太大。孟见第一个不同意，再加上医院也不放心，于是暂时把她调到了休养中心做住院医师，每天就和首长那些老爷子老太太打打交道，谈谈养生，日子过得也算舒心。

自从宁晚怀孕后，孟见也申请暂时调离一线，在救援中心给那些新来的实习生上课，每天下班后就变身超级居家好男人，变着花样地做各种营养餐、煲汤给宁晚，除此之外，手机里还订阅了许多育儿知识的公众号，用来学习奶爸必备的各种技能。

每个心痒难耐的夜晚，孟见只能徜徉在知识的海洋里，打消自己种种禽兽的念头。

终于，孟归晚降生了。

预产期前的两周，晚上六点半，宁晚正在休养中心三楼整理病历资料，准备第二天开始放假待产，结果归晚好像等不及了似的，提前在肚子里闹腾。

一起值班的医生帮宁晚简单做了检查，确定她进入了即将生产的状态，马上找来平板床，把她送入了急诊大楼的妇产科。

同事们看起来神情紧张，倒是宁晚情绪非常冷静，躺在床上给孟见打电话："我今天要晚点回去。"

孟见："怎么了？"

“没什么，”宁晚的肚子已经在一阵阵地痛，她吃力地换了只手拿电话，“就是，归晚可能要提前出来了。”

孟见在那边听愣了。宁晚的口气实在太淡定了，轻描淡写仿佛在说一件芝麻小事——我在医院生个孩子再回来吃饭。

他冷静地反应了一秒钟后，整个人轰然炸开。

“老婆，你要生了？！”

一时间，全家乱了套。

原本两家长辈准备在近期赶过来陪宁晚待产的，结果没想到小东西竟然提前两个星期就要出来。孟见一个电话打回去，裴晋诚和孟起昭当场就急匆匆地带着两家人买了飞机票，连夜往北城赶。

两小时后，家长们顺利到达医院，孟见在产房门口等，来来回回地踱步，安鹿、靳宸和郑允等几个老同学都闻讯来陪在门口。

“怎么样？怎么样？我孙子出来没？！”

孟起昭一过来就着急地问。

孟见比他还要着急，宁晚进去快三个小时了，一点动静都没有。他之前看过很多文章，也知道女人阵痛的过程非常痛苦，此刻虽然他人在外面，但对在里面受苦的宁晚来说，他完全能感同身受，越等，心里就越害怕。

进产房之前，妇产科的主任拿了一沓同意书给他签字，类似生产中可能出现的各种意外，什么大出血，什么羊水栓塞，等等，每一样都看得孟见心惊胆战，他当时就撂了笔。

“不生了行吗？”

宁晚在旁边都快气笑了，抓着他的手就往同意书上按。

“快点签，没事的，我保证，最多两个小时，我就带孩子一起出来见你。”

孟见也知道到了这个时候，签与不签已经由不得自己选择了，他郑重地在每一份同意书上签下了自己的名字。

在护士们把宁晚推进产房的时候，他紧紧握着她的手，告诉她：“别怕，我就在外面。”

她就没在怕好不好？

急诊科的医生早已历练太多，生孩子对宁晚来说，真的就是下班途中顺便生一下的事。

但孟见完全不这么想，在医生们把宁晚推进产房后，他还不忘拉着产科主任的手，诚恳地叮嘱她：“一切以她的感受为主，不管任何情况都先保住她。”

产科主任很欣赏地看了他一眼：“放心，交给我们。”

然而宁晚说好的最多两小时就出来，到现在已经超出太多了。

四小时过去，五小时过去，第六个小时刚开始的时候，产房的门终于打开了，孟见心一提，跟箭似的冲了过去。

“生了吗？”

主任额上有细微的汗珠，他摘下口罩问孟见：“孩子胎位不好，小裴的体力也接近极限了，我们建议最好转剖腹产，就是不知道你们家属的意见是怎么样？”

孟见愣了一瞬，好像什么都没听到，耳里反复回荡着主任的那句“小裴的体力接近极限”。

他心疼炸了，激动地冲主任喊：“剖啊，我不是说了以她的感受为主吗？！快剖，快打麻药！”

孟起昭在旁边拉住他：“别着急，沉住气。”

可孟见怎么沉得住气，尤其是转身看到坐在角落处偷偷抹眼泪的尤容和裴晋诚后，更是自责到了极点。

他为什么不做措施？为什么要让宁晚怀孕？二人世界不好吗？为什么要让自己捧在心尖上的人受这样的罪？

孟见在产房门口懊恼自责，产房外又有人拿了一沓同意书来给他签，这次是手术知情书，孟见甚至不敢细看，埋头匆匆签完了名。

签完后，护士又问：“裴医生的父母在吗？”

裴晋诚和尤容马上走过来：“在在在！”

护士说：“因为要给裴医生剖腹产，我们需要常规备血，但她是RH阴性血，现在全市血库都没有这种血，所以你们父母中谁是RH阴性血，能抽一点备用是最好的，不然万一手术过程中遇到大出血，裴医生的情况会很危险。”

裴晋诚猛地一顿，原本还急切的神色瞬间暗了下去，他僵硬地动了动嘴角："抽……抽血？"

不知情的孟爸爸催促他："亲家，就抽一点血，快去啊，愣着干吗？"

其实愣住的不只裴晋诚，还有孟见。

他从来不知道宁晚居然是罕有的熊猫血，眼下这种情况，箭在弦上不得不发，他背后骤然生出一片寒凉：坐在这里的，没有一个人跟宁晚有血缘关系。

这是多么可怕的一件事。最心爱的人躺在里面忍受痛苦，他在外面却无能为力，情急之下他只能跟孟爸爸商量找圈子里的关系，看能不能想办法在附近城市调点血来。

就在这时，背后忽然传来一个坚定的女声："我是RH阴性血，我来。"

众人回头一看，惊住了。

总共七个小时的煎熬等待后，孟归晚出生了。

护士抱着她出来的时候，她被裹在小被子里，只露出一个小小的头，跟别的小孩不一样，归晚头发长得特别好，毛茸茸的，一头小卷毛，像个洋娃娃。

孟见把她抱在怀里都不敢太用力，生怕把孩子给碰着磕着，小东西没多久就睁开了眼睛，圆溜溜的眼珠子四处看，打量这个新奇的世界。

她爷爷和外公在一旁笑眯了眼，争着抢着要抱，孟见也没留恋，转手就将孩子交给了尤容，自己守在产房门口往里看。

"我老婆怎么还不出来？"

"医生在帮她缝合，马上就出来了。"

"缝合"两个字听着就疼。

从那一刻起孟见就决定，以后再也不会让宁晚受这种罪了，这辈子只生归晚一个孩子。往后他就是母女俩的天，永远为她们遮风避雨。

在等宁晚出来的时候，裴晋诚或许是怕刚才抽血时自己的犹豫让女婿误会，想了又想，还是忍不住上去跟孟见解释："其实我不是不愿意抽血给晚晚，只是……"

孟见当然知道原因。

刚才的那一瞬间，他已经怀疑裴晋诚早就知道宁晚不是自己亲生的，裴晋诚是个生意人，精明了一辈子，又怎么可能让低级难堪的错犯在自己身上？

唯一的可能就是，他一早就知道，也心甘情愿。

裴晋诚欲言又止，是怕说出了真实原因后孟家会对宁晚有想法，两个男人心里其实全明白，却都没有说破。

最终，孟见安抚地握着老丈人的手：“我明白的，爸。”

裴晋诚愣住：“你明白？”

“有些事，我们都想晚晚好，对吗？”

裴晋诚怔然地品着孟见这句话里的意思，半晌后沉沉地点头，在孟见肩上拍了拍。

“没错，晚晚有你是幸福的。”

孟见意味深长地说：“有你们也是幸福的。”

两个男人望着对方，一切尽在不言中。

时间一晃而过，卷卷很快就满月了。小东西成了家里的开心果，随便舞个手、眨个眼都能让老的们笑眯了眼。

因为女儿一头小卷毛，孟见和宁晚商量了下，给她取了小名叫卷卷。

宁晚的状态恢复得很好，除了在小腹上留下了一道浅浅的疤痕，身材很快就恢复了怀孕之前的轻盈。

沈宁抽给她的血最终没有用上，这个薄情的母亲终于在宁晚面临危险时挺身做了一件母亲该做的事。她走的时候给宁晚留下一张字条，上面写着五个字：“谢谢，对不起。”

沈宁或许不值得被原谅，但从看到这一行字起，宁晚背在身上这么多年的包袱和怨恨终于放下了，释然了。

未来还长，生活已经翻篇。她还有很远的路要跟孟见和卷卷一起走。她会是一个好女儿、一个好老婆，更会是一个好妈妈。

宁晚是这么发誓的，可后来她发现，她一个都没能做到，孟见压根不给她表现的机会。

每逢节日，孟见比她还要上心地给裴晋诚和尤容送礼物。

卷卷半夜哭闹，她要起来，孟见就把她按回去，自己下床抱着孩子去客厅哄，不影响宁晚睡觉。

好女儿、好妈妈都让孟见抢着做了，就连好老婆，孟见似乎都不需要了。卷卷满百天了，两个人都还没有恢复夫妻生活，宁晚觉得自己怀个孕，好像把孟见给怀成了性冷淡。

为了测试下老公是不是真的成了清心寡欲的和尚，某天晚上，在婴儿房把卷卷哄睡后，宁晚回到自己的卧室，去卫生间洗澡，特地用了很有情调的玫瑰熏香沐浴露，把全身都洗得香喷喷的，头发吹到半干，没有穿睡衣，只披了件真丝浴袍就出来了。

美人出浴，直面的诱惑。孟见当时正躺在床上看手机，被香味吸引抬起头，看清面前的女人后，大脑“轰”一声，鼻子里热流涌动，鼻血差点没顺着流下来。

孟见已经枯成干柴精的身体受不住这种突然的烈火刺激，全身皮肤像注了火似的燥热起来，他忙掀开被子往外走。

“我下去散散步。”

自从有了卷卷，孟见的生活还多了一项魔幻爱好——午夜散步。

她在男人打开门前将身体横过去拦住：“姓孟的，你什么意思？”

宁晚浴袍带子没扣，伸手拦住他时，里面的风景若隐若现，带着勾人的玫瑰香，孟见的血液直往脑门涌。他别开视线：“姓裴的，我限你三秒钟内把衣服扣好。”

宁晚一听更气了，直接把浴袍全部拉扯掉，全身坦然地对着他。

“我不扣呢？”

他要炸了。天知道他现在有多想把这个女人丢到床上，狠狠弥补这一年多禁欲的自己，可是……

孟见无奈地耷着头，把她的浴袍捡起来穿好，要了老命地求她：“宝贝，你别这样。”

宁晚始终不明白为什么孟见现在变得这么克制，正要问个清楚，孟见忽然拿起自己的手机，打开一个名叫《女人产后十八忌》的标题新闻，指着其中一项说：“这上面说了，女人生孩子后起码要禁欲一年，子宫和身体才能恢复过来，我……不想你留下什么病根。”

宁晚看了这种类似震惊体的新闻几秒，好气又好笑，无奈地说："你每天躲被子里就看这些？"

她双手环上孟见的脖子，眸子潋滟动人："你信吗？这种伪科普，我一分钟能给你编一百个。"

宁晚趁他不注意，手探到他的睡衣里面，故意在他坚实的胸肌处捏了捏，贴着他吹气："倒是你，不会是不行了，故意找理由敷衍我吧？"

男人，士可杀不可辱！哪里都可以被说"不行"，但唯独这项绝对不可以！

后来，孟见这个快熬成精的干柴，那一夜终于旺盛地燃够了，燃到天明，燃到被子里的女人对他爆炸了。

"姓孟的，你够了吧！"

"嗯？没够。"

"一盒都用完了！"

"没事，我柜子里还有很多。"

番外三
包子篇

卷卷非常聪明，一岁不到就会咿咿呀呀地喊爸爸妈妈，会自己走路。每次路过小区，楼下的张奶奶都会笑眯眯地看着卷卷，说：“这孩子天庭饱满，聪明过人，是个富贵命格。”

每每听到这样的话，宁晚和孟见都相视一笑。

能不富贵吗？虽然现在裴家的生意都在加拿大，但裴晋诚光在卷卷这个外孙女身上投下的各种基金就已经上了千万，更别说C城地产首富孟家，更是把卷卷捧在手心里，嚷嚷着将来要这个孙女继承孟家所有的产业。这直接导致卷卷现在不过才两岁多，身家却已经上亿。

宁晚和孟见都是低调不太奢靡的人，两人在北城工作，每逢过年过节会把卷卷带到C城和老人们共享天伦，比如这周末，贺承南过生日，他们又得回去一趟。

介于上次孟见跟宁晚求婚时他出了很多力，两人又从小一起长大，贺承南打来电话邀请，孟见决定再忙都得亲自出场帮他庆祝一下。

生日Party定在周六晚上，由于工作忙，孟见买的是周六上午的机票。

出发的前一晚，孟见在卧室收拾行李，宁晚躺在床上做面膜，嘴里不说话，就静静看着他，时不时提醒他必须带的东西。

孟见收拾了整整三个大箱子，其中有两个装的是卷卷的东西，拎起来特别重。

宁晚皱了皱眉，不明白就回去过一个周末，一个小屁孩哪来两个箱子那么多的东西。她撕了面膜下床去看，先打开第一个大箱子，里面全是宁晚的衣物和化妆品、护肤品，连她平时按摩颈椎的理疗仪都放进去了。

宁晚把占了半壁江山的理疗仪拿出来对着孟见：“老公，我们只回去两天而已……”

“两天怎么了，万一你的颈椎病又犯了呢？又跟上次一样痛得睡不着呢？放回去，箱子我来提，没你的事。”

宁晚只好转身去看卷卷的两个箱子，打开的一瞬间又窒息了，除了各种吃的、用的、穿的，还有无数玩具。

宁晚拿起一套从日本买回来的玩偶娃娃，问：“孟队长，你确定要把这七个玩偶都背回去？”

孟见回头一看，理由很充分：“卷卷就喜欢这七个小矮人，睡不着的时候拿这个哄她，一个都不能少。”

宁晚扶额：“那公主呢？七个小矮人也得和公主配一起啊！”

孟见没说话，看着她。

宁晚怔了怔，从他淡定的眼神里好像发觉了什么，难以置信地问：“那个公主不会是你吧？”

“怎么，”孟见不爽地挑了挑眉，低头看自己，“我的样子不够资格扮公主？”

宁晚觉得心情有点复杂。

因为每晚都是孟见哄卷卷睡觉，儿童房门一关，谁知道父女俩在里面玩什么游戏、讲什么故事。好几次宁晚下班回来早，问女儿：“爸爸每天都跟你讲什么故事？”

卷卷马上就用手捂着嘴，一副保密的样子，一边摇头，一边奶声奶气地说：“卷卷不能说！”

所以宁晚从来都不知道这父女俩的秘密，更不知道原来孟见还会给孩子扮白雪公主。

孟见现在工作也很忙，除了担任教学的责任，有危险紧急的情况也会亲自参与救援。

在外面被无数人尊称一声“孟队”的铮铮男人，回家后竟然给女儿演白雪公主。宁晚嘴上没说话，把七个小玩偶重新塞回去，嘴角轻轻漾开一丝幸福的笑。

她正要关好箱子，眼角余光忽然发现了什么，又重新打开，顺着刚才看到的那一缕颜色翻过去——果然，箱子最里面一层的袋子里，躺着五颜六色的小口袋。

宁晚拉开拉链，从里面掏出一大把小套子，问孟见：“孟先生，你会不会想太多了？两天而已！”

孟见抬头睨了她一眼，声音懒懒的：“多吗？我已经很节制了。”

这人婚后的脸皮越来越厚了，前不久去日本给卷卷买玩具的时候，把当地各种类型的情趣套套买了个遍，现在他的小柜子里全是花里胡哨的东西。

宁晚把手里的一大把物什抓出来，随手丢在卧室电视下面的桌子上，然后蹲下来关好箱子，凶巴巴地警告孟见：“回爸妈那老实一点，那么多人呢！”

她才做过面膜的皮肤晶莹透亮，隐隐还飘着白玉兰的沁人香味，因为蹲着的角度，睡裙有些走光，胸前的弧度深深浅浅，模糊又诱惑。

孟见喉头滚了滚，干脆直接把她齐腰揽起，抱着压到身旁的床上，眼角玩味一勾，埋进女人的脖子里。

“行，那现在来。”

宁晚被热气烘得脖子一痒，人往后躲，边笑边用脚使劲踹他：“孟见你怎么回事，我们之间还能不能聊点天文地理、哲学人生了？怎么一到晚上你就——”

孟见的手覆上她温热软嫩的皮肤，指腹在腰线处轻柔打圈，他忽地低头，唇贴着她的唇，声音低沉撩人：“就怎么？”

宁晚的视线对上他的，手暧昧地环上男人的后颈，声音低而魅惑：“就这么让我喜欢。”

“……”

地上静静躺着三个箱子，几秒后，箱子被从空中甩过来的衣服覆盖住，温度升高，空气变得灼热，呼吸交缠，两人正忘情，隔壁房间忽然传来孩子“哇哇”的哭声。

孟见一个激灵，从香软里抬起头：“是卷卷在哭？！”

宁晚迷离地睁开眼，还没反应过来，身上的男人已经快速抽身跑出了房间。

宁晚木然，心里忽然涌起一阵淡淡的醋意。

老公上一秒还对自己难舍难分，下一秒听到女儿的哭声就毫不犹豫地跑了。

宁晚从地上捡起睡衣穿好，打开门。她无疑也是爱卷卷的，所以这种情绪让她感觉非常莫名其妙。自己竟然吃女儿的醋，也太好笑了。

推开儿童房的门，孟见这次好像哄不住卷卷了，卷卷哭得很伤心，小身体一抽一抽的，声音断了片，语不成调：“我……我要……呜呜呜呜，要妈妈。”

宁晚站在门口，一听到这话马上就跑进去，抱起卷卷在怀里拍：“宝贝怎么了？妈妈在呢。”

卷卷的小卷毛留到半长，头顶上扎了一个小辫子，睡觉也不肯取，她看到宁晚，马上揉了揉眼睛：“妈妈，要妈妈。”

宁晚只好回头跟孟见递了个眼神，大概是“今晚肯定不行了，你先回去”的意思。

委屈的孟队长顿时更委屈了。

关上门，宁晚抱着卷卷重新躺回床上，想起孟见说的卷卷睡前要听故事，想了想，问她：“爸爸平时都给宝贝讲什么故事？”

平时听到这个问题，卷卷就会马上捂住嘴不肯说，今天或许是做了不好的梦，心理防线松了，一股脑地跟宁晚坦白：“爸爸，讲……讲他追白雪公主的故事给我听。”

宁晚一愣：“爸爸追白雪公主？”

抽泣声渐停，卷卷模样认真，点点头：“爸爸说他也喜欢白雪公主，还追了公主很多年，然后公主还给他生了小公主。”

宁晚静静听着，鼻子竟然没忍住一酸，百感交集地抱紧怀里的卷卷：“宝贝儿，那之前为什么不告诉妈妈呢？”

卷卷玩着自己头顶的那撮小卷毛，若有所思：“爸爸不让宝宝说，爸爸说这是我跟他的秘密，啊！”

她忽然一惊，又不好意思地咧开嘴，露出萌萌的小牙齿：“完了，我怎么告诉妈妈了……”

宁晚宠溺地伸手在她脸蛋上摸了一下。

“没事，妈妈也帮你保密，妈妈不告诉爸爸。”

“那一定不能说哦，不然爸爸不讲给我听了。”

卷卷心满意足地窝在宁晚怀里继续睡。刚才她做了个梦，梦到隔壁家的小朋友笑她头发像波斯羊毛，卷卷气坏了，仰起头问宁晚：“妈妈，你明天能不能用你那个夹板帮我把头发夹一下，再去参加南哥哥的生日？”

宁晚觉得好气又好笑：“宝贝，是南叔叔，不是南哥哥。”

“哦，”卷卷像个小大人似的，琢磨了半天，“妈妈，南叔叔过生日，我也想送礼物给他。”

小孩子的话宁晚没有放在心上，她转身躺下来，把卷卷抱到怀里，手在她的后背上拍了拍。

“好了宝贝快睡，睡醒了我们就回去见你南叔叔了。”

第二天，一家人在吃早饭，卷卷吃到一半，忽然想起了什么，从椅子上跳下去，跑进卧室。

孟见当时在给宁晚的吐司上抹果酱，原本要跟上去看，宁晚拦住他：“没事，赶紧吃吧，待会儿还要去机场。”

果然，过了一会儿，卷卷笑眯眯地出来，背上多了一个萝卜包。

“爸爸妈妈我们什么时候走呀？”

宁晚斜了她一眼：“你包里装的什么？”

“不，不准偷看！”卷卷马上紧张地把萝卜包抱到怀里，“这是，我给南叔叔的礼物。”

宁晚宠溺地笑了声，心想孩子无非跟过去一样，给小朋友送她喜欢的布娃娃，所以没多问，也就随她去了。

吃过早饭，一家人赶飞机。

贺承南的生日趴盛大而隆重，国内有头有脸的人都来了，宾朋满座，热闹非凡，酒店还特地腾出一间房专门用来放礼金和贺礼。

贺承南跟孟见是两种性格的人，C城南贺北孟的传奇，一个嚣张骄矜，一个冷淡低调，也正是这样，两人从小一起长大，性格互补，才成了一辈子的朋友。

贺承南什么都不缺，孟见象征性地给了八十八万的红包，宁晚这些年研究了不少医学科技的新产品，特地送了他一个法国新出的按摩仪。

媒体合影时，贺承南站在孟见旁边，跟他耳语："打算什么时候要二胎？"

"关你屁事。"孟见笑着看镜头，私下低声回他。

"我这不是关心你们孟家的下一代嘛！"

"那你们贺家的下一代呢？"

"你替我着什么急啊？我今晚就回去跟我女人造。"

两个男人对着镜头你一言我一语，忽然，有个小手在拉贺承南的西服衣角。

贺承南垂眸一看，宠溺地把靠在腿边的小丫头抱起来："哟，我们卷卷今天这么漂亮呢！"

孟见看到自己女儿的脸，吓得不轻。卷卷粉嫩的小嘴上不知什么时候偷擦了宁晚的口红，可能是不熟练的原因，嘴角多画出来，显得笨拙又好笑。

卷卷打开自己的萝卜包，小手伸进去捣鼓半天，认真地说："南叔叔，你给我买了那么多礼物，今天我也给你送礼物。"

"是吗？"贺承南来兴趣了，把她放下，自己半蹲着在她旁边，"来，给叔叔看看你的礼物。"

卷卷在包里折腾了许久，才将握得鼓鼓的小肉手拿出来，送到贺承南面前，摊开。

"南叔叔，喏，送给你。"白胖的小手上，摆着五六个颜色鲜艳的小方袋。

贺承南表情愣了一瞬，卷卷以为他不喜欢这个礼物，马上强调了一遍："这是我爸爸最喜欢吃的泡泡糖，我把爸爸喜欢的东西送给叔叔。"

贺承南撑不住，快要笑出声来。怕被媒体看到，他把这几个避孕套塞到西装口袋里，然后抱起卷卷。

"那你都给了叔叔，爸爸怎么办？"

卷卷眨了眨眼，转向孟见：“老师说小朋友不可以吃太多糖，会长蛀牙的。爸爸，你吃太多了，不可以再吃了！”

卷卷有一段时间特别喜欢翻垃圾桶，每次在卧室翻到五颜六色的包装袋，孟见就说是自己睡前吃的彩色泡泡糖，没想到这小屁孩居然记在了心里！

贺承南这个看热闹不嫌事大的快绷不住了。

他憋住笑，一脸严肃地问卷卷：“卷卷说得对，大人怎么能吃那么多糖？所以你告诉叔叔——”

贺承南狡黠地笑：“你爸爸一晚上吃几颗糖啊？”

孟见：“……”

宁晚：“……”

卷卷掰着手指头自己若有所思地数了一会儿，虽说童言无忌，但宁晚真怕她再说出什么惊天动地的话，正准备拦住她，卷卷眼睛骨碌碌一转，笑着咧开嘴：“嘿嘿，我不告诉你！”

没得逞的贺承南觉得心脏都有些不好了。

番外四 特别篇

晚上七点，孟见正和家人坐在一起吃晚饭。听到门外传来一阵汽车引擎声后，身体微微坐直，他放下筷子，用餐巾擦干净嘴，镇定自若地跟孟起昭说：“我吃完了。”

孟起昭没有在意：“吃完早点上去做作业。”

“嗯，”孟见起身离座，身体却朝门口移去，声音很轻，“我……走走就回来。”

林沛抬头看了他一眼，关心道：“吃太多了吗？也行，别走远啊，就在门口附近遛遛。”

“嗯。”

孟见打开门。关门的时候，孟起昭和林沛还在低头吃饭，嘴里讨论着是把孟见送国立初中，还是那所美国人办的国际学校。

孟见对他们讨论的话题没什么兴趣，悄悄掩上门，遮住屋内的光亮后，在原地顿了会儿，头稍稍转过去，看向左边隔了一栋的楼。那里亮着灯，应该是住在里面的女孩回来了。

孟见认识这个女孩已经快一年了，但彼此从没说过话。他还记得第一次看到女孩时的场景。

那天是她的生日，她家门前装扮得彩带飘飞，音乐阵阵，很热闹。

来的客人送给她的礼物堆满了草坪上的秋千，而她穿着公主裙，闷闷不乐地坐在秋千上，时不时地望望外面，像在盼望着什么，看起来情绪很低落。

后来客人们一拨一拨离开，她跟在爸爸身边礼貌地跟大家鞠躬告别，脸上也始终没有兴奋的神色。直到黄昏时一个女人姗姗来迟，女孩眼里才终于有了光似的，飞奔着朝女人跑去。

孟见听到她大声喊了一句："妈妈，你终于回来了！"

从那之后，他便记住了这个女孩，记住了她眼底那一刹莫名让人心疼的光。

今天是周末，孟见放学回家后跟往常一样去阳台上做作业，边做边看隔壁的隔壁，可直到太阳下山，女孩都没回来。

平时五点钟左右他就能看到她，她放学后会在自家门口的小花园里踢一会儿毽子，或者跟小伙伴们玩芭比公主的换装游戏。她笑起来的样子很好看，孟见经常会在阳台上做作业，闲暇之余看不远处的她，像看一幅生动娇俏的风景，看久了，在心里竟也习惯了。

或许是周末的原因，女孩今天才回来得很晚。孟见从家里出来，沿着门口的小道漫无目的地散步，走到女孩家楼下，看到二楼果然亮起了昏黄却温暖的灯，心在那一刻莫名就安稳了。

他嘴角噙着浅浅的笑，迎着夜晚柔和的风，口中吹着不成调的口哨，像是某首歌的旋律，但曲调融进风里，听不真切。

第二天，孟起昭和林沛一早出门谈生意，孟见起来的时候是上午九点。天气闷热，闷得人疲乏没精神，他打开窗让房里透气，然后找出睡衣放在床上，进卫生间准备洗个澡醒神。

孟见一边洗，一边又想起了隔壁那个小女孩。他认识她这么久，虽然不知道她的名字，不知道她在哪上学，但每天只要能看到她，他一天的心情也会跟着变好。

她的存在已经成了孟见的一种习惯：习惯在上学的时候经过她家门口，看到也打开门准备出门的她；习惯放学回家的时候，看到她在门口玩着女孩们的游戏。

她就像是灿烂明媚的晴天，无论什么时候，只要她微微一笑，藏在暗处的孟见心就被融化了。

想着想着，孟见忽然觉得有点头晕。等他反应过来头晕是真实的感受时，他已经无力做出回应了。他身体发软，头发沉，想要挣扎站稳，却晕乎乎地扶着墙倒了下去。

呼吸开始变得困难，眼睛被水雾蒙住视线，眼前的世界变得越来越远，越来越模糊，喷头的水无序地打在他身上，渐渐地，孟见连这一点水的压力都感觉不到了。

他躺在地上，用尽全力挣扎着睁开眼睛，模糊之间，看到一个身影朝他走来，个子小小的，有两根马尾辫在头两旁挂着。那人走到他跟前，似乎摇了他两下，嘴里喊着什么。

可孟见什么都听不到了，最后清醒的瞬间，留给了那个模糊的面容。

再醒来时，他在医院。孟起昭和林沛急得快一夜白头了。看到他苏醒过来，他们悬了几夜的心才骤然松下来。

后来孟见才知道，自己因为煤气中毒，被隔壁的邻居救起，在医院抢救了好几天才醒过来。

孟起昭告诉他："这回可真要谢谢隔壁那位邻居的孩子，等出院了咱们全家都得上门致谢。"

孟见不确定那个模糊的身影是不是她，问孟起昭："哪个邻居的小孩？"

孟起昭打开电视，调到C城的教育台，画面里正在播一段采访，小姑娘精神奕奕的，说的话字正腔圆："我第一眼就被他又白又圆的屁股吸引住了，他屁股上还有个红色的小胎记！后来我马上给爸爸打电话，还给120的叔叔打电话了，然后我把他背起来，拿浴巾盖上……"

后来在病房休养的那一周，孟见把这段采访视频看了不下千遍，每个午夜躺在床上看着苍白的天花板，他都咬牙切齿，却又不受控制地在心里想她无数遍。

这个死丫头，等下次见面，他一定要狠狠教育她一顿。可一想到小姑娘水灵的眼睛和笑容，他又心软，舍不得。抱着这样矛盾的心理，孟见盼到了出院的日子。

孟起昭买了名贵礼物，带着他登门拜访，准备致谢。孟见眼神平静，毫无波澜，却在孟起昭按门铃的时候，心里掀起轩然波澜。

他以为要与她见面了，以为终于可以走进她的世界。

最后，那栋房子久久没人开门。

孟起昭几经打听，才知道那家人前几日搬走了，走得很急，没有留下任何消息。

那晚孟见心里落了空，像失去了什么。他在她家房子门口等了很久，等到半夜起了风都不肯走。

多年后，周时力在出任务的时候笑着问他："见哥，你喜欢裴医生多久了？"

孟见当时笑了笑。

他想起一首年少时爱听的歌，周杰伦的《晴天》：

从前，从前，有个人爱你很久。

但偏偏，风渐渐，把距离吹得好远。

…………

还要多久，我才能在你身边……

虽然他和宁晚几经分别，但幸好，他们不负年少，不负爱情，终于还是永远永远地在一起了。

我爱你，在很久很久之前。

这是孟见藏在心里的秘密。